Hennig/Knödler

Problemschüler – Problemfamilien

Claudius Hennig/Uwe Knödler

Problemschüler – Problemfamilien

Ein praktisches Lehrbuch
zum systemischen Arbeiten mit
schulschwierigen Kindern

Unter Mitarbeit von Ernst Ergenzinger

5., überarbeitete Auflage

BELTZ
Psychologie Verlags Union

Anschriften der Autoren:

Claudius Hennig, Dipl.-Psych.
Bildungsberatungsstelle, Keplerstr. 2
72074 Tübingen

Uwe Knödler, Dipl.-Psych.
Berufsbildungswerk
Postfach 1129
71301 Waiblingen

Ernst Ergenzinger
Sindelfinger Str. 79
72070 Tübingen

1. Aufl. 1985 (unter dem Titel „Problemschüler – Problemfamilien : Praxis des systemischen Arbeitens mit schulschwierigen Kindern") Beltz-Verlag, Weinheim und Basel
2., überarb. u. erw. Aufl. 1987 Psychologie Verlags Union, München und Weinheim
3. Aufl. 1993 Psychologie Verlags Union, Weinheim
4., korrigierte Aufl. 1995 Psychologie Verlags Union, Weinheim
5., überarbeitete Aufl. 1998 Psychologie Verlags Union, Weinheim

Umschlaggestaltung: Dieter Vollendorf, München
Karikaturen von Sepp Buchegger
Druck und Bindung: Druckhaus „Thomas Müntzer" GmbH, Bad Langensalza
Printed in Germany
Gedruckt auf säurefreiem Papier

ISBN 3-621-27396-4

Gewidmet allen unseren „Weinheimer Lehrmeistern" in Familientherapie, insbesondere Mona Bögner-Kaufmann und Rudolf Kaufmann, sowie den zahlreichen Familien und Schülern, die uns gelehrt haben, systemisch zu denken und zu arbeiten.

Inhalt

Vorwort

Seit der 2., überarbeiteten und erweiterten Auflage 1987 hat in unserer systemischen schulpsychologischen Beratungspraxis der kurzzeittherapeutisch und lösungsorientierte Ansatz in der Arbeit mit Schulkindern und deren Familien starken Einfluß gewonnen.

Deshalb haben wir den Methoden- und Praxisteil des Buches deutlich erweitert und dort neuere systemisch-lösungsorientierte Beratungsmethoden beschrieben, mit denen wir in unserer schulpsychologischen Tätigkeit gute Erfahrungen gesammelt haben.

Es handelt sich dabei um Methoden auf der verbalen, visuellen und Handlungsebene, die besonders für die Beatungsarbeit mit Kindern und Jugendlichen (sowie deren Eltern) geeignet sind.

Wir hoffen, mit dieser Neuauflage die Nützlichkeit dieses Arbeitsbuches für die systemische Praktikerin, den systemischen Praktiker weiter erhöht zu haben.

Die Autoren
Tübingen, September 1997

Einleitung

Wie dieses Buch entstanden ist:
Der erstgenannte Autor, der an der Bildungsberatungsstelle in Tübingen (schulpsychologischer Dienst) seit 1977 kontinuierlich mit Problemschülern unter Einbezug ihrer Familien arbeitet, wurde in den letzten Jahren vermehrt mit der Einführung und Vorstellung dieses Ansatzes in der Fortbildung von Lehrern und Kollegen betraut. So hatte sich bald ein ganzes Paket an Referaten und Fortbildungsmaterialien angestaut. Uwe Knödler hat 1983 eine umfangreiche Diplomarbeit in Psychologie mit dem Thema „Analyse familientherapeutischer Problemlösestrukturen in der schulpsychologischen Beratung" geschrieben, in die Erfahrungen einer zweijährigen familientherapeutischen Ko-Therapeuten-Tätigkeit in der Bildungsberatungsstelle Tübingen Eingang gefunden haben. Als uns nun W. R. Minsel aufforderte, eine Darstellung des systemischen Vorgehens in der schulpsychologischen Einzelfallhilfe (in der Zeitschrift für personenzentrierte Psychologie und Psychotherapie) zu veröffentlichen, stellten wir fest, daß wir eigentlich genügend Material, wenn auch in ungeordneter Form, für eine umfangreichere Arbeit vorliegen hatten. So beschlossen wir naiven Praktiker, das Wagnis einzugehen, das vorliegende Buch zu veröffentlichen.

In den letzten fünf Jahren hat der familientherapeutische (systemtherapeutische) Ansatz in der Bundesrepublik eine beispiellose Verbreitung erfahren.

Dies schlägt sich u.a. in den immer zahlreicher werdenden Veröffentlichungen zu diesem Thema und dem stetig wachsenden Interesse von Praktikern im sozialen und medizinischen Bereich an familientherapeutischer Fortbildung nieder.

Bedingt durch die beiden Zentren der Familientherapieentwicklung, den USA und Italien (Mailand), stammt ein Großteil der vorliegenden Übersetzungen von familientherapeutischer Literatur aus dem Englischen und Italienischen (Satir, Haley, Minuchin, Selvini-Palazzoli, Andolfi u.v.a.). Erfahrungsberichte von Familientherapeuten im deutschsprachigen Raum liegen immer noch in nur sehr begrenzter Anzahl vor (Stierlin, Schneider, Brunner, von Schlippe).

Vor allem über ein wichtiges und erfolgversprechendes Anwendungsgebiet des systemischen Ansatzes, nämlich den Umgang mit Schulproblemen und Problemschülern, existiert unseres Wissens kein ausführlicher Erfahrungsbericht.

Aus folgenden Gründen halten wir die Übertragung des familientherapeutischen (systemischen) Sehens, Denkens und Handelns auf den Umgang mit Problemschülern, ihren Familien und der Schule für sinnvoll:

1. Für Kinder und Jugendliche vom 6. bis 16. (bzw. bei Gymnasiasten 19.) Lebensjahr ist die Schule nach der Familie das wichtigste Bezugssystem, weil:
   a) jeder Schüler (jede Schülerin) zwischen 40 bis 60 Wochenstunden Zeit und Energie in der Schule und für die Schule aufwendet und während 30 bis 35 Wochenstunden seinen (ihren) Lebensraum in die Schule verlegt;
   b) in einer Zeit des Mangels an Ausbildungs- und Studienplätzen ist Schule immer mehr zur zentralen Institution für die Gewährung von Ausbildungs- und Berufschancen geworden.
2. Aus den obengenannten Gründen bietet sich das Makrosystem Schule zwangsläufig als *der* Ort an, in dem im Mikrosystem Familie angestaute Probleme ausgetragen werden. Unserer Erfahrung nach werden nur sehr wenige psychische Probleme tatsächlich in der Schule und durch die Schule verursacht. Die überwiegende Mehrzahl von sogenannten Schulproblemen entsteht im System Familie und wird auf das System Schule übertragen bzw. dort verstärkt oder abgeschwächt.
3. Schulprobleme (d.h. Auffälligkeiten im Verhalten und Erleben sowie der Leistung des Schülers) sind sehr oft die Vorboten bzw. Begleiterscheinungen von noch massiveren psychischen Problemen: Depressionen, Rauschmittelmißbrauch, Arbeitsstörungen, Verwahrlosungserscheinungen, neurotischen und psychotischen Symptomen u.v.m. Hier wird der präventive Aspekt der Übertragung des systemischen Ansatzes auf Problemschüler und Schule deutlich: Wir bemühen uns, Schulprobleme als Signale für eine nachfolgende gravierendere Symptomatik bzw. als „Spitze des Eisberges“ von darunter gelagerten Problemen des Schülers zu sehen, indem wir nicht nur sein Bezugssystem „Schulklasse“, sondern auch seine Familie in unser Blickfeld rücken. Dadurch können wir ihm umfassender und wirksamer helfen und im einen oder anderen Fall eine spätere Psychiatrie-, Drogen-, kriminelle oder psychosomatische Karriere verhindern.

4. Schulprobleme stehen unter den Beratungsanlässen bei Kindern und Jugendlichen zahlenmäßig an erster Stelle: Nicht nur Beratungslehrer und Schulpsychologen sind damit konfrontiert, sondern auch Kinderärzte sowie Kinder- und Jugendpsychiater. An den Erziehungsberatungsstellen schlagen Schulprobleme mit 40 bis 60% der Anmeldegründe zu Buche.

Es gibt eine ganze Reihe von verständlichen Gründen, weshalb sich der Ansatz des systemischen Denkens und Arbeitens erst in den letzten fünf bis zehn Jahren in der Bundesrepublik durchzusetzen beginnt:

a) Unser ganzes westliches Denken, unsere Sprache, unsere Ausbildung in Schule, Beruf und Universität beruhen auf einer kausal-linearen Sicht der Welt, d.h. auf Ursache-Wirkungs-Zusammenhängen. Erst in den letzten 15 bis 20 Jahren begann sich in den verschiedensten Gebieten gleichzeitig (Physik, Ökologie, Psychologie, Medizin) ein ganzheitlicher, systemischer und ökologischer Denkansatz zu entwickeln.
b) Viele Praktiker im Sozialbereich und in der Medizin scheuen aus Angst vor Überforderung die Arbeit mit der Gesamtfamilie des Symptomträgers. Diese Angst ist verständlich und zu respektieren.
c) Es existiert erst seit Mitte der siebziger Jahre die Möglichkeit einer intensiven und geregelten familientherapeutischen Ausbildung in der Bundesrepublik.

Das vorliegende Buch ist von Praktikern für Praktiker geschrieben. Wir haben uns bemüht, dieses äußerst komplexe Gebiet in Sprache und Darstellung einfach und übersichtlich zu gestalten. Dabei waren wir immer wieder mit der Schwierigkeit konfrontiert, systemisches Denken in einer linear-kausalen Sprache ausdrücken zu müssen.

Unsere Erfahrungen mit der Einführung des Systemansatzes bei Lehrern, Beratungslehrern und Kollegen gehen dahin, daß sie einerseits diese neue Denkweise faszinierend finden, andererseits ihre Komplexität Verwirrung und Ablehnung hervorruft.

Es ist ausgeschlossen, Familientherapie allein über Bücher zu lernen, denn Systemdenken erfolgreich in die Beratungs- oder Therapiepraxis umzusetzen erfordert einen jahrelangen Lernprozeß. Dennoch wollen wir allen Praktikern im Sozial- und Medizinbereich, insbesondere, wenn sie mit kindlichen oder jugendlichen Symptomträgern zu tun haben, Mut machen und Neugierde bei ihnen wecken. Mut, in eine völlig neue Welt des Sehens, Denkens und therapeutischen Handelns einzutreten, indem sie die Familie des Symptomträgers mit in den Beratungs-/Therapieprozeß einbeziehen. Neugierde auf verstärkte Beschäftigung mit system- und familientherapeutischer Literatur, die vielleicht eines Tages zum Entschluß führt, eine entsprechende Ausbildung zu beginnen. So kann sich der Praktiker durch familientherapeutisches Arbeiten und theoretische Beschäftigung mit diesem Gebiet ganz allmählich mit den Grundsätzen systemischen Denkens und Handelns vertraut machen. Das vorliegende Buch kann nur ein allererster Schritt in diese Richtung sein.

Manche Kritiker werden uns vorwerfen, die Sozialaspekte der Familie nicht genügend berücksichtigt zu haben. Finanzielle Schwierigkeiten, beengte Wohnverhältnisse sowie ganz allgemein eine schlechte Wohn- und Lebensqualität schaffen ganz sicher für eine Familie Probleme bzw. lassen vorhandene nicht zu einer befriedigenden Lösung kommen. Das alles sehen und berücksichtigen wir in der Arbeit mit Familien nicht zuletzt deshalb, weil mehr als die Hälfte der Familien, die unsere Beratungsstelle aufsuchen, aus der Unterschicht stammt.

Selbstverständlich ist das Mikrosystem Familie eingebettet in größere Systeme (Makrosysteme), z.B. Nachbarschaft, Stadtteil usw. bis hin zur gesamten Gesellschaft. Außerdem steht jede Familie in einem dauernden Austausch mit verschiedenen außen gelagerten Systemen wie Arbeitsstelle, Schule, Freizeitinstitution usw.

Dennoch beschränken wir uns ganz bewußt aus Gründen der Klarheit und Übersichtlichkeit auf die *psychologischen Aspekte* des Familiensystems. Wir gehen jedoch davon aus, daß jeder ganzheitlich arbeitende Familientherapeut/-berater die sozialen Seiten eines Familienproblems (oder einer Problemfamilie) mit berücksichtigt. Konkret zeigt sich das in der Bereitschaft, mit allen Institutionen zusammenzuarbeiten, welche die äußere Lebenssituation (Wohnung, finanzielle Absicherung, Arbeit usw.) der Problemfamilie stützen können. Systemisches Denken und Arbeiten muß immer über den begrenzten Horizont des jeweiligen untersuchten Systems hinaus mit benachbarten Systemen grenzübergreifend in Kontakt treten.

Zielgruppen, die das Buch ansprechen möchte:
Wir haben versucht, in diesem Buch die Anwendung des Systemansatzes auf *ein* wichtiges Praxisfeld zu demonstrieren, nämlich den Umgang mit Problemschülern, ihren Familien und der Schule. Wir gehen davon aus, daß Praktiker in *anderen* sozialen Feldern diesen Ansatz mit den entsprechenden Modifikationen auf ihr jeweiliges Arbeitsgebiet übertragen können.

Wir denken dabei insbesondere an folgende Zielgruppen:

- Selbstverständlich an Schulpsychologen, Beratungslehrer, Mitarbeiter an Erziehungsberatungsstellen.
- An Kinder- und Jugendpsychiater, die nach einer entsprechenden Ausbildung durchaus die Familie des Symptomträgers in ihre Behandlung mit einbeziehen können und immer wieder mit Schulproblemen konfrontiert sind. Immer mehr Kinder- und Jugendpsychiater haben auch schon eine familientherapeutische Ausbildung angefangen bzw. praktizieren bereits nach diesem Modell.
- An Mitarbeiter in Jugendämtern, für die gerade bei der Arbeit mit extrem belasteten Familien eine systemische Sicht- und Vorgehensweise hilfreich und entlastend sein kann.
- An (sicher nicht selbstverständlich) Kinderärzte, die in einem erheblichen Ausmaße gerade im ländlichen Gebiet als eine Vertrauensperson der Familie die Hauptanlaufstelle für Schulprobleme darstellen.
- Nicht zuletzt an Lehrerinnen und Lehrer, die als erste und hautnah mit Schulproblemen und Problemschülern täglich konfrontiert sind. Als systemisch denkende und arbeitende Pädagogen können sie ihren Schüler ganzheitlich (d.h. vor dem Hintergrund seiner Familie *und* der Schulklasse) sehen und so wichtige Weichen stellen, die dem Problemschüler und seiner Familie eine wirksame Hilfe zuteil werden lassen, auch wenn sie selbst keine Familientherapien durchführen können. Ihnen haben wir ein Kapitel gewidmet, wie sie aber auch *sich selbst* das Leben in der Schule leichter machen können.

Inhalt und Aufbau des Buches

Im Teil I geben wir einen Überblick über die Einbettung des Problemschülers in seine beiden wichtigsten Bezugssysteme, Familie und Schule.

Der Teil II/A wird eingeleitet durch die Skizzierung von vier typischen Fallbeispielen von Schulproblemen. Zwei dieser Problemfälle (Problemfamilien) begleiten den Leser quasi als „roter Faden“ durch das ganze Buch, damit er verschiedene systemische – und zwar diagnostische und therapeutische – Techniken in ihrer Anwendung auf diese beiden Familien anschaulich nachvollziehen kann.

Im Teil II/B werden zunächst einmal die Beteiligten an einem familientherapeutischen Prozeß in den Brennpunkt gerückt: verschiedene Arten von Familiensystemen, Merkmale des systemischen Therapeuten sowie die notwendige therapeutische Beziehung zwischen Therapeut und Familie, das sogenannte therapeutische System. Im Abschnitt 5 werden dann anschaulich die Phasen einer Familientherapie von der telefonischen Anmeldung bis zum Abschlußgespräch nachgezeichnet, wobei dem Familienerstgespräch besondere Aufmerksamkeit gewidmet wird. Der 6. Abschnitt ist dem therapeutischen Handwerkszeug gewidmet, den Methoden zur Diagnose und Veränderung eines Familiensystems.

Im 7. Abschnitt werden Möglichkeiten der Auswertung einer Familientherapiesitzung sowie der Supervision des Therapeuten/Beraters aufgezeigt.

Nachdem die vorangegangenen Abschnitte dem praktischen Umgang mit dem Familiensystem gewidmet waren, werden dem Leser im 8. Abschnitt konkrete Hinweise zum Umgang mit dem System Schule gegeben. Denn schließlich sollte ja jeder systemische Therapeut/Berater, der mit Problemschülern arbeitet, mit diesen *beiden* wichtigsten Bezugsgruppen Kontakt aufnehmen.

Im 9. Kapitel zeigt ein familientherapeutisch ausgebildeter Lehrer Beispiele und Möglichkeiten für systemisches Denken und Handeln des Lehrers *in der Klasse* auf. Dieses Kapitel empfehlen wir auch Lehrern als *Einstieg* in die Lektüre.

Der 10. Abschnitt zeigt zusammenfassend die Indikation, aber auch die Grenzen für den Systemansatz im Umgang mit Problemschülern auf.

Mit dem Ausblick, der gleichzeitig auch die Einleitung sein könnte und der die Zusammenhänge zwischen systemischem Denken in Politik, Ökologie und Familientherapie andeutet, schließt das Buch.

Nach dieser Darstellung der inhaltlichen Schwerpunkte und Themen des Buches erscheint es uns notwendig, aufzuzeigen, welche wichtigen Ergänzungen familientherapeutischer Literatur für den Leser sinnvoll erscheinen:

Das vorliegende Buch kann keine Einführung in die Kommunikationspsychologie und die Systemtheorie geben. Diese für den Familientherapeuten sehr wichtigen Grundlagen finden sich in übersichtlicher Form in A. von Schlippes Buch „Familientherapie im Überblick“ (1984) dargestellt.

Ebensowenig können wir die verschiedenen familientherapeutischen Richtungen und Schulen näher beleuchten. Sie sind ebenfalls in der obenerwähnten Veröffentlichung gut nachlesbar.

Ferner mußten wir auf eine Darstellung der geschichtlichen Entwicklung, der verschiedenen Strömungen, die zu dem geführt haben, was wir heute unter Familientherapie verstehen, verzichten. Hierzu empfehlen wir dem interessierten Leser das Buch von L. Hoffman: „Grundlagen der Familientherapie“ (1982). Dort findet er übrigens eine bisher unübertroffene Synopse von Theorien und Techniken der Familientherapie.

Wer sich für das ganze Spektrum der Anwendungsmöglichkeiten des familientherapeutischen Ansatzes interessiert, dem empfehlen wir das Buch „Familientherapie in der Sicht psychotherapeutischer Schulen“, herausgegeben von K. Schneider (1983).

Unser besonderer Dank gilt Frau Gerlinde Heilig für die Manuskriptgestaltung sowie Frau Diplompädagogin Brigitte Anheier für freundschaftliche Kritik.

Claudius Hennig und Uwe Knödler
Tübingen, im Februar 1985

Teil I

Theoretische Grundlagen des systemischen Ansatzes in der schulpsychologischen Einzelfallhilfe

Übersicht

Ziel des vorliegenden Buches ist es, den Kontakt von Beratern, Therapeuten und Lehrern mit den Systemen Schule und Familie in ihrer alltäglichen Arbeit mit Schülern und Problemkindern mittels einer systemischen Sichtweise effizienter zu gestalten.

Effizienter heißt in diesem Zusammenhang für uns, mit den Beteiligten der Systeme Schule und Familie sowie den jeweils darin wirkenden Systemkräften so umzugehen, daß sie die Veränderungsprozesse des Problemschülers und seiner Familie fördern, statt sie zu behindern.

Voraussetzung für diese Prozesse ist wiederum ein erfolgreicher Anschluß (Koppelung) des Berater-Therapeuten-Systems an das System Schule bzw. seine Subsysteme sowie an das System Familie.

Gelingt dieser Anschluß nicht oder nur unzureichend, können die Veränderungsprozesse des Familiensystems in die eine, diejenigen des Systems Schule in eine andere Richtung verlaufen, so daß als Resultat beide Systeme sich gegenseitig außer Kraft setzen und der Status quo erhalten bleibt.

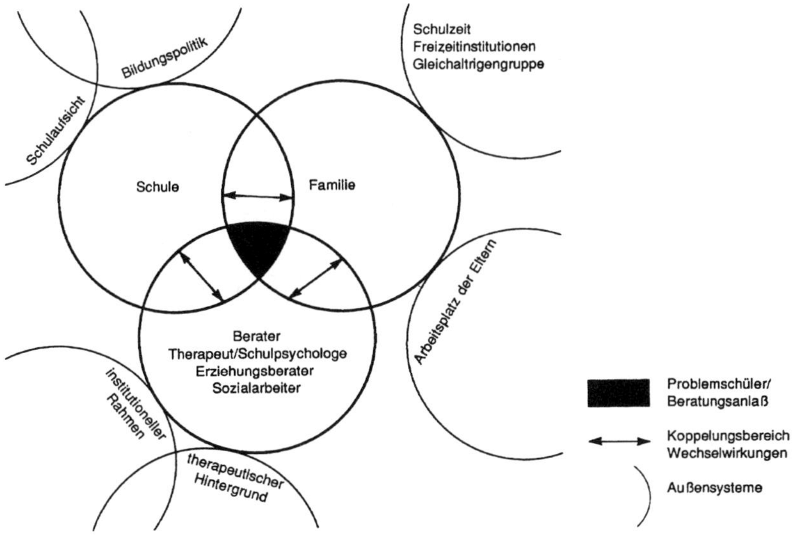

Abb. 0

Erläuterung der Abbildung 0:
Die in der Abbildung 0 beteiligten Systeme Schule, Familie und Berater/Therapeut sowie die jeweiligen Interaktionsprozesse zwischen den Systemen:

- Berater/Therapeut ↔ Familie
- Berater/Therapeut ↔ Schule
- Schule ↔ Familie

sowie die triadische Interaktion Berater ↔ Familie ↔ Schule können als Überblick und Grundlage des vorliegenden Buches angesehen werden.

Selbstverständlich können sich die drei Systeme Schule, Familie und Berater-/Therapeutensystem nicht im luftleeren Raum aufhalten, sondern sie sind eingebettet in zahlreiche Außensysteme, mit denen sie in permanenten, mehr oder weniger intensiven Austauschprozessen stehen.

Anzumerken wäre in diesem Zusammenhang noch, daß diese Außensysteme unterteilbar sind in sogenannte *materielle Systeme*, wie beispielsweise Schulaufsicht, institutioneller Rahmen des Beratungssystems, Arbeitsplätze der Eltern, Freizeitinstitution, soziale Merkmale des Stadtteils, in dem sich die Systeme Familie und Schule befinden usw., sowie in sogenannte *ideelle Außensysteme* wie z. B. Bildungspolitik, gesellschaftliche Erwartungen an Schule und Familie, therapeutische Ausrichtung und Menschenbild des Beratungssystems usw.

Im Schnittpunkt der drei Systeme Familie – Schule – Berater-/Therapeutensystem steht jedoch das einzelne Kind bzw. der Jugendliche, der in bzw. mit der Schule Schwierigkeiten hat.

Um den Rahmen des Buches nicht zu sprengen, wurde dabei ein eindeutiger Schwerpunkt auf das System Familie mit all seinen Merkmalen und Prozessen sowie auf die Interaktion Berater/Therapeut – Familie gelegt (Teil II, Kapitel 1 bis 7).

Dagegen werden die Wechselwirkungsprozesse zwischen den Systemen Familie und Schule (Teil I, Kapitel 2 bis 4), das System Schule sowie die Wechselwirkungsprozesse zwischen dem Berater-/Therapeutensystem und dem System Schule (Teil II, Kapitel 8 und 9) wesentlich knapper behandelt.

Gründe hierfür sind einmal die Tatsache, daß eine systemische Betrachtungsweise der Schule sowie systemische Interventionen im Bereich der Schule im deutschsprachigen Raum noch in der Anfangsphase stecken, sieht man von den Veröffentlichungen von Andreas Pieper (1986) sowie dem Heft 4 (1985) der Zeitschrift für systemische Therapie („Systemische Arbeit und/in Schulen") ab (Anm.: Vergl. in neuerer Zeit: Molnar, A. und Lindquist, B. 1995[4]). Zum anderen würde eine handlungsorientierte und für den Praktiker interessante Darstellung allein dieses Themenbereiches vom Umfang her nicht mehr in das vorliegende Werk integrierbar sein.

1 Wandel von einer individuumsorientierten zu einer systemorientierten Betrachtungsweise

Seit kaum 30 Jahren vollzieht sich in psychologisch-psychotherapeutischen Praxisfeldern ein Wandel zu Therapieformen, denen gemeinsam ist, daß sie individuelle Störungen unter dem Aspekt des an der Störung beteiligten Systems (Familie, Schule, Arbeitsplatz) betrachten (A. v. Schlippe, 1984). Die systemische Sichtweise beansprucht für sich, ein neues Paradigma zu verwirklichen (Stierlin, 1978; Guntern, 1980). Auf die Familie bezogen, entwickelte sich daraus die Familientherapie; das weitere soziale Umfeld betreffend, spricht man von Systemtherapie (Gurman u. Kniskern, 1981).

Der Problemschüler ist diesem Verständnis nach kein isoliertes Individuum, sondern in ein System von sozialen Beziehungen eingebettet, die sein Verhalten mitbestimmen. Er wird von seinem sozialen Netzwerk beeinflußt und beeinflußt durch sein Verhalten die anderen Mitglieder seines jeweiligen Bezugssystems (Familie, Schulklasse). Sein Verhalten ist bedingt durch den wechselseitigen Austausch zwischen ihm und den anderen Personen. Dies gilt auch für auffälliges und abnormes Verhalten.

So plausibel uns dies heute klingen mag, so fremd war uns diese Sichtweise bis vor wenigen Jahren. Der Paradigmenwechsel vollzog sich zunächst in der Physik (später Biologie) in der ersten Hälfte unseres Jahrhunderts (Capra u. Dürr, 1983). Es folgten neue Theorien, wie Shannons (1949) Kommunikationstheorie, Wieners (1948) Kybernetik, und die Anwendung der Systemtheorie auf die Sozialwissenschaften (Bertalanffy, 1968).

Die neue Denkweise wurde zunächst von Bateson (1958, 1972, 1979) und Jackson (1967) in die psychotherapeutische Praxis und Forschung einbezogen (Guntern, 1983). Zentraler Begriff des systemischen Denkens ist die *Zirkularität:* Jedes Verhalten wird durch die Struktur eines komplexen transaktionellen Feldes gesehen. In den letzten Jahren hat die „ökologische Wende“ (Schneewind, 1983) in psychotherapeutischen Schulen und Beratungsinstitutionen Eingang gefunden (Schneider, 1983) und erfaßt zunehmend auch die akademische Psychologie.

Die systemische Sichtweise integriert drei historische Entwicklungsstufen in der Beratungsarbeit, die jeweils einer personalen, interpersonalen und systemischen Beobachtungsebene des Beraters entsprechen:

1. Die individuumsorientierte Beratungsarbeit legt das Schwergewicht auf die Beschreibung des individuellen Problemverhaltens.
   „Der auf Individualbehandlung ausgerichtete Therapeut wird in der Regel auch heute noch das Individuum als Ort des pathologischen Geschehens betrachten und nur solche Daten zusammentragen, die sich vom einzelnen Patienten selbst oder über ihn gewinnen lassen“ (Minuchin, 1977, S. 15).
   Entsprechend dem sogenannten „medizinischen Modell“ werden z.B. mittels verschiedener psychodiagnostischer Verfahren die pathologischen Eigenschaften gesucht, die der individuellen Störung zugrunde liegen. Dem linear-kausalen Denken verhaftet, wird nach einem inneren (organischer Defekt, intrapsychisches Trauma) oder einem äußeren Verursacher (Fehlverhalten von Eltern, Lehrern, Mitschülern usw.) gesucht.
   Ein Meister der intrapsychischen Analyse war Freud, dem es gelang, sehr tief in die Person hineinzublicken, aber dabei kaum einen Blick für die soziale Umgebung hatte.
2. Die nächste Entwicklungsstufe zum systemischen Denken sieht das Individuum in der Interaktion mit anderen Personen. Es werden die Zweierbeziehungen untersucht: Wie verhält sich das Kind zur Mutter/zum Vater/zum Lehrer/zum Geschwister usw. ...? Die Analyse der Dyaden gibt Aufschluß, wie sich das Problemverhalten wechselseitig bedingt. Nach dem verhaltenstheoretischen Modell werden z.B. die Reizbedingungen berücksichtigt, die dem auffälligen Verhalten vorausgehen oder nachfolgen. Die Eltern werden über die Auswirkungen ihres Erziehungsverhaltens informiert und bekommen konkrete Verhaltensanweisungen, wie sie sich in bestimmten Situationen dem Kind gegenüber verhalten sollen. Die Interaktionsabläufe zwischen Schüler und Lehrer werden bis ins Detail beobachtet und analysiert.
3. Das systemische Modell schließlich sieht nicht nur das Individuum und die dyadischen Interaktionen in ihrem Bezugssystem, sondern betont, daß das System mehr ist als die Summe seiner Bestandteile. Familientherapie basiert in diesem Sinne auf einer andersartigen Wahrnehmungsorganisation als Behandlungsmethoden individuumbezogener Art (Bosch, 1983).

Familientherapie ist im eigentlichen Sinne Systemtherapie und deshalb nicht in eine Individualtherapie integrierbar. Umgekehrt kann der Familientherapeut jedoch auf der Ebene der personalen Einheit (Individuum) intervenieren.

Der Familientherapeut arbeitet nicht wie die Individualtherapeuten mit einem Vergrößerungsglas, sondern mit einer „Gummilinse", die zwar auch intrapsychische Prozesse des Individuums erforschen, aber mit der er den Brennpunkt auf die anderen Systemebenen erweitern (Minuchin, 1977) kann.

Deshalb kann er seine Intervention am Individuum, an interpersonalen Subsystemen, am Familiensystem oder an mehreren Ebenen der sozialen Organisation ansetzen. „Alle Kräfte, die auf das Individuum einwirken, in die Arbeit einzubeziehen ist eine so logische Idee, daß man sie kaum in Frage stellen kann" (Napier u. Whitacker, 1979, S. 71). Das systemische Denken in seiner Anwendung auf die Lebensbereiche Familie und Schule darzustellen ist die Aufgabe, die sich die Autoren in den folgenden Kapiteln gestellt haben.

1.1 Zum Begriff „systemisch"

Innerhalb des Gesamtspektrums des familientherapeutischen Ansatzes lassen sich folgende Richtungen unterscheiden (nach v. Schlippe, 1984, S. 42):

1. von Vertretern der Psychoanalyse her entwickelte Formen der Familientherapie (H. Stierlin, I. Boszormenyi-Nagy, H.E. Richter, L.W. Wynne u.a.);
2. strukturelle und strategische Familientherapie (S. Minuchin, J. Haley, G. Guntern);
3. entwicklungsorientierte Familientherapie (V. Satir, M. Kirschenbaum, M. Bosch, W. Kempler u.a.);
4. sogenannte systemische Familientherapie und Kurztherapien paradoxer Ausprägung (Mailänder Gruppe von Selvini-Palazzoli u.a.; sowie die Palo-Alto-Gruppe um P. Watzlawick, J. Weakland und R. Fish);
5. verhaltenstherapeutische Familientherapie (R. Libermann, C. Bartonu, J. Alexander, H. Nitz).

Allen Richtungen gemeinsam ist die *systemisch Sichtweise,* d.h. die Einbettung des einzelnen Symptomträgers (und damit auch Problemschülers) in das lebende System Familie. Eine „un-systemische" Familientherapie wäre in diesem Sinne ein Widerspruch in sich.

Allerdings existieren Unterschiede im Fokus der jeweiligen familientherapeutischen Richtungen: Die entwicklungsorientierte Familientherapie hat in ihrer Arbeit sehr stark das einzelne Familienmitglied (die sogenannte personale Einheit) mit seinen innerpsychischen Prozessen, seinen Wachstums- und Entwicklungsmöglichkeiten im Brennpunkt. Die strukturelle Richtung lenkt ihr Augenmerk vermehrt auf Prozesse, Beziehungsmuster und Grenzen zwischen den einzelnen Familienmitgliedern sowie erkennbare Untergruppen (Subsysteme) innerhalb der Familie (die sogenannte interpersonale Einheit). Die systemische Familientherapie der „Mailänder Schule" hat in erster Linie das Familiengesamtsystem im Blickfeld.

Wenn wir unser Stockwerksmodell (siehe S. 39) betrachten, so könnten wir stark vereinfacht die entwicklungsorientierten Familientherapeuten als Spezialisten für den 1. Stock, die strukturellen für den 2. Stock und die systemischen für den 3. Stock bezeichnen. Aber allen Richtungen gemeinsam ist, daß sie *immer,* wenn auch unterschiedlich akzentuiert, alle drei Stockwerke, personale, interpersonale und Gesamtsystemebene, in ihre Arbeit mit einbeziehen.

Insofern fänden wir es sehr bedauerlich und geradezu dem ökologischen, ganzheitlichen und systemischen Denken widersprechend, falls sich aus den unterschiedlichen Akzentuierungen der Systemebenen sogenannte streng voneinander getrennte „Schulen der Familientherapie" entwickeln würden. Wenn wir unser familientherapeutisches Vorgehen in der Arbeit mit Problemschülern kennzeichnen wollten, müßten wir es eigentlich „systemisch-strukturell-entwicklungsorientiert-lösungsorientiert" nennen. Um diesen Bandwurm abzukürzen und das Gemeinsame hervorzuheben, nennen wir es einen systemischen Ansatz.

2 Der Problemschüler[1] im Schnittpunkt der Systeme „Familie“ und „Schule“

Die Systemtheorie sieht den Menschen in einem System von sozialen Beziehungen integriert, die auf ihn wirken und die er beeinflußt (v. Schlippe, 1984).

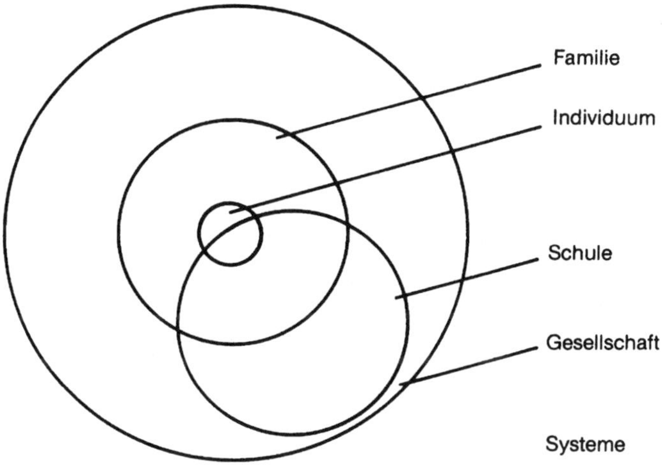

Abb. 1

Wir sehen den einzelnen Schüler, der mit Schulproblemen (im Leistungs- und/oder Erlebens- und Verhaltensbereich) an unsere Beratungsstelle kommt, nicht als ein isoliertes Individuum, dem die Symptome gleichsam wie Persönlichkeitsmerkmale anhaften. Vielmehr erleben wir ihn als ein Mitglied zweier für ihn ganz zentraler Bezugsgruppen (Systeme), nämlich des Systems Familie und des Systems Schulklasse (vgl. auch Bachmair u. a., 1982, S. 107ff., sowie Selvini-Palazzoli u.a., 1978).

Dem Systemmerkmal „Offenheit“ zufolge werden auch *zwischen* den Systemen ständig Informationen ausgetauscht.

Schwierigkeiten, die der Schüler in einem der beiden Systeme mit des-

1 Wir verwenden den Begriff „Problemschüler“ analog zu den Bezeichnungen „Indexpatient“ und „Symptomträger“.

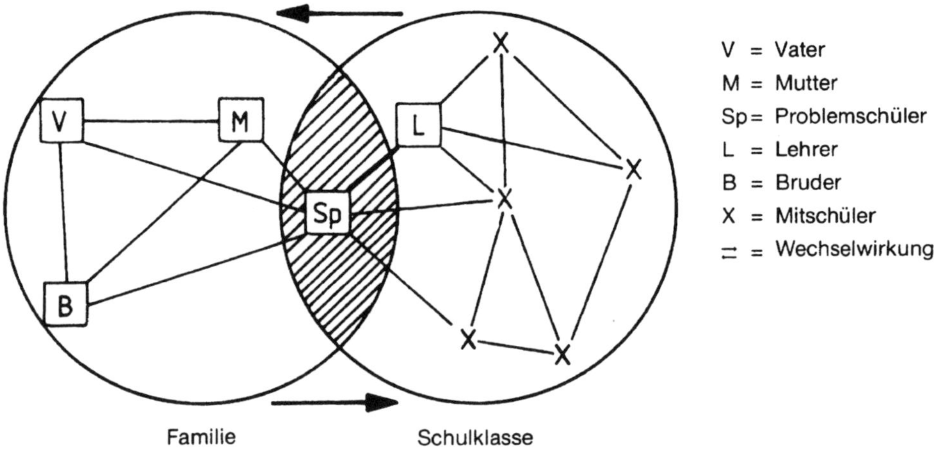

Abb. 2: Der Problemschüler in seinem sozialen Netzwerk

sen Mitgliedern hat (z. B. in der Familie), können enorme Auswirkungen auf seine Interaktionen in anderen Lebensbereichen (z.B. Schulklasse) zur Folge haben. Deshalb ist es für den Berater unerläßlich, mit *beiden* Systemen Kontakt aufzunehmen. Andernfalls werden die Beratungsbemühungen sehr wenig effektiv sein, oder die Probleme des Schülers werden nur durch den Ausschluß aus einem System, z.B. Versetzung in eine andere Klasse bzw. Schulart, oberflächlich und kurzfristig verringert.

Ist ein Schüler in seiner Klasse in irgendeiner Weise auffällig, so versucht der Lehrer zunächst, mit pädagogischen Maßnahmen eine Besserung bzw. „Normalisierung“ zu erreichen. Wenn sich die Störung dadurch nicht beheben läßt, wendet er sich in der Regel an die Eltern. Da dies meist auch keine Aufklärung und Besserung bringt, empfiehlt er den Eltern eine schulpsychologische Beratungsstelle o.ä. aufzusuchen.

Die Eltern können sich das Problemverhalten in der Schule zunächst meist nicht erklären und kommen in die Beratungsstelle mit einer Störungsbewertung, die die Ursache beim Kind selbst (Intelligenz, Motivation) oder in der Schule (Lehrer, Mitschüler) sucht. Sie selbst sehen sich als verantwortliche Mittler zwischen Schule und Kind. Der Schüler ist in dieser Phase durch den oft erheblichen Veränderungsdruck von Familie und Schule belastet, die ihn mit allen möglichen Mitteln zu einer Verhaltensänderung bringen wollen. Nicht selten verschlechtert sich seine Situation dadurch. Es kann sich auch zu einem Konflikt zwischen Elternhaus und Schule zuspitzen, wenn sich beide Parteien wechselseitig die Schuld zuschieben.

Der Berater, der mit *beiden* Bezugssystemen in Verbindung tritt, erhält dadurch eine breite und umfassende Informationsbasis, die er für die Diagnose und Therapiekontrolle notwendig braucht. Indem er die relevanten Bezugspersonen einbezieht, sind weitreichendere und anhaltendere Verhaltensänderungen möglich. Zur Überprüfung der Effektivität seiner Arbeit bekommt er Rückmeldung aus zwei unabhängigen Lebensräumen des Schülers. In welcher Weise der Berater/Therapeut konkret mit der Familie und der Schule zusammenarbeiten kann, wird in Teil II ausführlich beschrieben.

2.1 Koppelungserschwernisse zwischen den Systemen Familie und Schule

Die Schweizer Schulpsychologen Hess und Mueller (1985) gehen unseres Erachtens treffend davon aus, daß mit dem Schuleintritt des Kindes Anschlußmanöver zwischen den Systemen Familie und Schule stattfinden, deren erfolgreicher bzw. mißglückter Verlauf für den Schulerfolg des Kindes mitentscheidend sein kann. Sie nennen diese Anschlußmanöver „Koppelungsprozesse“ und verstehen darunter:

„Sobald also ein Kind in die Schule eintritt, ergibt sich aus den vorher sauber trennbaren Systemeinheiten Familie und Schule eine Koppelung dieser beiden Systeme, welcher das Kind täglich ausgesetzt ist und umgekehrt. Die Schule beeinflußt die Organisation der Familie und die Familie diejenige der Schule“ (Hess u. Mueller, 1985, S. 233).

Die Autoren sehen insbesondere folgende *Koppelungserschwernisse.*

a) Auf der Seite der Institution Schule:
   - Zu geringe Berücksichtigung des Bereichs Elternarbeit im Rahmen der Lehrerausbildung.
   - Ausrichtung der Schule auf kognitive Inhalte unter Vernachlässigung von sozial-emotionalen bzw. einer ganzheitlichen Sichtweise des Schülers.

b) Auf der Seite des Lehrers:
   - „Unsicherheit in Sachen Elternarbeit wegen der Vielfalt unterschiedlichster Erwartungen von seiten der Eltern und Behörden und fehlender brauchbarer Richtlinien“ (Hess u. Mueller, 1985, S. 234).
   - Wenig Erfahrung im Umgang mit Eltern von „schwachen“ Kindern, da die Berührungspunkte bei strittigen Fragen in den Händen von

„Fachleuten" liegen (Sonderschullehrer, Beratungslehrer, Schulpsychologe usw.).
  - Elternarbeit fällt unter die Rubrik von Überstunden

c) Auf der Seite der Eltern:
  - „Negative Schulerfahrungen der Eltern
    Negative Erfahrungen der Eltern mit dem betreffenden oder einem anderen Lehrer" (dazu ein Beispiel der Autoren: zwischen der Mutter des Kindes und der Grundschullehrerin besteht ein Konflikt, die Mutter wertet zu Hause die Lehrerin ab, das Kind sieht sich gehindert, in der Schule eine positive Einstellung zur Lehrerin und den Lerninhalten aufzubauen, weil es sich ja dann im Gegensatz zur Mutter befinden würde, was einem „Verrat" gleichkäme.)
  - „Ängste und Ohnmacht gegenüber der Institution Schule: ‚Wenn wir etwas sagen, wird dies unser Kind vom Lehrer zu spüren bekommen.'
  - Veränderungen innerhalb der Schule erschweren die Mitarbeit der Eltern, da diese mit den neuen Lehrmitteln und -methoden nicht mehr vertraut sind." (Hess und Mueller, 1985, S. 234).

Die unter c) angeführten Koppelungserschwernisse von seiten der Eltern können auch ganz allgemein als „Schulferne" des Systems Familie vom System Schule verstanden werden.

Von daher ist es auch nicht verwunderlich, daß Unterschichtsfamilien mit einem niederen Bildungsstandard im Vergleich zu Mittelschichtsfamilien verstärkt Koppelungserschwernissen ausgesetzt sind.

Osterhold und Eckhardt (1985) fragen sich über diese Koppelungserschwernisse hinaus: „Warum ist es so schwierig, Elternhaus und Schule als ein übergeordnetes System zu sehen und in diesem die Funktion der Schulschwierigkeiten zu verstehen?"

Sie nennen drei Tendenzen, die begünstigen, daß Schule und Elternhaus nicht wirklich miteinander ins Gespräch kommen:

1. *Isolation* von Elternhaus und Schule, da sich ihre Lebensräume immer weniger decken;
2. *Konkurrenz* im Konfliktfall;
3. gegenseitige *Schuldzuweisung:* Schule und Elternhaus klagen einander an, der Erfüllung ihres pädagogischen Auftrages nur unzureichend nachzukommen.

Die Autoren fragen systemisch konsequent weiter nach der *Funktion dieses Problems der Koppelungsschwierigkeiten* in unserer Gesellschaft und können einen interessanten Aspekt herausschälen: Was bei isolierter Betrachtung als Problem erscheint, erweist sich in systemischer Sicht als funktional. Die Koppelungsschwierigkeiten beider Systeme sorgen dafür, daß wichtige Fragen zu Erziehungszielen und der Zukunft unserer Kinder nicht gestellt werden. Beide Systeme schützen sich so vor dem schmerzlichen Wahrnehmungsprozeß einer angsterzeugenden Zukunft von Umweltkatastrophen (Osterhold und Eckhardt, 1985, S. 207).

Innerhalb der Schule als Organisationssystem lassen sich mehrere Subsysteme finden, die miteinander und mit der Umwelt interagieren: Schulklasse, Kollegium, Klassensystem usw. (s. Abschnitt 8.1, S. 281). Es handelt sich bei allen um Gruppen, die funktionale Einheiten geworden sind und eigene Regeln entwickelt haben, die ihr Zusammenleben lenken.

Das Subsystem, das uns in diesem Zusammenhang am meisten interessiert, ist die Schulklasse. Dieses offene System (gewachsene Gruppe) lebt durch seine zirkulären Beziehungen. Durch einen fortwährenden Austausch von Informationen und Rückkoppelungen unterhält es ständige Beziehungen zu anderen Systemen (Offenheit).
Die Eigenschaften offener Systeme sind:

Ganzheit: Die Schulklasse ist mehr als die Summe ihrer Schüler, sie bildet eine einzigartige Organisation mit den charakteristischen Eigenschaften einer gewachsenen sozialen Gruppe.
Das Verhalten eines Schülers beeinflußt die Mitschüler und wird von diesen beeinflußt. Die Verhaltensänderung eines Schülers zieht eine – wenn auch noch so minimale – Systemtransformation nach sich. Zum Gruppengleichgewicht tragen deshalb in gleicher Weise die ruhigen wie die unruhigen Schüler bei.

Rückkoppelung: Die zirkuläre Kommunikation im System sorgt für die ständige Rückkoppelung, die dem Sender mitteilt, wie seine Botschaft angekommen ist.
Die Schulklasse ist ein retrospektives System, das heißt, die Beziehungen zwischen den Mitgliedern sind kreisförmig: „Reaktion und nachfolgendes Ereignis sind nicht voneinander zu trennen" (Selvini-Palazzoli u.a., 1978).
Es wäre eine einseitige Interpunktion[2] im zirkulären Kommunikationsmodell, wollte man nur die Reaktion des Schülers beobachten und das Lehrerverhalten als gegeben oder neutral annehmen.
Beispiel des „schlechten" Schülers:

2 Interpunktion bedeutet, das zirkuläre Denken an einer Stelle zu unterbrechen.

Der Schüler zeigt sich durch sein schlechtes Abschneiden zunehmend unmotivierter und unsicherer. Der Lehrer sieht sich in seiner Erwartung und Einstellung bestätigt, da er den Schüler für dumm und faul hält, was sich in subtil abwertenden nonverbalen Verhaltensweisen ausdrückt.

Die Selbstregulierung eines funktionalen offenen Systems ist durch positive (Transformation) und negative Rückkoppelung (Homöostase) gekennzeichnet. Es gibt also eine Tendenz zum Gleichgewicht und zur Veränderung, die für die Stabilität bzw. die Entwicklung des Systems sorgt. Das Problemverhalten eines Schülers (z. B. Clownerie) kann eine wichtige Rolle im Gleichgewicht der Schulklasse einnehmen.

Wenn es das Ziel des Beraters ist, nun dieses Problemverhalten zu beseitigen, so muß er mit dem Widerstand des Systems rechnen. Eine stabile Verhaltensänderung muß eine Veränderung der Klassenorganisation nach sich ziehen.

Die Effektivität der Beratungstätigkeit von schulischen Beratern wird dann größer, wenn sie lernen, systembezogen zirkulär zu denken.

Beispiel:

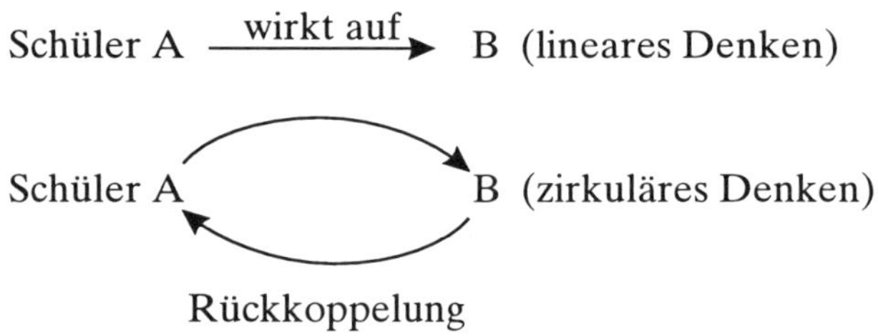

Wie im Familiensystem ergibt sich in der Schulklasse aus dem zirkulären Denken für den einzelnen nicht nur eine Mit- bzw. Rückwirkung, sondern auch eine Mitverantwortung im Gesamtsystem.

Was wir hier für das System Schulklasse beschrieben haben, läßt sich auch auf andere Systeme innerhalb der Schule oder in anderen Institutionen anwenden.

3 Der Problemschüler vor dem Hintergrund seiner Familie

Wenn wir als Berater/Therapeut systemisch denken und arbeiten, können wir das Etikett „Verhaltensstörung“ im klassischen Sinne nicht mehr akzeptieren, wie es in einer individuumszentrierten Betrachtungsweise verwendet wird.

Verhaltensweisen bzw. Eigenschaften eines Individuums ergeben für uns dann einen Sinn, wenn wir den sozialen Kontext, in dem sie geäußert werden, mit einbeziehen.

Beispiel: Wenn ein Schüler seit drei Jahren in der Schule völlig schweigt, obwohl er zu Hause in der Familie flüssig reden kann (psychiatrische Etikettierung: „elektiver Mutismus“), erscheint uns dann sein Verhalten als „gestört“ oder „unverständlich“, wenn wir nur sein Schweigen isoliert betrachten. Beziehen wir jedoch den familiären Kontext des „auffälligen“ Schülers mit ein und erfahren dabei, daß die Eltern Schweigen als Waffe benutzen und das Schweigen des Kindes in der Schule ein verzweifelter Versuch ist, die sich anbahnende Trennung/Scheidung der Eltern zu verhindern, erhält das zunächst unverständliche Verhalten des Schülers für uns einen Sinn.

Wir sehen also jedes Verhalten als gerichtet, mit einer Kommunikationskomponente versehen und als logisch und sinnvoll in seinem umgebenden System an, mag auch die Logik des jeweiligen Systems (z.B. Familie) eine andere sein als die unsere (vgl. Deissler, 1983, S. 145).

Selbstverständlich determinieren angeborene oder erworbene organische Eigenschaften bzw. Defizite ebenfalls das Verhaltensrepertoire des Schülers. So kann z.B. eine minimale cerebrale Dysfunktion bestimmend sein für die motorische Unruhe eines Schülers oder die aus einer knapp durchschnittlichen Begabung resultierende kognitive Überforderung eines Schülers auf dem Gymnasium zu ganz bestimmten Überforderungssymptomen führen.

Nur machen solche Fälle an unserer Beratungsstelle nach einer Einzelfallanalyse von 270 Anmeldungen lediglich 20% aus, während 80% der Problemschüler aufgrund emotionaler Faktoren Lern- und Verhaltensauffälligkeiten zeigen.

Demgemäß lautet unsere *erste These* in diesem Zusammenhang: „Es gibt kein sinnloses abweichendes Schülerverhalten, es sei denn, der betreffende Schüler ist permanent kognitiv überfordert (bzw. stark unterfordert), d.h. aufgrund frühkindlicher erworbener oder angeborener Einschränkungen in Begabungshöhe und Begabungsstruktur." Selbst in diesem Fall hat jedoch das abweichende Verhalten des Schülers insofern einen Sinn, als es auf die Überforderung (bzw. Unterforderung) aufmerksam macht. Das kann man mit Hilfe eines oder mehrerer Intelligenztests abklären und gegebenenfalls durch einen Schulartenwechsel korrigieren.

Unsere *zweite These* lautet: „Wenn wir ausgeschlossen haben, daß ein Schüler kognitiv überfordert ist, wird uns sein Leistungsversagen oder seine Verhaltensauffälligkeit in erster Linie vor dem Hintergrund seines familiären Bezugssystems, in zweiter Linie im Kontext des Systems Schulklasse verständlich."

Wir gewichten ganz bewußt diese beiden für den Schüler wichtigsten Bezugssysteme nicht gleich stark. Unseren Beobachtungen nach ist es in der Regel so, daß das System „Schulklasse" eher das „Schlachtfeld" ist, die öffentliche Bühne, auf dem der Schüler das ausagiert, was sich im privaten System Familie an emotionalem Streß (z.B. offener oder verdeckter Ehekonflikt der Eltern) angestaut hat. Das Familiensystem ist unseren Beobachtungen nach das wesentlich wichtigere und einflußreichere von beiden, weil der Schüler schon sechs bis sieben Jahre vor Schuleintritt bereits dessen Einflüssen ausgesetzt ist. Ferner sind Eltern und Geschwister selbstverständlich wichtigere Bezugspersonen als Lehrer und Mitschüler, auch wenn in der Pubertät der Einfluß der Peer-group immer bedeutender wird.

Das soll aber keineswegs einen Freibrief für die Schule insofern darstellen, als sie mit dem Finger auf die Familie des Schülers zeigen und sagen kann: „Wir haben es ja immer schon gesagt, die Familie ist schuld." Denn natürlich können auch Unterrichtsgestaltung, Lehrerpersönlichkeit sowie Klassenklima das Schülerverhalten massiv beeinflussen und auch zu Störungen führen.

Nur sind unseren Erfahrungen nach in solchen Fällen meist mehrere Schüler einer entsprechenden Klasse betroffen, und die Verhaltensreaktionen der Schüler sind nicht von überdauernder Art, sondern verschwinden wieder nach einem Lehrerwechsel bzw. treten nur bei einem ganz bestimmten Lehrer auf und bei anderen nicht.

Wie kommt es nun aber, daß nicht nur in den schulpsychologischen Beratungsstellen, sondern auch in den psychologischen Beratungsstellen für Erziehungs-, Ehe- und Lebensfragen (früher: Erziehungsberatungsstel-

len) 40–60% der Anmeldeanlässe bei Kindern und Jugendlichen mit dem Stichwort „Schulprobleme" verbunden sind?
Unseres Erachtens erklärt sich das folgendermaßen:

1. Ein Schulkind verbringt einen beträchtlichen Teil seines Tages (mit Schulweg und Hausaufgabe je nach Schulart und Klassenstufe im Durchschnitt zwischen 40 und 50 Wochenstunden) in der Schule bzw. mit schulischen Aktivitäten. Ebenso findet ein Großteil der Peer-group Kontakte in der Schule bzw. mit Schulkameraden statt.
2. In den letzten 15–20 Jahren ist die Schule als Zuteilerin von Bildungschancen immer mehr auch zur zentralen Institution für die Gewährung von Berufs- und Lebenschancen geworden.
   Schule ist in den Augen der Eltern und damit auch ihrer Kinder „wichtiger" geworden. Eine Behinderung im schulischen Fortkommen wird sehr ernst genommen, d.h., daß Eltern durch Schulversagen oder Verhaltensauffälligkeiten in der Schule empfindlich getroffen werden.
3. Von daher setzen Symptome, die im *öffentlichen* Bereich der Schule geäußert werden, die Eltern wesentlich stärker unter Zugzwang (Lehrer oder andere Eltern beschweren sich, Klassenwiederholung oder ein Verlassen der entsprechenden Schulart droht usw.) als im *privaten*, familiären Bereich gezeigte Verhaltensauffälligkeiten.

Beispiel:
Nächtliches Einnässen oder Aggressionen *in der Familie* können vor der Umwelt erfolgreich verheimlicht werden, Schulversagen und Aggressionen *in der Schule* aber nicht mehr, das System Familie muß reagieren.

Aufgrund dieser Einschätzungen gehen wir davon aus, daß wir dann alle diagnostisch relevanten Informationen erhalten, die ja die Grundlage für jede erfolgreiche Beratung bzw. Therapie darstellen, wenn wir mit *beiden* Systemen Kontakt aufnehmen, dem System „Familie" und dem System „Schulklasse". Selbst ein Berater, der vom Zeitaufwand oder von der Ausbildung her nicht in der Lage ist, familientherapeutisch im engeren Sinne tätig zu werden, erhält ganz wesentliche Informationen über den problematischen Schüler, wenn er anfängt, systemisch zu denken und zu arbeiten. Er kann sich damit viel uneffektive Arbeit ersparen und gezielter an entsprechende Beratungsinstitutionen weiterverweisen.

„Man kann eigentlich nicht über die Erde sprechen, ohne das Sonnensystem zu beachten." Wir können über den einzelnen Problemschüler keine verstehenden oder erklärenden Aussagen machen (sondern lediglich beschreibende), ohne seine Familie zu beachten.

Es geht also um die Frage, welche Beobachtungsebene nehme ich ein: Nehme ich den Standpunkt des Beobachters im *ersten Stock* (personale Ebene) ein, so sehe ich den Schüler als isoliertes Individuum, beschreibe ihn mit Aussagen, die psychische „Eigenschaften" enthalten („aggressiv", „dumm", „unkonzentriert" usw.) bzw. die sein Verhalten lediglich deskriptiv beschreiben, jedoch nicht erklären können.

Begebe ich mich in den *zweiten Stock* (interpersonale Ebene), so mache ich Aussagen über die Interaktionen des symptombehafteten Schülers mit jeweils einer Person, also z. B. seiner Mutter, eines Lehrers usw. Aussagen auf dieser Ebene könnten in etwa lauten: „Hans und seine Mutter haben eine symbiotische Beziehung", d.h., die Mutter beschützt und verwöhnt Hans übermäßig, so daß er sich nicht autonom und altersgemäß entwikkeln kann und dementsprechend kleinkindhafte und unselbständige Verhaltensweisen zeigt. Diese kleinkindhaften und unselbständigen Verhaltensweisen bestärken wiederum die Mutter in ihrem überbehütenden Verhalten usw.

Offen auf der zweiten Ebene bleibt jedoch die Frage: Wozu braucht die Mutter Hans als unselbständiges Kind? Wie kommt es, daß die Mutter den Hans so an sich bindet usw.?

Begebe ich mich als Beobachter auf die *dritte Ebene* (Systemebene), dann sehe ich Hans im Kontext, in seinen Beziehungen zu all denjenigen Personen, mit denen er seinen Alltag verbringt. In der Regel ist das seine Familie, sei sie unvollständig (Eltern geschieden) oder erweitert (die Großmutter lebt mit in der Familie und betreut Hans am Nachmittag). Erst auf dieser Ebene, wenn ich *alle* relevanten Bezugspersonen mit einbeziehe, kann ich eine systemische Aussage über das Symptomverhalten von Hans machen, d.h. auch die Sinnhaftigkeit des Symptomverhaltens erfahren.

Eine Aussage auf dieser dritten Ebene könnte etwa wie folgt aussehen: „Hans versucht (natürlich unbewußt) über seine Probleme XY die auseinanderstrebenden Eltern zusammenzuhalten, indem sie beide sich *gemeinsam* Sorgen um Hans machen müssen, weil diese Sorgen vielleicht noch das einzig verbindende Element der Ehepartner darstellen. Gleichzeitig kann Hans durch seine Probleme von den Problemen auf der Beziehungsebene zwischen den beiden Eltern ablenken." Eine Aussage auf dieser Ebene bezieht also immer alle Familienmitglieder ein.

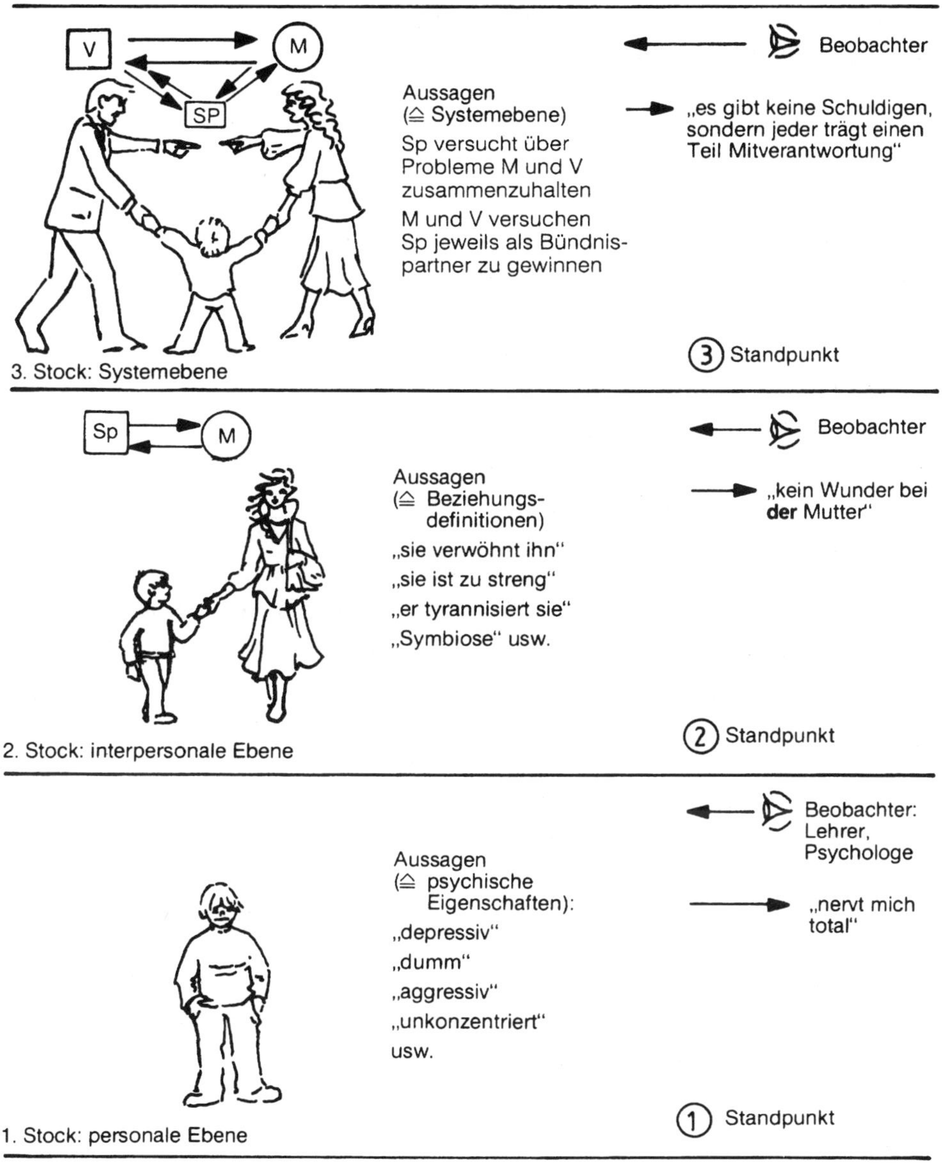

Abb. 3: „Stockwerksmodell"

Erläuterung zur Abbildung:
Der systemische Ansatz in der schulpsychologischen Einzelfallhilfe ist *nicht* irgendeine *neue Therapieform,* sondern eine *neue Sichtweise* des Problemschülers. Es geht darum, auf welcher Ebene, auf welchem Stockwerk ich den Schüler mit seinen Verhaltensauffälligkeiten sehe und erlebe.

Funktion und Bedeutung von Symptomen aus systemischer Sicht

Immer wieder können wir die folgenden zentralen Bedeutungen und Funktionen von Symptomen wahrnehmen:

1. Symptome können verzweifelte und vergebliche Lösungsversuche einer für das Schulkind unaushaltbaren Situationen darstellen, wie z.B. die auseinanderstrebenden Eltern zusammenzuhalten.
2. Symptome können der verschlüsselte Hilferuf eines Schulkindes/Jugendlichen an außerfamiliäre Bezugspersonen darstellen (Lehrer, Mitschüler, Institutionen u.ä.), wie z.B. auf eine innerfamiliäre sexuelle Mißbrauchssituation aufmerksam zu machen, ohne den „Verrat" zu begehen, die Situation als solche eindeutig zu benennen.
3. Symptome können eine Machtausübung über Bezugspersonen darstellen (Beziehungsmanipulation): Je hilfloser das Schulkind sich z.B. bei den Hausaufgaben anstellt, desto stärker zwingt es die Mutter zur „Mithilfe" und damit zu intensivem Kontakt nach dem Motto: „Lieber negative Zuwendung als zuwenig Zuwendung".
4. Symptome können den Versuch darstellen, von den Problemen enger Bezugspersonen abzulenken: Z.B. kann das Kind durch seine Schulprobleme versuchen, die Mutter von ihrer Depression, die Eltern von ihren Paarkonflikten usw. abzulenken.

Fazit:
Wir müssen als Lehrer, Berater und Therapeuten lernen, die *verdeckte positive Kehrseite* von schulischen Symptomen zu erkennen. Dann können wir dem Schulkind und seiner Familie auch wesentlich wirksamer helfen.

Anmerkung:
Selbstverständlich existieren auch Symptome, die auf der individuellen Ebene des einzelnen Schülers angesiedelt sind und keine systemische Funktion haben wie z.B. eine intellektuelle Überforderung oder eine Teilleistungsschwäche (Legasthenie oder Rechenschwäche).

Teil II

Praxis des systemischen Ansatzes in der schulpsychologischen Einzelfallhilfe

Erläuterung zum Flußdiagramm auf S. 43:

Anhand des Flußdiagramms kann sich der Leser einen Überblick über unsere Vorgehensweise verschaffen. Zum besseren Verständnis möchten wir noch folgende Erläuterungen anfügen:

1. Der Lehrer kann selbstverständlich die Eltern nicht zwingen, eine Beratungsinstitution aufzusuchen, sondern sie nur dazu motivieren bzw. eine Empfehlung aussprechen. Für viele Eltern bedeutet dieser Schritt eine derart große Überwindung, daß dafür eher ein Fortdauern bzw. eine Verschlimmerung der Schulproblematik in Kauf genommen wird.
2. Die Schwellenangst der Eltern, eine Beratungs-/Therapieinstitution aufzusuchen, drückt sich oft auch in einer längeren Latenzperiode aus, bis sie sich tatsächlich telefonisch anmelden. Wir bestehen immer darauf, daß die Eltern sich selber und nicht über den Lehrer anmelden (s.u.).
3. Der Kontakt vom Berater/Therapeuten zur Schule, der meist nach dem Familienerstgespräch stattfindet, erfolgt nur mit Einwilligung der Eltern. Dabei erhält der Lehrer nur solche Informationen über die Familie, die für den schulischen Bereich von Interesse sind. Als Berater/Therapeuten stehen wir selbstverständlich unter Schweigepflicht.
4. An einem gesonderten Termin wird über einen oder mehrere Tests abgeklärt, inwiefern der Schüler auf der individuellen Ebene Probleme hat, z.B. ob eine begabungsmäßige Überforderung mit entsprechender Folgesymptomatik besteht.
5. Ist das Schulproblem des Schülers Ausdruck eines Familienproblems, beginnt eine Familientherapie/-beratung, die in der Regel zehn Sitzungen umfaßt. Vor Ende des Therapieprozesses findet ein weiterer Schulkontakt statt, um Auskunft über Veränderungen der Symptomatik in der Schule zu erhalten.
6. Im Falle eines individuellen Problems des Schülers, wie z.B. ungenügend ausgebildeter Lern- und Arbeitstechniken, begabungsmäßiger Überforderung usw., werden in einem zweiten Familiengespräch der Familie bestimmte Hilfsmaßnahmen wie z.B. Lerntrainings, Nachhilfe, Schulwechsel usw. vorgeschlagen, die das Symptom zum Verschwinden bringen sollen.

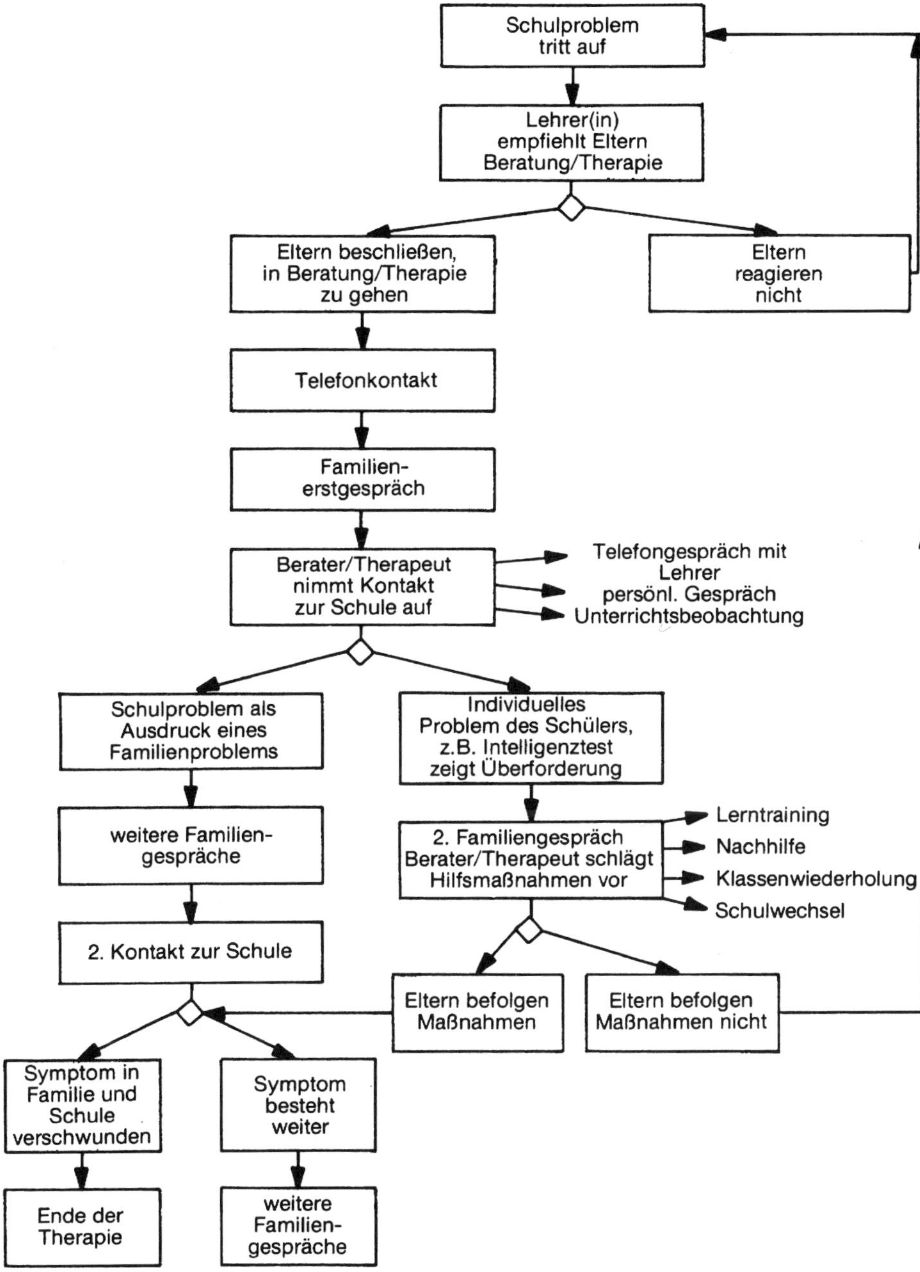

Abb. 4: Flußdiagramm zur Praxis der systemischen schulpsychologischen Einzelfallhilfe

A Vier typische Fallbeispiele

Zum Einstieg möchten wir vier typische Beratungsfälle skizzenhaft darstellen, wie sie all denjenigen begegnen, die in einer Erziehungsberatungsstelle, einer schulpsychologischen Beratungsstelle oder als Lehrer bzw. Schulpsychologe in einer Schule arbeiten.

Mit ähnlichen Fällen, wenn auch mit einer ausgeprägteren Symptomatik, müssen sich jedoch auch Mitarbeiter von Jugendämtern, Kinder- und Jugendpsychiatrien und niedergelassene Kinderärzte befassen. Dabei handelt es sich um eine Familie mit einem *offenen Ehekonflikt* (Familie T.), eine Familie mit einem *verdecktem Ehekonflikt* (Familie W.), einen *überforderten Schüler* (Familie E.) und eine *unvollständige Familie* (Frau K.). Diese vier skizzierten Problembereiche machen ca. vier Fünftel unserer Beratungsarbeit innerhalb der schulpsychologischen Einzelfallhilfe aus. Sie nehmen ebenfalls einen großen Raum von Beratung und Therapie in anderen Institutionen ein, die mit Kindern und Jugendlichen arbeiten.

Es ist sicher kein Zufall, daß drei der vier beschriebenen Familien aus der Unterschicht bzw. aus der unteren Mittelschicht stammen. Ca. 50 bis 60% der Familien, mit denen wir aus Anlaß von Schulproblemen ihrer Kinder in der Beratungsstelle familientherapeutisch arbeiten, sind Angehörige dieser beiden Sozialschichten.

Das soll nun keineswegs bedeuten, daß systemisches Denken und Handeln ein primär auf die Unterschicht spezialisierter Beratungs-/Therapieansatz ist. Er ist jedoch dank seiner nichtverbalen bzw. seiner auf relativ einfachem Niveau gehaltenen verbalen Anteile sowie bedingt durch die klare Strukturierung der Therapiesitzungen ein Ansatz, der für die Arbeit mit Unterschichtfamilien besonders geeignet ist.

Zwei der im folgenden skizzierten Familien, nämlich Familie T. und W., möchten wir zusammen mit dem Leser über einen längeren Zeitraum begleiten, um Veränderungsmuster bei den dargestellten Familien sowie die praktische Anwendung des Systemansatzes illustrieren zu können.

1 Familie T. oder das „Damoklesschwert der Scheidung"

Beratungsanlaß:
Die Lehrerin des 13jährigen Alexander T. empfiehlt den Eltern dringend, sich mit unserer Beratungsstelle in Verbindung zu setzen. Alexander, der die 7. Klasse der Gesamtschule im C-Kurs (Hauptschulkurs) besucht, versagt derart massiv in Englisch und Mathematik, daß eine Klassenwiederholung, ja sogar möglicherweise eine Überprüfung auf Sonderschulbedürftigkeit ansteht.

Familienmitglieder:
Zur Kernfamilie gehören außer dem dicklichen und sehr behäbig wirkenden Alexander dessen neun Jahre alte Schwester Tanja, ein sich überangepaßt gebendes und von der Mutter als vorzügliche Schülerin bezeichnetes Mädchen, die 43 Jahre alte Frau T., in deren Gesichtszüge Gram und Verbitterung eingegraben sind, sowie der 45jährige Herr T., ein ebenfalls behäbig und etwas hilflos wirkender Handwerksmeister. Der Handwerksbetrieb ist ein Ein-Mann-Betrieb, in dem Frau T. halbtags in der Buchführung mitarbeitet. Mit zur Familie gehört die in der Nachbarschaft lebende 66 Jahre alte Mutter des Vaters, eine rüstige Witwe, die noch eine entscheidende Rolle in dem von ihrem Mann übernommenen und an den Sohn weitergegebenen Betrieb spielt und Alexander und Tanja fast täglich betreut.

Systemische Grundhypothese:
Die folgende Hypothese hat sich aus den beiden ersten Familiengesprächen entwickelt und im Laufe des Gesamtbehandlungsprozesses als sinnvoll, d.h. veränderungswirksam herausgestellt (nachdem in einem Intelligenztest Begabungsmängel als Ursache für das Schulversagen ausgeschlossen worden sind):

Herr und Frau T. haben sich auf der Ehepaarebene so weit auseinanderentwickelt, daß Frau T. seit nunmehr drei Jahren immer wieder eine mögliche Scheidung ins Gespräch bringt. Durch die massiven Schulleistungsschwierigkeiten zwingt Alexander die Eltern, sich *gemeinsam* um ihn Sorgen zu machen, sich *gemeinsam* den Kopf zu zerbrechen, sich *gemeinsam* um ihn zu kümmern.

Diese gemeinsamen Sorgen um das schulische Fortkommen Alexanders sind derzeit das noch wichtigste verbindende Element zwischen Herrn und Frau T. Wie nahezu alle Symptome, so erfüllt auch dieses mehrere Funktionen:

a) Es stellt eine verbindende Klammer für die auseinanderstrebenden Eltern dar.
b) Es bindet Energie und lenkt so vom direkten Konflikt auf der Paarebene ab.
c) Es enthebt Alexander der lästigen Aufgabe, viel für die Schule arbeiten zu müssen (die Eltern bezeichnen ihn als „faul").

Hier wird vielleicht schon etwas deutlich, auf das wir weiter unten näher eingehen werden, nämlich die *zwei Seiten* eine Symptomatik:

eine äußerlich das schulische Fortkommen störende oder die psychosoziale Entwicklung des Kindes oder Jugendlichen hemmende *destruktive Seite,* und eine andere, *konstruktive Seite,* unsichtbar sozusagen, die sich erst aus der Familienstruktur und Dynamik für den Beobachter erschließt.

Im vorliegenden Fall hat Alexander die konstruktive und sehr schwierige Aufgabe (unbewußt) übernommen, seine Familie vor dem Auseinanderfallen zu bewahren. Seine Schwester Tanja kann sich aus dem Ehekonflikt der Eltern heraushalten und die ihrer Intelligenz entsprechenden Schulleistungen erbringen.

Da übrigens die Eltern, wie sehr häufig in solchen Familien, ein unterschiedliches Erziehungsverhalten praktizieren, nämlich die Mutter streng und fordernd, der Vater hingegen nachgiebig und gewährend, erhält Alexander die Möglichkeit und die Macht, die Eltern gegeneinander auszuspielen. Umgekehrt kann das Ehepaar T. den Streit, den es auf der Paarebene hat, auch über die Eltern-Kind-Ebene „gut" austragen:

Indem der eine Alexander etwas erlaubt, was der andere ihm verboten hat, weiß er genau, daß er damit den Partner schmerzhaft trifft. Er braucht sich nicht direkt mit ihm auseinanderzusetzen, sondern kann die Auseinandersetzung indirekt über das Kind laufen lassen. Es handelt sich also um einen Wechselwirkungsprozeß, den wir nicht linear-kausal, also mit Ursache und Wirkung versehen, sondern kreisförmig beschreiben können. Das Verhalten des einen bewirkt das Verhalten des anderen und umgekehrt.

Wie in fast allen ähnlich gelagerten Fällen, schlägt sich Alexander eher auf die Seite des für ihn „angenehmeren" Elternteils, desjenigen, der ihm

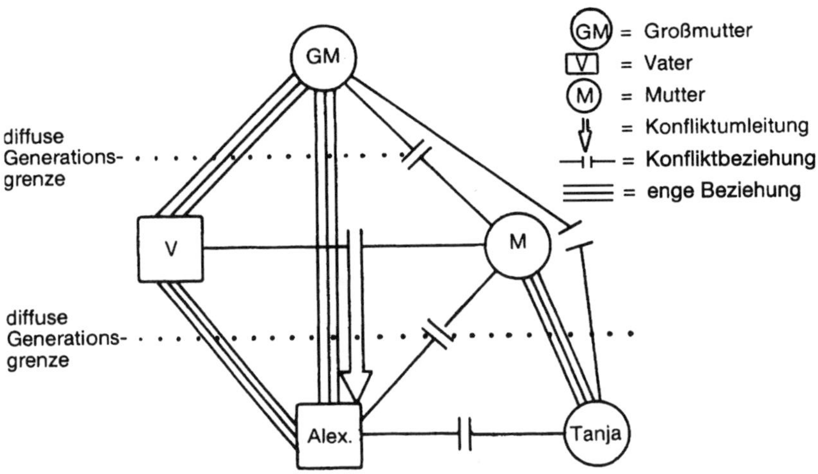

Abb. 5: Skizze der Familienstruktur Familie T.
Erläuterung der Symbole siehe Auswertungsbogen (S. 334 im Anhang)

mehr gewährt und weniger Grenzen setzt, in diesem Fall auf die seines Vaters. Im Gegenzug erhält damit natürlich der gewährende Elternteil einen willkommenen Koalitionspartner.

Mit einbezogen in die Konfliktdynamik der Familie T. ist die Großmutter, die eine klare Koalition mit ihrem Sohn und ihrem Enkel Alexander gegen die Schwiegertochter eingegangen ist. Die Großmutter war mit der Partnerwahl ihres Sohnes nicht einverstanden und hat dies die Schwiegertochter von Anfang an spüren lassen.

Ebenso in der Logik dieses Systems liegt es, daß beide Kinder eine starke Geschwisterrivalität entwickelt haben, und zwar mit der Begründung, jeweils das andere würde in der Familie bevorzugt.

Um nicht ganz isoliert ohne Bündnispartner in diesem Familiensystem dazustehen, hat Frau T. eine sehr enge Beziehung zu ihrer Tochter Tanja entwickelt, die mit ihrer Strebsamkeit, ihrem Fleiß und ihrer Angepaßtheit voll ihren Erwartungen entspricht. Logischerweise (wohlgemerkt in der Logik dieses Systems, die nicht die unsere zu sein braucht) begründet die Großmutter die eindeutige Bevorzugung ihres Enkels Alexander gegenüber der Enkelin Tanja damit, daß ihre Schwiegertochter „die Tanja ja eindeutig dem Alexander vorziehe“ und sie deshalb einen Ausgleich schaffen müsse.

Wenn wir übrigens von „Aufgaben“, „Koalitionen“, „Gegeneinanderausspielen“ usw. berichten, ist die Erkenntnis sehr wichtig, daß es sich dabei um unbewußt ablaufende Prozesse handelt, die in einem äußerst komplexen Geflecht von Wechselwirkungsbeziehungen ablaufen. Es geht dabei also nicht um mit Raffinesse und taktischem Kalkül geplante Handlungen einzelner Familienmitglieder.

Wenn wir uns die Untergruppen (Subsysteme) in der Familie T. anschauen, so haben wir eine Männergruppe (Vater und Sohn), die um die Großmutter verstärkt wird, und eine Frauengruppe (Mutter/Tochter).

Auffallend ist hier wie übrigens in nahezu allen Problemfamilien, daß es sich nicht um *natürliche* Subsysteme, also z.B. geschwisterliches, Ehepaar-, Frauen-, Männer- oder Großelternsubsystem usw., sondern um generationsübergreifende Verbindungen und Koalitionen handelt, also z.B. Mutter/Tochter gegen Vater, Vater/Großmutter gegen Schwiegertochter und ähnliches. Wir haben die Erfahrung gemacht, daß generationsübergreifende Subsysteme nahezu immer offene oder verdeckt ablaufende Konflikte innerhalb der Familie, besonders auf der Ehepaarebene, signalisieren.

2 Familie W.: „Der hilflose Pascha“

Beratungsanlaß:
Frau W. ruft auf Empfehlung der Klassenlehrerin ihres sieben Jahre alten Sohnes Michel an, der dadurch auffällig wird, daß er nicht mit anderen Kindern adäquat Kontakt aufnehmen kann und so in eine Außenseiterposition geraten ist. Er befolgt häufig Arbeitsanweisungen der Lehrerin nicht, sondern sitzt verträumt und gedankenverloren vor seiner Schulbank. Mitten im Unterricht läuft er im Klassenzimmer umher, sucht Körperkontakt zur Lehrerin und ist nur dann in der Lage, Leistungen (und dann erstaunlich gute) zu erbringen, wenn die Lehrerin sich neben ihn setzt und ihre ganze Aufmerksamkeit ihm allein widmet.

Michel besucht die 1. Klasse einer Grundschule.

Frau W. berichtet am Telefon auch noch über Verhaltensauffälligkeiten Michels, die zu Hause auftreten (siehe dazu unter 5.1, „Telefonische Anmeldung“).

Familienmitglieder:
Michel, ein manchmal etwas hilflos und kleinkindhaft, manchmal ganz gewitzt dreinschauender Junge, ist Einzelkind. Die Eltern sind beide Anfang 30, sie arbeiten als Arbeiter in derselben Firma Schicht und wirken etwas hilflos und gutmütig. Die Mutter ist von imposanter, walkürenhafter Statur, der Vater eher klein und zierlich. Im Haushalt wohnt die Mutter von Frau W., eine Frau von etwa 50 Jahren, ebenfalls von großer, kräftiger Gestalt, die Michel tagsüber versorgt, solange die Eltern arbeiten.

Systemische Grundhypothese:
Frau W. hat von ihrer Mutter erfahren und erlebt es auch heute noch, daß eine „gute Mutter“ ganz für ihr Kind dasein muß.

Eine „gute Mutter“ darf sich nicht um ihr eigenes Wohl kümmern, sondern findet ihre Erfüllung in der totalen Versorgung (Überversorgung) ihres Kindes. Diese Lebensbotschaft, diese Regel hat Frau W. in ihrer Kindheit und Jugend von ihrer Mutter übertragen bekommen und gibt sie weiter an ihren Sohn Michel.

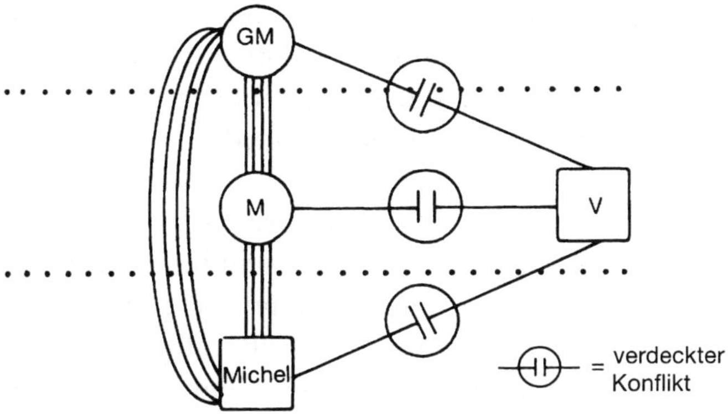

Abb. 6: Familienstrukturskizze der Familie W.
Erläuterung der Symbole siehe Skizze Familie T. sowie Auswertungsbogen (S. 334)

Sie ist stark an die im selben Haushalt lebende Mutter gebunden und bindet hinwiederum ihren Sohn stark an sich. Da sie alle Energien für das Wohlergehen ihres Kindes einsetzen muß, bleiben ihr nur sehr wenige Kräfte für gemeinsame Tätigkeiten mit dem Mann übrig. Herr W. hat hinwiederum aufgrund seiner unglücklichen Kindheit in seiner Frau eigentlich eine beschützende Muttergestalt gesucht und bezeichnet sich selbst als „großen Jungen". So ist er eher in der Rolle des großen Bruders als in der des Vaters und Ehemannes (Abb. 6).

Michel, der übrigens nicht nur von der Mutter, sondern auch von der Großmutter überbehütet wird, erhält einerseits übermäßig viel Macht, indem er alle Familienmitglieder nach seiner Pfeife tanzen läßt, andererseits kann er sich nicht altersgemäß autonom und selbständig entwickeln, weil ihm die reale Auseinandersetzung mit der Umwelt durch Mutter und Großmutter abgenommen wird. Auch Michel erfüllt durch sein Symptomverhalten mehrere Funktionen:

a) Indem er sich hilflos, dumm und unselbständig verhält, vermittelt er der Mutter das Gefühl, dringend als „sorgende Mutter" gebraucht zu werden. Sie meint ihm nicht mehr Entwicklungsraum und Selbständigkeit gewähren zu können, weil er ja sonst in dieser „feindseligen Umwelt" nicht bestehen könnte. Umgekehrt ruft sie natürlich durch ihr überbehütendes Verhalten gerade die Entwicklungsverzögerung Michels hervor, die sie als Grund für ihr Verhalten ansieht usw.
An diesem Beispiel kann man eine Grundgesetzmäßigkeit familiärer Kommunikations- und Interaktionsabläufe sehen:

Es ist nie so, daß das Verhalten des einen linear-kausal das Verhalten des anderen bewirkt, sondern es geht dabei immer um Wechselwirkungsprozesse. Von daher arbeiten wir auch in der systemisch-strukturellen Familientherapie nicht mit Begriffen wie „Schuld“ oder „Verursachung“.

b) Durch seine Symptome der Unselbständigkeit verhilft Michel aber nicht nur seiner Mutter zur Legitimation ihrer mütterlichen Selbstaufopferung ihrer Mutter gegenüber, sondern erhöht gleichzeitig die Notwendigkeit der Anwesenheit der Großmutter in der elterlichen Wohnung, da in Abwesenheit der Eltern ein solch „„schwieriges Kind“ natürlich gut versorgt werden muß.

c) Dem Vater ermöglicht Michel es, leichter in der Rolle des älteren, eifersüchtigen Bruders zu bleiben, anstatt die des verantwortlichen Ehemannes anzunehmen, der eine natürliche „Schutzmauer“ um das Ehepaarsubsystem aufbaut und klare Abgrenzungen gegenüber der Schwiegermutter und dem Sohn Michel vollzieht.

d) Dadurch, daß Michel die im familiären Bereich geäußerten Verhaltensmuster in den *öffentlichen* Bereich der Schule überträgt, wird von dort auf die Familie Druck ausgeübt, Michel und damit auch sich zu verändern. Andernfalls müßte sie die Folgen eines massiven Schulversagens (Klassenwiederholung bzw. Sonderschulüberweisung) in Kauf nehmen.

   So vollbringt Michel unbewußt das, was viele andere Problemschüler auch schaffen: nämlich die im privaten, familiären Bereich geäußerte Symptomatik, die leicht „unter den Teppich gekehrt“ werden kann, öffentlich und damit wirkungsvoller, druckvoller zu gestalten.

Es sei an dieser Stelle angemerkt, um Mißverständnissen vorzubeugen: Wenn wir hier von „Symptominszenierungen“ reden, so erweckt das den Eindruck, als handele es sich um geplante und durchdachte Handlungsabläufe. In Wirklichkeit sind es natürlich mehr oder weniger unbewußt ablaufende Prozesse, die indirekt das ausdrücken und ansprechen, was in einer Familie nicht direkt ausgedrückt und angesprochen werden kann.

Mehr wollen wir hier zur Familie W. nicht ausführen, da sie ebenfalls wie die Familie T. im folgenden immer wieder auftauchen wird, um unseren Ansatz und die daraus abgeleitete systemische Arbeitsweise zu illustrieren und zu dokumentieren.

3 Familie E. oder „die Hypothek der unerfüllbaren Erwartungen“

Beratungsanlaß

Der Beratungslehrer am Gymnasium, das Thomas in der 6. Klasse besucht, empfiehlt Familie E., sich mit unserer Beratungsstelle in Verbindung zu setzen, weil Thomas sich in nahezu sämtlichen Fächern seit dem Überwechseln ins Gymnasium kontinuierlich so weit verschlechtert hat, daß eine Klassenwiederholung bzw. das Verlassen des Gymnasiums ansteht.

Wie der Beratungslehrer in Erfahrung bringen konnte, lautete die Empfehlung des Grundschullehrers am Ende der 4. Klasse, Thomas in die Hauptschule, mit allergrößten Bedenken eventuell höchstens in die Realschule zu schicken. Dem haben sich jedoch seinerzeit die Eltern heftig widersetzt und Thomas die Aufnahmeprüfung für das Gymnasium machen lassen, die er auch knapp bestanden hatte. Er erhält in zwei Kernfächern, nämlich in Englisch und Mathematik, von zwei arbeitslosen Junglehrern Nachhilfe, jedoch ohne sichtbare Erfolge.

Familienmitglieder:

Herr E. betreibt eine gutflorierende Facharztpraxis, er ist ein resolut wirkender Mittvierziger, stammt selbst aus einer Familie mit langer Akademikertradition, für ihn ist es selbstverständlich, daß seine Kinder das Abitur machen. Frau E. ist eine etwas überfürsorgliche Hausfrau und Mutter, Anfang Vierzig, sie war bis zur Geburt des ersten Kindes Grund- und Hauptschullehrerin. Die 14 Jahre alte Manuela besucht als erfolgreiche Schülerin die 8. Klasse desselben Gymnasiums, in das Thomas geht. Sie lernt jeden Nachmittag zwischen zwei und drei Stunden für die Schule und wird von den Eltern als fleißig und strebsam geschildert. Der etwas hilflos und verunsichert dreinschauende Thomas verbringt ebenfalls jeden Nachmittag viel Zeit für Schulaufgaben und Klassenarbeitsvorbereitungen, wird von den Eltern jedoch als etwas langsam und „konzentrationsschwach“ geschildert. Schon in der Grundschule hat die Mutter viel mit ihm gelernt, seit dem Wechsel ins Gymnasium haben diese Aufgabe die beiden Nachhilfelehrer übernommen.

Systemische Grundhypothese:
In der Familie E. konnten wir keinen offenen oder verdeckten Konflikt auf der Paarebene der Eltern feststellen. Vielmehr stellte sich in einem für Thomas gesondert anberaumten Termin zur Überprüfung seiner Begabungshöhe und Begabungsstruktur (dieser testdiagnostische Termin findet in der Regel eine Woche nach dem Familienerstgespräch statt) heraus, daß er eine knapp durchschnittliche Intelligenz aufweist mit deutlichen Ausfällen in denjenigen Untertests, die die Konzentrationsfähigkeit messen. Dieses Ergebnis wurde gestützt durch eine Intelligenztestleistung, die zwei Jahre vorher in der 4. Grundschulklasse erhoben worden war und in die uns die Eltern Einsichtnahme gestatteten. Damit erscheint Thomas auf dem Gymnasium überfordert und die Hauptschulempfehlung des Klassenlehrers in der 4. Grundschulklasse als sinnvoll und berechtigt. Die Überforderungshypothese wurde auch im Familienerstgespräch bestätigt durch Klagen von Thomas über Kopf- und Bauchweh morgens vor Schulbeginn. In den Ferien treten diese Symptome nicht auf.

Im Erstgespräch berichten die Eltern u.a. auch noch, daß es bei der Geburt von Thomas starke Komplikationen gegeben habe, die Nabelschnur hatte sich um den Hals gewickelt und die dadurch verursachte Atemnot hat ihn stark blau anlaufen lassen. Eine vor Schuleintritt durchgeführte neurologische Untersuchung in der Ambulanz der Kinder- und Jugendpsychiatrie erbrachte Unregelmäßigkeiten im EEG (Elektroenzephalogramm). Es wurde eine „Minimale cerebrale Dysfunktion (MCD)“ diagnostiziert, deren Ursache in den Geburtskomplikationen angenommen wurde.

Im Falle der Familie E. haben wir es also nicht mit einer Symptomatik zu tun, die ihre Ursachen in Störungen der Familienstruktur und Familiendynamik hat, sondern um dein „Defizit“ auf der individuellen Ebene eines einzelnen Familienmitgliedes (auf unserer Abbildung 3, S. 39, im l. Stock). Diese Einschränkung hat jedoch selbstverständlich Rückwirkungen auf das gesamte Familiensystem, denn dieses ist ja herausgefordert, darauf zu reagieren und nach Mustern der Bewältigung zu suchen. Im vorliegenden Fall geht es also darum, die Divergenz zwischen den hohen Elternerwartungen auf der einen und Thomas' eingeschränkten Fähigkeiten auf der anderen Seite zu verringern.

Kurz zusammengefaßt, sah die Problemlösung im Falle der Familie E. wie folgt aus:

1. Es gelang, den Blick der Familienmitglieder weg von Thomas' Schwächen im Schulleistungsbereich hin auf seine Stärken beispielsweise im

praktischen Handlungsbereich zu lenken. Das hatte zum Ziel, seinen Selbstwert und seine Position innerhalb der Familie zu stärken.

2. Den Eltern wurde vom Beraterteam unterstellt, daß sie das „Beste" für ihr Kind erreichen wollten. Das Gespräch konzentrierte sich dann sehr bald auf die Alternative: Gymnasium mit den Konsequenzen: zunehmende Verstärkung der psychosomatischen Beschwerden, vermehrte Nachhilfe, abnehmendes Selbstwertgefühl von Thomas, Sündenbockposition innerhalb der Familie und vieles mehr oder Hauptschule mit den Konsequenzen: Fehlen psychosomatischer Symptome, Erfolgserlebnisse und damit einhergehend Steigerung des Selbstwertgefühls, statt Nachhilfe vermehrte Möglichkeiten, Sozialkontakte zu knüpfen, Betonung seiner praktischen und handwerklichen Fähigkeiten, Stärkung seiner Position innerhalb der Familie u.v.m.
3. Wir bearbeiteten mit den Eltern ihre berufliche und schulische Erwartungshaltung Thomas gegenüber und machten sie behutsam mit dem Gedanken vertraut, einen tüchtigen Nichtakademiker in der Familie als gleichwertiges Familienmitglied anzuerkennen.

Dieser für die Eltern zum Teil sicherlich schwierige und schmerzliche Prozeß führte dann dazu, daß sie einem Schulwechsel Thomas' in die Hauptschule zustimmten. Eine telefonische Rücksprache mit den Eltern ein halbes Jahr danach erbrachte, daß Thomas „richtig aufgeblüht" war, die psychosomatischen Beschwerden verschwunden waren und er in zunehmendem Maße Kontakte zu Gleichaltrigen aufgebaut hatte.

Hier ging es also darum, eine Problemlösung auf der individuellen Ebene zu erreichen, nämlich ein Herausnehmen Thomas' aus einer permanenten Überforderungssituation mit Hilfe eines Schulwechsels. Die Hauptaufgabe bestand darin, die Erwartungshaltung der übrigen Familienmitglieder, besonders der Eltern, so zu beeinflussen, daß sie dieser Lösung zustimmen und sie mittragen konnten. Anders als in den beiden zuvor vorgestellten Familien T. und W. ging es hier nicht darum, ein aufgrund einer gestörten Familienstruktur bzw. -dynamik sich in einem Familienmitglied kristallisierendes Symptom durch Veränderung ebendieser Familienstruktur und -dynamik zum Verschwinden zu bringen. Hier mußten wir es dem Familiensystem erleichtern, mit den nicht den ursprünglichen Erwartungen und Hoffnungen entsprechenden Fähigkeiten eines Familienmitgliedes zurechtzukommen. Die begrenzten Fähigkeiten selbst können dabei durch therapeutische Intervention kaum positiv beeinflußt werden.

Anzumerken wäre in diesem Zusammenhang noch, daß lediglich ca. 20

bis 25% der Schüler, die aufgrund eines Schulleistungsversagens unsere Beratungsstelle aufsuchen, Begabungsdefizite aufweisen, die ein Weiterkommen an der jeweils entsprechenden Schulart unmöglich machen. Dagegen zeigen ca. 75 bis 80% der Schüler mit Schulleistungsproblemen Schwierigkeiten im sozialen, emotionalen und motivationalen Bereich, die mehr oder weniger eng mit der Herkunftsfamilie in Zusammenhang stehen.

4 Familie H. oder „Wenn der Partner fehlt …“

Beratungsanlaß:
Dagmar H. kommt in der 1. Grundschulklasse nicht richtig mit: Sie ist zu langsam und unkonzentriert im Unterricht und bei den Hausaufgaben. Die Lehrerin empfiehlt der Mutter deshalb, sich an unsere Beratungsstelle zu wenden, um abzuklären, wie man Dagmar helfen kann.

Familienmitglieder:
Frau H. ist 25 Jahre alt und lebt mit ihren beiden Kindern allein in einer Sozialwohnung. Sie war einige Jahre mit dem Vater von Dagmar verheiratet, der seine Tochter noch ab und zu sieht. Nach der Scheidung lebte sie ein knappes Jahr mit dem Vater ihres Sohnes zusammen, der sie jedoch wenige Monate vor dessen Geburt verließ. Darauf reagierte Frau H. mit heftigen Depressionen, so daß sie noch während der Schwangerschaft in der Nervenklinik behandelt werden mußte. Dagmar war während dieser Zeit bei den Eltern ihrer Mutter untergebracht. Frau H. hat zu beiden Männern eine schlechte Beziehung und erhält keinerlei Unterstützung von ihnen.

Dagmar ist sieben Jahre alt und macht einen altersgemäßen Eindruck bezüglich ihrer körperlichen und geistigen Entwicklung. Sie wirkt lebendig und ist verbal gewandt. Sie kümmert sich gern um ihren kleinen Bruder Theo, an dem sie viel Freude hat. Theo ist neun Monate alt.

Systemische Grundhypothese:
Auf der individuellen Ebene (1. Stock) ließ sich die Hypothese einer mangelnden Begabung der Tochter für die Grundschule nicht bestätigen. Im Gegenteil müßte Dagmar aufgrund des überdurchschnittlichen Testergebnisses und der beobachteten Konzentrationsfähigkeit in der 1. Klasse der Grundschule gut mitkommen.

Im Laufe der Gespräche verfestigte sich die Vermutung, daß die Mutter in der objektiv schwierigen Situation als Alleinerziehende, bei schlechten materiellen und sozialen Bedingungen, durch die ständige Überlastung mit Depressionen reagierte.

Ohne die Unterstützung eines Partners und ohne wesentliche Stütze des sozialen Netzes war Dagmar für die Mutter die vertrauteste Person, der sie viel von ihren Sorgen erzählt hat und bei der sie Trost fand. Dagmar ist für ihre Mutter auf emotionaler Ebene Partnerersatz in vielen schwierigen Situationen. Die Mutter-Tochter-Generationsgrenze hat sich dadurch verwischt. Dagmar steht oft als gleichberechtigter Partner auf der Elternebene.

Da Frau H. bei emotionalen Belastungen auf den Trost ihrer Tochter angewiesen ist, kann sie in vielen Bereichen ihre elterliche Erziehungsfunktion nicht erfüllen: Es fällt ihr schwer, sich mit Leistungsanforderungen durchzusetzen, sie hat meist nicht die Kraft, sich ihr gegenüber zu behaupten und wird von Dagmar auch nicht als Autorität akzeptiert. Da die Mutter von Dagmar zu Hause nichts verlangt, zeigt diese in der Schule auch kein angemessenes Leistungsverhalten.

Die Eltern-Kind-Generationsgrenze ist ein kontinuierliches Thema der Beratung. Therapieziel ist es, die Eltern-Kind-Grenzen zwischen Mutter und Tochter wieder klar zu ziehen. Das ist jedoch auf Dauer nur möglich, wenn Frau H. lernt, mit ihrer Situation besser zurechtzukommen und ihre depressiven Reaktionen abzubauen, damit sie nicht mehr auf die emotionale Stütze ihrer Tochter, die damit auch überlastet ist, angewiesen ist. Durch eine Umstrukturierung des Problems: „Wie kann die Mutter erreichen, daß Dagmar in der Schule mitarbeitet und ihre Fähigkeiten nutzt?", wird der Mutter die Rolle der verantwortungsvollen Erziehungsperson zurückgegeben, wodurch ein erster Schritt zur Generationsabgrenzung getan ist. Dagmar wird somit von ihrer nicht kindgerechten Rolle als „emotionaler Partnerersatz" der Mutter entlastet und kann sich verstärkt Gleichaltrigen zuwenden.

Der Behandlungsverlauf läßt sich wie folgt zusammenfassen:

1. Schritt

Nachdem die Problembereiche auf den drei Systemebenen (s.o.) erkundet sind, wird die individuelle Störungshypothese mit Hilfe eines Intelligenztests überprüft. Die intellektuellen Fähigkeiten Dagmars lassen jedoch keinen Zusammenhang mit ihrem schulischen Leistungsversagen erkennen.

2. Schritt

Da keine individuellen Störungsursachen bei der Tochter erkennbar sind, wird der Fokus auf die Mutter-Kind-Beziehung ausgeweitet. Es gibt keine klare Eltern-Kind-Grenze zwischen Mutter und Tochter. Dagmar steht als emotionaler Partnerersatz auf der Elternebene. Frau H. muß wieder lernen, ihre elterlichen Funktionen gegenüber Dagmar wahrzunehmen und durchzusetzen.

3. Schritt

Parallel zum Aufbau elterlicher Funktionen bzw. der Grenzziehung zwischen Mutter und Tochter ist die Behandlung der Mutter zentraler Bestandteil der Therapie. Die Depressionen der Mutter beruhen u.a. auf einem negativen Selbstbild und sozialer Unsicherheit. In diesem Zusammenhang wird auch die Elternfamilie „imaginativ" in die Therapie mit einbezogen. Die Mutter kommt zu einigen Sitzungen allein, um in der Therapie konzentrierter arbeiten zu können.

Im Laufe der Behandlung zeigt sich, daß durch die Stabilisierung des psychischen Zustandes der Mutter (positiveres Selbstbild, weniger Selbstanklagen und depressive Gedanken, größere Selbstsicherheit), die Eltern-Kind-Generationsgrenze wieder deutlich gezogen werden kann, indem die Mutter an Dagmar klare Forderungen stellt und lernt, sich in der Erziehungspraxis durchzusetzen und in ihrer Autorität als verantwortliche Elternperson.

Dies wirkt sich direkt auf Dagmars schulische Leistungen aus, da ihre Mutter jetzt mit der Schule an einem Strang zieht und von ihr das verlangt, was sie leisten kann. Da Lehrerin und Mutter jetzt mehr von ihr verlangen und erwarten, verstärkt sich auch ihre Leistungsmotivation. Indirekt verbessert sich Dagmars Konzentrationsfähigkeit dadurch, daß durch die Entlastung aus ihrer Rolle als emotionaler Ansprechpartner der Mutter geistige Energie frei wird für eine kindgemäße Entwicklung. Sie orientiert sich mehr an Gleichaltrigen und entwickelt mehr soziale Außenkontakte als vorher. Dies wirkt sich insgesamt positiv auf ihr Schulverhalten aus.

Dieses Fallbeispiel verdeutlicht, daß in der familientherapeutischen Beratung durchaus nicht nur Beziehungsstörungen ins Blickfeld gerückt und behandelt werden. Die Wiederherstellung einer Eltern-Kind-Hierarchie zwischen Mutter und Tochter ist für eine Veränderung des schulischen (Leistungs-)Verhaltens der Tochter zwar ausschlaggebend, ist aber nur über eine individuelle Behandlung der depressiven Mutter zu erreichen. In der Familientherapie kann je nach Notwendigkeit und Möglichkeit sowohl mit der Familie als Ganzes als auch auf einer relationalen (Paarebene) oder individuellen Ebene gearbeitet werden. Dabei bleibt jedoch immer das Gesamtsystem im Blickfeld.

B Systeme und Faktoren des Therapieprozesses in der schulpsychologischen Einzelfallhilfe

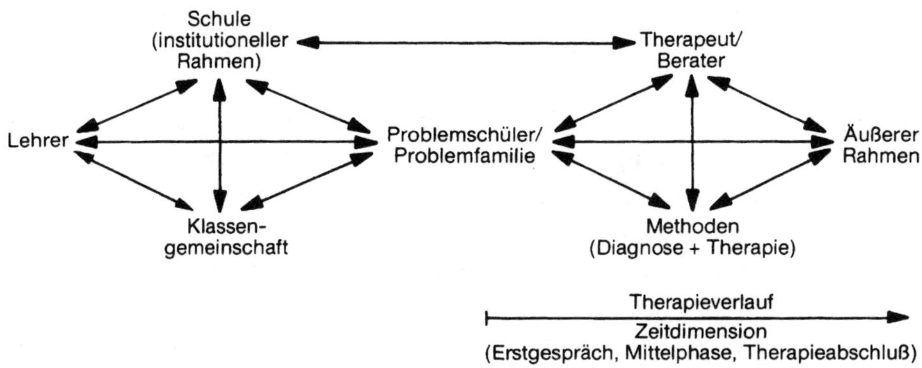

Abb. 7: Sich wechselseitig beeinflussende Systeme und Faktoren in der Therapie/Beratung von Problemschülern

Erläuterung:
Um die Komplexität des systemischen Therapieprozesses (bzw. der Beratung) in der schulpsychologischen Einzelfallhilfe etwas zu ordnen und eine Orientierung durch den Teil II/B des Buches zu geben, wollen wir das oben skizzierte Schaubild näher erläutern.

1. Zunächst einmal sind die verschiedenen Systeme mit ganz unterschiedlicher Komplexität und unterschiedlichem Stellenwert zu erkennen:
   - der Problemschüler und seine Familie (3. Kapitel, I; 2. Kapitel, IIb);
   - das System Schule, aufgegliedert in Klassengemeinschaft, Lehrer, Gesamtsystem Schule (8. Kapitel, II/B);
   - der Therapeut/Berater (3. Kapitel, II/B).
2. Zwischen diesen Systemen bestehen bestimmte Kommunikationskanäle, die als Grundlage zur Herausbildung einer Beziehung zwischen den Systemen dienen:
   - die Beziehung zwischen Therapeut und Familie (4. Kapitel, II/B);
   - die Beziehung Schüler – Klasse – Lehrer (2. Kapitel, I);

- die Beziehung zwischen Therapeut und Schule (8. Kapitel, II/B);
- die Beziehung zwischen Therapeut und Lehrer (8. Kapitel, II/B).

3. Die Beziehung zwischen Therapeut und Familie, die Bildung des therapeutischen Systems, findet in einem ganz bestimmten *äußeren Rahmen* statt (1. Kapitel, II/B).
4. Der systemische Therapeut/Berater arbeitet mit ganz bestimmten *diagnostischen* (6. Kapitel/1, II/B) und *therapeutischen* (6. Kapitel/2, II/B) *Methoden.*
5. Der Therapieprozeß erstreckt sich über mehrere, zum Teil schwer voneinander abgrenzbare *zeitliche Phasen* (5. Kapitel, II/B).

Besonders innerhalb eines systemischen Therapieprozesses erscheint eigentlich die Aufteilung willkürlich und künstlich: Diagnostik, Therapie, Familien-Therapeuten-Beziehung (Merkmale der Familie und des Therapeuten in ihrer wechselseitigen Beeinflussung) und Zeitpunkt stehen in einem ununterbrochenen und sich gegenseitig bedingenden Zusammenspiel.

So liefert z.B. das zirkuläre Fragen (s.u., 6.1.1) zur Problemdefinition und -erklärung sicherlich wertvolle Hinweise zur Systemerkennung und damit zur Diagnostik. Gleichzeitig ist diese Fragetechnik jedoch, wenn sie kompetent durchgeführt wird, auch ein Teil des Therapieprozesses, weil die Familienmitglieder auf bisher nicht bewußte Zusammenhänge aufmerksam werden. Eine Veränderung der Sichtweise des Problems beginnt sich anzubahnen.

Wie viele Informationen ich als Therapeut jedoch aus dem zirkulären Befragen gewinnen kann und welche Qualität die Antworten (z.B. eher Inhalts- oder Beziehungsantworten, s.u.) haben, wird wesentlich durch die *Beziehung* Therapeut/Familie, also das therapeutische System, bestimmt. Diese ist u.a. von der Erfahrung, Kompetenz und Persönlichkeit des Therapeuten sowie seinem Anschluß an die jeweilige Familie abhängig. Zudem kann zirkuläres Fragen nicht nur zu Beginn (Problemdefinition), sondern auch in jeder späteren Phase des Therapieprozesses stattfinden.

Lynn Hoffman: „Der Therapeut ist nicht der Handelnde und der Klient nicht das Subjekt. Beide sind Teil eines größeren Bereichs ... Jede Aktion und jede Reaktion verändert beständig den Charakter des Umfeldes, indem sich die Elemente dieses neuen therapeutischen Systems befinden. Der Therapeut ist ein nicht herauszulösendes Element dessen, was er zu verändern sucht ..." (1982, S. 6).

1 Äußere Rahmenbedingungen (Raum, Zeit, Kosten, Freiwilligkeit, Schweigepflicht)

1.1 Das therapeutische Setting: Therapeut und Ko-Therapeut

Wir arbeiten bis auf wenige Ausnahmen grundsätzlich zu zweit mit der Problemfamilie, d.h. ein Therapeut und ein Ko-Therapeut. Das hat folgende Vorteile:

1. Während sich der verantwortliche Therapeut/Berater zwangsläufig auf bestimmte Aspekte des Familiengesprächs und der Familieninteraktion konzentriert, kann der Ko-Therapeut jeweils andere wichtige Bereiche beobachten, z.B.: Welche nonverbalen Reaktionen zeigen die Kinder, wenn der Therapeut die Eltern mit einem ganz bestimmten Thema anspricht? Bei welchen Fragen werden bestimmte Familienmitglieder unruhig?
2. Je nach Vereinbarung zwischen Therapeut und Ko-Therapeut kann letzterer diesen während des Gesprächs bzw. in einer anberaumten Gesprächspause auf ganz bestimmte Ungeschicklichkeiten (z.B. Auslassen eines Familienmitglieds, Koalitionsbildung, Abwertung u.v.m.) aufmerksam machen und gezielte Wege aus einer drohenden „Sackgasse“ aufzeigen.
3. In der Schlußphase des Gesprächs kann z.B. in einem Kommentar der Therapeut mehr die Beharrensseite, der Ko-Therapeut mehr die Veränderungsseite vertreten. Durch dieses Manöver mißlingt es der Familie, das gesamte therapeutische System durch Nichtbefolgen von Anweisungen außer Kraft zu setzen („therapeutisches Splitting“).
4. Infolge der meist spürbaren psychischen Entlastung durch einen Ko-Therapeuten geht der Therapeut wesentlich ruhiger und entspannter in die Familientherapiesitzung, was erfahrungsgemäß seiner Sensibilität und Kreativität sehr förderlich ist.
5. Anfängern in systemischer Familientherapie bietet sich durch die Ko-Therapeutenrolle zunächst die Möglichkeit, in einem realen Familiengespräch mitzusehen, mitzuhören und mitzuspüren, welche Prozesse innerhalb der Familie und zwischen Familie und Therapeut ablaufen,

bevor sie eigenverantwortlich die Therapeutenrolle übernehmen. So wachsen sie ganz allmählich in diese Aufgabe hinein.

6. Ideal ist es, wenn im Therapeutenteam ein Therapeut und eine Therapeutin vertreten sind, dann ergibt sich eine größere Bandbreite für alle geschlechtsspezifischen Fragen und Probleme innerhalb des Systems Familie/Therapeut (Therapeutisches System). Es gibt Ansprechpartner für Männer- und Frauenangelegenheiten sowie männliche und weibliche Identifikationsfiguren.

Damit sich die Familie auf einen Therapeuten und einen Stil einstellen kann, übernimmt der Therapeut in der Regel die Gesprächsführung mit der Familie. Der Ko-Therapeut kann im Falle eines krassen therapeutischen Fehlverhaltens den Therapeuten in *geeigneter* Form während der laufenden Sitzung unterstützen. Zum Beispiel kann er den Therapeuten, der mehrmals ein Familienmitglied ausgelassen hat, ansprechen: „Wir hatten uns vorgenommen, heute noch etwas von XY zum Problem VZ zu hören." Meist wird er sich jedoch auf Beobachtungsaufgaben beschränken, die dann in einer Zwischenauswertung (Pause während des Familiengesprächs), der Endauswertung (direkt nachdem die Familie den Raum verlassen hat) oder in einem an die Familie gerichteten Schlußkommentar zum Tragen kommen.

Die Familie wird von uns gleich zu Beginn (nach der Begrüßung) des Erstgesprächs über die unterschiedliche Rolle von Therapeut und Ko-Therapeut aufgeklärt, z.B. mit folgenden Worten:

„Immer, wenn wir mit einer Familie arbeiten, tun wir das zu zweit. Damit Sie als Familie sich jedoch auf einen von uns beiden einstellen können, haben wir uns die Arbeit so aufgeteilt, daß ich das Gespräch mit Ihnen führe und mein Kollege (meine Kollegin) mich dabei unterstützt. Er (sie) tut dies dadurch, daß er (sie) mir in der Pause bzw. nach Beendigung des Gesprächs seine Beobachtungen mitteilt, mit mir gemeinsam das Gespräch auswertet und das nächste Gespräch vorbereiten hilft."

7. Exkurs: Konflikte und Unstimmigkeiten zwischen Therapeut und Ko-Therapeut

   Mißverständnisse im Therapeutenteam gibt es vor allem dann, wenn Therapeut und Ko-Therapeut sich *nicht genügend vertraut* sind oder untereinander *keine klare Absprache* über ihre Rolle als Therapeut/Ko-Therapeut getroffen haben. Beides hängt davon ab, wie gut sich beide kennen und wie oft sie miteinander gearbeitet haben.

   Abhängig von der gegenseitigen Vertrautheit praktizieren wir verschiedene Formen von Ko-Therapie, die entsprechende Konflikte mit sich bringen. Wie unter 6. beschrieben, profitieren *Praktikanten und Anfän-*

ger in Familientherapie allein schon vom Miterleben des Therapieprozesses, ohne daß sie aktiv in das Geschehen eingreifen müssen. Hier gibt es oft Unstimmigkeiten und Mißverständnisse, die aber den Therapieverlauf nicht beeinträchtigen, da die klare Vereinbarung besteht, daß der Therapeut allein das Gespräch führt und Unklarheiten anschließend nachbesprochen werden können.

Auch mit *familientherapeutisch erfahrenen Ko-Therapeuten* kann es zu Störungen kommen, wenn unausgesprochene Konflikte zwischen den Therapeuten bestehen.

Einige der häufigsten Ursachen dafür sind:

- *Konkurrenz* zwischen Therapeut und Ko-Therapeut, die in den Familiensitzungen ausgetragen werden (wer ist der „bessere" Therapeut, wer wird von der Familie eher akzeptiert usw.)
- Je nach *familientherapeutischer Ausbildung* und *persönlichem Erfahrungshintergrund* kann auf sehr unterschiedliche Weise an ein Familienproblem herangegangen werden. Im ungünstigsten Fall weiß der eine nicht, worauf der andere hinauswill, weil er eine völlig andere Strategie im Sinn hat – z.B. wenn der Therapeut die Vater-Sohn-Achse unterstützen will und der Ko-Therapeut zunächst das Elternpaar stärken will.
- Ungenügende *gemeinsame Vor- und Nachbesprechung* sowie *mangelnde Absprachen* zwischen Therapeut und Ko-Therapeut können dazu führen, daß der Therapeut in die „eine", der Ko-Therapeut in die „andere" Richtung mit der Familie gehen will und diese verwirrt zurückbleibt.

Besondere Bedeutung haben Konflikte zwischen Therapeut und Ko-Therapeut, wenn sie ein *therapeutisches Splitting* abgesprochen haben. Das heißt, daß der eine mehr auf die Veränderungsseite und der andere mehr auf die Beharrensseite des Familiensystems tritt. Derjenige, der Veränderung von der Familie fordert, muß oft aushalten können, als der Unangenehmere weniger geschätzt zu werden. Falls er mit dieser Rolle unzufrieden ist, führt dies zu Konflikten unter den Therapeuten.

Gerade in diesem hochdifferenzierten Setting therapeutischer Arbeitsteilung können auch Unstimmigkeiten im Therapeutenteam dazu genutzt werden, weitere diagnostische Informationen über die Familie zu erhalten. Der Konflikt im Team führt zur Frage: „Was veranlaßt uns, in der Arbeit mit dieser Familie uneinig zu werden? Wie gelingt es der Familie, unsere Absprachen zu vereiteln? Was wird in mir angesprochen, daß ich mit meiner Rolle unzufrieden bin?"

Störungen im Therapeutenteam können also auch als Chance verstanden werden, die Wahrnehmungen der Familie als System zu erweitern.

1.2 Die Raumausstattung

Unserer Auffassung nach sollte sich die Familie im Behandlungsraum wohl fühlen, weil das zur Verminderung von Ängsten und Widerständen beitragen kann. In unserer schulpsychologischen Beratungsstelle haben wir die Räume so ausgestattet, daß sie weder die sterile Atmosphäre einer Amtsstube noch die Gemütlichkeit eines Wohnzimmers ausstrahlen, denn schließlich findet hier kein Kaffeeklatsch, sondern ernsthafte Arbeit statt. Konkret sieht das so aus, daß wir bequeme Sitzgelegenheiten in einem mit Teppichboden ausgelegten Raum halbkreisförmig verteilt haben, wobei ein dreh- und fahrbarer Stuhl für den Therapeuten und ein etwas außerhalb des Halbkreises stehender Sessel für den Ko-Therapeuten reserviert werden. Für die Familie stehen in der Regel zwei bis drei Sitzgelegenheiten mehr, als die Familie Mitglieder aufweist, bereit, damit jedes einzelne eine Sitzwahl in bezug auf Nähe und Distanz zu anderen Familienmitgliedern und zum Therapeutenteam treffen kann (zur Aussagekraft der Sitzordnung siehe unten).

Ferner enthält der Behandlungsraum ein großes Bücherregal, einen Schreibtisch, zwei Schränke, Blumenstöcke. In einer Ecke drei Spielkisten für kleinere Kinder, eine DIN-A1-Korkpinnwand für großflächige Wandzeichnungen (s.u.) sowie ein Tonband und eine Videoanlage.

Der Behandlungsraum strahlt so eine gewisse Behaglichkeit, verbunden mit einer Arbeitsatmosphäre, aus.

Je nach Schwierigkeit des Problems und nach Größe der Familie nehmen wir das Gespräch auf Tonband oder Video auf.

1.3 Die Vor- und Nachteile einer kostenlosen Familienberatung/-therapie

Als staatliche Beratungsstelle bieten wir alle Leistungen, also auch Familienberatungen, kostenlos an. Das hat unseren Beobachtungen nach folgende Vorteile:

a) Es ist gewährleistet, daß finanzielle Aspekte keine zusätzliche Hemmschwelle für eine Familientherapie/-beratung darstellen, was sich u.a. in dem relativ hohen Anteil von Unterschichtfamilien niederschlägt, die unsere Beratung in Anspruch nehmen.

b) Wir werden nicht in Versuchung geführt, möglichst viele Therapiesitzungen mit der Familie abzuhalten und so vielleicht unbewußt deren Selbstheilungskräfte zu schwächen.

Einen großen Nachteil eines kostenlosen Therapieangebotes sehen wir darin, daß die eine oder andere Familie eventuell dazu verleitet wird, nicht so intensiv mitzuarbeiten, weil ja „nur" die Zeit der Therapeuten, nicht aber das Geld der Familie „verbraucht" wird. Zeit wird als etwas nicht so Kostbares und damit der Zwang und die Geschwindigkeit zu Veränderungen als weniger dringend erlebt.

Gerade um diesem Effekt entgegenzuwirken, betrachten wir unsere Therapiezeit als etwas sehr Wertvolles, mit dem wir sparsam umgehen. Wir muten deshalb eher dem berufstätigen Vater zu, sich eine Stunde von der Arbeit freizunehmen, damit ihm die Zeit ebenso kostbar wird wie uns, als daß wir in den Abendstunden ab 18 Uhr die Familientherapiesitzungen für die Familie zu einer Art „Freizeitaktivität" werden lassen.

2 Merkmale des Familiensystems

Jeder Therapeut/Berater erleichtert sich seine diagnostische und damit auch therapeutische Arbeit, wenn er über Diagnosekriterien verfügt, die die große Vielfalt möglicher Familientypen und -strukturen zusammenfassen und ordnen. Es besteht ein gewisser Zusammenhang zwischen bestimmten äußeren und inneren Merkmalen des Familiensystems sowie der Entwicklungsphase, in der sich die Familie befindet, mit ganz bestimmten Themen und Problemstellungen. So besteht beispielsweise in einer zweiköpfigen Restfamilie (z.B. Mutter und Kind) eine ganz andere Dynamik als in einer zehnköpfigen Großfamilie. Eine Familie mit Kindergartenkindern muß sich mit anderen Themen und Problemen befassen als eine Familie mit fast erwachsenen Kindern. Eine Dreigenerationenfamilie, in der die Großeltern im selben Haus wohnen, weist den Eltern eine andere Rolle zu als eine dreiköpfige Kernfamilie.

Unserer Erfahrung nach reduziert eine Kategorisierung der verwirrenden Vielfalt der verschiedenen Familientypen die Gefahr einer möglichen kognitiven Überforderung des Therapeuten und erleichtert die systemische Hypothesenbildung (s.u.).

Wir halten eine Kategorisierung nach folgenden Merkmalen, die sich nicht ausschließen, sondern beliebig miteinander kombinierbar sind, für sinnvoll:

1. *Einteilung der Familien nach ihrer Zusammensetzung,* d.h., welche Personen gehören zur Familie?
   Handelt es sich um eine Groß- oder Kleinfamilie, eine ursprüngliche oder aus zwei jeweils getrennten wieder zusammengesetzte Familie, eine Drei- oder Zweigenerationenfamilie usw.?
2. *Merkmale der inneren Familienstruktur,* d.h., wie hat sich die Familie intern organisiert?
   Wer befindet sich mit wem in der Familie in einer offenen oder verdeckten Koalition? Werden Konflikte offen ausgetragen oder über ein Kind umgeleitet? In welche natürlichen (z.B. Elternpaar, Geschwister) oder künstlichen Untergruppen (Vater mit dem jüngeren Kind kontra

Mutter mit dem älteren Kind) ist die Familie unterteilt? Sieht die emotionale Nähe-Distanz-Regulierung in der Familie so aus, daß jeder mit jedem genügend Kontakt haben kann, aber auch Möglichkeit für Rückzug und Alleinsein? Ist die Familie vom Auseinanderbrechen (z.B. Scheidung der Eltern) bedroht oder durch zu große Verstrickung der Familienmitglieder untereinander, die dem einzelnen seine Wachstums- und Entfaltungsmöglichkeiten derart einschränken, daß er psychosomatisch krank werden muß?
Alle nach den bisher aufgeführten Merkmalen sowie deren Kombination klassifizierten Familien können mehr oder weniger große Widerstände gegen Veränderungen und damit auch gegen den Therapieprozeß äußern. Sogenannte *rigide* (veränderungsresistente) Familien erfor- dern ein anderes therapeutisches Vorgehen als sogenannte *flexible* (für Veränderungen offene) Familien.

3. *Die Entwicklungsphase,* in der sich die Familie befindet: Die Uhr des Lebenszyklus (s. S. 72) der Familie zeigt an, in welcher Lebensphase sie sich befindet und mit welchen Themen sie sich auseinandersetzen muß: Zum Beispiel sind die Kinder dieser Familie im Kindergarten- und Grundschulalter oder stehen sie kurz vor dem Erwachsenwerden, d. h. sind sie gerade dabei, die Familie zu verlassen?

2.1 Die Zusammensetzung der Familie

Aus den Daten der zur Familie gerechneten Mitglieder kann der Berater/Therapeut schon wichtige Hinweise erhalten, von denen er sich in seinen ersten Sondierungen der Familienstruktur leiten läßt. Bestimmte Familienkombinationen weisen schon auf etwaige Problembereiche des Familienlebens hin, die erkundet werden sollten. Wer einen Überblick über die Bedeutung der Zusammensetzung der Familie hat, erleichtert sich die Hypothesenbildung über die Art der Probleme in der Familie.

2.1.1 Kernfamilien

Während bis zur industriellen Revolution Wohn- und Produktionseinheit die Großfamilie war, reduzierte sie sich zunehmend zu einer Kernfamilie, bestehend aus Eltern und gemeinsamen Kindern.

Die Kernfamilie gliedert sich also in zwei Generationen, die beide ihre Rechte und Pflichten haben. Jede Generation hat ihren Verantwortungsbereich. Die Eltern sind die erziehende und führende Generation, die die

Schranken zwischen sich und den Kindern klar ziehen müssen. Die Ehepartner müssen in der elterlichen Koalition übereinstimmen und an ihren geschlechtsspezifischen Rollen festhalten.

Haley (1979) beschreibt zwei typische Muster von Zweigenerationenproblemen in der Kernfamilie:

1. Die überforderte Mutter: In vielen kinderreichen Familien ist die Mutter für alles verantwortlich, während die Kinder alle gleiche Rechte fordern und fast keine Pflichten zu übernehmen haben. Da alle Interaktionen auch zwischen den Kindern über die Mutter laufen, der Vater nur am Rande in die Familienpflicht genommen ist, muß die Mutter alles selber tun und wird zu stark belastet. Andererseits hat sie sich so an ihre Hauptrolle gewöhnt, daß sie keine Verantwortung abgeben will, weil sie zunächst mit Recht ein Chaos befürchtet, wenn sie ihre Funktion nicht erfüllt.
2. Die überintensive Eltern-Kind-Beziehung: Die häufigste Problemsituation in einer Dreierbeziehung ist die überintensive Eltern-Kind-Zweierbeziehung, die abwechslungsweise den anderen Elternteil aus- und einschließt. Eltern, die sich nicht einig sind, verbünden sich mit einem Kind gegen den anderen Elternteil. „Die Tatsache, daß eine Veränderung des Kindes ein Auseinanderleben der Eltern oder sogar eine Trennungs- oder Scheidungsdrohung nach sich zieht, hat zur Theorie geführt, daß ein Kind mit seinen Symptomen immer eine problematische Ehe zusammenhält" (Haley, 1979, S. 122). Die Symptome des Kindes erfüllen eine Funktion in der Ehe: Eheliche Konflikte werden nicht direkt, sondern über das Kind ausgetragen. Das Kind, besser: das Problemverhalten des Kindes stabilisiert die Ehe, indem es zum Kommunikationsmedium für eheliche Konflikte wird.

2.1.2 Unvollständige Familien

Besondere Probleme der Einelternfamilien

Die weiter oben erwähnte Familie H. zeigte einige Charakteristika von Einelternfamilien: Überlastung durch Verschlechterung der Lebenssituation nach der Trennung und Trennungsbewältigung, Parentifizierung, d.h. Heben des ältesten Kindes auf die Elternebene, diffuse Eltern-Kind-Grenzen, Erziehungsprobleme usw.

Mit der Trennung strukturiert sich die Familie als Einelternfamilie neu. Diese Neustrukturierung ist davon abhängig, wie die Zweielternfamilie vorher gelebt hat und wie die Trennung bewältigt wurde. Häufig lassen sich dabei folgende Strukturveränderungen in der Familie beobachten:

Das älteste Kind wird zum Partnerersatz und geht mit der Elternperson (meist der Mutter) eine generationsüberschreitende Koalition ein. Es wird somit Teil des Elternsubsystems und wird damit auf Dauer überfordert. Die Folge für diese parentifizierten und zu Partnern erhobenen Kinder sind mangelnder Kontakt zu Gleichaltrigen und Isolierung in der Schule. In der Literatur wird von Schulschwierigkeiten (Schaub, 1984) und anderen Verhaltensauffälligkeiten (G. Biermann, 1978) berichtet.

Ziel der Beratung ist es, neben der Regelung der Beziehung zum Partner (Besuchszeit, Sorgerecht) die Position des Alleinerziehenden (meist Mutter) zu stärken: Gestaltung der neuen Lebenssituation, Generationsgrenzen ziehen lernen usw.

Falls nur ein Kind in der Familie lebt, ist dieses besonders gefährdet, in die Rolle des Partnerersatzes zu kommen. Es entwickelt sich oft eine übermäßige Bindung zwischen Kind und Alleinerziehendem, die mit mangelnder Autonomie einhergeht:

$$\text{Alleinerziehender} \equiv \text{Kind}$$

Wenn Geschwister da sind, bildet sich meist ein elterliches Subsystem zwischen ältestem Kind und Elternperson, das hierarchisch über den geschwisterlichen Subsystemen steht.

$$\frac{\text{Alleinerziehender} = \text{(Eltern-)Kind}}{\text{Kinder}}$$

2.1.3 Zusammengesetzte Familien (Stieffamilien)

Darunter verstehen wir solche Familien, die sich aus zwei unvollständigen Restfamilien zusammenschließen, z.B. wenn zwei Alleinerziehende durch Heirat eine „neue“ Familie gründen. Es gibt dann „meine“ und „deine“ Kinder, und wenn das Ehepaar noch gemeinsamen Nachwuchs bekommt, existieren auch noch „unsere“ Kinder. Damit sind auch schon die möglichen Beziehungsschwierigkeiten einer solchermaßen zusammengewürfelten Familie angedeutet. Je älter die Kinder bei der Wiederheirat sind, desto schwieriger ist es für das Kind, den neuen Elternteil zu akzeptieren und für die Stiefeltern ihre Elternrolle einzunehmen. Oft haben die Kinder noch Kontakt zu dem außerhalb der Familie lebenden leiblichen Elternteil, und der in der Familie lebende leibliche Vater bzw. die Mutter beansprucht mehr Erziehungskompetenz als der Stiefvater oder die Stiefmutter. Bei bestimmten, wichtigen Entscheidungen hat das Wort des leiblichen Elternteils mehr Gewicht als die Stimme des Stiefelternteils. Die Kinder können damit in eine Position geraten, in der sie die beiden ungleichen Elternteile leicht gegeneinander ausspielen. Der Stiefelternteil kann gegenüber den angeheirateten Kindern sich als machtlos erfahren und nur noch seine Rolle als Ehepartner, nicht mehr als Elternperson wahrnehmen. Unter den Geschwistern besteht die Tendenz, sich gegen die Stief- oder Halbgeschwister in der Familie zu verbünden und die Unterstützung der leiblichen Eltern zu suchen, woraus sich ständige Konflikte entwickeln können. Ein erfolgreich verlaufender Integrationsprozeß erfordert die Mitarbeit aller Familienmitglieder, so daß aus den zusammengesetzten Ursprungsfamilien sich eine Familieneinheit entwickeln kann.

2.1.4 Dreigenerationenfamilien

Es handelt sich bei dieser erweiterten Familie um die weltweit am meisten verbreitete Familienform, die allerdings in städtischen Gebieten der westlichen Welt eher für die untere Mittelschicht typisch ist.

Minuchin und Fishman (1983) warnen deshalb davor, solche Familien, in denen z.B. eine Großmutter mit der Kernfamilie zusammenlebt, vorschnell als eine gestörte Familienform anzusehen (nach dem Motto: „Kein Wunder, wenn die Schwiegermutter mit im Haus wohnt") und die Grenzen um die Kernfamilie ziehen zu wollen. Sie schlagen deshalb vor, zunächst zu klären, wer das Kind versorgt, also die Elternstelle vertritt. Wenn, wie das häufig der Fall ist, die mütterlichen Aufgaben der Großmutter übertragen werden, sollte dies nicht von vornherein in Frage gestellt, sondern lediglich geprüft werden, ob die beiden Frauen mit dieser Rollenverteilung zufrieden sind oder ob sich eine Rivalität entwickelt, wer von beiden dem Kind nähersteht.

Entscheidend ist, daß die jeweiligen familiären Funktionen klar differenziert sind. Ein Schwachpunkt dieser Familienorganisation ist häufig eine generationsübergreifende Koalition, z.B. Großmutter/Mutter, Großmutter/Kind gegen den Ehemann (siehe Fallbeispiel Familie T. und Familie W.)

2.2 Beschreibung der Familienstruktur

Die Familie ist eine gewachsene Gruppe, in der sich die wiederholten Interaktionen der Mitglieder zu „transaktionalen Mustern" ausbilden (Minuchin, 1977; 1983). Diese Muster beschreiben die Familienstruktur. Innerhalb ihrer Grenzen reguliert sich das Familienleben nach universalen Regeln der Familienorganisation (z. B. Machthierarchie) sowie nach den individuellen Eigenschaften und ihrem familiären Zusammenspiel. Die bewährten Muster werden so lange wie möglich aufrechterhalten, und nur wenn die Umstände dies erfordern, ist das System bereit, sich zu verändern.

Nach dem strukturellen Modell sind die wichtigsten Aufgaben der Familie die Individuation und die Zugehörigkeit, die den Angehörigen eine Identität vermitteln (v. Schlippe, 1984). Zwischen diesen beiden Funktionen bewegen sich die Grenzen der familiären Subsysteme. Je klarer diese Subsysteme sich voneinander abgrenzen, desto besser funktionieren sie. Die (System-)Grenzen sind Regeln, die darüber bestimmen, wer an diesen Subsystemen beteiligt ist und wie seine Beteiligung aussieht. Die Grenzen müssen so gut abgesteckt bzw. klar sein, daß zwischen den Subsystemen (z.B. Eltern/Kindern) Kontakt möglich ist, aber andererseits die Rollenverteilung so eindeutig ist, daß es nicht ständiger Auseinandersetzung bedarf. Die Klarheit der Grenzen ist nach Minuchin ein Indikator für das Funktionieren der Familie.

Minuchin faßt dies in einer „Matrix der Identität" folgendermaßen zusammen (v. Schlippe, 1984):

„Die Matrix der Identität" nach Minuchin (1977)

Isolierung	Klarheit	Verstrickung, Fusion
Rigide, undurchlässige Grenzen; Loyalität und Zugehörigkeitsgefühl schlecht ausgeprägt; keine Möglichkeit, um Hilfe zu bitten. Größte Angst: Nähe. Protektive Funktionen behindert (u.U. schwere Störung eines Familienmitglieds nicht beachtet).	Flexible, klare Grenzen. Die Mitglieder der Subsysteme vollziehen ihre Funktionen ohne unzulässige Einmischung von außen. Kontakt mit den Mitgliedern anderer Subsysteme ist möglich.	Diffuse, verwischte Grenzen, Autonomie des einzelnen ist beeinträchtigt. Beschneidung von kognitiv-affektiven Fähigkeiten. Größte Angst: Trennung. Mangelnde Differenzierung der Subsysteme (also u.U. geringe Belastung eines Familienmitglieds bringt alle ins Schleudern).

Nach Minuchin (1977) zeichnet sich die funktionale Familie dadurch aus, daß zwischen den elterlichen Subsystemen und geschwisterlichen Subsystemen klare Grenzen gezogen sind. Die Partnerfunktion ist außerdem deutlich von der Elternfunktion abgegrenzt.

Ehemann	Ehefrau	eheliches	Subsystem
V	M	elterliches	
Kinder		geschwisterliches	

Funktionale Kernfamilie

Die Familie funktioniert durch das Zusammenspiel der verschiedenen Subsysteme, die jeweils spezifische Anforderungen und Funktionen erfüllen:

1. *Individuelles Subsystem:* Persönlichkeit, Lebenserfahrung und aktuelle Einflüsse prägen die individuellen Familienmitglieder.
2. *Das eheliche Subsystem:* Gegenseitige Ergänzung und Anpassung der Partner aneinander sind wichtig für das Funktionieren der ganzen Familie. Das Paar muß Muster entwickeln, nach denen jeder den Partner in vielen Bereichen unterstützt, so daß die Ehe „zum Refugium vor äußeren Belastungen und zur Matrix für den Kontakt mit anderen sozialen Systemen" (Minuchin, 1977, S. 76) wird. Das eheliche Subsystem muß sich eine Grenze schaffen, die es vor den Forderungen anderer Subsysteme schützt. Wenn das Ehepaar nur eine diffuse Grenze nach außen hat, so können andere Subgruppen, z. B. die Kinder oder Großeltern, sich in das eheliche Subsystem hineindrängen. *Der Familientherapeut wird deshalb immer die Grenzen rund um das eheliche Subsystem schützen.*
3. *Das elterliche Subsystem:* Durch die Geburt eines Kindes wird eine neue Stufe im Prozeß der Familienbildung erreicht. Das eheliche Subsystem wird durch das elterliche Subsystem ergänzt, dessen Aufgabe die Sozialisation des Kindes durch alle Entwicklungsstufen ist.
   Die Elternschaft erfordert Autorität und Macht im Familiensystem, um dem Kind Führung und Kontrolle, Schutz und Fürsorge bieten zu können. Ein intaktes eheliches Subsystem unterstützt die Eltern gegenseitig in ihrer Elternfunktion und hält die familiäre Macht auf der Elternebene. Aufgabe des Familientherapeuten ist es, die Eltern darin zu unterstützen, die familiären Regeln festzulegen, elterliche Pflichten und Verantwortung zu übernehmen und dabei die Rechte und Pflichten des Kindes zu bewahren.
4. *Das geschwisterliche Subsystem:* Die Grenzen des geschwisterlichen Subsystems sollten die Kinder vor Einmischung durch die Erwachsenen schützen. Im Kreis der Geschwister lernen die Kinder viele soziale Fertigkeiten, die sie auf den Umgang mit Peers vorbereiten.
   Nach Alter und Fähigkeiten haben Kinder in größeren Familien unterschiedliche Positionen, die oft Geschwisterrivalität hervorrufen, wenn die hierarchische Ordnung z.B. von seiten der Eltern nicht akzeptiert wird.
   Der Familientherapeut wird versuchen, die Bedürfnisse der Kinder in dem jeweiligen Entwicklungsstadium zu erkennen und ihr Recht auf

Autonomie zu unterstützen, ohne dabei die Rechte der Geschwister oder der Eltern zu verletzen.

2.2.1 Verstrickte Familien

In verstrickten oder verschmolzenen Familien ist das Zugehörigkeitsgefühl so stark ausgeprägt, daß die Autonomie der Subsysteme einschließlich des Individuums nicht gewahrt bleibt. Die Grenzen der Subsysteme werden diffus bzw. verwischen sich. Bei der Verstrickung handelt es sich wie bei allen familiären Kommunikationsprozessen um einen sich gegenseitig aufrechterhaltenden Wechselwirkungsprozeß. *Merkmale verstrickter (verschmolzener) Familien* (Hoffmann, 1982; Wirsching u. Stierlin, 1983) sind:

1. Mangel an Differenzierung zwischen den individuellen Familienmitgliedern:
   - Verwischung von Ich-Grenzen: Jeder ist in die Angelegenheit des anderen verwickelt;
   - Triangulation: Die Beziehung zum andern wird durch Bezug auf ein drittes (Objekte, Personen) hergestellt;
   - Vermeidung von Ich-Positionen: Niemand will Verantwortung übernehmen.
2. Diffuse Grenzen zwischen den Subsystemen:
   - Verstrickung zwischen Kern- und Ursprungsfamilie;
   - diffuse Trennungslinie zwischen Eltern und Kind;
   - keine Trennung von Partnerschafts- und Elternrolle, so daß weder das Subsystem Partnerschaft noch das der Elternschaft gut funktioniert;
   - keine altersgemäße Differenzierung zwischen den Kindern.
3. Starre Abgrenzung der Familie gegenüber anderen Systemen (Freunden, Bekannten, Nachbarn usw.).

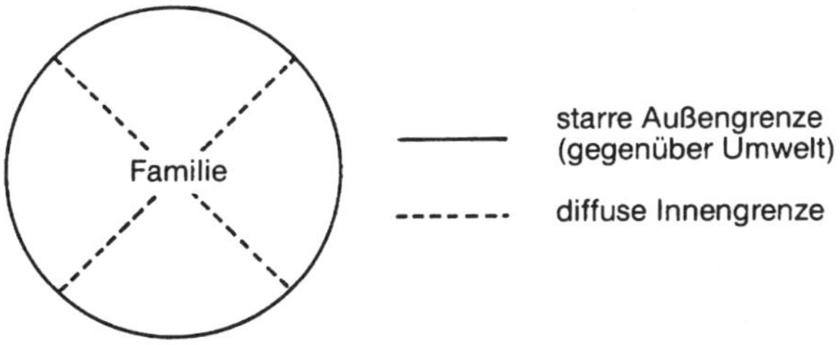

Abb. 8

Auswirkungen im Schulsystem:
Die mangelnde Differenzierung innerhalb der Subsysteme ermöglicht weniger autonome Erfahrung und Lebensbewältigung. Problemschüler aus solchen Familien zeigen häufig kognitiv-affektive Schwächen wie z.B. Konzentrationsmangel, Lese-Rechtschreib-Schwäche, Angst vor Klassenarbeiten usw.

Schulverweigerung ist häufig auf eine zu enge und intensive Bindung zwischen einem Elternteil (meist Mutter) und dem Kind zurückzuführen. Das Angebundensein zwingt das Kind, zu Hause bleiben und für den andern zu sorgen und sich versorgen zu lassen.

Beispiele:
Bei der Familie T. (Teil II, Aa) läßt sich eine Verstrickung über drei Generationen feststellen:

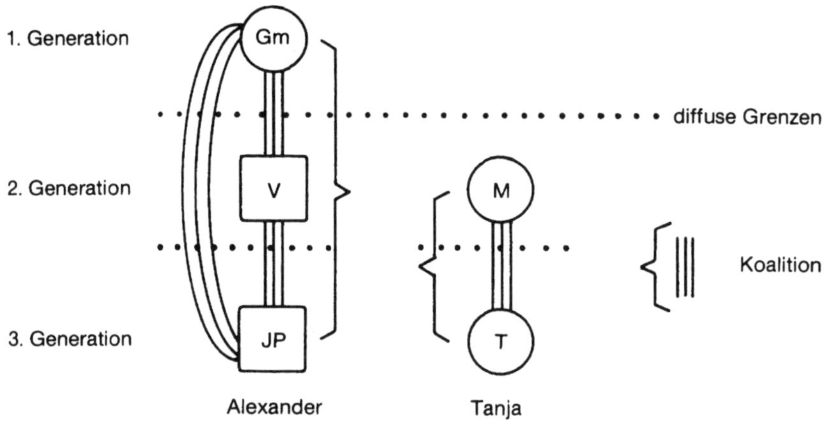

Abb. 9

Großmutter, Vater und Enkel bilden eine Koalition gegen die Koalition der Mutter mit Tanja. Frau T. hat eine sehr enge Beziehung zu ihrer Tochter entwickelt, in dem Maße, wie sich das eheliche Subsystem auflöste. Es handelt sich um verwischte Grenzen der Subsysteme, nicht der individuellen Grenzen (wie in unserer Beispielsfamilie W.).

Familie H. (Teil II, Ac):
Bei Einelternfamilien besteht ebenfalls die Gefahr einer generationsübergreifenden Verstrickung zwischen Alleinerziehendem und Kind bzw. (bei mehreren Geschwistern) Elternkind.

Dagmar ist als Elternkind in viele Probleme der Mutter eingeweiht und dadurch auch überlastet. Die Mutter braucht sie als emotionale Stütze auf einer Partnerebene und kann deshalb ihre elterlichen Funktionen nur bedingt ausüben.

Familie W. (Teil II, Ab):
Diese Familie zeigt eine typische Verstrickung auf individueller und auf systemischer Ebene.

Niemand in der Familie will Verantwortung und Führung übernehmen. Es wird viel gegeben und nichts verlangt. Dies zeigt sich in der Überfürsorge und Aufopferung: Frau W. hat von ihrer Mutter gelernt, daß eine „gute Mutter" ganz für ihr Kind dasein muß und sich nicht um ihr eigenes Wohl kümmern darf (konservativer Familienauftrag). Michel kann sich nicht altersgemäß entwickeln, weil ihm die Auseinandersetzung mit der Umwelt durch Mutter und Großmutter abgenommen wird.

2.2.2 Losgelöste oder zerfallende Familien

In solchen Familien haben sich extrem starre Grenzen zwischen den einzelnen Familienmitgliedern und Subsystemen entwickelt.

Dazu sind die instabilen Familiensysteme zu rechnen, die nach innen starre Grenzen, jedoch nach außen diffuse Grenzen ausbilden.

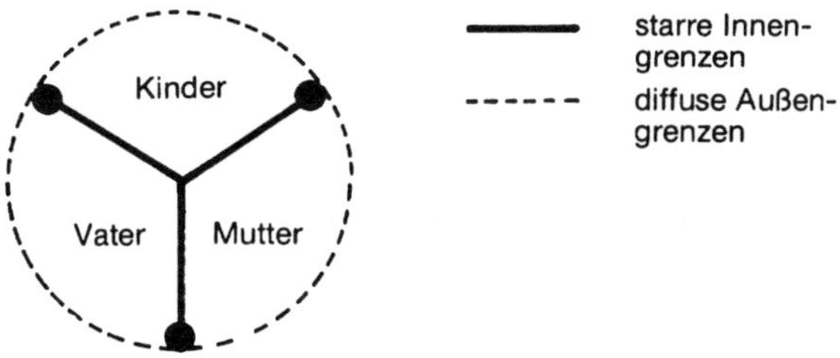

Abb. 10

Merkmale losgelöster Familien:

- Durch die starren Innengrenzen ist die Kommunikation innerhalb der Familie schwierig;
- die Loyalität und das Zugehörigkeitsgefühl ist nur schwach ausgebildet;
- die Familienmitglieder gewähren sich auch bei stärkeren Belastungen keine Unterstützung. Die losgelöste Familie reagiert oft nicht, wenn eine Reaktion geboten wäre, z.B. wenn ein Kind in der Schule unglücklich ist;

– in dissozialen Familien ist die gegenseitige Vernachlässigung ein Auslöser krimineller Auffälligkeiten. Die öffentliche Reaktion erzwingt die familiäre Aufmerksamkeit;
– die Interdependenz wird nicht anerkannt und nicht genutzt.

Selbstverständlich können losgelöste Familienstrukturen in allen gesellschaftlichen Schichten auftreten. Entscheidend ist, in welchem Ausmaß sie die familiären Beziehungen prägen. Häufig ist diese Loslösung nur im ehelichen Subsystem zu beobachten. Am Beispiel der Familie T. (Teil II, Aa) soll verdeutlicht werden, daß in einer verstrickten Familie auch losgelöste Beziehungsmuster vorhanden sein können.

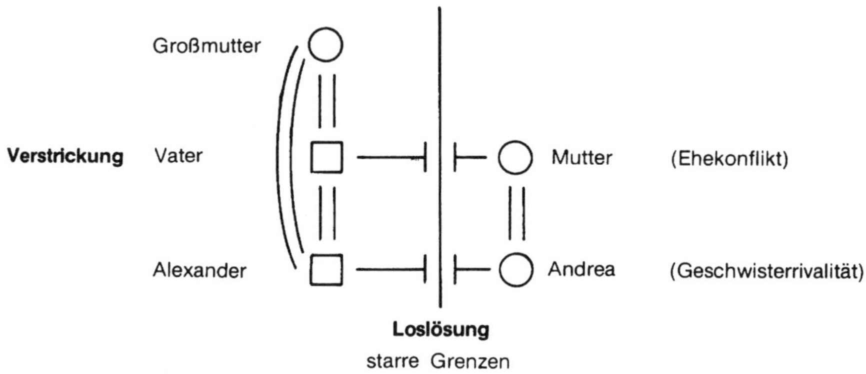

Abb. 11

Eine Loslösung geht bei dieser Familie von dem Konflikt im ehelichen Subsystem aus. Die Merkmale der Isolierung betreffen also nicht die Familienmitglieder insgesamt, sondern in erster Linie die Paarbeziehung.

Da in der schulpsychologischen Beratung ein hoher Prozentsatz der angemeldeten Schüler mit Lern- und Verhaltensstörungen aus Familien kommt, die in Trennung oder Scheidung leben, wollen wir diesen Spezialfall einer Loslösung auf der Paarebene näher beschreiben.

2.2.2.1 Trennungs-/Scheidungsfamilien

Abhängig von der Struktur des betreffenden Familiensystems und der Phase des Zerfalls, in der sich die elterliche Beziehung befindet, lassen sich folgende Phasen der Trennung/Scheidung erkennen:

1. *Phase des verdeckten Ehekonflikts der Eltern.* Hier wird der Paarkonflikt geleugnet, weil sein direktes Ansprechen zuviel Angst bereitet.

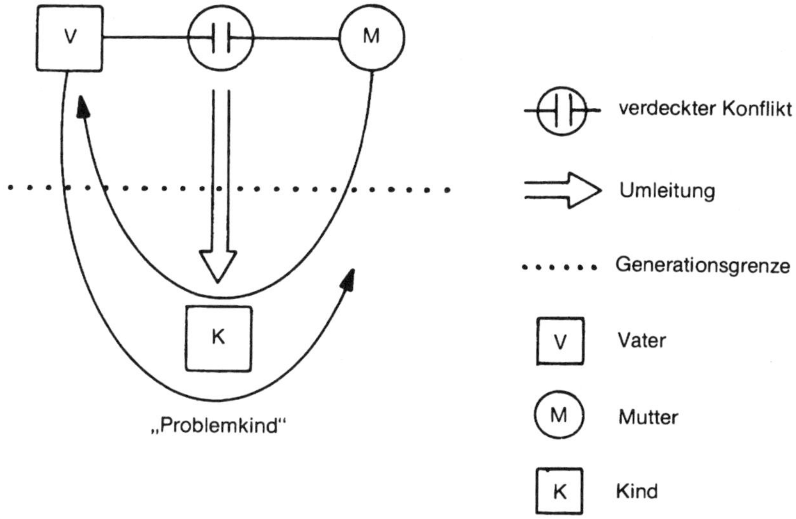

Abb. 12

Statt dessen wird der Konflikt umgeleitet über ein sogenanntes „Problemkind". Rigide harmonisierende (pseudostabile) Familiensysteme können zum Teil jahrzehntelang auf diese Art und Weise den zentralen Paarkonflikt unbearbeitet lassen und produzieren so meistens einen (oder mehrere) Symptomträger mit psychosomatischen und psychiatrischen Symptomen. Ein Großteil der jugendlichen Problemschüler mit Symptomen einer Loslösungskrise kommt aus solchen Familien.

2. *Phase des offenen Ehekonflikts.* Hier zeigen sich vor allem zwei Grundvarianten des Umgangs mit dem offenen Ehekonflikt:

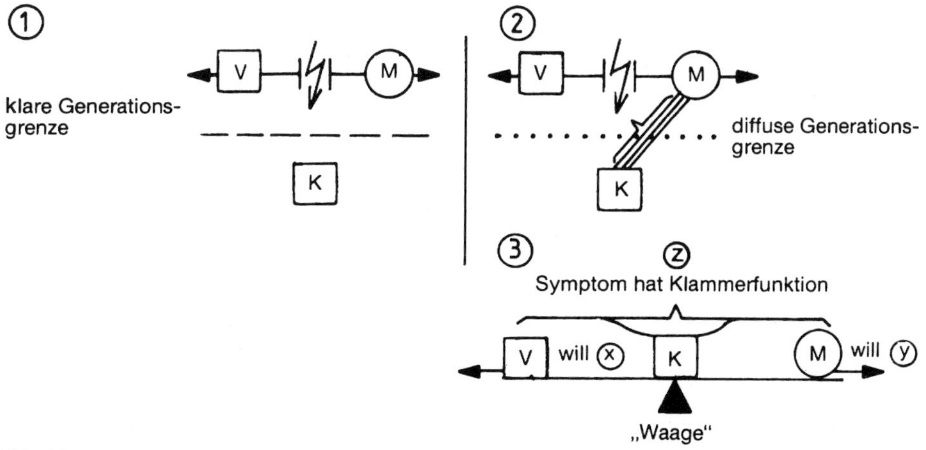

Abb. 13:

a) Der offene Ehekonflikt bleibt auf die Paarebene beschränkt, d.h., die Generationsgrenze wird nicht überschritten, um beispielsweise ein Kind oder die Kinder in den Konflikt mit einzubeziehen (Abb. 13/①).
Die Eltern versuchen also weitestgehend, die Eltern-Kind-Beziehungsebene aus dem Paarkonflikt herauszuhalten, auch wenn dies nicht immer gelingt. Dadurch werden die Kinder von einem Loyalitätskonflikt (wenn ich das tue, was der Vater will, ist die Mutter von mir enttäuscht, und umgekehrt) verschont, die Sorge, einen Elternteil durch Trennung/Scheidung zu verlieren (d.h., zuwenig Kontakt zu ihm zu haben), bleibt jedoch. In dieser Phase wird zum Teil auch schon offen vor den Kindern von Trennung/Scheidung gesprochen.
b) Der offene Ehekonflikt wird unter Einbeziehung der Kinder (oder des Kindes) als Koalitionspartner ausgetragen (Abb. 13/②): Diese Variante produziert fast ausnahmslos einen (oder mehrere) Symptomträger, da zum einen das in den Paarkonflikt einbezogene Kind in einem ausweglosen Loyalitätskonflikt steht, zum anderen das Kind rasch in die „Retterrolle des Systems“ geraten kann. Darunter verstehen wir, daß es versucht, über ein Symptom vom Paarkonflikt abzulenken und aus dem Loyalitätsdilemma zu entkommen, indem es weder „Ⓧ“, was der Vater von ihm erwartet, noch „Ⓨ“, was die Mutter von ihm erwartet, sondern „Ⓩ“, etwas, was beiden Sorgen macht, produziert oder inszeniert (Abb. 13/③).

Eine Variante stellt unsere Familie T. („Das Damoklesschwert der Scheidung“) dar. Auch in dieser Konstellation wird offen über Trennung und Scheidung gesprochen. Allerdings kommt für das Kind erschwerend hinzu, daß es von beiden Eltern hin- und hergerissen wird und die Gefahr sieht, nicht nur mit einem Elternteil durch die erfolgte räumliche Trennung weniger Kontakt zu haben, sondern auch noch die Elternliebe des betreffenden zu verlieren, weil es ja den „Verrat“ begangen hat, beim anderen Elternteil leben zu wollen.

3. *Phase der zeitweiligen bzw. endgültigen Trennung des Elternpaares.* Diese Phase geht meist der juristisch vollzogenen Scheidung voraus, sei es, daß die Eltern „nur“ getrennte Schlafzimmer einrichten, sich auf eine Probezeit begrenzt trennen oder der Auszug eines Elternteils die beabsichtigte Scheidung einleitet. Diese Phase ist für das Kind (und für die Eltern) besonders schmerzlich, weil jetzt der reale und nicht nur der phantasierte Verlust eines Elternteils mit aller Deutlichkeit und Konsequenz spürbar wird. In dieser Phase entwickeln fast alle Kinder, d.h.

auch alle Schulkinder, leichte bis mäßige Symptome, die hervorgerufen sind durch Trauer, Enttäuschung, Trennungsängste usw. über den Weggang eines Elternteils.

4. *Phase des Scheidungsvollzugs der Eltern.* Da die Scheidung für die Kinder selten ein überraschendes Ereignis darstellt, weil meist eine Trennungsphase vorausging, wird durch die Scheidung der Trennungszustand juristisch besiegelt. Die Trennung erhält sozusagen den „Stempel der Endgültigkeit".
   In der Scheidungsphase werden allerdings für das Kind sehr wichtige Regelungen getroffen, wie Sorgerechts- und Besuchsrechtsregelung, Unterhaltsfragen usw.
   Welches Ausmaß an psychischen Spuren die Scheidung der Eltern beim Schulkind hinterläßt, hängt in erster Linie davon ab, wie intensiv die Eltern in den vorangegangenen Phasen (s. o.) das Kind in den Konflikt mit einbezogen haben. Je weniger die Eltern sich „gütlich" geeinigt haben und je mehr Auseinandersetzungen auf dem juristischen Weg ausgetragen wurden und noch werden, desto gravierender sind die Auswirkungen auf das Kind. Da es in diesen juristischen Auseinandersetzungen, psychologisch betrachtet, keine Gewinner, sondern nur Verlierer gibt, die sich gegenseitig psychische Verletzungen zufügen, lautet unser Kommentar dazu: „Jede Scheidungsfamilie kann sich durch ein Dutzend gut geleiteter Familientherapiesitzungen das Zehnfache an finanziellen und das Hundertfache an psychischen Kosten einsparen, verglichen mit einem jahrelangen, auf der juristischen Ebene geführten, Kampf." (In den USA gibt es deshalb bereits auch schon auf Scheidungsfamilien spezialisierte Familientherapieinstitute.)
   Es ist kein Wunder, daß Schüler, deren Gedanken und Gefühle von der Frage bestimmt sind: „Zu welchem Elternteil gehe ich? Darf ich den Vater lieben und es auch der Mutter zeigen, ohne daß sie über mich enttäuscht ist? Bin ich vielleicht an der Scheidung der Eltern mitschuldig?" usw., die ganze Palette von möglichen Symptomen zeigen, von denen Konzentrationsstörungen und ein Abfallen in der schulischen Leistung noch die geringsten sind.
5. *Die Phase nach der Scheidung.* Nachdem in der Scheidungsphase die juristischen Probleme mehr oder weniger (manche Eltern tragen ihre Beziehungsfehde noch jahrelang nach der Scheidung mit juristischen Waffen auf dem Rücken der Kinder aus) gelöst sind, gehen in der nun unvollständigen Familie sehr oft die psychischen Kämpfe (d.h. das Zufügen emotionaler Verletzungen) weiter. So ist zum Beispiel zwar juristisch geregelt, wie oft das Kind zum außerhalb der Familie lebenden

Elternteil (meist der Vater) Kontakt haben darf. Aber jedesmal, wenn es beispielsweise den Vater besucht, erfährt es bei ihm auf der nonverbalen und verbalen Ebene Abwertungen und Beleidigungen seiner Mutter. Umgekehrt spürt es deutlich die Ablehnung und Enttäuschung der Mutter, wenn es, wieder heimgekehrt, vom schönen Wochenende mit dem Vater berichtet. So wird es sehr bald die gegenseitigen Abwertungen der Eltern nicht mehr weiterberichten, sondern für sich behalten, um seine geschiedenen Eltern vor Verletzungen zu schützen. Eine andere Möglichkeit, den Ehekampf nach der Scheidung weiterzuführen, besteht darin, das Kind als „Spion" einzusetzen, um es dann ganz genau auszufragen, wie z.B. der neue Partner (Partnerin) des andern Elternteils sich verhält oder welche Bekannten der Mutter (des Vaters) zu Besuch kommen usw.

2.2.3 Triangulation

Eine besondere Form der Verstrickung, wie sie im Abschnitt 2.2.1 dargestellt wurde, ist die generationsübergreifende Koalition eines Elternteils mit einem Kind gegen den anderen Elternteil. Diese Form der Verstrikkung, die über die Generationsgrenzen hinweg Koalitionen bildet, ist für unsere Arbeit deshalb so wichtig, weil sie mit großer Regelmäßigkeit in Familien auftritt, die ein Kind als Symptomträger vorstellen.

Jede Familie besteht aus Dreiecksbeziehungen. Wenn jedoch die Trennung der Generationen heimlich durchbrochen wird, spricht Haley (1980) von „perversen Dreierbeziehungen" oder Generationenkoalition.[3]

Merkmale der Triangulation:

1. Es sind zwei Familienmitglieder aus einer Generation (meist Eltern) und eines (meist Kind) aus einer anderen Generation beteiligt.
2. Ein Elternteil bildet eine Koalition mit dem Kind gegen den andern Elternteil. Das Kind in einer pathologischen Triade, das eine Koalition mit einem der Eltern eingeht, reagiert damit z.B. auf die allzu große Übermacht des andern Elternteils.
3. Die Koalition wird geleugnet.

---

3 „Die Überschreitung der Generationengrenze als allgemeine Bedingung gestörter Systeme stellt eine systemtheoretische Reformulierung des von der Psychoanalyse beschriebenen ödipalen Konflikts dar" (Schneider, 1984, S. 476).

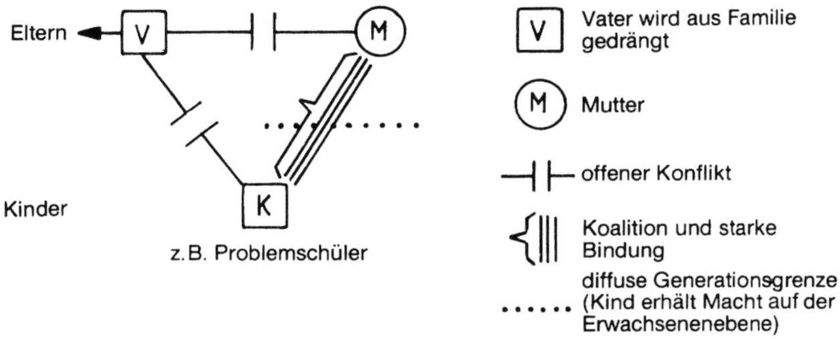

Abb. 14: Triangulation (häufigste Verstrickungsmuster)

Meist finden sich solche Generationenkoalitionen in der Ursprungsfamilie wieder, in Form einer starken Abhängigkeit eines Elternteils von einem Großelternteil.

Beispiel:
In der Familie T. (Teil II, A1) läßt sich eine Mutter-Tochter-Koalition gegen den Vater bzw. gegen die Großmutter und gegen den Sohn feststellen. Umgekehrt wurden Generationenkoalitionen des Vaters mit der Großmutter (seiner Mutter) gegen seine Frau deutlich. Die Großmutter verbündet sich mit Alexander gegen dessen Mutter und Tanja. Es lassen sich also eine Reihe von generationsübergreifenden Dreiecken aufzeigen, die sich gegenseitig bedingen und die Verstrickung verstärken (siehe S. 39 und 73).

Wenn sich eine Koalition über die Generationsgrenzen hinweg durch Wiederholung verfestigt, so ist durch die im folgenden aufgezählten Auswirkungen auf das Familiensystem eine Symptombildung (meist beim Kind) wahrscheinlich:

- Das Kind erhält zuviel Macht in der Dreierbeziehung: Eine Koalition zwischen einem Elternteil und einem Kind untergräbt nicht nur die Autorität des andern, sondern macht auch den verbündeten Elternteil von der kindlichen Unterstützung abhängig.
- Das Kind wird in einen Loyalitätskonflikt verstrickt, wenn es versucht, beiden Elternteilen nahe zu bleiben, obwohl ihre Beziehung zueinander negativ ist.

Die Auswirkungen auf das schulische Verhalten solcher Kinder sind entsprechend:

Ein Kind, das in der Familie zuviel Macht besitzt, kann sich nur schwer in eine Klassenstruktur einordnen. Es akzeptiert nicht die autonomen Grenzen der Mitschüler und die Anordnungen der Lehrer (siehe Kapitel 8, Fallbeispiel Anita G.). Je nach Alter des Kindes entwickeln sich daraus vielfältige Verhaltensauffälligkeiten.

Ein Schüler, der sich zu Hause in einem ständigen Loyalitätskonflikt mit den Eltern befindet, wird Mühe haben, sich auf seine schulischen Aufgaben zu konzentrieren. Besonders betroffen sind dabei Kinder aus Trennungs- bzw. Scheidungsfamilien (Abschnitt 2.2.2.1).

2.2.4 Rigide Familien

Die Rigidität eines Familiensystems wird durch ihre Veränderungsresistenz, d.h. ihre Ängste und Widerstände gegen Veränderung, definiert. Rigide Familien sind extreme Formen losgelöster oder verstrickter Familien.

Einige Merkmale veränderungsresistenter Familien sind:
- Die Familienmitglieder zeigen wenig Handlungsalternativen sowie ein sehr festgelegtes Rollenverhalten;
- die Familie reagiert unflexibel auf innere Veränderungen (z.B. wenn ein Kind in die Pubertät kommt) sowie auf äußere Krisen (Umzug, Arbeitslosigkeit usw.);
- die Familienregeln (vgl. 6.1.6) sind starr, d.h., die Familienmitglieder müssen sich an die Regeln anpassen statt umgekehrt;
- es handelt sich vorwiegend um Familien, in denen psychiatrische oder psychosomatische Störungsformen auftauchen;
- sie sind durch starre Grenzen nach außen und Verstrickung oder Loslösung innerhalb des Familiensystems gekennzeichnet;
- Abmachungen zwischen Therapeut und Familie werden nicht eingehalten;
- es sind viele Therapieabbrüche vorausgegangen;
- die Kommunikation ist durch Abwertungen geprägt;
- das Weltbild (meaning) unterliegt dem Einfluß der Ursprungsfamilie und zeigt wenig Entwicklung.

2.3 Entwicklungsphasen der Familie

Die Familie befindet sich in ständiger Veränderung. In den einzelnen Entwicklungsstadien treten unterschiedliche Forderungen an sie heran, denen sie sich anpassen muß. Wenn ein Familienmitglied stirbt oder die älteste

Tochter heiratet, ist eine Neuordnung der Familienbeziehungen notwendig. Die Arbeitslosigkeit des Ernährers der Familie hat ebenfalls gravierende Auswirkungen auf die Familienstruktur, mit der die Mitglieder zurechtkommen müssen.

Es gibt jedoch Entwicklungsphasen, die für jede Familie einschneidende Ereignisse darstellen. Minuchin und Fishman (1983, S. 42) beschreiben ein Entwicklungsmodell der Familie, das vier Hauptstadien nennt, die alle am Wachstum der Kinder ausgerichtet sind:

1. Zusammenfinden des Paares und Familiengründung,
2. die Familie mit kleinen Kindern,
3. die Familie mit heranwachsenden Kindern,
4. die Familie mit erwachsenen Kindern.

2.3.1 Der Familienlebenszyklus

Belastungen, die sich aus den Veränderungen innerhalb der Familie (Geburt, Scheidung, Tod usw.) oder außerhalb der Familie (Arbeitslosigkeit, Umzug, Schulversagen usw.) ergeben, machen einen Anpassungsprozeß der Familie notwendig. Die meisten psychischen Probleme entstehen in solchen Zeiten der inter- oder intrasystemischen Veränderung (Andolfi, 1982, S. 29). Häufig entstehen familiäre Krisen bei einer erforderlichen Neuorganisation der Familie durch Ein- oder Austritt eines Familienmitgliedes, also wenn die Familie jemanden verliert oder wenn jemand neu hinzukommt.

Im Schaubild auf S. 86 zeigt der Ausschnitt im Familienlebenszyklus an, mit welchen Themen die Familie sich momentan beschäftigen muß (nach R. Kaufmann und V. Satir).

Die Familie ist so angelegt, daß sie in einem permanenten Prozeß wieder losläßt. Das Ziel der Entfaltung ist das Ende der Familie, das Loslassen der Kinder.

2.3.2 Ablösungskrisen: Familien mit einem pubertierenden Problemschüler

In der schulpsychologischen Beratungspraxis werden wir immer wieder mit 13- bis 19jährigen Schülern und Schülerinnen konfrontiert, die verschiedene Symptome einer Ablösungskrise vom Elternhaus zeigen:

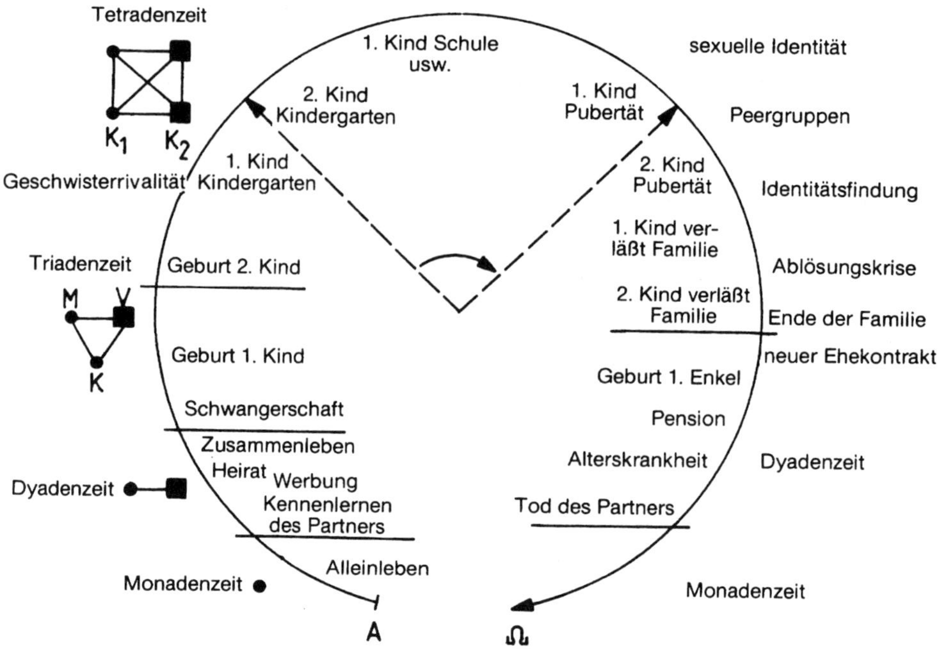

Abb. 15: Lebenszyklus

Erläuterung zur Abbildung:
Der Ausschnitt des Lebenszyklus zeigt an, mit welchen Themen die Familie sich beschäftigen muß. Je größer der Ausschnitt, desto mehr Flexibilität wird von der Familie verlangt.

- Sie versagen in der Schule trotz guter Intelligenz, weil sie nichts mehr für die Schule tun;
- sie schwänzen die Schule, treiben sich herum und begehen eventuell kriminelle Handlungen;
- sie fangen plötzlich an, Symptome zu entwickeln, die in der psychiatrischen Fachsprache mit „psychotisch" etikettiert werden;
- sie beginnen drogen- oder alkoholabhängig zu werden;
- sie drohen mit Suizid;
- sie entwickeln psychosomatische Krankheiten wie z.B. „Anorexia nervosa" (Magersucht).

Wenn wir einmal näher betrachten, was alle diese verschiedenen Symptome gemeinsam haben, so können wir folgendes feststellen:

1. Alle diese Symptome verhindern beim Jugendlichen, erwachsen zu werden: Wer mehrere Klassen wiederholen muß, bleibt seiner Familie

„länger erhalten“. Wer mit einem miserablen Abgangszeugnis und bizarren Verhaltensweisen keinen Ausbildungsplatz findet (wobei allerdings heutzutage hier sehr massive und destruktive Einflüsse durch die Lehrstellenknappheit die ganze Problematik noch verschärfen), kehrt in den Schoß seiner Familie zurück. Wer infolge krimineller Handlungen in ein Heim oder eine Jugendstrafanstalt kommt, wird statt von der Familie von einer Institution „versorgt“, dasselbe trifft für Jugendliche zu, die sich in die Obhut eines psychiatrischen oder allgemeinen Krankenhauses begeben (unter die Flagge des „Roten Kreuzes“ flüchten). Auch sie hindern sich und werden daran gehindert, selbständig und erwachsen zu werden.

2. Alle diese Symptome treten in der Phase der Pubertät auf, also vor und während des „Erwachsenwerdenprozesses“ (dieser kann sich allerdings bei manchen Klienten bis zum 40. Lebensjahr erstrecken!). In dieser Phase findet die innere (psychische) und äußere (Berufstätigkeit, eigener Hausstand usw.) Ablösung von der Familie statt.
3. Die Eltern des in der Ablösungskrise befindlichen Jugendlichen haben auf jeden Fall eines gemeinsam (auch wenn sonst gar keine Gemeinsamkeiten mehr zwischen ihnen bestehen), unabhängig davon, ob sie zusammen- oder getrennt leben, nämlich die Sorge um das psychische und physische Wohlergehen ihres pubertierenden Kindes.

Wichtig für jeden Therapeuten/Berater, der mit Jugendlichen in Pubertätskrisen zu tun hat, ist es, sich nicht von der Vielzahl der gezeigten Symptome verwirren zu lassen. Statt gebannt auf die Qualität und Quantität der jeweiligen Symptomatik zu starren, d.h., sich von den Inhalten verführen zu lassen, ist es wesentlich gewinnbringender, die grundlegenden *Prozesse* herauszuschälen, die innerhalb der Familie des Pubertierenden ablaufen und sich abhängig von der inneren Familienstruktur und -geschichte in ganz verschiedenen Symptomen äußern können.

Unseres Erachtens hat Haley (1981) es meisterhaft und bisher unübertroffen verstanden, aufgrund seiner langjährigen Erfahrung im Umgang mit solchen Jugendlichen die grundlegenden Beziehungsmuster und Prozesse in der Familie herauszuarbeiten, die einen Jugendlichen in eine Pubertätskrise geraten lassen. Ferner hat er wirksame therapeutische Veränderungsstrategien entworfen, mit denen wir in unserer schulpsychologischen Beratungspraxis im Umgang mit solchen jugendlichen Problemschülern sehr gute Erfahrungen sammeln konnten.

In seiner Arbeit mit pubertierenden Symptomträgern und ihren Familien konnte Haley die folgenden Grundmuster und Prozesse feststellen:

1. Der Pubertierende kann deshalb nicht erwachsen werden, weil er von seinen Eltern bzw. einem Elternteil die widersprüchliche Botschaft empfangen hat: „Werde erwachsen, aber verlasse uns (mich) nicht!" Oder: „Wenn du erwachsen wirst und die Familie verläßt, passiert eine Katastrophe" (Scheidung der Eltern, Depression der Mutter). Oder auch: „Werde erwachsen, aber ich kann ohne dich nicht leben" (symbiotische Mutter-Kind- bzw. Vater- Kind-Beziehung).
2. Da Ablösungskrisen sehr oft bei Einzelkindern und jüngsten Kindern (also den letzten, die das Elternhaus verlassen) stattfinden, stehen sich die Eltern nun allein gegenüber, nachdem sie jahrelang als Untergruppe einer Mehrpersonenorganisation funktioniert haben. Fast immer ist ein verdeckter oder offener Ehekonflikt zu beobachten, in den in der Regel das Kind (oder die Kinder) mit einbezogen waren. Manche Eltern haben jahrelang vorwiegend über ein ganz bestimmtes Kind kommuniziert und haben nun größte Schwierigkeiten, sich direkt und allein auseinanderzusetzen. Von daher ist es auch nicht verwunderlich und zufällig, daß die Scheidungsrate in der Altersgruppe der 40- bis 50jährigen einen steilen Anstieg aufweist. Manche Eltern entwickeln in dieser Phase Depressionen oder andere Symptome, die dann unter der falschen Etikettierung „Midlife-crisis" laufen.
   Wir halten es für nahezu ausgeschlossen, daß in Familien, deren Eltern in einer glücklichen und gut funktionierenden Paarbeziehung leben, Jugendliche Symptome einer Ablösungskrise zeigen. In solchen Familien können die Eltern etwas miteinander anfangen, sie genießen die größeren Freiheiten, die sie nach dem Erwachsenwerden des Kindes haben und sind trotz einer guten Eltern-Kind-Beziehung zufrieden, wenn das Kind die Familie verläßt.
3. Es findet eine Umkehrung der natürlichen Machthierarchie in der Familie statt: Da die Eltern bzw. ein Elternteil an den Jugendlichen die untergründige Botschaft aussendet, daß er dringend in der Familie gebraucht wird, erhält er eine ihm nicht zustehende Macht in der Familie, denn die Eltern sind ja von seiner Symptomatik, die ihnen den Stoff für die gemeinsamen Sorgen liefert, abhängig. Im Gefolge dieser Botschaft kann der jugendliche Symptomträger durch seine Symptomatik die gesamte Familie tyrannisieren.
4. Lebt der Jugendliche als jüngstes oder einziges Kind mit einem alleinstehenden Elternteil zusammen, droht durch die Loslösung des Puber-

tierenden diesem Elternteil oft die Gefahr der psychischen Vereinsamung. Auch hier erhält der Jugendliche die unterschwellige Botschaft, daß die Mutter bzw. der Vater ihn dringend für sein psychisches Wohlergehen braucht. Wie wir oben aufgezeigt haben (vgl. Abschnitt 2.1.2), hat in dieser Familienkonstellation der Jugendliche sowieso schon in den Jahren vor der Pubertät durch seine Partnerersatzrolle eine ihm nicht zustehende Macht erhalten.

5. Das Hauptthema, das sich durch das Leben der in einer Loslösungskrise befindlichen Jugendlichen zieht, ist das Versagen. Wenn sich Erfolge abzeichnen, inszenieren sie (unbewußt) etwas, was diese zunichte macht. Die Funktion des Versagens ist die, daß die Eltern weiterhin durch und über den jungen Menschen kommunizieren, wobei die Familienstruktur unverändert bleibt.
6. Nach Haley gibt es zwei Möglichkeiten, wie sich die Familie durch die „Produktion" eines Symptomträgers stabilisieren kann: Möglichkeit 1: Die Eltern nehmen die Hilfe einer offiziellen Institution in Anspruch (Psychiatrie, Gefängnis, Heim, Krankenhaus u.ä.), um ihr Kind einzusperren, so daß es nicht unabhängig und selbständig wird. Die Eltern können dann ihr Kind in dieser Institution regelmäßig besuchen und so mit ihm in Kontakt bleiben, ohne die Unannehmlichkeit auf sich nehmen zu müssen, mit ihm zu leben. Möglichkeit 2: Der Jugendliche führt ein „verpfuschtes" Leben und sorgt so durch diesen unglücklichen Umstand dafür, daß sich die Eltern um ihn kümmern müssen (z.B. ihn bei sich aufnehmen, finanziell unterstützen usw.). Die therapeutische Strategie sieht bei Haley dementsprechend so aus, daß der Therapeut in einer ersten Phase sich mit den Eltern (vorübergehend) gegen den Jugendlichen verbündet, um dadurch wieder die natürliche Hierarchie in der Familie herzustellen. Gleichzeitig bringt er die Eltern dazu, gemeinsam mit dem als „ungehorsam" definierten Jugendlichen zurechtzukommen, d.h., er bringt als Therapeut die Eltern zu einer *gemeinsamen Aktion,* so daß der Jugendliche dies durch seine Symptome nicht mehr länger erreichen muß. Der Jugendliche soll möglichst rasch aus der Aufbewahrungsinstitution (Krankenhaus, Psychiatrie, Gefängnis usw.) sowie aus der Familie in die ihm angemessene Alltagsrealität gebracht werden, also eine Schule besuchen, eine Ausbildung weiter abschließen, Geld verdienen usw.

   In einer zweiten Phase der Therapie erst bearbeitet Haley den zugrundeliegenden (meist verdeckten) Ehekonflikt der Eltern, um so einem Rückfall des Jugendlichen in seine frühere Symptomatik vorzubeugen.

3 Merkmale des Therapeuten/ Therapeutenpersönlichkeit

„Familientherapie erfordert den Einsatz der eigenen Person. Der Familientherapeut kann nicht von außen her beobachten und sondieren. Er muß diesem System von Menschen, die voneinander abhängig und miteinander verbunden sind, selbst als Teil angehören. Um als Mitglied dieses Systems etwas bewirken zu können, muß er sich den Gegebenheiten und den Regeln des Systems anpassen und dabei darauf bedacht sein, die eigene Person in größtmöglichem Umfang einzusetzen. Das ist es, was man unter dem Begriff der therapeutischen Spontaneität versteht" (Minuchin u. Fishman, 1983, S. 14).

Luthman und Kirschenbaum (1977) bezeichnen die eigenen, inneren Empfindungen des Therapeuten als sein wichtigstes Werkzeug in der Therapie („Die Persönlichkeit des Therapeuten als Instrument", S. 77ff.).

Wir können und konnten immer wieder an uns selbst und durch die Beobachtung anderer Familientherapeuten erfahren, welchen zentralen Stellenwert die Person und Persönlichkeit des Therapeuten in der Arbeit mit Familien einnimmt. Es kann nicht genug betont werden, daß die Voraussetzung für wirksame Änderungsprozesse in der Familie in der Bildung einer tragfähigen Familien-Therapeuten-Beziehung, der Herstellung eines therapeutischen Systems (dazu mehr in folgenden Abschnitt 4) gründet.

Erst eine positive, von Vertrauen getragene Beziehung zwischen Familie und Therapeut läßt diagnostische und therapeutische Techniken wirksam werden.

Wir können uns das Bild einer tiefen, unüberwindbaren Schlucht vorstellen, auf deren rechter Seite ein Händler einen Marktstand mit vielfältigen Angeboten an Feldfrüchten aufgeschlagen hat und auf deren linker sich eine Anzahl potentieller Kunden befindet. Erst wenn die beiden Seiten der Schlucht durch eine Brücke verbunden sind, können die Kunden zum Händler und seinen Waren gelangen, bzw. kann der Händler zu den Kunden gelangen und ihnen seine Waren feilbieten.

Der vorübergehende Anschluß des Therapeuten an das Familiensystem wird in seinem Erfolg oder Mißerfolg maßgeblich von der Persönlichkeit des Therapeuten bestimmt: seiner Selbsterfahrung, seinem persönlichen Stil, seiner Lebenserfahrung und Kompetenz.

3.1 Selbsterfahrung des Therapeuten

Das Bild eines jeden Beraters/Therapeuten von Familie, von ihren Stärken und Schwächen ist maßgeblich durch seine eigene Herkunftsfamilie geprägt worden. In der Regel hat er hier zum ersten Mal und am nachhaltigsten durch die Ehe seiner Eltern ein Modell für eine Paarbeziehung, durch die Beziehung zwischen ihm und seinen Eltern sowie seinen Geschwistern Modelle für Eltern-Kind- und Geschwister-Beziehungen erlebt und erfahren.

Ebenso erfolgte die Erklärung und Einschätzung der Welt rings um seine Herkunftsfamilie zunächst einmal durch die Eltern. Auch wenn all diese Einflüsse im späteren Verlauf seines Lebens (nach erfolgter Loslösung von der Herkunftsfamilie) durch den verstärkten Einfluß der Gleichaltrigen, der Schule und Ausbildung, Beziehungen zum andern oder gleichen Geschlecht usw. zurückdrängt bzw. verändert worden sind, üben sie implizit im Leben des erwachsenen Therapeuten immer noch eine starke Wirkung aus. Er fühlt sich während der Sitzung mit einer Familie, in der die Mutter gewisse Ähnlichkeiten mit seiner Mutter aufweist, anders als in der Arbeit mit der Mutter eines Problemschülers, die ihn so gut wie gar nicht an seine eigene erinnert. So kann er im ersteren Fall eher Gefahr laufen, die Reaktionstendenzen seiner Mutter gegenüber unbewußt in der Arbeit mit dieser Familie mit ins Spiel zu bringen. Sei es, daß er für den Problemschüler (als Symptomträger der Familie) Partei ergreift, mit dem Vater unbewußt eine Koalition gegen die Mutter eingeht oder sich durch von ihr ausgesandte Hilfesignale (auf die er in seiner Kindheit und Jugend immer reagiert hat) in die Rolle drängen läßt, für die Mutter Verantwortung zu übernehmen, statt sie selber arbeiten zu lassen. Alle diese Vermischungen des eigenen familiären Hintergrunds des Therapeuten/Beraters mit den Prozessen der Familie binden seine Energie und Aufmerksamkeit ihr gegenüber und bringen Unklarheiten und Verwirrungen in den Therapieablauf.

Deshalb ist für jeden Familientherapeuten (wie für jeden anderen Therapeuten auch) eine umfangreiche Selbsterfahrung Voraussetzung für die erfolgreiche Arbeit mit Familien. Die genaue Kenntnis des Verlaufs seiner eigenen Sozialisation, der Stellung in seiner Familie und das Bewußtsein der Quellen, aus denen sich sein Weltbild zusammensetzt, sind Themen und Bereiche des Selbsterfahrungsprozesses. „Erst wenn sie ihm bewußt sind, kann er sie in Frage stellen: All seine Bilder, seine impliziten Prämissen – seien sie von Ehe, Sexualität, Religion, Körperlichkeit, vom Leben, Denken, Fühlen und Handeln, von Tod und Sterben usw. – hat er (sie) in seiner Sozialisation gelernt. Wenn er (sie) sie kennt, mit ihnen umgehen kann, ist die Wahrscheinlichkeit geringer, daß sie mit den Bildern der Menschen, die er (sie) berät, unbewußt interferieren" (A. v. Schlippe, 1984, S. 80).

Deshalb umfaßt ein ganz wesentlicher Bereich in der Ausbildung zum Familientherapeuten (z.B. im Weinheimer Institut für Familientherapie) die Erkennung und Aufarbeitung der eigenen Familiengeschichte des Therapeuten. Aus demselben Grund wird auch in der Supervisionsarbeit den persönlichen Anteilen des Therapeuten im Therapieprozeß mit einer bestimmten Familie großes Augenmerk geschenkt. Diese Selbsterfahrungsprozesse sollen den Therapeuten/Berater davor bewahren, von den Verhaltensweisen und Regeln der mit ihm arbeitenden Familie überrollt, d.h., vom System hineingezogen zu werden bzw. seine ungelösten Konflikte aus der eigenen Herkunftsfamilie unbemerkt auf die zu behandelnde Familie zu übertragen.

3.2 Stil des Therapeuten

Die Frage eines individuellen Stils des Therapeuten ist eng mit der Forderung nach Echtheit und Kongruenz seines Verhaltens verbunden. Jede Familie nimmt genau wahr, wenn er ihr auf der verbalen Ebene andere Botschaften als auf der nonverbalen mitteilt. Je mehr der Therapeut „ganz er selbst ist", in sich ruht, seine Gedanken, Wahrnehmungen und Empfindungen mit seinen Verhaltensäußerungen übereinstimmen, desto leichter kann er einen Zugang und Kontakt zur Familie finden. Gerade der Anfänger in Familientherapie wird leicht dazu verführt, den Stil eines Ausbilders oder „berühmten Therapeuten" zu kopieren. Die Ernüchterung folgt dann sehr rasch, wenn er merkt, daß dieselben Interventionen, die bei seinem Vorbild Veränderungsprozesse in Gang gesetzt haben, bei „seiner" Familie nichts bewirken. Der individuelle Arbeitsstil eines Therapeuten ist ein Resultat seiner Erfahrungen, der Aufarbeitung seiner Herkunftsfamilie, seiner persönlichen Eigenheiten usw. und bildet sich langsam in einem jahrelangen Prozeß heraus.

Jeder Therapeut erlebt es immer wieder, daß er mit seinem persönlichen Stil mit manchen Familiensystemen leichter, mit anderen schwerer arbeitet. So betont unseres Erachtens Maria Bosch zu Recht: „Es ist unrealistisch anzunehmen, daß ein Therapeut mit allen Arten von Systemen gleich wirkungsvoll arbeiten kann. Entsprechend den Besonderheiten seiner Persönlichkeit, Art der Wahrnehmung und Verarbeitung, dem Stand der eigenen therapeutischen Aufarbeitung seiner Vergangenheit, den Themen und Konflikten in seinem gegenwärtigen persönlichen Leben, der zunehmenden Erfahrung, der Ausprägung seines individuellen Arbeitsstils und der am Arbeitsplatz gegebenen Bedingungen verändert sich seine Kompetenz" (Bosch, in Schneider, Hrsg., 1983, S .34).

In der Beobachtung anderer Therapeuten und uns selbst haben wir erfahren, daß es neben vielen anderen wichtigen Merkmalen des persönlichen therapeutischen Stils vor allem Humor, Kreativität, Phantasie, Wärme und Wertschätzung sowie Echtheit und Kongruenz sind, die die familientherapeutische Arbeit leichter und erfolgreicher gestalten. So nimmt beispielsweise der Humor (nicht zu verwechseln mit billigen Witzchen) oft etwas weg von der Schwere und Ausweglosigkeit einer Situation, wenn die Familie ihn eingebettet in die Solidarität, Achtung und Wertschätzung des Therapeuten ihr gegenüber erlebt. Phantasie und Kreativität erlauben ihm spontaner und flexibler mit den „Fallen" und „Sackgassen" umzugehen, in die ihn die Familie teils bewußt, teils unbewußt hineinlocken möchte.

3.3 Echtheit und Kongruenz

Satir (1973, S. 118) sieht den Therapeuten als ein *Kommunikationsmodell* für die Familie. Wenn in der Familie bestimmte nicht kongruente Kommunikationsstile (vgl. Abschnitt 6.1.4) vorherrschen und der Therapeut sich ebenfalls nicht kongruent verhält, fällt es ihr sehr schwer, Fortschritte in Richtung mehr Kongruenz in der Kommunikation zu machen. Außerdem wird sich die Familie in der Regel nach den nonverbalen, auf der analogen Ebene ausgesandten Botschaften des Therapeuten richten. Sagt er beispielsweise zu Beginn der Familientherapiesitzung mit gequältem Gesichtsausdruck: „Ich freue mich sehr, daß Sie es alle geschafft haben, heute hierher zu kommen", so wird die Familie in erster Linie die Signale auf der nonverbalen Ebene, nämlich den Unmut und die Unsicherheit des Therapeuten, wahrnehmen und darauf reagieren.

Zwischen Echtheit (Kongruenz) und Selbstwertgefühl des Therapeuten besteht ein enger Zusammenhang: Wenn sich der Therapeut selbst als schwach und unfähig erlebt, ist er eher geneigt, durch unechtes Verhalten, z.B. autoritäres Auftreten oder Anbiederungsversuche, sein geringes Selbstwertgefühl vor der Familie zu verbergen und etwas anderes vorzuspielen.

3.4 Lebenserfahrung

Gerade als jüngere Familientherapeuten (und in der Bundesrepublik liegt das Durchschnittsalter der Familientherapeuten bei ca. 35 Jahren) sind wir immer wieder Situationen ausgesetzt, in denen die zu behandelnden Familien, insbesondere wenn es sich um Eltern mit pubertierenden Jugendlichen handelt, eine Lebenserfahrung besitzen, die der unseren voraus ist. Manchmal stellt uns dann auch die Familie die berühmte Frage: „Haben Sie auch selber Kinder?“ Oder: „Haben Sie auch schon Kinder, die in die Schule gehen?“

Minuchin und Fishman meinen dazu: „Allzu viele junge Therapeuten strömen in die helfenden und heilenden Berufe, ohne die notwendige Lebenserfahrung zu besitzen, die allein geeignet wäre, ihnen die Schwierigkeiten verständlich zu machen, zu deren Behandlung man sie gerufen hat. Es wäre ideal, wenn sie sich gar nicht erst mit Familien beschäftigen würden, deren augenblicklichen Entwicklungsstand sie selbst noch gar nicht erfahren haben. Wenn das nicht möglich ist, dann sollten sie ihre Unwissenheit in diesem Punkt zugeben und die Familien bitten, sie in diesen Dingen eben ihrerseits zu belehren“ (1983, S. 25).

3.5 Kompetenz

Wenn wir von dem Grundsatz ausgehen: „Die Familien-Therapeuten-Beziehung kommt vor jeder Technik“, heißt das nicht, daß die Kompetenz, das Handwerkszeug des Therapeuten, eine völlig untergeordnete Rolle spielt. Minuchin und Fishman (1983) vergleichen die Ausbildung des Familientherapeuten „mit der Vorbereitung eines Samurai auf sein zukünftiges Leben als Krieger“ (S. 16). Ihrer Auffassung nach muß der Therapeut zunächst einmal eine große Sicherheit im Umgang mit den therapeutischen

Techniken erlangen und sie dann wieder vergessen, um spontan und kreativ sein zu können.

Mangelnde Kompetenz kann zwar zum Teil durch den erhöhten Einsatz der therapeutischen Persönlichkeit wettgemacht werden, verbraucht dann jedoch unserer Erfahrung nach wesentlich mehr Energie des Therapeuten.

3.6 Selbstschutz (self-care) des Therapeuten

Das Thema Energieverbrauch führt direkt zu den möglichen Selbstschutzmaßnahmen des Therapeuten. Ob vom „Helfersyndrom" oder dem „Ausgebranntsein" der Angehörigen sozialer Berufe gesprochen wird, stets handelt es sich um die Grundaussage, daß der helfend und heilend Tätige in seiner Arbeit mehr psychische Energie verbraucht, als er sie von irgendwoher wieder zugeführt bekommt. Ein Weinfaß, aus dem dauernd Wein abgezapft, aber nie neuer hineingegossen wird, ist eines Tages leer. Deshalb muß jeder Therapeut sich davor schützen, mit allzu großem Energieverbrauch zu arbeiten (sondern energiesparend), und außerdem darauf achten, wo und auf welche Weise er wieder neue Energie „tanken" kann. Trotz aller guten Vorsätze wird es jeder Familientherapeut immer wieder erleben, daß er aus Sitzungen mit ganz bestimmten Familien psychisch völlig leer gepumpt und mit Begleiterscheinungen körperlichen Unwohlseins (z.B. Druck im Bauch oder Spannungskopfschmerz) hinausgeht. „Die Intensität der Anforderung an den Therapeuten durch eine Familiensitzung ist durch die Personenzahl und die multiplen, gleichzeitigen Vorgänge bedingt und ist mit der Situation in Einzelberatungen oder Sitzungen mit mehr distanziertem Therapiestil in keiner Weise zu vergleichen" (Bosch in Schneider, Hrsg., 1983, S. 34).

Zu den präventiven energiesparenden Maßnahmen zählen:

- ausreichende Pausen zwischen den einzelnen Familientherapiesitzungen;
- Begrenzung der Sitzungen auf eine gewisse Anzahl pro Tag;
- Mitarbeit eines Ko-Therapeuten;
- Einsatz von Video, um sich nach der Sitzung die eine oder andere Therapiesequenz noch einmal in Ruhe anschauen zu können;
- Beherrschung und Routine im Einsatz des familientherapeutischen „Handwerkszeugs";

- ausreichende Selbsterfahrung, d. h. Aufarbeitung bestimmter beeinträchtigender Interaktionsmuster, Regeln, Botschaften usw. der Herkunftsfamilie des Therapeuten.

Einige von unendlich vielen Maßnahmen, neue Energien zu tanken, können sein:
- konstante Mitarbeit in einer Peer- bzw. Supervisionsgruppe, in der fachliche wie persönliche Probleme angesprochen und Hilfestellung gegeben werden kann;
- diverse eigentherapeutische Maßnahmen, die der Psychohygiene des Therapeuten dienen, z.B. Meditations- und Entspannungsverfahren, Körpertherapie (Bioenergetik) u.v.m.;
- last not least der gesamte Freizeitbereich, wobei sich hier viele Familientherapeuten, als Ausgleich zur Konzentration auf und den Umgang mit Menschen, mit Vorliebe der Natur widmen, wie zum Beispiel Gartenarbeit, Tierhaltung usw.

4 Die Beziehung Therapeut – Familie: Das therapeutische System

Wie wir weiter oben ausgeführt haben, entsteht durch die Tatsache, daß sich eine Familie mit ihrem Problemschüler in Behandlung begibt und ein Therapeut sie in diesem Prozeß begleitet, ein neues System mit ganz besonderen Merkmalen, das sich vom Familiensystem allein und vom Therapeuten (bzw. dem Therapeutenteam) allein unterscheidet. Therapeut und Familie gehen für eine bestimmte Zeitlang eine Beziehung ein, und es entsteht das sogenannte *therapeutische System.*

„So gehen die Familie und der Therapeut eine Partnerschaft mit einem gemeinsamen Ziel ein, das mehr oder weniger deutlich ausgesprochen wird: Befreiung des Symptomträgers der Familie von den Symptomen, Reduzierung der Konflikte und Belastungen, unter denen die ganze Familie zu leiden hat, Lernen neuer Formen der Lebens- und Problembewältigung. Zwei soziale Systeme sind hier zusammengekommen, um für eine bestimmte Zeit gemeinsam an einer bestimmten Aufgabe zu arbeiten" (Minuchin u. Fishman, 1983, S. 51).

Die Bildung eines therapeutischen Systems kann mit dem Bau der Brücke über die Schlucht in dem von uns weiter oben verwendeten Bild verglichen werden: Erst wenn Familie und Therapeut über die Brücke der therapeutischen Beziehung miteinander verbunden sind, kann von einem therapeutischen System gesprochen werden. Zwischen Familie und Therapeut werden sozusagen unsichtbare Leitungen gelegt, durch die ein Austausch an Information und Einflüssen sowohl vom Therapeuten zur Familie als auch von der Familie zum Therapeuten möglich wird.

4.1 Anschluß des Therapeuten an das Familiensystem („Joining")

Guntern (in Schneider, Hrsg., 1983) bezeichnet den Anschluß des Therapeuten als „in-Position": „Der Therapeut muß in ein System Eingang finden. Er muß ‚in' sein, um Therapie betreiben zu können. Wird er als

Mensch von allen Systemmitgliedern akzeptiert und kann alle Systemmitglieder akzeptieren, dann ist er ‚in'" (S. 68).

Minuchin spricht von „Anschlußmanövern" (1977, S. 56) und bezeichnet sie als die Grundlage aller therapeutischen Bemühungen, ohne die keine wirksame Therapie stattfinden kann.

Das „Einfädeln" („Joining") des Therapeuten in das Familiensystem bedeutet, daß wir sowohl zu jedem einzelnen Familienmitglied als auch zur Gesamtfamilie einen Kontakt herstellen, der sich auf ihre Sprache, ihr Weltbild, ihre innere und äußere Struktur, ihren Entwicklungsstand usw. einstellt. Kurzum: Es geht darum, „die Familie dort abzuholen, wo sie steht". Andernfalls werden alle Bemühungen des Therapeuten an der Familie vorbeigehen und wirkungslos verpuffen.

„Das Zugangschaffen zu einer Familie ist insgesamt eher eine Haltung als eine Technik, es ist gewissermaßen der Schirm, unter dem alle therapeutischen Transaktionen stattfinden. Dazu gehört, daß man die Familie wissen läßt, daß der Therapeut sie versteht und mit ihr und für sie arbeiten will. Nur unter seinem Schutz kann die Familie die Sicherheit haben, Alternativen auszuloten, das Ungewöhnliche zu versuchen und sich zu verändern. Der Prozeß des Zugangschaffens ist der Leim, der das therapeutische System zusammenhält" (Minuchin u. Fishman, 1983, S. 54).

Die Anpassungsbemühungen des Therapeuten an die Familie müssen dementsprechend während des gesamten Therapieprozesses und nicht nur zu Beginn des Erstgespräches stattfinden.

4.2 Führungsposition im therapeutischen System

Da der Anschluß des Therapeut an das Familiensystem allein noch keine Änderung bewirken würde, muß er dazu noch die Führungsposition im therapeutischen System einnehmen.

Guntern (1983) spricht von der „up-Position" des Therapeuten und meint damit, daß der Therapeut dank seiner menschlichen und fachlichen Autorität eine hierarchische Position einnimmt.

Minuchin und Fishman (1983, S. 53) vergleichen den Therapeuten mit einem Steuermann, der mit der Familie im gleichen Boot sitzt.

4.3 Therapeutische Grundhaltung (Menschenbild)

Wir begegnen jeder Familie mit einem Problemschüler (natürlich auch jedem einzelnen Klienten), die ihre Angst überwunden hat und das Wagnis eingegangen ist, sich in Behandlung zu begeben, mit absolutem Respekt und mit Hochachtung. Das heißt für uns nicht, daß wir alles, was von der Familie kommt, für sinnvoll und gut erachten, aber daß wir den Versuch unternehmen, vor dem Hintergrund des aktuellen und geschichtlichen Kontextes der Familie alle, auch uns befremdlich erscheinende Verhaltens- und Erlebnisweisen zu verstehen und nachzuvollziehen. Wir sind der Überzeugung, daß Eltern immer versuchen, für ihre Kinder gute Eltern zu sein, auch wenn ihnen das nicht immer gelingt, weil sie beispielsweise selber „Opfer“ ihrer Herkunftsfamilie sind, d.h. frühere Belastungen noch heute nachwirken. Wir sehen die Herausbildung von Symptomen, also auch Schulprobleme, als einen verzweifelten Versuch des Systems zu überleben, als tragische Verstrickung der Familienmitglieder und nicht als „bösartiges“ oder „schuldhaftes“ Verhalten.

Virginia Satir (1977) hat das Menschenbild in der Familientherapie, dem das unsere sehr ähnlich ist, wie folgt skizziert:

„*Erstens:* Jeder Mensch trachtet danach zu überleben, zu wachsen und nahe bei anderen zu sein. Alles Verhalten drückt diese Ziele aus, unabhängig davon, wie gestört er erscheinen mag. Sogar eine extrem gestörte Person wird im tiefsten Kern auf der Seite des Therapeuten stehen.

Zweitens: Das, was die Gesellschaft krankes, verrücktes, dummes oder schlechtes Verhalten nennt, ist in Wirklichkeit der Versuch seitens des gekränkten Menschen, die bestehende Verwirrung zu signalisieren und um Hilfe zu rufen. In diesem Sinn braucht das Verhalten letztlich gar nicht so krank, verrückt, dumm oder schlecht zu sein.

Drittens: Menschen sind nur im Ausmaß ihres Wissens, ihrer Weisen, sich selbst zu verstehen, und ihrer Fähigkeit, sich an anderen zu kontrollieren, beschränkt. Gedanken und Gefühle sind untrennbar miteinander verbunden. Der Mensch braucht kein Gefangener seiner Gefühle zu sein, sondern er kann die kognitive Komponente seiner Gefühle dazu benutzen, sich zu befreien. Dies ist die Grundlage für die Annahme, daß ein Mensch lernen kann, was er nicht weiß, und daß er Wege der Stellungnahme oder das Verständnis ändern kann, wenn sie nicht stimmen“ (S. 117).

Wir sehen die folgenden Grundhaltungen systemisch arbeitender Therapeuten/Berater insofern als nützlich und hilfreich an, als sie den Selbstwert und damit auch die Kooperationsbereitschaft der Familienmitglieder fördern:

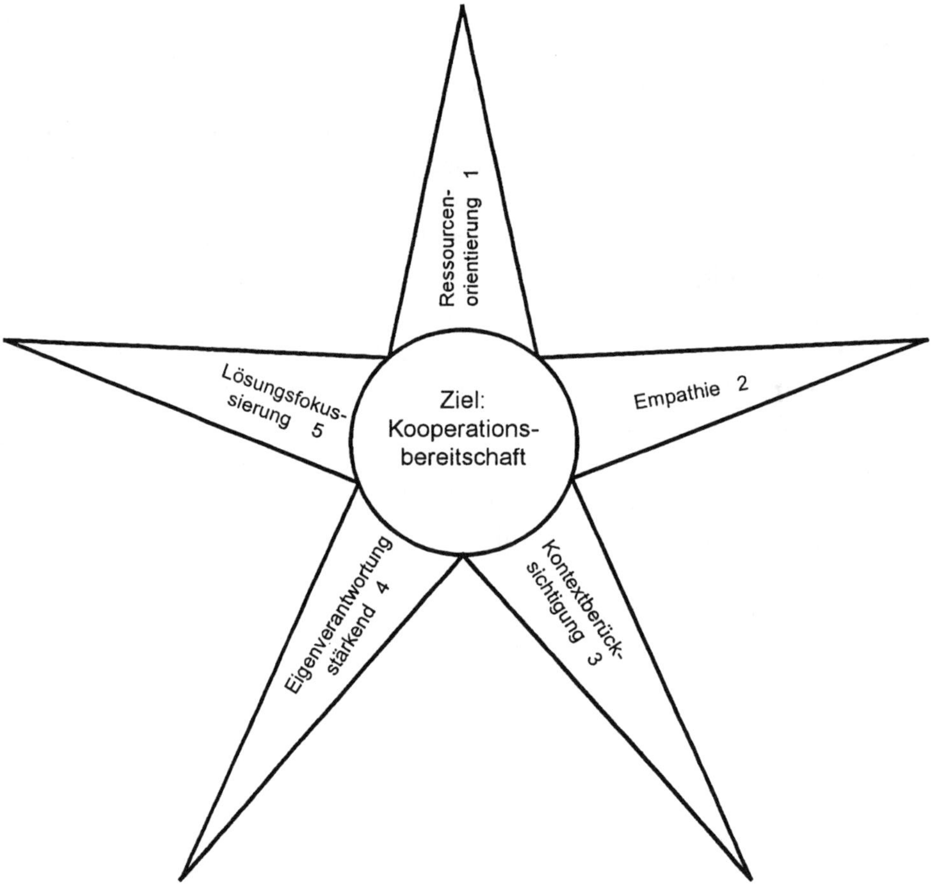

Abb. 16: Grundhaltungen

Fünf zentrale Grundhaltungen des systemisch arbeitenden Therapeuten

1. Ressourcenorientierung
Hinter dieser Grundhaltung verbirgt sich die Überzeugung des Therapeuten, daß jede Familie Ressourcen und Fähigkeiten zur Krisenbewältigung besitzt. Diese Ressourcen wurden schon in vergangenen Krisensituationen zur Problembewältigung mobilisiert, und sie gilt es auch in der aktuellen Therapiesituation wieder zu wecken.

2. Empathie
Dabei geht es um die zentrale Frage: „Wie würden wir (als Therapeuten) handeln, wenn wir im selben sozialen Kontext wie die vor uns sitzende

Familie leben würden? Würden wir tatsächlich „bessere" Lösungen finden?"

Es geht hier also um das Einfühlungsvermögen das Therapeuten in die Lebenssituation der Familie und den absoluten Respekt vor ihren Problem- und Lösungskreationen.

3. Kontextberücksichtigung
Diese Grundhaltung erkundet nicht nur das innerfamiliäre Beziehungsgefüge, sondern berücksichtigt auch den außerfamiliären Kontext der Familie:

- Wie sieht die Wohn- und Lebenssituation aus?
- Die materielle Absicherung?
- Die Arbeitssituation?
- Die Einbettung in Nachbarschaft, Verwandtschaft usw.?

4. Eigenverantwortung stärken
Hier geht es – ausgehend vom Modell der drei Ich-Zustände der Transaktionsanalyse (Eltern-Ich, Erwachsenen-Ich, Kind-Ich) – darum, die Eltern möglichst in ihrer Eigenverantwortung zu stärken, d.h., im Ich-Zustand des voll verantwortlichen Erwachsenen zu stabilisieren. Selbstverständlich sind Eltern ihren Kindern gegenüber in der Elternrolle, aber sie dürfen dem Therapeuten/Berater gegenüber keinesfalls in die abhängige Kind-Ich-Rolle geraten, indem sie an diesen ihre Verantwortung delegieren.

5. Lösungsfokussierung
Immer wieder leiden Therapien/Beratungen darunter, daß Familie und Therapeut/Berater in eine „Problemtrance" fallen, d.h. viel Energie und Aufmerksamkeit auf das Problem und nicht auf die Lösung fokussieren. Lösungsfokussierung heißt: sich im therapeutischen Prozeß nur so lange auf das Problem zu konzentrieren, als es zum Anschluß des Therapeuten an die Familie und zur Kreation von Lösungsschritten absolut notwendig ist – aber auch nicht länger.

Unter Lösungsfokussierung verstehen wir dabei selbstverständlich nicht die Produktion fertiger Lösungsmodelle, sondern die Eröffnung von Perspektiven und erste Schritte zur Problemreduzierung.

4.4 Neutralität (Allparteilichkeit)

Die neutrale Haltung des Therapeuten der Familie gegenüber ist in engem Zusammenhang zu sehen mit der Forderung, Konkurrenz (z.B. zu den Eltern des Problemschülers) zu vermeiden (s.u.).

Die Mailänder Gruppe versteht unter Neutralität des Therapeuten: „Eine spezifische pragmatische Wirkung, die seine Gesamthaltung während der Sitzung auf die Familie ausübt (und nicht seine innerpsychische Verfassung)“ (Selvini-Palazzoli u.a., 1981, S. 137). Neutralität ist also keinesfalls gleichzusetzen mit einem „Verstecken“ oder „Heraushalten“ der Persönlichkeit des Therapeuten. Neutralität bedeutet für die Mailänder Gruppe, daß die Familie nach Beendigung der Therapiesitzung einiges über die Therapeutenpersönlichkeit sagen kann, wie z.B. Freundlichkeit, Stil, menschliche Wärme, Humor, Intelligenz usw., jedoch im unklaren darüber ist, wen der Therapeut unterstützt, für wen er Partei genommen oder welche Meinung über das eine oder andere Familienmitglied bzw. die Gesamtfamilie er geäußert hat.

„Der springende Punkt ist der, daß der Therapeut, solange er mit einem Familienmitglied spricht und es auffordert, sich über das Verhältnis von zwei andern zu äußern, stets mit dieser Person verbündet zu sein scheint. Sobald er sich aber einem *anderen* Familienmitglied zuwendet und dieses um seine Meinung bittet, hört das Bündnis mit dem ersten auf, es entsteht ein neues Bündnis mit dem anderen, dann mit dem nächsten usw. Das Endresultat dieser sukzessiven Bündnisse ist, daß der Therapeut gleichzeitig mit jedem und keinem verbündet ist“ (Selvini-Palazzoli, 1981, S. 137).

Durch seine neutrale Haltung wird der Therapeut davor bewahrt, ein zustimmendes oder mißbilligendes Urteil zu fällen, das ihn implizit und unvermeidlich mit einem bestimmten Familienmitglied bzw. einer bestimmten familiären Subgruppe verbindet. Gleichzeitig bewahrt die neutrale Haltung ihn davor, auf irgendwelche Koalitionsangebote von einzelnen Familienmitgliedern oder familiären Untergruppen einzugehen und so in den Familiensog hineingerissen zu werden.

4.5 Verantwortung für Veränderung

Wie in jeder anderen Therapieform auch, muß in der Familientherapie der Therapeut auf jeden Fall vermeiden, in die Situation zu kommen, *für* die Familie zu arbeiten, statt sie zum Arbeiten zu bringen. Gerade Familien mit einem schulschwierigen Kind als Symptomträger kommen in der Regel mit dem Anspruch in die Therapie/Beratung, daß der Therapeut/Berater für sie in der *Arbeit mit dem Problemschüler allein* die Symptomatik zum Verschwinden bringt (sozusagen in Analogie zum Nachhilfeunterricht). „Familien mit symptomatischen Kindern haben in der Regel ein widersprüchliches Anliegen an den Therapeuten – sie bitten ihn, das Symptom zu verändern, ohne daß dabei ihr System eine Änderung erfährt" (Minuchin u. Fishman, 1983, S. 312). Läßt der Therapeut sich auf das Ansinnen ein, übernimmt er die linear-kausale Problemdefinition der Familie (die Symptome haften dem Problemschüler quasi als „Krankheit" an) und wird ebenso wie sie in seinem Bemühen erfolglos bleiben. Das Mißlingen wird dann allerdings allein seiner „Unfähigkeit" zugeschrieben.

Unserer Erfahrung nach ist ein zuverlässiger Indikator für die Übernahme von therapeutischen Veränderungsarbeiten, die eigentlich die Familie hätte ausführen sollen, der psychische Energieverbrauch: Wenn wir am Ende einer Sitzung spüren, daß wir völlig erschöpft und ausgelaugt sind, haben wir meist für die Familie gearbeitet. Damit haben wir weder ihr noch uns einen Gefallen getan.

4.6 Vermeidung von Konkurrenz zu den Eltern

Es gibt noch einen weiteren Grund, der Familie nicht die Verantwortung für das Verschwinden der Symptomatik abzunehmen: Würde nämlich der Therapeut das Ansinnen der Eltern, mit dem Problemschüler allein zu arbeiten, erfüllen (quasi „als Anwalt des Kindes"), geriete er sehr rasch zu den Eltern in eine Konkurrenzsituation. Das, was sie als Mutter oder Vater, die, verglichen mit allen Menschen der Welt, die engste Beziehung zu ihrem Kind haben, nicht geschafft haben, versucht der Therapeut zu erreichen, der dann quasi ein „besserer" Vater oder eine „bessere" Mutter für dieses Kind wäre. Deshalb sollte der Therapeut tunlichst vermeiden, als „Anwalt des Kindes" aufzutreten, d.h., den Problemschüler als „Opfer" seiner Eltern zu sehen und aus dieser Sichtweise heraus „Rettungsversuche" zu starten. Explizit werden die Eltern natürlich jeden dieser „Rettungsversuche" begrüßen, ja sogar unterstützen. Implizit werden sie jedoch alles unternehmen, um die „Rettung" zu sabotieren.

Wenn wir nicht linear-kausal, sondern systemisch denken und arbeiten, verbietet sich jede länger dauernde Parteinahme (vgl. Abschnitt 4.4) zugunsten eines Familienmitgliedes, da wir uns damit den Zugang zum Gesamtfamiliensystem verbauen würden.

4.7 Umgang mit Widerstand

Wir gehen davon aus, daß jedes Familiensystem seine eigene Systemgeschwindigkeit, Veränderungsprozesse betreffend, besitzt. Diese Geschwindigkeit kann in rigiden, verstrickten Familiensystemen für einen Außenstehenden kaum wahrnehmbar, in flexibleren, für Wachstumsprozesse offenen Familien erstaunlich schnell sein. Widerstand gegen Veränderung ist nicht von vornherein nur als negativ zu bewerten, da jedes System gewisse Konstanthaltungskräfte benötigt, um nicht zu zerfallen. Das individuelle Tempo der Veränderungsprozesse einer Familie haben wir als Berater/Therapeut zu respektieren, weil wir sonst Gefahr laufen, das therapeutische System zu destabilisieren: Gehen wir in der Therapie zu schnell voran, wird die Familie gezwungen zu „bremsen" bzw. bleibt ganz weg. Wenn wir dagegen den Therapieprozeß, bezogen auf die familiäre Änderungsgeschwindigkeit, zu langsam oder gar nicht vorantreiben, wird die Familie ungeduldig. Jede Familie sendet während der Behandlung permanent Signale aus, die dem Therapeuten vermitteln, ob er zu schnell oder zu langsam arbeitet. Durch verbale und nonverbale Äußerungen der Familienmitglieder kann die Familie dem Therapeuten „grünes Licht" für die Behandlung bestimmter Themen und Prozesse geben oder ein rotes „Haltesignal" aufstellen, das ihm ganz deutlich signalisiert, an einer bestimmten Stelle nicht weiterzuarbeiten. Diese „roten Signale" kennzeichnen Widerstände in der Familie, und wenn der Therapeut die „rote Ampel“ überfährt, wird die Familie den Widerstand zwangsläufig verstärken.

Deshalb lautet das oberste therapeutische Gebot, *stets mit dem und nicht gegen den Widerstand der Familie zu arbeiten.* Je mehr der Therapeut gegen den Widerstand der Familie anrennt, indem er beispielsweise auf Veränderung drängt, desto mehr wird ihn die Familie verstärken und auf die Beharrensseite gehen.

Rudolf Kaufmann hat den Umgang mit Widerstand in der Familientherapie einmal bildhaft verglichen mit einem Autofahrer, der sehr langsam bergab fährt, weil er Angst hat, daß sein Auto zu schnell wird. Wenn nun der Beifahrer (Therapeut) anfängt, Gas zu geben, wird dieser Autofahrer noch stärker bremsen. Tritt er dagegen ebenfalls auf die Bremse, kann der Autofahrer vorsichtig etwas mehr Gas geben.

Widerstand gegen Veränderung in der Familie signalisiert jedoch nicht nur notwendigerweise ein zu rasches Vorpreschen des Therapeuten. Er kann auch Ausdruck eines ungenügend ausgebildeten therapeutischen Systems, einer mangelnden Vertrauensbasis zwischen Familie und Therapeut sowie eine Reaktion auf eine nichtzutreffende Hypothese des Therapeuten sein.

5 Therapieprozeß

Wie aus dem Flußdiagramm auf S. 43 ersichtlich wird, erstreckt sich der Therapieprozeß von der telefonischen Anmeldung über das Erstgespräch und die nachfolgenden Gespräche bis zum Abschlußgespräch.

5.1 Telefonische Anmeldung

Die telefonische Anmeldung des Problemschülers durch einen Elternteil (in ca. 80% der Fälle die Mutter) ist der erste Kontakt zwischen einem Familienmitglied und Mitarbeitern einer Beratungs-/Therapieinstitution. Von daher kommt dem Telefonerstkontakt ein ganz besonderes Gewicht zu. Er entscheidet nämlich oft darüber, ob die Familie vollständig bzw. überhaupt zum Familienerstgespräch erscheint.

Wir mußten erst mühsam lernen, welchen Stellenwert der Telefonerstkontakt einnimmt: So betrug die Quote derjenigen Familien, die in den Anfängen unserer systemorientierten Arbeitsweise nicht oder unvollständig erschien, ca. 25%. In der Regel fehlte der Vater des Problemschülers. Wir führen das heute auf unsere damalige Unsicherheit und Unklarheit im Telefonerstgespräch zurück, die sich sicherlich auf die Familie übertragen hatte. Wir gebrauchten beispielsweise Formulierungen wie „Könnten Sie vielleicht mit Ihrem Mann zusammen kommen ...?“ oder „Wir würden eventuell gerne ...“ oder „Wann hätten Sie denn Zeit?“ und ähnliches. So entstand bei der anrufenden Familie der Eindruck, der Nutzen eines Familienerstgesprächs könnte in erster Linie beim Berater/Therapeuten liegen und weniger im Interesse des Problemschülers. Auch waren wir nur unzureichend in der Lage, der Familie eine plausible und einer „Alltagspsychologie“ entsprechende Begründung für die Notwendigkeit der Anwesenheit aller Familienmitglieder zu liefern.

Zur Illustration unseres Vorgehens beim Telefonerstkontakt führen wir das Telefonanmeldegespräch mit der Mutter unserer Beispielsfamilie W. an:

Frau W. ist die Anrufende, die von unserer Sekretärin mit C. Hennig (C. H.) verbunden wird.

Nach der Begrüßung …

Frau W.: Ja, ich rufe wegen meines Sohnes an, da gibt es nämlich in der Schule Probleme, und seine Lehrerin hat mir empfohlen, mal mit ihm bei Ihnen vorbeizukommen.

C. H.: Frau W., welche Schwierigkeiten hat Ihr Sohn in der Schule, könnten Sie mir dazu kurz etwas sagen?

Frau W.: Seine Lehrerin, die Frau D., meint, daß der Michel zu still und zu schüchtern sei, manchmal macht er auch im Unterricht gar nicht mit.

C. H.: Denken Sie, daß die Beobachtungen von der Lehrerin richtig sind, oder ist der Michel zu Hause ganz anders?

Frau W.: Man muß halt bei ihm nachts das Licht brennen lassen, und er mag es überhaupt nicht, wenn ich und mein Mann ihn mal alleine lassen, er ist schon sehr ängstlich.

C. H.: So beobachten Sie und die Lehrerin beim Michel etwas Ähnliches?

Frau W.: Ja … mhm …

C. H.: Frau W., in welche Klasse geht Michel, und wie alt ist er denn?

Frau W.: Er geht jetzt in die 1. Klasse der XY-Schule und ist sieben Jahre alt.

C. H.: Frau W., wer gehört alles zu Ihrer Familie?

Frau W.: Ja, mein Mann, der Michel und ich.

(Später sollte sich herausstellen, daß die Mutter von Frau W. ebenfalls im Haushalt der Familie mitwohnt.)

C. H.: Frau W., wir machen es immer so, daß wir zum Erstgespräch hierher die ganze Familie einladen, damit der Michel möglichst viele Mithelfer hat. Dann hat er mehr Chancen, daß es ihm rasch besser geht. Am Ende dieses einstündigen Gespräches vereinbaren wir dann gemeinsam mit der Familie, wie es weitergeht: ob wir einen Test mit Michel machen müssen oder ob Michel ein paar Mal alleine herkommt, ob die Eltern oder die ganze Familie wiederkommen.

Frau W.: Ja, aber mein Mann kriegt das mit der Schule nicht so genau mit, soll der dann auch mitkommen?

C. H.: Denken Sie, daß es ihm als Vater des Michel ebenso wichtig ist wie Ihnen, daß es ihm besser geht in der Schule?

Frau W.: Ja, natürlich, er macht sich ja auch Sorgen um Michel …

C. H.: So bin ich überzeugt, daß er, weil er sich ja auch für Michel gleichermaßen verantwortlich fühlt, auch zu einem Erstgespräch mitkommen wird.

Frau W.: Nächste Woche hat er wieder Frühschicht, dann könnte er so ab 16 Uhr mitkommen.

C. H.: Ja, nächste Woche habe ich am Donnerstag um 16.30 Uhr noch einen Termin für Sie frei …

Wichtige Hinweise zum Telefonerstkontakt

1. Die Formulierungen des systemisch arbeitenden Beraters müssen beim Telefonerstkontakt (nicht nur da, siehe unten) so abgefaßt sein, daß alle getroffenen Vereinbarungen im Interesse der Familie bzw. des Symptomträgers liegen und nicht der Berater als derjenige erscheint, der die Familie „braucht" d.h. „in Therapie zieht". Andernfalls erhält die Familie „Macht" über den Berater, und er wird von ihren Spielregeln abhängig. Die Familie benötigt jedoch einen Berater/Therapeuten, der widerstandsfähig genug ist, sie im positiven Sinne „auszuhalten", von dem sie ein Gefühl an Sicherheit und Geborgenheit vermittelt bekommen.
   Also: Die Familie will etwas, nämlich Zeit, Energie und Fachkompetenz vom Berater/Therapeuten, und nicht umgekehrt.
2. Als Berater/Therapeut lassen wir uns nicht Termine von der Familie diktieren. Es gibt heutzutage nur wenige Berufe, die eine absolut unflexible Terminplanung vorschreiben. In der Regel bieten wir der Familie einen bis maximal zwei Termine an, die uns passen, oder wir teilen der Familie am Telefon mit: „Lassen Sie uns einen Termin finden, an dem ich für Sie Zeit habe und Sie ebenfalls alle herkommen können …"
   Endlose „Terminrangeleien" stellen oft nur ein Vehikel auf der Inhaltsebene dar, um auf der Beziehungsebene Macht (was kann der Familientherapeut alles aushalten) oder Widerstand (eigentlich wollen wir gar nicht herkommen) indirekt auszudrücken.
3. Der systemische Berater sollte am Telefon einerseits freundlich und einfühlend auf die Nöte der anrufenden Familie eingehen und der Tatsache eingedenk sein, daß es für jeden Anrufer eine große Überwindung kostet, eine Beratungsinstitution aufzusuchen. Andererseits sollten aber auch eindeutig und klar die Rahmenbedingungen für das Familienerstgespräch, also Raum, Zeit, Anwesenheit aller Familienmitglieder usw., gestellt werden.

4. Falls ein Familienerstgespräch tatsächlich daran zu scheitern droht, daß trotz aller Überzeugungskraft des Beraters nicht alle Familienmitglieder erscheinen wollen, kann er das als eine wichtige Information über das System zur Kenntnis nehmen. Wenn z.B. ein Vater eines in der Schule versagenden Kindes die Mühe des Erstgesprächs scheut, kann er das im Gespräch mit den übrigen Familienmitgliedern zum Thema werden lassen, indem er den abwesenden Vater durch einen leeren Stuhl symbolisiert:
   Wie geht es der Mutter, den Kindern usw. damit, daß die Mutter für alle Erziehungs- und schulischen Belange allein verantwortlich ist?
   Was würde der abwesende Vater zu diesem oder jenem Bereich sagen usw.? So wird der abwesende Vater doch noch ins Gespräch mit einbezogen, und die anwesenden Familienmitglieder erfahren und erleben seine Wichtigkeit. Das kann wiederum dazu führen, daß er zum Zweitgespräch tatsächlich erscheint.
5. Aufgrund des Telefonkontakts kann der Therapeut/Berater schon erste *Vorhypothesen* zum Familiensystem bilden. So kann z.B. dasjenige Familienmitglied, das den Therapeuten anruft, am stärksten von allen motiviert sein, sich auf eine Therapie einzulassen, bzw. unter einem Veränderungsdruck stehen.
   Es kann auch versuchen, den Therapeuten in eine Koalition hereinzuziehen.

Ebenso läßt das vorgebrachte Schulproblem gewisse Rückschlüsse auf die innere Struktur der Familie zu: So ziehen wir z.B. beim Anmeldeproblem „Ängste und Kontaktschwierigkeiten" zunächst immer zwei Grundhypothesen in Betracht:

a) Der ängstliche und kontaktgestörte Problemschüler steht in einer engen symbiotischen Beziehung zu seiner Mutter. Sie braucht ihn für eine „emotionale Lücke", die dadurch entstanden ist, daß die Paarbeziehung nicht befriedigend ist (z.B. weil der Vater des Problemschülers häufig von der Familie abwesend ist bzw. in seiner Anwesenheit wenig Kontakte zwischen den Eheleuten stattfinden). Im Gegenzug dazu erhält das Kind von der Mutter sehr viel Zuwendung und Macht.
b) Mutter und Problemschüler stehen in einer symbiotischen Beziehung, weil die Mutter von ihrer Mutter gelernt und bei ihr erlebt hat, daß eine Mutter nur dann „eine gute Mutter" ist, wenn sie voll und ganz für das Kind da ist. Die Mutter überträgt die Beziehung zu ihrer Mutter auf ihr Kind.

Übungsvorschlag zum Trainieren des Telefonerstkontakts

Rollenspiel Telefonerstkontakt
Ziel:
Das anrufende Familienmitglied soll dazu gebracht werden, die übrigen Familienmitglieder vollständig zum Familienerstgespräch mitzubringen.

Vorbereitung:
Zunächst werden die Rollen der einzelnen Familienmitglieder und des anrufenden Familienmitgliedes sowie die Rolle des systemischen Beraters/Therapeuten besetzt. Die Rollenspieler, die die Familie simulieren, überlegen sich sodann, was sie als Anmeldeproblem im Telefonanruf vortragen wollen. Eventuell bekommt der Anrufende noch spezielle Instruktionen von den übrigen Familienmitgliedern.

Durchführung:
Das anrufende Familienmitglied und der Berater/Therapeut sitzen Rükken an Rücken. Der Anrufende schildert sein Anliegen, wobei er zunächst (wie es in der Realität in der Regel auch der Fall ist) davon ausgeht, daß mit dem Symptomträger „allein etwas gemacht werden muß".

Der Berater versucht mit dem Anrufer so zu reden, daß tatsächlich alle Familienmitglieder zum Erstgespräch erscheinen. Nach dem Anruf setzt sich das Familienmitglied mit den übrigen Familienangehörigen zusammen, und die Familie beschließt, ob sie geschlossen kommt oder nicht.

Auswertung:

a) – Wie ging es mir als *Berater/Therapeut* während dieses Telefonkontaktes?
   – Welchen besonderen Schwierigkeiten, z.B. welchem Druck, sah ich mich ausgesetzt?
   – Ist es mir gelungen, die Rahmenbedingungen bezüglich Raum, Zeit und Anwesenheit aller Familienmitglieder klar und freundlich zu formulieren?
   – Oder habe ich die „Macht" an die Familie abgegeben?
   – Habe ich meine Formulierungen so gewählt, daß sie immer im Interesse der anrufenden Familie erscheinen mußten, oder war ich derjenige, der sich als abhängig von der Familie dargestellt hat, usw.?

b) Wie ging es mir als *Anrufer?*:
   – Bin ich vom Berater/Therapeuten überzeugt worden, daß es sinnvoll ist, mit allen Familienmitgliedern zum Erstgespräch zu erscheinen?

– Welchen Eindruck vom Telefonkontakt her habe ich vom Berater/Therapeuten bekommen: Ist er stark genug, um uns als Familie auszuhalten, oder erscheint er zu schwach, als daß wir als Familie uns ihm anvertrauen könnten?
– Habe ich nach diesem Telefonerstkontakt Interesse, meine übrigen Familienangehörigen von der Wichtigkeit ihres Erscheinens beim Erstgespräch überzeugen zu wollen u.ä.?

c) Wie erging es den nicht am Telefonkontakt beteiligten Familienmitgliedern?
   – Welche Widerstände spüren sie, zum Familienerstgespräch zu erscheinen?
   – Welches „Bild“ vom Berater/Therapeuten hat ihnen das anrufende Familienmitglied vermittelt?
d) Falls Beobachter des Telefonerstkontaktrollenspiels anwesend waren: Was haben sie beobachtet?

5.2 Die Praxis des Familienerstgesprächs in der schulpsychologischen Einzelfallhilfe

Da im Verlauf des Erstgesprächs in der Regel die Weichen dafür gestellt werden, ob die Familie Vertrauen und Hoffnung faßt und wiederkommt oder ob sie nach diesem ersten Kontakt mit dem Therapeuten/Berater die „Flucht“ ergreift (Rudolf Kaufmann: „Familientherapie mit fortlaufendem Erfolg“), widmen wir diesem zentralen Bereich der systemisch-strukturellen familientherapeutischen Praxis einen relativ breiten Raum. Zudem sprechen wir hier Grundsätze der familientherapeutischen Beratung an, die auch für alle dem Erstgespräch folgenden Sitzungen gültig sind.

Gedanken vor dem Erstgespräch:
Wir gehen davon aus, daß sich weder der Problemschüler noch seine Familie (wie natürlich jeder andere Klient auch) gerne und frei von Ängsten und Widerständen in eine Beratung/Therapiesitzung begibt. Das bedeutet: Wir können eine mehr oder minder stark ausgeprägte Schwellenangst besonders vor der ersten Begegnung zwischen Familie und Berater/Therapeut annehmen.

Wenn wir es mit Problemschülern zu tun haben, sind diese Ängste oder Widerstände oft deshalb besonders ausgeprägt, weil das Familiensystem (bzw. der einzelne Problemschüler) von Vertretern eines anderen Systems, dem Makrosystem Schule, in Beratung oder Therapie „geschickt“ wird. Dabei reicht die Druckausübung des „empfehlenden“ Lehrers von einer beiläufigen Information über die Existenz einer Beratungsmöglichkeit bis hin zur Androhung von Schulstrafen (Ausschluß, Nichtversetzung usw.) für den Fall, daß die Familie bis zu einem bestimmten Zeitpunkt nichts unternommen hat (z.B. eine Beratungsstelle aufgesucht hat).

Dazu kommt noch die Widerstände fördernde Tatsache, daß sehr viele Familien die Schule bzw. den Lehrer als das verursachende Moment für die Schulprobleme ihres Kindes ansehen, dies um so mehr, als manche Symptome tatsächlich nur in der Schule und nicht zu Hause auftreten. Auch bedeutet der Aufbau eines außerfamiliären Sündenbocks zunächst einmal eine Entlastung für das Familiensystem: Der gemeinsame Außenfeind „böser Lehrer“ bewirkt ein stärkeres Zusammenrücken der Familienmitglieder.

Schließlich werden viele Eltern von Problemschülern von offenen oder latenten Schuldgefühlen geplagt. Seien sie dadurch verursacht, daß sie schon eine ganze Reihe vergeblicher Problemlösungsversuche durch Nachhilfe, Kinderärzte und verschiedene Beratungsinstitutionen unternommen haben oder daß Vertreter verschiedener Institutionen (z.B. Schule) ihnen offen oder verdeckt „Erziehungsversagen“ vorgeworfen haben.

All diese Ängste, Widerstände und Schuldgefühle müssen wir durch unsere gesamte Haltung gegenüber der Familie des Problemschülers versuchen abzuschwächen, indem wir von unserer Einstellung, dem Menschenbild und unserem konkreten Interaktionsverhalten her der Familie ein Gefühl der positiven Wertschätzung, des Respekts und der Ermutigung vermitteln.

„Gute Ratschläge", Vorwürfe, Besserwisserei im Sinne von „Wir sind die besseren Eltern als ihr" sind alles Verhaltensweisen, die die Eltern abwerten und ihnen in der Regel schon vorher von verschiedenen Seiten entgegengebracht worden sind.

Unsere große Chance als systemisch arbeitende Therapeuten/Berater liegt u.a. darin, den Kontakt mit der Familie gleich vom ersten Moment an anders, d.h. positiv zu gestalten.

Haley: „Wenn eine Therapie gut enden soll, so muß sie gut anfangen. Indem ein Problem als lösbar herausgeschält und der problemerzeugende zwischenmenschliche soziale Zusammenhang aufgedeckt wird. Die Art und Weise, wie das Problem untersucht wird, ist bereits der Beginn der Therapie" (Haley, 1977, S. 19).

Phasen des Familienerstgesprächs:
Wir teilen den zeitlichen Ablauf des Erstgesprächs mit dem Problemschüler und seiner Familie in fünf Phasen ein:

1. Anwärm- und Kontaktphase,
2. Phase der Problemdefinition,
3. Interaktionsphase,
4. Phase der Problemsichtveränderung,
5. Kontraktphase (Abschluß des Erstgesprächs).

Da verschiedene therapeutische Techniken nicht eindeutig einzelnen Phasen zugeordnet werden können, erwähnen wir sie nur, falls sie sich für eine bestimmte Phase als besonders günstig erweisen und gehen dann ausführlicher im Kapitel 6 auf sie ein.

In Anlehnung an Insoo Kim Berg (1992, S. 33) ist es für Therapeuten vor dem Erstgespräch hilfreich, sich Antworten (sofern möglich) zu den folgenden Fragen zu überlegen:

1. Welches innere Bild mache ich mir vom Schüler bzw. von der Schülerin und dessen bzw. deren Familie?
2. Welches sind die Kernprobleme?

3. Welches Problem würde der Schüler selbst, seine Eltern, seine Lehrer als wichtigstes sehen?
4. Wer wird in der Familie bzw. in der Schule die Person mit dem größten Einfluß sein?
5. Wer ist am stärksten an einer Beratung interessiert?
6. Handelt es sich aller Voraussicht nach um Besucher, Klagende oder Kunden? Dabei geht es wohlgemerkt nicht um Etikettierungen oder Zuschreibungen, sondern Ausgangsmotivationen für eine Beratung/ Therapie.
   - Besucher: Klienten, die nicht freiwillig in die Beratung/Therapie kommen, sondern von einer dritten Person, z.B. Lehrer, geschickt wurden.
   - Klagende: Klienten, die zwar freiwillig in die Beratung/Therapie kommen und ihr Problem darstellen, jedoch nicht bereit sind, aktiv an einer Problemlösung mitzuarbeiten.
   - Kunden: Klienten, die sowohl freiwillig in die Beratung/Therapie kommen, ihr Problem darstellen als auch an einer Problemlösung aktiv mitarbeiten wollen.
7. Was sollte man bei diesem „Fall“ auf jeden Fall unterlassen? Das können zum Beispiel Fehler der früheren Berater sein, oder es kann sich darum handeln, nicht das zu tun, was sich bereits vorher als unwirksam herausgestellt hat.

5.2.1 Die Anwärm- und Kontaktphase

Obwohl leider nicht immer die Zeit dazu bleibt, versuchen wir ca. 10 Minuten vor dem Erscheinen der Familie uns gedanklich in entspanntem Zustand auf diese vorzubereiten. Außerdem bilden wir erste Vorhypothesen aufgrund der Informationen bei der telefonischen Anmeldung.

In der Anwärm- und Kontaktphase finden folgende Prozesse statt:

5.2.1.1 Begrüßung

Wie wir schon oben (S. 111) ausgeführt haben, betreten die meisten Familien die Beratungsstelle (oder das Jugendamt, eine Kinder- und Jugendpsychiatrie usw.) mit Ängsten und Widerständen. Dem sollten wir vom ersten Moment an Rechnung tragen, indem wir in der Gastgeberrolle die Familie mit der Situation, dem Raum und dem Therapeutenteam vertraut machen.

Wenn die Familie das Behandlungszimmer betritt, begrüßen wir zunächst jedes einzelne Familienmitglied, fragen nach seinem Namen, seiner Position in der Familie (z.B.: „Du bist der Markus, wie alt bist du, bist du der Jüngste in der Familie usw.?“) und fordern die Familienmitglieder auf, sich einen Platz im Halbkreis zu wählen, wobei der des Therapeuten nicht belegt werden darf. Die Sitzgelegenheit des Ko-Therapeuten steht absichtlich räumlich etwas außerhalb des Therapeut-Familien-Sitzkreises, damit die Familie sich voll auf den Therapeuten konzentrieren kann. Dem Ko-Therapeuten fällt es durch die räumliche Distanz leichter, das Interaktionsgeschehen zwischen Therapeut und Familie zu beobachten.

5.2.1.2 Vertrautmachen mit den äußeren Rahmenbedingungen:

Nachdem zunächst die Familienmitglieder und anschließend die Therapeuten/ Berater Platz genommen haben, wird die Familie mit den äußeren Rahmenbedingungen (Raum, Zeit, „Spielregeln“) des Familienerstgesprächs so wie möglicher weiterer Gespräche vertraut gemacht:

a) *Raum:* Die Familienmitglieder werden aufgefordert, sich im Raum umzusehen:
   - Jüngere Kinder (ca. 3 bis 6 Jahre) werden auf die Spielkiste, die sich in der Ecke befindet, hingewiesen, für den Fall, daß sie nicht mehr sitzen bleiben können;
   - die Funktion von Video und Tonband wird erklärt und das Einverständnis der Familie zur Gesprächsaufnahme eingeholt usw.

   Die Sitzordnung der Familienmitglieder („Territorialität“ nach Minuchin) können wir zwar aufmerksam registrieren, ebenso die Art und Weise, wie die Familie das Behandlungszimmer betreten hat: Wer ging voraus, wer hat wen „hereingeschoben“, Körperhaltung, Mimik, Gestik usw. Alle diese Beobachtungen werten wir als Information über das Familiensystem, aber in der Regel werden wir sie noch für uns behalten und abwarten, welche anderen Informationen verbaler und nonverbaler Art wir weiterhin über das Familiensystem erhalten.
b) *Zeit:* Wir begrenzen aus unserer Erfahrung heraus die Zeit des Familienerstgesprächs in der Regel auf ca. maximal 60 Minuten.

   Ferner kündigen wir an, daß wir gegen Ende des Erstgesprächs eine Vereinbarung darüber treffen können, ob und in welchen Zeitabständen (meistens handelt es sich um zwei- bis vierwöchige Abstände) weitere Familiengespräche stattfinden werden. In diesem Zusammenhang teilen wir der Familie mit (das hat eine sehr beruhigende Wirkung), daß wir in der Regel nach drei bis fünf Sitzungen eine „Zwischenbilanz" ziehen und dann die Familie mit uns gemeinsam entscheiden kann, ob noch weitere drei oder fünf Termine notwendig erscheinen.

c) *Spielregeln:* Darunter verstehen wir, daß folgende Punkte zwischen Therapeut und Familie geklärt werden:
   1. Freiwilligkeit und Schweigepflicht,
   2. Kostenfrage (wir bieten als schulpsychologischer Dienst kostenlose Beratung an),
   3. Erläuterung der Rolle von Therapeut und Ko-Therapeut (s. o.).

   Im weiteren Verlauf des Gesprächs kann es dann notwendig werden, noch die folgenden Gesprächsregeln einzuführen:
   – Jeder redet für sich und nicht für andere,
   – jeder läßt den anderen ausreden.

Schon mit der Begrüßungsphase findet das stete Wechselspiel zwischen Informationsgewinnung des Therapeuten über das Familiensystem, der Reaktion des Familiensystems auf ihn und der darauf abgestimmte Einsatz von Interventionsmaßnahmen statt, wie es sich über den gesamten Therapiekontakt hin erstreckt.

Der Therapeut schließt sich vorübergehend an das Familiensystem an („Joining"), läßt sich aber nicht hineinverwickeln. Er findet Zugang zu dessen Sprach- und Kommunikationsstil, dem in der Familie vorherrschenden Weltbild, den Ängsten, Hoffnungen und Erwartungen der einzelnen Familienmitglieder.

Wenn die Beziehungsebene Familie – Therapeut, die gemeinhin in ihrem Zusammenspiel als *therapeutisches System* bezeichnet wird, gestört oder zu schwach ausgebildet ist, wird die Familie in der Regel sehr wenig Offenheit zeigen. Die Beharrenskräfte, d.h. die Widerstände gegen Veränderung, bleiben dann sehr stark ausgeprägt, ein Therapieerfolg tritt entweder gar nicht oder nur in sehr geringem Umfang ein (vgl. Kap. 4).

Ich kann dann als Therapeut „technisch" noch so kompetent sein, mein Repertoire an Interventionsmöglichkeiten noch so perfekt beherrschen, ohne eine tragfähige Beziehungsebene kommt „nichts rüber". Meine therapeutischen Bemühungen bleiben völlig wirkungslos, und die Familie wird die Behandlung meist abbrechen. Konkret bedeutet das: Die Familie macht sich ununterbrochen „Bilder" über den Therapeuten mit dem Inhalt „Was ist das für ein Mensch?", „Was denkt er über uns?", „In welcher Art und Weise redet er mit uns?", „Was will er von uns?", „Worin könnte er uns gefährlich werden?", „Wobei müssen wir bei ihm besonders aufpassen?",

„Ob er uns wohl helfen kann?", „Ist er stark oder schwach?", „Kann er uns überhaupt aushalten?", „Mag er uns, oder sind wir ihm lästig?" usw. Je nachdem, wie diese Fragen verdeckt nonverbal oder offen verbal beantwortet werden, reagiert die Familie mit Offenheit, Sympathie und positiver Erwartung oder Verschlossenheit, Feindseligkeit und Resignation.

Wenn ich zum Beispiel als Therapeut schon bei der Begrüßung der Familie Unmutsgefühle aufgrund der Belastungssituation, Ängste in bezug auf die geäußerte Symptomatik oder mangelnde Kompetenz zeige, dann wird sie das sowohl auf dem verbalen als auch auf dem nonverbalen Kanal sehr genau wahrnehmen und entsprechend darauf reagieren. Auch können im Therapeuten starke Erinnerungen an noch unbearbeitete Situationen seiner eigenen Herkunftsfamilie aufsteigen, die sich ebenfalls störend auf die Interaktion mit der Familie auswirken (vgl. 3.1).

Mit all diesen Gefühlen und Verhaltensweisen rufe ich bei der Familie zusätzliche Widerstände hervor, die ich womöglich als allgemeinen Widerstand der Familie deklariere, sozusagen als spezielle „Gemeinheit dieser Familie" ausgerechnet mir als Therapeut gegenüber.

Dabei wird das Problem natürlich nicht dadurch gelöst, daß ich mit schlotternden Knien, eingezogenen Schultern und schwankender Stimme der Familie erkläre: „Ich freue mich besonders, daß sie heute alle vollständig erschienen sind!" Jede Inkongruenz zwischen Aussagen auf der verbalen und Signalen (Botschaften) auf der nonverbalen Ebene wird von der Familie genau registriert und führt zu entsprechenden Irritationen und Abwehrreaktionen.

5.2.1.3 Kontaktaufnahme mit jedem einzelnen Familienmitglied

Nach der Begrüßung sowie dem Vertrautmachen mit den Räumlichkeiten, der Zeitstruktur und den „Spielregeln" bedeutet die nähere Kontaktaufnahme mit jedem einzelnen Familienmitglied die dritte Stufe der Anwärmphase, Minuchin (1978) bezeichnet diese Vorgänge als „Anschlußmanöver" des Therapeuten an das Familiensystem. Dabei laufen wohlgemerkt Kontaktprozesse nicht nur zu Beginn der Therapie, sondern permanent ab.

Erst, wenn ich zu jedem einzelnen Familienmitglied und zur Gesamtfamilie eine tragfähige Beziehung gebildet habe, können sich die im Kapitel 6 beschriebenen Prozesse von Diagnose (Systemerkennung) und Veränderung erfolgreich gestalten.

Manche „technisch" versierte Therapeut/Berater brilliert durch die

Ausgefeiltheit seiner therapeutischen Intervention und bewirkt bei seinen Klienten weniger als ein engagierter Laie, der intuitiv die Kunst des Kontaktherstellens beherrscht.

Kontaktherstellen kann über verschiedene Themen (z.B. berufliche Belastung des Vaters, Kontakt zu den Klassenkameraden usw.) und Inhalte sowie über bestimmte individuelle Kommunikationsformen des Gesprächspartners stattfinden. Wie differenziert bzw. wie einfach ist die Sprache des Klienten? Ist sie eher konkret oder abstrakt? Welche Repräsentationssysteme (vgl. Bandler u. Grinder, 1981a) sind in der Sprache und den Schilderungen vorherrschend? Dominiert das *akustische* („Ich habe gehört", „Es klang mir, als ob"), das *optische* („Ich habe gesehen", „Es hat mir die Augen geöffnet") oder das *kinästhetische* („Es hat mich berührt", „Es hat mich gepackt") *Repräsentationssystem*? Je mehr wir auf die soziale und auf die individuell-psychologische Sprachebene des Klienten eingehen, desto leichter werden wir ihn erreichen und um so eher bei ihm ein Gefühl von Vertrautheit erzeugen.

Wichtig ist hier, wie bei allen Prozessen zwischen Therapeut und Familie, kein Familienmitglied zu kurz kommen zu lassen. Sonst wird es der Therapeut sehr rasch an den versteckten Widerständen des betreffenden Familienmitgliedes zu spüren bekommen, daß er im Kontaktherstellen unausgewogen war. Wir konnten immer wieder beobachten, daß sich selbst die altersgemäße Kontaktaufnahme zu Kindern im Alter von ein bis vier Jahren „lohnt", weil sie am anschließenden Therapieprozeß aktiv und konstruktiv mitmachen. Kleine Kinder spüren ganz genau, ob sie in das Geschehen mit einbezogen werden (selbst, wenn sie dabei spielen) oder nicht. Im letzteren Fall werden sie durch Störmanöver auf sich aufmerksam machen.

5.2.2 Phase der Problemdefinition

Im Anschluß an die Begrüßung und die Anwärmphase (in der Regel dauert sie bei uns zwischen 5 und 10 Minuten) gehen wir über zur Phase der Problemdefinition: Wer in der Familie definiert das Problem auf welche Art und Weise?

Auf folgende wichtige Aspekte der Problemdefinition müssen wir unser Augenmerk richten:

5.2.2.1 Was ist das Problem jetzt?

Hier geht es um die Frage, wie groß die Übereinstimmung innerhalb der Familie bezüglich der Problemdefinition ist. Dabei erhalten wir wichtige Informationen über die Offenheit bzw. Geschlossenheit des Familiensystems. Wenn ich zirkulär (s.u.) reihum jedes Familienmitglied frage: „Was sehen Sie als Problem an, Herr X?" Oder: „Stimmen Sie Ihrem Mann zu, Frau X?" Oder: „Wie sehen Sie das Problem?" usw. und ich erhalte mehrere verschiedene Problemdefinitionen, gibt mir damit die Familie gleichzeitig Hinweise darauf, daß Unterschiede in dieser Familie zugelassen werden.

Wird allerdings nicht nur das Anmeldeproblem von unterschiedlichen Standpunkten aus gesehen, sondern werden auch verschiedene voneinander abweichende Probleme geschildert (z.B. Vater: Schulschwänzen, Mutter: Stehlen, ältere Schwester: Aggression), habe ich als Therapeut u.a. zwei Möglichkeiten, damit umzugehen:

1. Ich kann die Familie auffordern, sich in meinem Beisein auf *ein* Problem zu einigen, das wir hier im Laufe der Sitzungen behandeln werden;
2. ich kann die Familie auffordern, sich in meiner Gegenwart auf eine *Reihenfolge* der Probleme gemäß ihrer Dringlichkeit zu einigen (z.B. zuerst Schulschwänzen, dann die Aggression usw.).

Während dieser Klärungsprozeß stattfindet, bietet sich die Möglichkeit für wesentliche Beobachtungen:

- Wer setzt sich durch? Das Thema „Macht" in der Familie.
- Wird offen oder nur verdeckt gestritten? Klare oder unklare Kommunikation?
- Werden Koalitionen gebildet, z.B. Vater mit dem Problemschüler kontra Mutter mit der Tochter? Hinweise auf Untergruppen innerhalb der Familie?
- Wie verhält sich der Problemschüler, während die Eltern miteinander um die Problemdefinition ringen? Nonverbale Kommunikationsformen in der Familie usw.

Dagegen herrscht in einem eher geschlossenen Familiensystem absolute Übereinstimmung bezüglich der Problemdefinition: Alle Beteiligten schildern das Problem ohne die geringste Abweichung bzw. antworten auf die Frage „Wie sehen Sie das Problem?" mit „Genauso wie mein Mann", d.h., sie schließen sich einfach dem Vorredner an.

Während im ersten Fall (unterschiedliche Problemdefinition) die Familie Erfahrungen in Richtung größere Einigkeit sammeln kann, können im zweiten Fall (eine einzige Problemdefinition, die für alle Familienmitglieder als bindend gilt) die Familienmitglieder ganz vorsichtig Schritte in Richtung „Erleben von Unterschieden zwischen den Individuen" ausprobieren.

Im folgenden stellen wir einige typische Eröffnungsfragen zur Problemdefinition vor:

- „Was sehen Sie, Herr X, jetzt als das Problem?"
  In der Regel fangen wir nicht mit dem Problemschüler an, weil sich sonst die lineare Denkweise (das Kind XY hat das Problem) festsetzt.
- „Wer von der Familie möchte damit anfangen, was Sie heute zu uns geführt hat?"
  Das ist sicher die offenste Form der Eröffnung der Phase der Problemdefinition, die das Familiensystem herausfordert, einen „Sprecher" zu stellen. Gleichzeitig wird durch das Weglassen des Wortes „Problem" Angst und Druck weggenommen.
- „Ich habe von Ihnen, Frau X, schon am Telefon gehört, was Sie als schwierig ansehen. Jetzt scheint es mir angebracht zu erfahren, wie Sie, Herr X, den Sachverhalt sehen."
  Wichtig ist es, mit diesen Fragen *„reihum"* zu gehen und kein Familienmitglied auszulassen – sonst erwecke ich den Anschein, daß mir seine Problemdefinition unwichtig ist.

Die von der Familie vorgebrachte Problemdefinition bedeutet übrigens keineswegs, daß sie das tatsächliche Problem treffend bezeichnet. Ich registriere als Therapeut die Problemdefinition und stelle sie zunächst nicht in Frage, was eine Abwertung der Familie bedeuten würde (s.o.), übernehme sie aber nicht innerlich. Wir erhalten subjektive Bilder und Einschätzungen, Zustandsbeschreibungen, die uns indirekt mitteilen, wo die Familie steckenbleibt. Übernehmen wir die von der Familie geschilderte Problemdefinition, so bleiben wir an derselben Stelle stecken, d.h. finden keinen Ausweg mehr.

Wir folgen zwar dem *Prozeß* der Familieninteraktion, übernehmen jedoch nicht den *Inhalt.*

Guntern (1983, 1983a) bezeichnet es als die „up-Position", die sich an die „in-Position" (Anschlußphase des Therapeuten an die Familie) anschließt, in der der Therapeut sozusagen *innerlich* auf einen Hochsitz klettert (aber nicht mit Hilfe seiner künstlich hervorgekehrten Berufsautorität!) und quasi von oben herab in einiger Distanz betrachtet, wie sich ihm das Familiensystem darstellt. Rudolf Kaufmann spricht davon, daß die Familie eine Landkarte entwirft, auf die wir sozusagen unsichtbar unsere eigene *systemische* Landkarte legen und dabei verschiedene Markierungspunkte, Verbindungslinien, Grenzen usw. in die Sprache unserer Landkarte übersetzen.

5.2.2.2 Reaktionsweisen der einzelnen Familienmitglieder auf das Symptom

Hier geht es um den Aspekt der Funktion des Symptoms in der Familie und für die Familie, wobei eine ganz wesentliche Vorarbeit für eine systemische Problemdefinition geleistet wird. Wie überall in der systemisch-strukturellen Familientherapie sollte der Beziehungspunkt, also das, was sich auf der Beziehungsebene zwischen den Familienmitgliedern abspielt, und nicht der Inhaltsaspekt, also die Schilderung irgendwelcher Ereignisse, im Vordergrund stehen.

Vereinfacht ausgedrückt: Ich erhalte hier deutliche Hinweise darauf, was der Problemschüler mit seinem Schulproblem in der Familie bewirkt.

Auch hier einige typische Therapeutenfragen:

- „Herr Müller, was denken Sie darüber, wenn Sie sehen, daß Ihre Frau jeden Nachmittag vier Stunden Hausaufgaben mit Ihrem Sohn Michael macht?" Und weiter (nach erfolgter Antwort): „Wenn Sie denken, daß Ihre Frau Michael zuviel hilft, was tun Sie dann?"
  Anschließend kann ich dann weitergehen zu Frau Müller und sie fragen: „Und wenn Sie erleben, daß Ihr Mann so und so handelt, was denken Sie dann, was tun Sie dann usw.?"

So kann ich nach und nach ein Webmuster von Interaktionen erkennen, das mir wertvolle Hinweise auf die Beziehungsstruktur der Familie und damit auf die Bedeutung des Symptoms gibt.

Weitere Fragen in diesem Zusammenhang sind:

- „Peter, denkst du, deine Eltern haben mehr oder weniger Kontakt miteinander, wenn dein Bruder schlechte Noten heimbringt? Was wäre anders, wenn er gute Noten schreiben würde?"
- „Wie geht es Ihnen damit, Frau Müller, wenn Michael mit einer Fünf nach Hause kommt?" Und weiter, nach erfolgter Antwort:

– „Wenn es Ihnen (xy) geht, was denken Sie darüber, daß es Ihnen (xy) geht? Und wenn Sie das und das denken, was tun Sie dann? Usw.

An den Reaktionsweisen auf das Symptom kann ich ebenfalls ablesen, wie stark betroffen das einzelne Familienmitglied ist oder, umgekehrt gedacht: wer das Symptom am meisten braucht.

Allerdings registrieren wir die verschiedenen Reaktionsweisen lediglich und enthalten uns jeglicher Bewertung.

5.1.2.3 Was wäre *ohne* das Symptom anders?

Systemisch gedacht, steckt hinter dieser Frage natürlich die Annahme, daß jedes Symptom auch eine wichtige positive Funktion für den Erhalt des Familiensystems hat.

Zwar antworten meistens die Familienangehörigen, daß es weniger Sorgen, weniger Aufregung, Unruhe usw. gäbe, also daß dann eigentlich alles „besser" sein.

Freilich bedeutet das oft auch weniger Kontakt untereinander, weniger Zusammenhalt (oft ist die gemeinsame Sorge um das Kind noch das einzige, was ein Ehepaar zusammenhält), weniger Nähe, weniger Emotionalität usw.

Bezeichnenderweise bekommen wir auch von Kindern ab und zu ganz offen die Antwort: „Dann wäre es irgendwie langweilig" oder „Dann würden die Eltern noch weniger miteinander reden" u.a.

5.2.2.4 Was würde passieren, wenn die Symptomatik noch drei, fünf oder zehn Jahre weiter andauerte?

Diese Frage erfüllt mehrere Aufgaben:

a) Sie provoziert Phantasien der Familienmitglieder bezüglich der weiteren Entwicklung des Symptoms, also inwiefern es sich verschlimmern oder verbessern könnte, welche Folgesymptomatik auftreten könnte usw.
b) Antworten auf diese Frage können Aufschluß geben über die subjektive Bedeutsamkeit des Symptoms, wenn z.B. manche Mitglieder eine zukünftige Entwicklung höchst dramatisch schildern, andere hinwiederum bagatellisieren.

c) Häufig werden durch Antworten auf diese Frage auch Veränderungskräfte mobilisiert, wenn ein Symptom beispielsweise jetzt als noch einigermaßen erträglich, in seiner zukünftigen Entwicklung jedoch als höchst bedrohlich eingeschätzt wird.

Eine weiter gehende Frage im Anschluß an die oben gestellte könnte lauten: „Wollen Sie etwas unternehmen, um das ... zu verändern?“ Falls die Frage bejaht wird, lautet die nächste Frage: „Was möchten Sie unternehmen, um das zu verhindern?“ Oder: „Was, glauben Sie, könnte das Symptom zum Verschwinden bringen?“

5.2.2.5 Was haben Sie schon bereits bisher gegen die Symptomatik unternommen?

Bei dieser Frage geht es einmal darum, die Familie aufzuwerten, indem sie für ihre bisherigen (wenn auch erfolglosen) Bemühungen gelobt wird, zum andern darum, die Familie davor zu bewahren, erfolglose Versuche (die auf einem kausal-linearen Denkansatz beruhen) zu wiederholen und so wieder Mißerfolge zu erleben. Indem die Familie aufzählt, was sie alles schon an erfolglosen Versuchen unternommen hat, wird gleichzeitig der Boden dafür bereitet, auf einer systemischen Grundlage etwas Neues auszuprobieren.

5.2.2.6 Seit wann besteht das Symptom?

Oft wird die Entstehung eines Symptoms in einen zeitlichen Zusammenhang mit einem Ereignis gebracht, um sich so eine kausale Erklärung zu liefern (z.B. Tod des Großvaters, Geburt des Bruders, Umzug usw.).

5.2.2.7 Erklärungsmuster der Familie zur Symptomentstehung

Auch hier kann ich selbstverständlich in den seltensten Fällen mit einer zutreffenden systemischen Erklärung der Symptomatik von seiten der einzelnen Familienmitglieder rechnen. Wenn sie das nämlich leisten könnten, wäre eine derart große Problemeinsicht vorhanden, daß das Symptom wahrscheinlich gar nicht hätte entstehen müssen. Falls sich also im nachhinein die Erklärungsmuster der Familienmitglieder als nicht zutreffend herausstellen, fasse ich als Therapeut das nicht als heimtückisches „Täuschungsmanöver“ auf, sondern ganz schlicht als „Betriebsblindheit“.

Auf jeden Fall liefern mir die verschiedenen Bilder der Familienmitglieder wertvolle Informationen über ihre subjektiven Hypothesen, eventuelle Schuldzuweisungen, Weltbilder usw.

In „unserer“ Familie T. z.B. sieht die Symptomerklärung der einzelnen Familienmitglieder wie folgt aus:

Th.: Wie erklären Sie es sich, daß Sie einen Jungen haben, der soviel leisten kann von seinem Kopf her und nur sowenig tatsächlich bringt?
V.: Weil er zu faul ist. (Lacht.)
Th.: Okay. Und weshalb, denken Sie, ist er faul? Denn Tanja ist wahrscheinlich genauso intelligent, aber nicht faul. Weshalb, denken Sie, ist Alexander faul?
V.: Das weiß ich auch nicht, weshalb. Macht es ihm keinen Spaß, oder ich weiß nicht, weshalb.
Th. zu Frau T.: Haben Sie eine Idee?
M.: Es war bei ihm eigentlich von Anfang an so. Schon im 2. Schuljahr hat die Lehrerin immer gesagt, also bis der mal sein Heft aus der Tasche rausholt, da haben die anderen schon ein paar Sätze geschrieben. Und so ist das bis zum heutigen Tag geblieben.
Th.: Denken Sie, daß so was angeboren ist, oder denken Sie, daß sich so was, wie soll ich Ihnen sagen, eingeschlichen hat bei ihm?
M.: Also ich glaube, daß es bei ihm angeboren ist.
Th.: Angeborene Faulheit!!! (Mit einem Augenzwinkern, dramatisch übertrieben.)
M.: Angeboren und ein bißchen (lacht) abgeguckt beim Vater, der ist auch so ein bißchen bequem. Wenn der mal sitzt, dann mag er auch nicht mehr aufstehen.
V.: (Gemurmel)... und wenn ich mal schaff, dann schaff ich!
M.: Also nicht nur angeboren, da kommt noch einiges zusammen. Angeboren schon und dann noch, wenn man jemanden hat, der das sowieso erledigt.

Im folgenden zählen wir einige von Familien oft vorgebrachte Erklärungsmuster auf:

Muster 1:
Ein „Außenfeind“ hat die Symptomatik verursacht.

Wenn wir es mit Problemschülern zu tun haben, werden in der Regel von der Familie die Schule, konkret ein bestimmter Lehrer, manchmal auch

„die Lehrer“ als Symptomverursacher genannt. Dramatisch und wortreich schildern die Eltern, wie dieser Lehrer oder sogar alle Lehrer ausgerechnet ihr Kind benachteiligen, indem sie gerade ihr Kind bestrafen, wo doch alle in der Klasse laut sind, oder gerade ihr Kind aufrufen, wenn es mal nicht aufmerksam war usw.

Eine mögliche Therapeutenfrage in diesem Zusammenhang wäre z.B.: „Welche Besonderheit, denken Sie, ist an Ihrem Kind, daß es die Leistung fertigbringt, die Ablehnung aller Lehrer auf sich zu ziehen?“

Für den Fall, daß der „böse Lehrer“ die ganze Klasse ungerecht oder schlecht behandelt, kann vom Therapeuten die Empfehlung an die Eltern ausgesprochen werden, sich mit dem Elternvertreter der Klasse und anderen betroffenen Eltern zusammenzuschließen und gemeinsam gegen diesen Lehrer (oder die Lehrer) vorzugehen.

An den Reaktionen der Eltern auf diesen Vorschlag kann ich dann ablesen, wie ernsthaft dieser Erklärungsversuch von ihnen aufrechterhalten wird. Bei vielen Eltern erfolgt an dieser Stelle ein Rückzug, indem die völlige Außenschuldzuschreibung relativiert wird. Beispielsweise berichten dann manche Eltern, daß die eine oder andere Verhaltensweise des Kindes, die vom Lehrer in der Schule bemängelt wird, auch zu Hause auftritt.

Falls es sich tatsächlich um einen pädagogisch ungeschickten Lehrer handelt, empfehlen wir auf die im Kapitel 10 beschriebenen Strategien und Taktiken des Umgangs mit einem solchen Lehrer zurückzugreifen.

Muster 2:
Ursachenzuschreibung in der Person des Schülers.

Erklärungsmuster dieser Art machen zwar keinen Außenfeind für die Symptomentstehung verantwortlich, sondern der Problemschüler, also ein Familienmitglied, wird zum Sündenbock deklariert. Aber auch hier wird nicht der geringste Zusammenhang zwischen Beziehungsmustern in der Familie und der Symptomentwicklung gesehen. Typische Aussagen auf dieser Erklärungsebene lauten: „Markus ist faul“, „Susanne leidet unter einer Konzentrationsschwäche“, „Matthias ist aggressiv“, „Karin hat Kontaktschwierigkeiten“.

Auf die Therapeutenfrage, wie das jeweilige Symptom denn entstanden sein könnte, kommt häufig die Antwort: „Angeboren“, „Durch eine Krankheit bekommen“, „Das liegt in der Familie des Mannes“ usw.

An dieser Stelle wird vielleicht deutlich, weshalb wir häufig für den nach dem Erstgespräch folgenden Termin eine testdiagnostische Untersuchung vereinbaren. Dadurch können sozusagen durch „Expertenurteil" sogenannte angeborene Defizite des Schülers als Ursache für sein Schulversagen aus dem Weg geräumt werden. Die Familie muß sich jetzt mit der Frage auseinandersetzen: „Wie kommt es, daß Ihr intelligentes Kind nicht die seiner Intelligenz gemäßen Leistungen erbringt?" Wenn die Eltern darauf bestehen, daß ihr Kind angeborene Ängstlichkeit oder Aggression habe, schicken wir die Familie in die Ambulanz einer angesehenen Kinder- und Jugendpsychiatrie, damit ganz genau medizinisch abgeklärt wird, was es mit dieser Symptomatik auf sich hat (siehe dazu auch Abschnitt 4.7). Wir fordern die Eltern ausdrücklich auf, wirklich erst dann wieder bei uns zu erscheinen, wenn sie ganz sicher sind, daß sie bei uns an der richtigen Stelle sind. Für den Fall, daß sich (was relativ selten vorkommt) tatsächlich ein medizinisch faßbarer Befund ergibt, geht es um die präzisierte Fragestellung: „Wie gehen wir als Familie so mit unserem organisch beeinträchtigten Kind um, daß seine Entwicklung optimal gefördert wird?" (Oder daß nicht das gesamte Beziehungsgefüge der Familie beeinträchtigt wird.)

Muster 3:
Nicht der Problemschüler selbst, sondern ein anderes Familienmitglied hat die Symptomatik verursacht.

Hier haben wir es zwar insofern mit einer etwas differenzierteren Erklärungsebene zu tun, als immerhin die Beziehung zwischen zwei Menschen in den Blickwinkel gerückt wird. Andererseits wird so getan, als ob der Problemschüler und das betreffende andere Familienmitglied isoliert im Familienverband dastünden. Typische Erklärungsmuster auf dieser Ebene lauten etwa: „Meine Frau hat ihn zu sehr verwöhnt", „Mein Mann packt ihn zu hart an", „Der ältere Bruder quält ihn dauernd", „Die Großmutter läßt ihm alles durchgehen" usw.

Wichtig ist es, zunächst einmal all diese Erklärungsversuche der einzelnen Familienmitglieder zu akzeptieren und nicht irgendwie abwertend in Frage zu stellen. Durch eine geschickte Fragemethodik in der Phase der Problemsichterweiterung (s.u.) kann ich den Versuch unternehmen, den Familienmitgliedern Hilfestellung zu leisten, ihre Erklärungsmuster in einem anderen Licht zu sehen, d.h. eher auf der Ebene des familiären Gesamtsystems.

5.2.3 Interaktionsphase (Aktivierung der direkten Kommunikation der Familienmitglieder untereinander)

Wenn wir als Berater/Therapeut im Familienerstgespräch die Kommunikation nur über uns laufen lassen und die Familienmitglieder nicht die Möglichkeit erhalten, untereinander zu kommunizieren, berauben wir uns einer ganz wesentlichen Information über das Familiensystem. Besonders gegen Ende der Problemdefinitionsphase, nachdem der Therapeut in der oben geschilderten Weise von jedem einzelnen Familienmitglied dessen Sichtweise der Problematik gehört hat, bieten sich Möglichkeiten an, die Familienmitglieder dazu zu bringen, *miteinander* über das Problem zu sprechen.

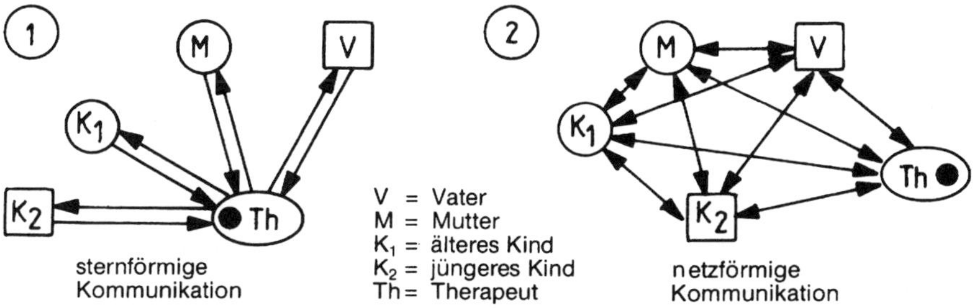

Abb. 17

Während in der Kontakt- und zu Beginn der Problemdefinitionsphase die Kommunikation sternförmig über den Berater/Therapeuten lief, verläuft sie in der Interaktionsphase netzförmig, d.h., jeder kommuniziert mit jedem innerhalb der Familie (natürlich nicht gleichzeitig).

Der Berater/Therapeut hält sich in dieser Phase eher zurück und nimmt die Rolle eines „Animateurs" der innerfamiliären Kommunikationsprozesse ein.

Wenn z.B. die Eltern eines Problemschülers das Schulproblem unterschiedlich schildern, kann der Berater die Eltern auffordern, sich in direkter Aussprache auf eine gemeinsame Sichtweise zu einigen. Dabei können Therapeut und Ko-Therapeut auf folgendes achten:

a) Wie verhalten sich die Kinder (speziell natürlich der Problemschüler), wenn die Eltern über das Problem sprechen? Zeigen sie verbal und/oder nonverbal Zustimmung oder Ablehnung, Langeweile, Feindseligkeit, Freude usw.?

b) Welche Kommunikationsformen (nach Satir, 1975, S. 81–103) herrschen bei den Eltern vor: Ablenker, Beschwichtiger, Ankläger oder Rationalisierer (s. Abschnitt 6.1.4)?
c) Stimmen die verbalen (Inhalt des Gesagten) mit den nonverbalen (Mimik, Gestik, Tonfall, Körperausdruck) Anteilen der Kommunikation überein?
d) Welche Reaktionsweisen zeigt der Vater, wenn die Mutter mit ihm über das Problem des Kindes spricht, und umgekehrt?
e) Wie genau hören die Partner einander zu? Genügt schon ein bestimmtes Reizwort des Vaters, um die Mutter reagieren zu lassen, und umgekehrt, ohne daß jeder seine Aussagen zu Ende bringen kann?
f) Wer von den beiden Eltern ergreift in welcher Art und Weise Partei für das Kind und eventuell gegen den Partner?
g) Wie *konkret* oder *abstrakt* ist die Sprache der interagierenden Eltern? Vereinnahmt der eine Partner den anderen oder das Problemkind durch den häufigen Gebrauch des Wortes „wir" („Wir möchten doch alle ..." oder „Wir sind der Auffassung, daß ..."), oder werden Aussagen durch den Gebrauch des Wortes „man" verschleiert (zum Beispiel Vater: „Man sollte dem Andreas weniger durchgehen lassen" – er meint damit aber eigentlich seine Frau)? Auch sogenannte *Substantivierungen* können vernebelnd wirken: Großmutter T.: „Es herrscht so eine *Unruhe* in der Familie." Therapeut: „Wer in der Familie, denken Sie, ist besonders unruhig?" Großmutter: „Ja, aha, hm, es ist vielleicht meine Schwiegertochter..." Therapeut: „Wie schafft sie Unruhe in der Familie?"
h) Wie hoch oder niedrig ist das allgemeine Aktivitäts-(Energie-)Niveau in der Familie während der Interaktionsphase: Spüren wir als Berater/Therapeut eher eine gedrückte, lähmende oder eine lebhafte Grundstimmung innerhalb der Familie?
i) Wer hat wie mit wem und wie häufig Kontakt, verbal und nonverbal?

Das sind nur einige von unendlich vielen Beobachtungskriterien, nach denen der Berater/Therapeut in der Interaktionsphase einzelne Familienmitglieder und das Gesamtsystem beobachten kann. Diese Beobachtungen beschränken sich selbstverständlich nicht nur auf die Interaktionsphase der Eltern untereinander, sondern sollten in allen Phasen des Therapieprozesses und über alle Beteiligten angestellt werden (Beispiel: Geschwisterinteraktionen, Eltern-Kind-Interaktionen, Familienmitglied-Therapeut-Interaktionen usw.).

Bisweilen gehen wir auch noch einen Schritt weiter und lassen nicht nur

die Familienmitglieder *über* ein bestimmtes Problem miteinander reden, sondern fordern sie dazu auf, eine bestimmte Szene *nachzuspielen.* Wenn das Kind beispielsweise mit einer Fünf in Mathematik heimkommt, wie reagiert dann die Mutter darauf, wie sagt sie es abends dem Vater, wie reagiert er darauf usw.?

5.2.4 Phase der Problemsichtveränderung

Bereits in der Problemdefinitionsphase haben wir durch Fragen auf der *Beziehungsebene* (z.B. „Was denken Sie über Ihre Frau und Ihren Sohn, wenn die beiden dauernd zusammen sind?") oder durch Fragen nach Reaktionsmustern auf das Symptom („Markus, haben deine Eltern miteinander mehr oder weniger Kontakt, wenn du in der Schule Fünfen schreibst?") den Boden vorbereitet für die veränderte Sichtweise des Anmeldeproblems.

In dieser Phase wird die Familie ganz behutsam dahin geführt, das vorgebrachte Schulproblem immer weniger isoliert als eine Angelegenheit des Problemschülers zu sehen und statt dessen mehr die Zusammenhänge des

Problems mit der Familie als ganzer zu erkennen. Wir geben der Familie Hilfestellungen, den Beobachtungsstandpunkt des ersten Stockwerkes (vgl. Skizze S. 39), also der individuellen Ebene, zu verlassen, sich zunächst auf dem zweiten Stockwerk einzurichten (Beziehung zwischen zwei Familienangehörigen, z. B. Mutter – Kind), um schließlich auf den dritten Stock zu gelangen, wo sie eine Perspektive des Problems, bezogen auf die Gesamtfamilie (systemische Sichtweise), erhält. Erst auf dieser Ebene kann sie erkennen, daß die Symptomatik, die auf den ersten Blick nur negativ erscheint, für die Gesamtfamilie eine wichtige systemerhaltende Funktion hat.

Die Hinführung der Familie von der individuellen Sichtweise eines Problems zu einer familiären beinhaltet u.a. folgende Maßnahmen:

1. Ansprechen angrenzender Probleme;
2. „Reframing“: Schaffung eines neuen Bezugsrahmens;
3. positives Umformulieren:
   a) positive Seiten der Symptomatik für den Problemschüler,
   b) positive Seiten der Symptomatik für die Gesamtfamilie;
4. Verhaltensweisen der übrigen Familienmitglieder, die das Symptomverhalten begünstigen.

5.2.4.1 Ansprechen angrenzender Probleme

Oft schildern Eltern die Schulprobleme ihrer Kinder als die einzigen Schwierigkeiten, mit denen die Familie sich auseinandersetzen muß. Das ist insofern nicht verwunderlich, als ja die Schulproblematik in der Regel der Anlaß für das Aufsuchen einer Beratungsinstitution darstellt. Übernehmen wir jedoch als Therapeut/Berater diese eingeschränkte Sichtweise der Eltern und können womöglich weder ein pädagogisches Ungeschick des Lehrers noch irgendwelche individuellen Defizite beim Kind feststellen, so sind wir sehr schnell genauso „ratlos“ wie die Eltern.

Tatsächlich treten sogenannte „isolierte“ Schulprobleme ohne Äquivalent im häuslichen Bereich nur in Ausnahmefällen auf. Sehr selten sind Kinder nur in der Schule unkonzentriert und arbeiten zu Hause pünktlich und gewissenhaft, zeigen nur in der Schule aggressive Verhaltensweisen und sind zu Hause die reinsten Engel oder haben nur in der Schule Kontaktschwierigkeiten und zu Hause viele Freunde.

Wenn ich durch entsprechende Fragen Verbindungen herstelle zwischen schulischen und häuslichen Problemen, habe ich den ersten Schritt zur Blickwinkelerweiterung der Familie getan.

Beispielsweise kann ich die Eltern fragen, nachdem sie ein Schulproblem XY geschildert haben: „Ist die Verhaltensweise XY etwas, was ganz allein in der Schule auftritt, oder kennen Sie es auch von zu Hause?“

Wenn die Eltern ein ganz bestimmtes Problem schildern, kann ich sie fragen: „Ist das Verhalten XY Ihres Sohnes das einzige, worüber Sie sich Gedanken machen, oder gibt es noch etwas anderes, das Sie hier ansprechen wollen?“

Eine andere Möglichkeit der Problemerweiterung besteht darin zu fragen, wer außer dem Problemschüler sonst noch in der Familie dieselben oder ähnliche Verhaltensweisen zeigt. Zum Beispiel: „Ich habe gehört, Peter mag nicht vorschnell und mit jedem Kontakt aufnehmen. Wem in Ihrer Familie geht es auch noch so? Oder wem ging es vielleicht früher, als er noch in Peters Alter war, so?“

Besonders Antworten der Familienmitglieder auf die letzte Frage können den Problemschüler insofern entlasten, als er nicht mehr als der einzige in der Familie dasteht, der das „Problem hat“.

Der folgende Ausschnitt stammt aus einem Erstgespräch mit einer vierköpfigen Familie. Anlaß für die Beratung ist der zehnjährige Mike, der angeblich durch den rauhen Umgangston seiner Lehrerin in den Leistungen stark nachgelassen hat. Die Eltern und der siebenjährige Bruder Markus sind ebenfalls anwesend (Vater = V., Therapeut = Th., Mike = M.).

V. über die Lehrerin erregt:
So ist sie schon am ersten Tag hereingekommen, so hat sie schon Elternabende geführt, da hat es in H. ... schon ... Ich will der Frau nichts, aber man muß sich ja ein bißchen einfügen, aber auf jeden Fall ist er am nächsten Tag gekommen (zeigt auf Mike) und hat gesagt, er will nicht mehr in die Schule gehen.

Th.: Aha.

V.: So ging's dann los.

Th.: Und das war noch nie der Fall?

M.: Nein, solange er in die Schule ging, ist er immer gern gegangen.

V.: Das andere ist dann natürlich, daß dann die Noten abgesackt sind, bei den Diktaten und so. Sie liest den Satz dann einmal vor, ansonsten nichts mehr, wenn er die Antwort nicht richtig gehört hat oder das Komma, das fehlt dann, die Antwort fehlt dann. Das sind dann alles Fehler, das geht dann von der Zwei runter auf die Vier. Das ist noch mal bei sechs, sieben Schülern von ihr so, die kommen alle nicht mit ihr zurecht ...

Th.: Das heißt, Mike ist dann gar kein Einzelfall?

M.: Nein, das ist fast mit der ganzen Klasse so.

Th.: Ja, was machen dann die anderen Eltern?

M.: Ja, ich hab' ja schon ein Gespräch mit der Frau H. gehabt, sie sagt dann immer, das liegt nur am Mike, er läßt sich kaum was sagen, nicht, daß er bockig wird, aber er weint dann jedesmal. Er läßt sich nichts sagen, und dann schaltet er praktisch auf stur, er macht dann nicht mehr mit. (Th.: Aha.)

Th. zu Mike: Also ist das etwas, Mike, was du nicht so gut vertragen kannst, wenn die Frau H. auftritt wie der große Boß?

M.: Ja, ja.

Th.: Was ist das, was dich auf 180 bringt, was dich am meisten ärgert? Was muß sie tun, damit du entweder ärgerlich wirst oder sagst, ich mag nicht mehr, was muß passieren?

M.: Manchmal goschet (schwäbisch für „schimpft") sie mich an und auch die anderen.

Th.: Was denkst du dann, wenn sie dich angoscht, denkst du, es ist etwas Besonderes, denkst du, sie kann dich nicht so gut leiden, oder was ist das? (Mike nickt heftig.)

M.: Ja, das hat er schon öfters gesagt.

Th. zum Vater: Haben Sie das auch so mitgekriegt?

V.: Ja, er ist halt sensibel. Ich war auch sensibel. Man nimmt es auf und gibt es irgendwie nicht ab und trägt es dann in sich selber.

Th.: Ist es dann daheim auch so, daß Mike, wenn es etwas gibt, sehr stark beeindruckbar ist?

V.: Ja, wenn ich gestreßt heimkomme und seh' dann ein Diktat, etwas schlampig geschrieben, und geh hart ran und hab' dann einen harten Ton, dann heult er halt. Und ich muß sagen, ich war früher genauso.

Im folgenden schildert der Vater seine unangenehmen Schulerfahrungen, die er nicht zuletzt auf seine extreme Schüchternheit zurückführt.

Einige Sequenzen später:

M. (zeigt auf Mike): Er kann sich gar nicht durchsetzen, auch andern Kindern gegenüber nicht, z.B. meine Nichte, die ist gerade altersmäßig zwischen den beiden, aber wenn sie etwas sagt, daß er's tun soll und er sagt dann nein, kaum dreh' ich mich um, tut er's dann doch.

5.2.4.2 Reframing: Schaffung eines neuen Bezugsrahmens

Der Wirklichkeit, wie sie die Familie sieht, wird ein neuer Bezugsrahmen („reframe") und damit die Möglichkeit einer neuen Bewertung desselben Verhaltens gegeben. Das gleiche Ergebnis wird sozusagen unter einem anderen Blickwinkel gesehen. So betont beispielsweise Virginia Satir, daß nicht *die Ereignisse an sich* traumatisierend wirken, sondern die *Bewertung,* die wir diesen Ereignissen geben. Zum Beispiel kann ich einen Schlag, den mir jemand im Scherz versetzt, leicht wegstecken. Habe ich jedoch den Eindruck, daß ich denselben Schlag von einem wütenden Mitmenschen versetzt bekomme, werde ich sehr gekränkt, wütend, verärgert usw. reagieren.

Watzlawick (1978, S. 16) geht davon aus, „... daß wir immer nur von *Bildern* der Wirklichkeit und nicht *der* Wirklichkeit sprechen können".

Die Ausgrenzung bestimmter Sichtweisen der Realität beraubt uns aber auch verschiedener Wahlmöglichkeiten des Andersseins. Wir sehen eine bestimmte Verhaltensweise eines Mitmenschen eingegrenzt unter einem ganz bestimmten Aspekt und reagieren dementsprechend stereotyp darauf, wodurch aber dieses uns (vielleicht) störende Verhalten weiterhin aufrechterhalten wird.

Das ganze gleicht einem endlosen Tanz oder einem Spiel mit festgelegten destruktiven Spielregeln. Hingegen eröffnet uns die Einnahme einer neuen Sichtweise in der Regel auch andere Wahlmöglichkeiten, mit diesem uns störenden Verhalten umzugehen. Hierzu ein Beispiel, das im schulischen Bereich weit verbreitet ist: Eine Mutter beklagt sich im Erstgespräch bitter darüber, daß sie durch die Hausaufgaben des Kindes den ganzen Nachmittag in Anspruch genommen sei. Im weiteren Verlauf des Gesprächs stellt sich jedoch heraus, daß das „Sichunfähigstellen" des Kindes eine hervorragende Möglichkeit darstellt, die Mutter zum Kontakt zu zwingen. Die Mutter hinwiederum sieht sich genötigt, dem Kind Hilfestellung zu leisten, tut dies jedoch in einer Art und Weise, die es dem Kind weiterhin erleichtert, für seine Hausaufgaben nicht selbst die Verantwortung zu übernehmen usw.

Durch das Setzen des neuen Bezugsrahmens „Kontaktsuche" des Kindes anstelle des alten Bezugsrahmens „Unfähigkeit, die Hausaufgaben selbst zu machen", ergibt sich für die Mutter eine ganz neue Perspektive, mit den Hausaufgabenproblemen des Kindes umzugehen.

Beide, Mutter und Kind, können sich nun mit der Therapeutenfrage auseinandersetzen: „Welche schöneren Möglichkeiten können Sie sich vorstellen, um miteinander Kontakt zu haben, als miteinander Hausaufgaben machen zu müssen?“ Eine Fragestellung, die vom Mutter-Kind-Subsystem auf die Ebene der Gesamtfamilie zielt, wäre dann: Wofür brauchen Mutter und Kind in dieser bestimmten Familie XY soviel Kontakt miteinander? Welche Lücke würde z.B. für die Mutter entstehen, wenn das Kind rasch und selbständig die Hausaufgaben machen würde usw.?

5.2.4.3 Positives Umformulieren (vgl. auch hierzu den Abschnitt 6.2)

Die Hauptwirksamkeit des „reframing“, also des „Setzens eines neuen Bezugsrahmens“, liegt nicht allein darin, daß dem Verhalten, speziell dem Symptom, ein neuer Kontext gegeben wird, sondern vor allem, daß dieser Kontext positiv ist. Deshalb wird der Begriff des „reframing“ immer wieder gleichgesetzt mit dem Begriff des *positiven* Umformulierens. Dabei kann der Berater/Therapeut sowohl die positiven Seiten des Problemverhaltens für den Problemschüler als auch für seine Familie aufzeigen. Damit werden die sonst üblichen Fragestellungen „Wer ist schuld?“ oder „Wer hat recht?“ in den Hintergrund gedrängt. Beim positiven Umformulieren wird das gleiche Ereignis oder Symptom, das sonst nur unter einem negativen Blickwinkel gesehen wird, nun unter einem positiven betrachtet. Wenn beispielsweise in einer Familie viel gestritten wird, könnte die positive Umformulierung des Therapeuten wie folgt lauten: „Ich erlebe hier immer wieder Familien, in denen keiner mehr etwas mit dem anderen zu tun hat und jeder jedem aus dem Weg geht. Bei Ihnen ist das anders: In Ihrer Familie ist es niemand gleichgültig, wie es dem andern geht, und jeder setzt sich mit jedem auseinander, wenn auch vielleicht in einer sehr deutlichen Form. Aber jeder hat mit jedem Kontakt.“

Nach Andolfi (1982) beseitigt eine positive Umformulierung die *einengenden* und *negativen* Aspekte, die die Symptomatik in den Augen der Familie hat. Wenn das gestörte Verhalten erst einmal in seinem gesamtfamiliären Kontext gesehen wird, eröffnen sich für die Familie neue Wege des Umgangs miteinander. Beispiele für positives Umformulieren von Schulschwierigkeiten sind weiter unten im Abschnitt 6.2.4 aufgeführt.

Selvini-Palazzoli u.a. (1981) weisen darauf hin, wie wichtig es ist, nicht nur die Symptome des Problemträgers in der Familie für ihn und die Gesamtfamilie positiv zu bewerten, sondern auch die symptomatischen Verhaltensweisen der anderen Familienmitglieder. Sonst ergreift man nämlich Partei für den Problemschüler und zieht willkürlich eine Trennungslinie zwischen den einzelnen Mitgliedern des Familiensystems, die auf diese

Weise in „gute“ und „böse“ eingeteilt werden. Damit würden wir uns jedoch den Zugang zur Gesamtfamilie als Systemeinheit verschließen. Der Berater/Therapeut betont, daß seiner Auffassung nach alle beobachteten Verhaltensweisen von dem gemeinsamen Ziel geleitet werden, den Zusammenhalt und die Einheit der Familie zu erhalten. Dadurch werden alle Mitglieder der Familie auf dieselbe Stufe gestellt, und es erfolgen nicht noch mehr Spaltungen in Untergruppen, die in Problemfamilien sowieso schon vorhanden sind.

Selbstverständlich wirkt die positive Umformulierung nur dann, wenn wir als Berater/Therapeut echt und selbstkongruent auftreten. Wenn wir uns verstellen, ironisch oder sarkastisch bei der Umformulierung wirken, kränken wir die Familie, und sie wird die positive Umformulierung ablehnen. Im Einklang mit unserer therapeutischen Grundhaltung begegnen wir sowohl dem einzelnen Symptomträger als auch den Versuchen der übrigen Familienmitglieder, mit der Symptomatik umzugehen (auch, wenn diese Versuche unwirksam sind), mit Hochachtung und Respekt.

Ergänzend ist zur positiven Umformulierung anzumerken, daß sie um so notwendiger ist, je rigider (s.o.) das Familiensystem ist.

5.2.4.4 Zusammenhänge zwischen den Verhaltensweisen der übrigen Familienmitglieder und dem Symptomverhalten des Problemschülers

Eng verbunden mit den Methoden des Setzens eines neuen Bezugsrahmens („reframing“) und der positiven Umformulierung ist die Verknüpfung der Verhaltensweisen der übrigen Mitglieder mit der Symptomatik des Problemschülers. Unter anderem durch zirkuläres Fragen (s.u.) oder die Familienskulptur (s.u.) wird allen Familienangehörigen zu einer neuen Sichtweise des Zusammenhangs ihrer offenen und verdeckten Botschaften, Erwartungen und Verhaltensmuster mit den Symptomen des auffälligen Schulkindes verholfen.

Im Gegensatz zu einer linear-kausalen Sichtweise (Ursache/Wirkung, richtig/falsch, schuldig/unschuldig) geht es in einer systemischen darum, die wechselseitigen Einflüsse der Familienmitglieder zu verdeutlichen. Im Falle eines Problemschülers, der familiärer Symptomträger ist, wird im Familienerstgespräch angestrebt, die verschiedenen Anteile der übrigen Familienmitglieder am Zustandekommen des jeweiligen schulischen Symptoms zu erhellen. Das individuelle Problem des Schülers wird so zu einem Familienproblem, das ein Familienmitglied für alle anderen austrägt, jedoch nicht allein aus sich heraus entwickelt hat. Er ist aber weder das „Opfer“ oder der „Märtyrer“ der Familie, sondern der „Kristallisationspunkt“ der Familienproblematik. Wenn wir den Problemschüler als Opfer des Erziehungsversagens seiner Eltern definieren würden, käme dies einer Aufteilung der Familie in Täter und Opfer, Schuldige und Unschuldige gleich. Der Berater/Therapeut würde dabei Gefahr laufen, sich mit dem Opfer (Problemschüler) gegen die Täter (unfähige Eltern) zu verbünden und damit jede wirksame positive Veränderung zu blockieren.

Idealerweise sollte der Berater im Familiengespräch nicht als derjenige auftreten, der der Familie quasi aufoktroyiert, daß jedes einzelne Familienmitglied Anteile an der Symptomatik des Schülers hat. Vielmehr sollte die gesamte Familie im Interaktionsprozeß *erfahren* und *erleben,* welche Anteile jedes einzelne Familienmitglied und die Familie als ganze am Zustandekommen des Symptoms hat. Erst dann kann sie diese neue Problemsichtweise (Neudefinition des Problems) ohne Abwehr akzeptieren.

Nach Andolfi handelt es sich bei allen Maßnahmen zur Neudefinition des Problems, das als Anmeldeanlaß vorgebracht wird, um den „Eckpfeiler, auf dem der gesamte therapeutische Prozeß beruht. Hier handelt es sich um den ‚kreativsten‘ Aspekt der Behandlung, um denjenigen nämlich, der es der Familie möglich macht, zum Träger ihrer eigenen Verantwortung in der therapeutischen Situation zu werden“ (Andolfi, 1982, S. 98).

Außerdem dient die Neudefinition des Problems zur Erhöhung des Selbstwertes der Familie, weil Begriffe wie „gut“ und „böse“, „Schuld“ und „Unschuld“, „falsch“ und „„richtig“ ihren Stellenwert verlieren.

In unserer Beispielsfamilie T. („Das Damoklesschwert der Scheidung“) sieht die Neudefinition des Problems wie folgt aus (nachdem der Intelligenztest mit Alexander ergeben hat, daß ein Schulversagen aufgrund intellektueller Überforderung ausgeschlossen ist und die einzelnen Familienmitglieder reihum nach ihren Erklärungsmustern für das Schulversagen des Alexander gefragt worden sind):

Frau T.: Ja. Also, wenn des bei uns innerhalb der Familie besser geregelt wär’, des Entgegenkommen, dann wär des besser und (zum Vater), wenn er mehr Zeit hätte für die Familie, er ist ja auch viel zuviel weg. Ich weiß, daß der A. ihn braucht, der hat abends, wenn der ins Bett geht, fragt er immer nach dem Papa, und ich muß dann immer sagen: „Ich weiß nicht, wo er ist.“ Er ist sehr viel abends weg und sehr lange. Das weiß er auch, das habe ich ihm schon so oft vorgehalten, daß das nicht normal ist.

Th.: So, daß wir nämlich zwei Gruppen haben: Alexander, den Vater und die Großmutter auf der einen Seite, Mutter und Tochter auf der anderen.

M.: Aber das wird mein Mann nie einsehen.

Th.: Nein, das ist ...

V.: Was heißt einsehen, ich kann da nichts machen, ich ...

Einige Sequenzen später:

Th.: ... das können Sie ja beobachten, daß z.B. die Oma den A. bevorzugt und so Sachen?

V.: Ach so, das ist klar, das ist eine Tatsache.

Th.: Das heißt, daß A. auf diese Art und Weise, daß er Fünfen schreibt, obwohl er gute Noten haben könnte – auf diese Weise Sie, Ihre Frau und die Oma auf eine Linie bringen will. Verstehen Sie, was ich meine?

V.: Mhm (nickt).

Th.: Und das ist die wirksamste Methode, das zu tun. Denn wenn er in der Schule unauffällig ist, würde niemand gezwungen sein, etwas zu ändern. Und das ist es, was ich hier tagtäglich erlebe, daß eben Kinder, wenn sie nicht in der Schule überfordert sind, eine unbewußte, aber wichtige Aufgabe übernommen haben, und das hat der A. auch.

Symbolisch leiten wir eine Neudefinition des Problems nach entsprechender Vorarbeit oft dadurch ein, daß wir vor der Familie einen Gegenstand (z.B. ein Buch, eine Kassette o.ä.) in die Luft halten und zum Problemschüler gewandt sagen: „Jahrelang haben alle Leute in deiner Umgebung, z.B. Lehrer, Mitschüler, Eltern und Geschwister, nur die eine Seite deines Problems zu sehen bekommen, nämlich die lästige, ärgerliche und störende Seite. Die Chance, die wir hier haben, ist, die Rückseite, die gute und wertvolle Seite deines Problems, anzuschauen (dabei wenden wir den Gegenstand und zeigen die Rückseite). Sind Sie (zu den Eltern gewandt) und seid ihr (zu den Kindern gewandt) bereit dazu, hier etwas Neues zu erlernen und zu erfahren?"

Ist die Familie damit einverstanden, haben wir gleichzeitig damit einen *Miniaturkontrakt* für die folgenden Interaktionssequenzen geschlossen. Ein Kontrakt (s.u.) zwischen Therapeut und Familie sollte nicht nur am Ende des Familienerstgespräches zustande kommen, sondern es können auch innerhalb einer Familientherapiesitzung immer wieder kleinere Kontrakte geschlossen werden, damit der Therapeut von der Familie grünes

Licht für Inhalt und Form der Bearbeitung eines bestimmten Themenbereichs erhält, d.h. synchron mit dem Familienprozeß arbeitet. Das bewahrt ihn davor, losgelöst von den momentan in der Familie ablaufenden Prozessen ins Leere zu arbeiten.

5.2.5 Die Kontraktphase (Abschluß des Erstgesprächs)

In dieser Phase legt die Familie mit dem Therapeuten gemeinsam fest, welches Veränderungsziel oder welche -ziele erreicht werden sollen, um dem Problemschüler zu ermöglichen, symptomfrei zu werden. Es geht also um die Frage, welche Ziele will jeder einzelne und die Familie als ganze erreichen, woran und wie möchte die Familie arbeiten und wann und wie merkt sie, ob das Ziel oder die Ziele erreicht worden sind. Diesen Teil des Kontrakts zwischen Familie und Berater bezeichnen wir als den *inhaltlichen,* zu dem selbstverständlich noch ein *formaler gehört,* in dem die äußeren Rahmenbedingungen festgelegt werden.

5.2.5.1 Inhaltlicher Kontrakt

In den vorausgegangenen Phasen des Familienerstgesprächs hat die Familie ein deutlicheres Bild der Schwierigkeiten erhalten. Jetzt kann sie sich mit Unterstützung des Therapeuten bemühen, klar zu sagen, welche Veränderungen sie von der Therapie erwartet. Therapeut und Familie müssen zu einer Übereinkunft bezüglich der Natur des Problems und der angestrebten Veränderung kommen und die Frage klären, wie diese erreicht werden kann.

Wenn wir als Berater/Therapeut ohne oder mit einem unklaren Therapiekontrakt arbeiten, vergeuden wir Zeit und Energie, erhöhen Widerstände in der Familie und blockieren damit positive Veränderungen. Wichtig ist, daß der Kontrakt absolut klar und eindeutig ist. So definiert Rudolf Kaufmann (Seminar „Erstinterview") den Kontrakt als „einen maßgeschneiderten Anzug für die Familie". Durch Widerstände, Wegbleiben des einen oder anderen Familienmitglieds usw. signalisiert uns die Familie, wenn dieser „Anzug" nicht paßt.

Ein Kontrakt sollte beispielsweise nicht lauten: „Wir wollen alle in der Familie lernen, besser miteinander umzugehen." In diesem Kontrakt ist nämlich absolut unklar, wer speziell mit wem besser umgehen soll, was jeder einzelne in der Familie unter „besser" versteht, was dafür im einzelnen getan werden muß usw. Ebenfalls ein wenig sinnvoller Kontrakt wäre, anzukündigen: „Frau Wenger soll ihren Sohn Michel weniger stark an sich binden und ihn mehr loslassen.“ Hier wird nämlich in negativer Weise der Mutter etwas weggenommen, was sie offensichtlich braucht, nämlich die enge Anbindung des Sohns Michel, statt daß positiv gesagt wird, was „dazukommen“ soll (die Mutter bekommt mehr Zeit für sich, und Michel hat mehr Energien frei, für sich zu sorgen und Freunde zu gewinnen). Ferner ist dieser Kontrakt nicht mit der Gesamtfamilie, sondern nur mit einer Untergruppe, nämlich Mutter und Kind, geschlossen, so daß der Vater nicht mit einbezogen ist. Weshalb sollte er dann das nächste Mal überhaupt wiederkommen? Minuchin (1977, S. 269) bezeichnet es als die „oberste Regel allen therapeutischen Vorgehens, daß nämlich die Bereitschaft der Familie, zur nächsten Sitzung wiederzukommen, gesichert ist“. Rudolf Kaufmann: „Die Familien bleiben dann weg, wenn nicht jeder in der Familie die Chance hat, etwas zu bekommen. Dann tut die Familie recht daran, nicht wiederzukommen. Die Frage lautet also: Was können alle dazu beitragen, daß sich in unserer Familie etwas ändert?“ (Seminar „Erstinterview“).

Ein guter Kontrakt muß also folgende Bedingungen erfüllen:

1. Er sollte spezifisch und konkret sein.
2. Er muß positiv sein, d.h., es sollte nicht einfach ein „Symptom weggenommen werden“, so daß eine Lücke entsteht. Vielmehr muß er so konzipiert sein, daß jeder einzelne in der Familie davon Vorteile hat und damit das Symptom überflüssig wird.
3. Er muß mit der Gesamtfamilie (dem Gesamtsystem) geschlossen werden, d.h., jedes Familienmitglied, also auch die symptomfreien Geschwister, sollte in den Kontrakt mit einbezogen werden.

Allgemein geht es beim Kontrakt um die Frage, was die einzelnen Familienmitglieder zur Entlastung des Problemschülers beitragen können und gleichzeitig selber dafür erhalten.

In der Arbeit mit besonders rigiden (s.o.), veränderungsresistenten Familien wird es immer wieder zur Notwendigkeit, lediglich einen formalen Kontrakt dahin gehend abzuschließen, daß alle zur nächsten Sitzung wiederkommen. Dann wird erst gegen Ende der zweiten oder dritten Sitzung ein inhaltlicher Kontrakt abgeschlossen. Andolfi (1983) sieht in der Zeitspanne, die vergeht, bis der Kontrakt mit der Familie geschlossen werden kann, einen Hinweis auf die Starrheit oder Flexibilität des Familiensystems. In flexibleren Systemen läßt sich der Kontrakt oft schon in der ersten, spätestens jedoch in der zweiten Sitzung festlegen. Er betont zu

Recht, daß in rigiden Systemen viel therapeutische Vorarbeit geleistet werden muß, bevor der Vertrag selbst aufgestellt werden kann. Der Berater/Therapeut muß zunächst das System ganz vorsichtig öffnen, neue Bereiche der Interaktion erschließen und den Familienmitgliedern dazu verhelfen, einander verstärkt entgegenzutreten.

Je rigider ein Familiensystem ist, desto eher wird es versuchen, dem Therapeuten/Berater die Verantwortung für die Veränderung aufzuerlegen. Wenn er diese dann übernimmt, d.h. *für* die Familie arbeitet, statt sie zum Arbeiten zu bringen, wird die Familie sehr rasch den Beweis seiner Unfähigkeit und seines Scheiterns erbringen. Deshalb geht es im inhaltlichen Kontrakt auch ganz klar um die Definition der Therapeutenrolle, d.h., wir müssen als Berater/Therapeut mit der Familie gemeinsam abklären, was wir beispielsweise bei Krisensituationen bereit sind zu tun und was nicht.

Besonders schwer gestörten oder chaotischen Familien können wir den Kontrakt auch in schriftlicher Form mit nach Hause geben.

Im Falle unserer Beispielsfamilie Wenger sah die *Vorbereitung* für die Kontraktphase wie folgt aus:

Therapeut zur Mutter: Jetzt frage ich Sie, Frau W., was soll sich ändern, bei Ihnen in der Familie und bei Michel?

M.: Ja, äh, daß er selbständiger wird, auch beim Anziehen, das muß man ihm drei- bis viermal sagen, das macht er schon gar nicht selbständig, noch nicht einmal das macht er selber.

Th.: Ja, das heißt, wenn er selbständiger wird, dann haben Sie ja mehr Freizeit, Frau W.

M.: Ja, aha.

Th.: Was könnten Sie und Ihr Mann in der freiwerdenden Zeit anfangen? (Beide schauen sich an, lachen verlegen.)

M.: Das ist schwierig, das ist schon so lange her …

Th. zur M.: Wie war es, als Sie Ihren Mann kennengelernt haben, sind Sie da zusammen ausgegangen?

M.: Ja. Mal ins Kino und mal zum Essen.

Th.: Wie war das, war das schlimm, oder …?

M.: (Fällt ein:) Das war schön!

Th. zur M.: Wenn Michel jetzt selbständiger wird, dann haben Sie mehr Freizeit, und in der Freizeit können Sie mehr mit Ihrem Mann ausgehen. Wie ist dieser Gedanke für Sie?

M.: Ja, ich bin jetzt gar nicht dran gewöhnt, wieder …

Th.: Ist das was ganz Neues für Sie?

M.: Ja.

In ähnlicher Form wurden dann Vater und Sohn nach ihren Änderungswünschen befragt.

Einige Sequenzen später:

Th.: Was ich hier erlebt habe, ist, daß der Michel seiner Mutter verhelfen kann, daß sie besser für sich sorgen kann und damit indirekt der Großmutter verhelfen kann, daß sie auch besser für sich sorgen kann. Könnten Sie, Frau W., Hobbys und Tätigkeiten für sich allein haben oder welche gemeinsam mit Ihrem Mann ausführen?

Th. zu Michel: Willst du ein großer, starker Junge werden, der keine Angst mehr hat? (Michel nickt.)

Th. zu Vater und Mutter: Wollen Sie das auch und Sie auch? (Beide Eltern nicken heftig mit dem Kopf.)

Im folgenden wird vom Therapeuten das Familiensystem der Familie W. auf einer Wandtafel grafisch veranschaulicht: Mit Hilfe von mehr oder weniger zahlreichen Verbindungslinien zwischen den einzelnen Familienmitgliedern wird Beziehungsnähe bzw. Beziehungsferne demonstriert, es werden Grenzen um das eheliche Subsystem gezogen, und anhand der grafischen Darstellung wird mit allen anwesenden Familienmitgliedern erarbeitet, welche möglichen Ziele die Veränderungsarbeit haben könnte und welche konkreten Schritte dazu notwendig sind.

In den folgenden Sequenzen spricht der Therapeut die mögliche Lücke an, die dadurch entstehen kann, daß Michel eine größere Selbständigkeit entwickelt.

Ferner wird daran gearbeitet, welche Tätigkeiten Vater und Sohn gemeinsam unternehmen könnten.

Nachdem sich im Verlauf des Gesprächs immer mehr die wichtige Rolle der Großmutter herausgestellt hat, wird gegen Ende auch zwischen Therapeut und Familie in den Kontrakt mit aufgenommen, daß die Großmutter zur zweiten Sitzung mitkommen soll.

V.: Ja, meine Schwiegermutter ist eine sehr sturköpfige Frau.

Th.: Ja, das bin ich gewohnt, ich habe jeden Tag drei Sturköpfe hier (beide Eltern lachen), aber ich denke, Ihre Schwiegermutter hat auch ein Interesse, daß es dem Michel gutgeht (beide Eltern nicken heftig).

Th.: Sehen Sie, das ist die Basis, auf der wir arbeiten. Sie beide als Eltern haben sowieso das Interesse, daß es Michel gutgeht, und die Großmutter hat auch das Interesse, daß es ihm gutgeht, und wenn er in der Schule keinen Spaß hat und Angst hat und keine Freunde hat, denke ich, daß es ihm nicht so sehr gutgeht.

M.: Ja, ich sag' ja immer, er kann doch alleine in die Schule gehen, es ist doch nur eine Viertelstunde, aber sie hat es nicht geglaubt, aber jetzt läuft er alleine.

Th.: So sind Sie schon auf dem richtigen Weg, und ich denke auch, in einiger Zeit wird Michel anfangen, alleine zu schlafen.

Zum Ende des Erstgespräches wird zwischen Therapeut und Familie ein Termin in drei Wochen vereinbart, an dem die Großmutter mitkommen kann.

Ein ausgehandelter Kontrakt braucht übrigens nicht unverändert stehenzubleiben, d.h., es kann sich im Laufe der Mittelphase (s.u.) des Beratungs-/Therapieprozesses herausstellen, daß der erste, ursprüngliche Kontrakt unzureichend ist und verändert oder erweitert werden muß. So können wir in den weiteren Familiengesprächen die Sitzung mit der Frage eröffnen: „Was ist Ihnen wichtig, daß wir es heute besprechen?"

5.2.5.2 Formaler Kontrakt

Mit einem formalen Kontrakt werden folgende Punkte geregelt:

- Erscheint zum nächsten Termin die Kernfamilie oder die erweiterte Familie (z.B. Großeltern, bei alleinstehenden Elternteilen der Freund der Mutter usw.)?
- Abhängig von der Veränderungsgeschwindigkeit der Familie wird der zeitliche Abstand bis zum nächsten Termin festgelegt. (Wir haben gute Erfahrungen mit längeren Abständen, d.h. mit drei bis vier Wochen.)
- Es wird vereinbart, daß es keine Anrufe von einzelnen Familienmitgliedern zwischen den Sitzungen gibt, es sei denn, das betreffende Familienmitglied ist bereit, den Inhalt in der nächsten Sitzung einzubringen.
- Die Tageszeit der nächsten Sitzung wird möglichst so vereinbart, daß sie sowohl den Bedürfnissen des Therapeuten als auch denjenigen der einzelnen Familienmitglieder entgegenkommt.
- Es kann vereinbart werden, nach wie vielen Sitzungen eine vorläufige Zwischenbilanz gezogen werden kann, z.B.: „Wir vereinbaren zunächst

einmal fünf Sitzungen mit der gesamten Familie und entscheiden dann mit allen gemeinsam, ob wir noch weitere drei oder fünf Sitzungen benötigen oder nicht."

- Es wird mit der Familie vereinbart, wie damit umgegangen werden soll, wenn ein Mitglied oder die Gesamtfamilie zu dem vereinbarten Termin nicht erscheinen kann.
- Manchen Familien wird noch eine schriftlich formulierte Hausaufgabe oder ein Kommentar mitgegeben (s.u.).

5.3 Die Mittelphase der Therapie

Die Gesamtzahl der Familientherapiesitzungen ist bei uns, verglichen mit anderen therapeutischen Vorgehensweisen, relativ gering. Sie beträgt in der Regel maximal zehn Sitzungen.

Die Mittelphase des Therapieprozesses erstreckt sich dabei meistens von der dritten bis zur siebenten oder achten Sitzung. In der Arbeit mit besonders rigiden (veränderungsresistenten) Familien benötigen wir jedoch allein bisweilen drei bis vier Sitzungen, bis wir mit der Familie einen tragfähigen Veränderungskontrakt vereinbart haben. Erst wenn es uns gelungen ist, die Sichtweise der Familie dahin gehend zu verändern, daß sie das dem Problemschüler zugeschriebene Symptom als ein Familienproblem wahrnimmt und akzeptiert (und bereit ist, die im Kontrakt festgelegten Veränderungen auf der Systemebene in Angriff zu nehmen), kann der Therapieprozeß von der Anfangs- in die Mittelphase übergehen. Je rigider das Familiensystem ist oder je rigider sich der Therapeut/Berater verhält, desto länger wird der Beginn der Mittelphase herausgeschoben.

Das Ende der Mittelphase kündigt sich oft dadurch an, daß die Symptomatik des Problemschülers sich stark verringert hat. Der Leidensdruck der Familie hat nachgelassen, sie kann immer größere Abstände zwischen den einzelnen Sitzungen ertragen und signalisiert dem Therapeuten, nunmehr ohne fremde Hilfe von außen zurechtzukommen.

Die Mittelphase der Therapie ist u.a. gekennzeichnet durch die verstärkte Arbeit des Therapeuten mit Subsystemen (wie z.B. den Eltern des Problemschülers), die Erprobung und Bewertung bestimmter Änderungen der Eltern-Kind-Interaktion, die die Familie zwischen den einzelnen Sitzungen, quasi als Hausaufgabe, durchführt, sowie mindestens einen, manchmal auch mehrere Kontakte zwischen dem Therapeuten und der Schule. Ferner empfiehlt es sich in der Mittelphase, eine *Zwischenbilanz* zu ziehen, in der die Familie und der Therapeut die bis dahin erreichten Veränderungen einschätzen und zukünftige Veränderungsprozesse und -strategien für die zweite Hälfte der Therapie festlegen.

5.3.1 Arbeit mit Subsystemen

Während in der Anfangsphase des Therapieprozesses das vorgebrachte Anmeldeproblem und der Umgang der Eltern (und Geschwister) mit diesem Problem, d.h. die Eltern-Kind-Beziehung, im Vordergrund stehen, rückt in der Mittelphase die Paarbeziehung der Eltern in den Vordergrund. Wir können immer wieder die Erfahrung machen, daß dann, wenn ein Problemschüler zum Symptomträger der Familie wird und Defizite auf der individuellen Ebene (z.B. Begabungsmängel) ausgeschlossen sind, eine Störung in der Beziehung des Elternpaares vorliegt. Rudolf Kaufmann: „Wenn es in der Chefetage nicht stimmt, gibt es auch Schwierigkeiten in den Filialen."

Eine ganz wichtige Grundregel lautet in diesem Zusammenhang: „Erst muß an der Eltern-Kind-Beziehung gearbeitet werden, bevor die Paarbeziehung der Eltern in den Brennpunkt gerückt wird." Wenn wir als Therapeut/Berater anfangen, an der Paarbeziehung zu arbeiten, bevor uns die Eltern des Problemschülers „grünes Licht" gegeben haben, wird sich die Familie verärgert zurückziehen und alles bleibt beim alten.

Wie wir bereits oben dargelegt haben (Abschnitt 2.2.3), wird ein Kind hauptsächlich dann zum Symptomträger, d.h. ein Schüler zum Problemschüler, wenn der offene oder verdeckte Konflikt zwischen den Eltern nicht auf die Paarebene begrenzt bleibt, sondern das Kind in irgendeiner Form in diesen Konflikt mit einbezogen wird. Die Einbeziehung kann beispielsweise dadurch geschehen, daß ein Elternteil mit dem Kind eine Koalition gegen den andern eingeht, daß die Eltern wechselweise versuchen, das Kind jeweils auf die Seite des einen oder anderen zu ziehen, daß das Kind in die Partnerersatzrolle für den häufig abwesenden Partner gerät, daß es versucht, durch seine Symptomatik die Eltern über gemeinsame Sorgen zusammenzuhalten usw.

Wir sehen deshalb den ersten Schritt der Mittelphase darin, daß eine unklar gewordene Generationsgrenze zwischen Eltern und Kindern wieder klar gezogen wird oder daß eine zu undurchlässige Grenze wieder durchlässiger wird. Eine unklare, diffuse Grenze zwischen Eltern- und Kindgeneration kann beispielsweise dadurch gestärkt werden, daß die Eltern dem Kind gegenüber eine gemeinsame Linie in der Erziehung vertreten und nicht der eine das erlaubt, was der andere verboten hat.

Der verdeckt als Umweg über das Kind laufende Konflikt wird direkt auf der Paarebene ausgetragen, so daß es aus der Verstrickung mit einem Elternteil oder beiden entlassen werden kann.

Im Falle von zu starren und undurchlässigen Grenzen zwischen Eltern- und Kindebene (d.h. zu großer Distanz und Ablehnung zwischen Eltern und Kind) geht es um die Frage, inwiefern die Eltern dazu bereit und in der Lage sind, für das Kind mehr Verantwortung und Fürsorge zu übernehmen und eine gewisse emotionale Nähe herzustellen.

Alle diese Maßnahmen dienen dazu, den Problemschüler als Symptomträger aus seiner Rolle zu entlassen, indem ein neues Systemgleichgewicht durch Wiederherstellung der Familienhierarchie angestrebt wird. Wir stimmen Jay Haley darin zu, daß zwar in jedem Familiensystem jeder jeden beeinflußt und von jedem beeinflußt wird, es aber durchaus ein natürliches Machtgefälle zwischen Eltern und Kindern gibt. Wenn wir dieses Machtgefälle ignorieren oder uns sogar mit dem symptomtragenden Kind (nicht nur vorübergehend) gegen die Eltern verbinden, „verlieren wir die Familie“ (d.h., sie kommt nicht mehr in Therapie).

Zu Beginn der Mittelphase geben wir dementsprechend der Familie Aufgaben mit nach Hause, die zur Grenzziehung zwischen Eltern und Kindern dienen. Beispielsweise kann der Elternteil, der mit dem Problemschüler über das Thema „Schule“ und „Hausaufgaben“ verstrickt war, die Anweisung erhalten, sich aus diesem Bereich zurückzuziehen und dafür die Verantwortung gleichmäßig mit dem bisher von den Hausaufgaben verschont gebliebenen Elternteil aufzuteilen. Oder wenn es um den „faulen“, unmotivierten Problemschüler geht, können die Eltern die Aufgabe erhalten, eine *gemeinsame* Strategie zu entwerfen, mit der sie das Kind dazu bringen, seine Hausaufgaben in einem bestimmten Zeitraum und mit einer bestimmten Gründlichkeit zu erledigen. Es geht dabei dann um die Frage: „Wie gehen wir als Eltern mit einem ungehorsamen Kind um?“, die auf eine Neustrukturierung der Machthierarchie in der Familie hinzielt.

Problemschüler aus solchen Familien, in denen der Ehekonflikt der Eltern nicht so ausgeprägt ist, daß eine Scheidung der Eltern droht, oder aus Familien, die keine extreme Verstrickung (s.o.) der einzelnen Familienmitglieder aufweisen, können durch die Tatsache, daß sie aus der Umleitung des ehelichen Konflikts entlassen werden (oder zu verschwommene, diffuse Grenzen klarer gezogen werden), ihre Symptomträgerrolle ablegen. Der Konflikt auf der Ehepaarebene ist dann zwar noch nicht geklärt, aber die Eltern haben in den Therapiesitzungen die Einsicht und das Handwerkszeug erhalten, den verdeckten Konflikt offen und den umgeleiteten Konflikt unter Auslassung des Kindes *direkt* auszutragen.

Für all diejenigen Familien, in denen die Paarbeziehung der Eltern so massiv gestört ist, daß eine Trennung oder Scheidung droht, oder die Verstrickung der Familie so groß ist, daß kein Raum für individuelle Entwicklung und Entfaltung möglich ist, schließt sich nun eine Phase der Bearbeitung der ehelichen Beziehungsstörung an. In leicht bis mittelstark gestörten Familien leiten wir diese Phase häufig dadurch ein, daß wir den Problemschüler offiziell mit einem Kommentar aus der Symptomträgerrolle entlassen: „Es hat sich für dich in deiner Familie so ergeben, daß du in die Rolle desjenigen hineingekommen bist, der die Schwierigkeiten, die in der Familie entstanden sind, nach außen, d.h. in die Schule trägt. Du hast dabei, ohne es zu wollen, eine sehr schwierige, undankbare und auch unlösbare Aufgabe übernommen, die du zu Recht nicht länger erfüllen möchtest. Durch deine ... (Symptome XY) hast du es geschafft, die gesamte Familie hierher zu bringen. Du hast jedoch das Glück, sehr verantwortungsvolle Eltern zu haben, die dir diese schwierige Aufgabe abnehmen wollen, indem sie hier die ... (Probleme XY) direkt zwischen Mann und Frau abklären wollen. Traust du deinen Eltern zu, daß sie es schaffen werden?"

Ob die Kinder in der Phase der Bearbeitung der Paarbeziehung der Eltern in jeder Sitzung anwesend sind oder nicht, hängt von mehreren Faktoren ab:

a) Je älter die Kinder sind, desto größer ist im allgemeinen ihr Verständnis und ihr Interesse für die Bearbeitung der elterlichen Beziehungsstörung, da sie ja gleichzeitig Muster für den Umgang mit Beziehungskonflikten mit ihrem zukünftigen Partner erfahren und erleben. Aber auch für jüngere Kinder (Alter zwischen drei und sieben Jahren) kann es sehr beruhigend sein, zum Teil direkt und zum Teil atmosphärisch zu erfahren, daß die Eltern ihren Paarkonflikt angehen und bearbeiten. Es ist nämlich ein absoluter Irrglaube anzunehmen, daß Kinder nicht die Schwierigkeiten, die ihre Eltern haben, genau spüren. Je unklarer und diffuser jedoch solche Prozesse in der Familie ablaufen, desto mehr Phantasien und Gedanken macht sich das Kind, und um so weniger kann es sich mit diesen unterschwellig ablaufenden Prozessen *direkt* auseinandersetzen, d.h., um so destruktiver ist ihre Auswirkung.
Wenn Eltern uns fragen: „Müssen die Kinder dabeisein?", antworten wir: „Ja. Wollen Sie auch wissen, weshalb? ... Weil in Ihrer Familie überhaupt nichts abläuft, was Ihre Kinder nicht ganz genau mitbekommen.

In einer Familientherapie kommen nie ganz neue Dinge zur Sprache. Eigentlich weiß sie jeder schon längst."

So wie es für Eltern wichtig ist, die Veränderungsprozesse Ihrer Kinder mitzuerleben, weil sie sonst mit diesen Veränderungen wenig anfangen können, ist es für Kinder wichtig, Zeugen der Entwicklungsprozesse ihrer Eltern zu sein, um dabei Erfahrungen zu sammeln, die es ihnen ermöglichen, die Symptomträgerrolle abzulegen.

b) Ausnahmen von der Regel, mit der gesamten Familie zu arbeiten, machen wir dann, wenn die Eltern in einer bestimmten Sitzung an sehr tiefgehenden Themen, wie z.B. Sexualproblemen, arbeiten wollen und sich durch die Anwesenheit der Kinder stark gehemmt fühlen. Außerdem erleben wir immer wieder Kinder, die sich allein durch die Tatsache der möglichen Konfliktbearbeitung auf der Paarebene der Eltern derart beruhigt zeigen, daß sie für einen bestimmten Zeitraum der Mittelphase die Eltern allein arbeiten lassen können. Allerdings ist es dann auch hier wie im ersten Fall wichtig, möglichst bald die Kinder wieder in die Therapiesitzungen hinzuzunehmen, damit sie mögliche Veränderungen der Eltern nicht nur zu Hause wahrnehmen, sondern auch ihre Entstehung in den Therapiesitzungen miterleben können.

5.3.2 Arbeit an den Herkunftsfamilien der Eltern

Der Familientherapeut Andolfi sagte einmal sinngemäß: „Wenn zwei Eheleute im Bett liegen, sind es eigentlich sechs Personen. Die Eltern liegen im Geiste mit dabei."

Er hat damit zum Ausdruck gebracht, daß Paare ihre Vorstellungen von Ehe, Partnerschaft, Familie und Erziehung nicht von irgendwoher erhalten haben, sondern in der Regel von ihren Eltern. Die erste und nachdrücklichste Form einer Paarbeziehung bekommen wir von unseren Eltern vorgelebt, mit all ihren Stärken und Schwächen. Unsere Wertvorstellungen, unser Weltbild, unser Bild von „guter Familie" formen sich ebenfalls maßgeblich unter dem Einfluß unserer Herkunftsfamilie, auch wenn sie später durch Außeneinflüsse modifiziert werden.

Wenn wir mit den Eltern an deren Herkunftsfamilien (z.B. unter Zuhilfenahme des Genogramms, s. 6.2.9) arbeiten, können wir immer wieder eindrucksvoll erleben, wie sehr die Partnerwahl vom Erleben der elterlichen Paarbeziehung im Kind- und Jugendalter beeinflußt worden ist. Je nachdem, wie positiv oder negativ die Elternbeziehung in der Herkunftsfamilie erlebt worden ist, erfolgt die Partnerwahl analog („Mein Mann muß genauso sein wie mein Vater") oder diametral entgegengesetzt („Mein Mann muß genau das Gegenteil sein von meinem Vater").

In unserer Beispielsfamilie T. („Das Damoklesschwert der Scheidung") erlebte Frau T. ihren Vater als herrschsüchtigen, autoritären Tyrannen und ihre Mutter als schwach, krank und depressiv. Deshalb hat sie in ihrer Jugend irgendwann für sich „die Entscheidung gefällt", nie in eine ähnliche Rolle zu geraten, wie sie sie bei ihrer Mutter erlebt hat.

Ihr Mann sollte auf alle Fälle gutmütig, zuvorkommend und hilfsbereit sein. Tragischerweise ist sie nun aber eher in die Rolle ihres Vaters geraten, d.h., sie ist stärker (der dominante Partner) und empfindet ihren Mann als schwächlich, weichlich und unzuverlässig.

5.3.3 Phase des Kennenlernens der Eltern

Ein wichtiges Thema innerhalb der therapeutischen Arbeit auf der Paarebene der Eltern ist die Phase des Kennenlernens. Wir leiten diese Phase dadurch ein, indem wir an beide Eltern jeweils die Frage stellen: „Wie war es für Sie, Herr (Frau) XY, als Sie unter den Millionen möglichen Frauen (Männern) sich ausgerechnet ihre jetzige Partnerin (Partner) ausgewählt haben? Was fanden Sie in der Phase des Kennenlernens so anziehend, daß Sie beschlossen, diese Frau (diesen Mann) zu heiraten?"

In diesem Zusammenhang erfahren viele Kinder von sich permanent streitenden oder sonst in ihrer Beziehung gestörten Eltern zum ersten Mal, daß diese sich auch einmal geliebt und positive Eigenschaften aneinander gefunden haben.

Im Anschluß an diese Sequenzen stellen wir häufig die Frage: „Was war Ihr Bild von Familie, Herr (Frau) XY, als das erste Kind unterwegs war?" Wenn dann die Eltern bestimmte Vergleiche oder unterschiedliche ursprüngliche Erwartungen und Bilder von Familie reproduzieren, können wir diese früheren Bilder mit dem gegenwärtigen Zustandsbild der Familie vergleichen und die Frage anschließen, welche Ereignisse oder Prozesse als maßgeblich dafür angesehen werden, daß sich die jetzige Familie ganz anders als ursprünglich vorgestellt entwickelt hat.

5.3.4 Einzelarbeit

Manchmal stellt es sich heraus, daß ein Elternteil oder auch beide derart schwere Traumatisierungen in ihrer Kindheit und Jugend erfahren haben, daß diese schwerpunktmäßig in einer einzeltherapeutischen Arbeit angegangen werden müssen. In einem Kontrakt mit allen Familienmitgliedern legen wir dann fest, daß das betroffene Familienmitglied zusätzlicher Hilfe bedarf und ihm deshalb vom Therapeuten und den anderen Familienmitgliedern vorübergehend in einem besonderen Ausmaß Zeit und Energie gewidmet wird. Die übrigen Familienangehörigen nehmen dann die Rolle von Mithelfern oder Beobachtern ein, die in das Geschehen immer wieder mit einbezogen werden.

Wenn der Berater/Therapeut von seiner Ausbildung oder der zur Verfügung stehenden Zeit her nicht in der Lage ist, diese therapeutische Einzelarbeit durchzuführen, kann er auch mit der Familie vereinbaren, daß die Familientherapie auf einen längeren Zeitraum ausgesetzt wird (sofern die therapeutische Arbeit mit der Gesamtfamilie so weit gediehen ist, daß sich der Symptomträger aus der Rolle des Problemschülers zurückziehen kann). Das besonders belastete Familienmitglied kann bei einem dafür geeigneten Therapeuten während dieser Zeit die psychischen Traumatisierungen aufarbeiten.

Ein Nebeneinander von Familientherapie bei einem und Einzeltherapie eines Familienmitglieds bei einem anderen Therapeuten halten wir für wenig sinnvoll und effektiv, es sei denn, Familientherapeut und Einzeltherapeut könnten sich in ihrem jeweiligen Vorgehen so minutiös aufeinander abstimmen, daß beide Therapieprozesse sich nicht wechselseitig negativ beeinflussen.

5.4 Abschluß des Therapieprozesses

Wie wir schon bereits oben angedeutet haben, sendet jede Familie mehr oder weniger deutliche „Abschlußsignale" aus. Einige davon wollen wir im folgenden aufzählen:

a) Es haben sich positive Veränderungen ergeben, z.B. sind die Symptome des Problemschülers ganz oder größtenteils verschwunden. Seine weitere schulische und psychische Entwicklung erscheint nicht mehr in Frage gestellt.
b) Die Familie probiert verstärkt eigenständige Lösungen im Umgang mit dem Problem aus und ist weniger auf Hilfe von außen angewiesen.
c) Die Familie kann auftretende Konflikte realistischer einschätzen, d.h., sie dramatisiert sie nicht und bagatellisiert sie auch nicht.

d) Die Familie kann ein mittleres Maß an Unzufriedenheit stehenlassen, ohne daß jemand in der Familie Symptome entwickeln muß.
e) Es werden größere Abstände zwischen den Therapiesitzungen akzeptiert.
f) Die Familie sieht von sich aus den Therapiekontrakt als erfüllt an und benötigt keine weitere Hilfe mehr.

5.4.1 Was zu einem guten Abschluß gehört

Zu einem guten Abschluß gehören Ruhe und genügend Zeit, sonst bleiben sowohl bei der Familie als auch beim Therapeuten die unguten Gefühle eines überhasteten Aufbruchs oder Abbruchs zurück.

Ferner gehört dazu das Thema „Abschiednehmen", denn der Berater/Therapeut und die Familie sind ein ganzes Stück Wegs gemeinsam gegangen, und sowohl die Familie als auch der Berater/Therapeut haben sich im Verlauf dieses Prozesses verändert.

Schließlich muß auch Bilanz gezogen werden:
- Was war unser Therapiekontrakt, was davon hat sich erfüllt und was ist offengeblieben?
- Was hat sich an Veränderungen auf der individuellen Ebene ergeben?
- Was hat sich an Veränderungen auf der Ebene der Familie ergeben?
- Wie war die Beziehung Familie/Therapeut?
- Wie habe ich mich als Therapeut durch die Familie verändert?
- Welche Zukunftsperspektive ergibt sich für die Familie, mit welchen zukünftigen Schwierigkeiten rechnet sie, glaubt sie mit diesen Schwierigkeiten fertig zu werden oder nicht?

6 Methoden der systemisch-lösungsorientierten und -strukturellen Familientherapie

Seit der 2., überarbeiteten und erweiterten Auflage 1987 haben in unserer familientherapeutischen Arbeit mit Schulkindern zwei Hauptströmungen starken Einfluß gewonnen: vor allem der kurzzeittherapeutisch und lösungsorientierte Ansatz von Steve de Shazer, Insoo Kim Berg und Peter Nemecek, aber auch der hypnotherapeutische Ansatz in der Arbeit mit Kindern, vertreten durch Siegfried Mrochen.

Im Methodenteil dieses Buches haben wir aus der nahezu unübersichtlichen Vielzahl möglicher Methoden solche ausgewählt und näher beschrieben, die im Rahmen unserer systemischen schulpsychologischen Einzelfallarbeit zum Einsatz kommen.

Als Ordnungsschema haben wir in Anlehnung an das Neurolinguistische Programmieren (NLP) die in der jeweiligen Methode bevorzugten Sinneskanäle, also verbale, visuelle und kinästhetische benutzt.

Begründung:
Beratung/Therapie kann als eine Sonderform menschlichen Lernens bezeichnet werden.

„Alle diesbezüglichen Ergebnisse der Lernpsychologie zeigen jedoch, daß unser Lernerfolg dann am größten ist, wenn wir mit allen unseren Sinneskanälen (Riechen und Schmecken seien hier ausgenommen) den Lernstoff aufnehmen bzw. ihn dargeboten bekommen, d.h. auf der visuellen, akustischen und kinästhetischen Ebene. In diesem Zusammenhang wird auch die Tatsache relevant, daß es verschiedene Lerntypen gibt: d.h. Menschen, die hauptsächlich über das Hören (bzw. Sprechen), solche, die über das Sehen und wiederum andere, die verstärkt über ihre Körperwahrnehmungen (Kinästhetik) lernen. Ebenso existieren sogenannte ‚Mischtypen', d.h. Lernende, die keinen eindeutig bevorzugten Lernkanal haben, sondern beispielsweise zu gleichen Anteilen über den visuellen und akustischen Wahrnehmungszugang Lernstoff aufnehmen. Unserer Erfahrung nach handelt es sich dabei um ein Universalgesetz menschlichen Lernens, das in allen Lernkontexten eine zentrale Rolle spielt (aber leider oft nicht genügend berücksichtigt wird), wie z.B. im Unterricht, in der Erwachsenenbildung, in Beratung und Therapie ..." (Ehinger u. Hennig, 1994, S. 53).

Um also in der Beratung/Therapie allen Lerntypen gerecht zu werden und nicht von vornherein einige zu bevorzugen oder andere zu benachteiligen, halten wir eine gute Mischung visueller, akustisch-verbaler und kinästhetischer Beratungsmethoden für sinnvoll.

Wenn nun der Therapeut/Berater wahrnimmt, daß die Familie als Ganzes bzw. einzelne Familienmitglieder bestimmte bevorzugte Lernkanäle haben, kann er dem durch Fokussierung auf bestimmte Methoden (also eher verbale, eher visuelle oder eher kinästhetische) gerecht werden.

Bevor wir einige Methoden (ohne Anspruch auf Vollständigkeit), mit denen wir mit der Familie des Problemschülers arbeiten, darstellen, möchten wir einige grundsätzliche Anmerkungen vorausschicken:

a) Wie bereits vorher erwähnt, stellt für uns die *Beziehung* zwischen Therapeut und Familie die wichtigste Grundlage für eine erfolgreiche familientherapeutische Arbeit dar.
Eine tragfähige, von Vertrauen geprägte Therapeuten-Familien-Beziehung (s.a. Kapitel 4) nimmt einen wesentlich höheren Stellenwert als jede „Technik" ein. Ist die Beziehung zwischen Therapeut und Familie gut, so kann sich der Therapeut auch einige Unsicherheiten in der „Technik" leisten, ohne daß die Familie die Therapie abbricht. Ist jedoch die Therapeut-Familien-Beziehung gestört, können Technik oder Methoden des Therapeuten noch so perfekt sein, er wird keinen Erfolg haben.
b) Unserer Erfahrung nach ist eine respektierende, positive Grundhaltung des Therapeuten der Familie gegenüber ein weiterer unentbehrlicher Grundsatz der familientherapeutischen Arbeit. „Eine wertschätzende und kongruente Haltung des Therapeuten sowie ein systemisches Weltbild sind für die Durchführung von Familientherapie zentral. Vor einem solchen Hintergrund ist eine Fülle von therapeutischen Techniken anwendbar, der Kreativität des Therapeuten sind hier keine Grenzen gesetzt ..." (A. v. Schlippe, 1984, S. 81).
c) Strenggenommen ist Familientherapie eigentlich keine Therapieform im engeren Sinne, wie z.B. Gesprächstherapie, Verhaltenstherapie oder Psychoanalyse, sondern die Anwendung bestimmter therapeutischer Techniken und Methoden in einem besonderen therapeutischen Setting, nämlich dem Einbezug der Familie des Symptomträgers. Deshalb

kommen auch innerhalb der Familientherapie Methoden bzw. deren Weiterentwicklungen aus einem breiten Spektrum von Therapierichtungen zum Einsatz, besonders aus der Gestalttherapie, der Transaktionsanalyse, dem Psychodrama sowie aus systemischen, lösungsorientierten und hypnotherapeutischen Ansätzen des letzten Jahrzehnts.

d) Wenn wir im folgenden Methoden der systemisch-strukturellen und systemisch-lösungsorientierten Familientherapie mehr in diagnostische und solche, die eher der Veränderung des Familiensystems dienen, einteilen, so geschieht diese Einteilung aus Gründen der Didaktik und Übersichtlichkeit. Wie wir bereits im 5. Kapitel geschildert haben, sind im Grunde genommen in einer systemischen Sichtweise und Arbeit diagnostische und therapeutische Verfahren nur theoretisch voneinander zu trennen. Beispielsweise erhalten wir durch die systemische Methode des zirkulären Befragens einerseits auf der diagnostischen Ebene sehr wesentliche Informationen über die Beziehungs- und Interaktionsstruktur des Familiensystems. Gleichzeitig verändert sich jedoch durch diese Methode die Problemsichtweise der Familie und leitet damit auch Veränderungsprozesse ein. So können wir immer wieder von Familien im Abschlußgespräch auf die Frage „Was, denken Sie, speziell hat Sie im Laufe des Therapieprozesses dazu gebracht, sich zu ändern?“ als Antwort hören: „Es war die komische Art, wie Sie uns gefragt haben. Die hat uns dazu gebracht, nachzudenken und manche Dinge neu zu sehen.“

6.1 Diagnostische Methoden zur Systemerkennung

Die unten aufgeführten diagnostischen Methoden dienen hauptsächlich zur Erkundung der inneren Familienstruktur, da die äußere Familienstruktur und die Entwicklungsphase, in der sich die Familie befindet, offenkundig sind. Das heißt, es geht um die Informationsgewinnung zu den Merkmalen Nähe – Distanz, Verhältnisse innerhalb des Familiensystems, direkte oder indirekte Austragung von Konflikten (z.B. Umleitung über ein Kind), Ausprägung von Veränderungswiderständen (Rigidität) oder Offenheit für Veränderungen (Flexibilität), Dimensionen (s.u.) des Familienprozesses usw.

Minuchin (1977) stellt der klassischen psychiatrischen Diagnose die Familiendiagnose gegenüber: Während die psychiatrische Diagnose darin besteht, über den Patienten Daten zusammenzutragen und dann eine Etikettierung des gesamten Pakets von Informationen vorzunehmen, gehört zur Familiendiagnose dagegen „die Anpassung des Therapeuten an die Familie, mit dem Ziel der Bildung eines therapeutischen Systems und die anschließende Beurteilung der familiären Interaktion im gegenwärtigen Zeitpunkt, wie er sie erlebt und erfahren hat" (S. 164).

Anders ausgedrückt: Die Familiendiagnose entsteht durch die Bildung eines therapeutischen Systems (s.o.), in dem der Therapeut wesentliche Informationen erhält und die Familie gleichzeitig über das Erleben ihrer Diagnose einen Veränderungsprozeß beginnen kann.

6.1.1. Verbale Methoden

Ausgehend von unserer Erfahrung, daß kompetente Fragen die eleganteste Art der Informationsschöpfung und der Informationsvermittlung sind, wollen wir in diesem Abschnitt eine ganze Reihe von Fragen vorstellen, die sich in der familientherapeutischen Praxis als äußerst nützlich erwiesen haben.

Als hilfreich haben sich dabei solche Fragen herausgestellt, die sich die Familienmitglieder bisher noch nicht gestellt haben. Sie müssen also angemessen „ungewöhnlich" sein und einen mittleren Neuigkeitsgehalt besitzen.

Im folgenden stellen wir die wichtigsten Fragetechniken des systemisch-lösungsorientierten Ansatzes vor. Es sind dies im einzelnen:
- Fragen nach dem Vier-Ebenen-Interaktions-Modell,
- Fragen, die des Problemfeld untersuchen,
- lösungsorientierte Fragen,
- zirkuläres Befragen.

Fragen nach dem Vier-Ebenen-Interaktions-Modell

Geleitet vom unten abgebildeten kommunikationspsychologischen Modell des menschlichen Erlebens und Verhaltens, kann der Therapeut/Berater für jede Ebene gezielte Fragen stellen. Die Beantwortung dieser Fragen durch die Familienmitglieder im inneren und äußeren Dialog kann zu neuen (anderen) Bedeutungsgebungen (Einstellungen) und Handlungsmöglichkeiten führen.

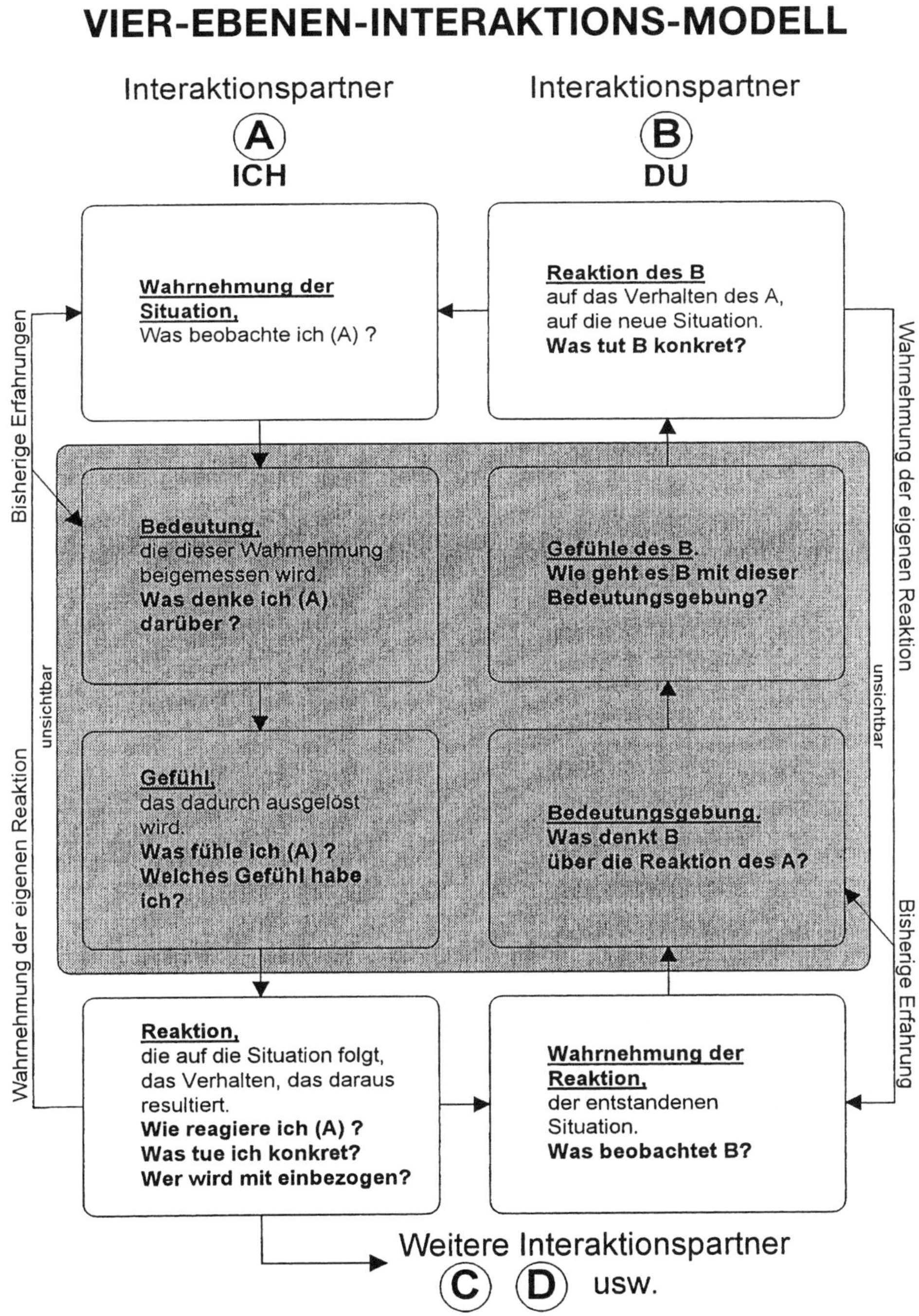

Abb. 18: Vier-Ebenen-Interaktions-Modell

Beispiele für Fragen auf den vier Ebenen:

1. Fragen zur Wahrnehmung der Situation:

Was genau ist das Problem? (Oft kommen an dieser Stelle diffuse und allgemeine Problemschilderungen, deshalb präzise nachfragen, wer was wann und wie beobachtet hat. Das Problem auch auf der Handlungsebene beschreiben lassen.)

- Wie könnte die Überschrift für Ihr Problem lauten?
- Was denkt der Lehrer, die Lehrerin, die Erzieherin, was das Problem ist?
- Was hat Ihnen die Lehrerin erzählt, wie sich Ihr Kind in der Schule verhält?
- Woran merken Sie bzw. die Lehrerin, wenn Ihr Sohn sich unkonzentriert verhält?
- Wie macht sich das Problem zu Hause bemerkbar?
- Was konkret beobachten Sie zu Hause?
- Welche Schwierigkeiten hat Ihr Kind ganz konkret, wenn Sie sagen, es ist schwach im Fach Deutsch?
- Wie waren die Noten im letzten Zeugnis in den Fächern X, Y und Z?
- Woran merkst du, daß du in den Klassenarbeiten aufgeregt bist?
- Woran würde ich merken, daß du in Klassenarbeiten aufgeregt bist?
- Wann, wo und wie tritt das schwierige Verhalten auf?
- Wann tritt es weniger bzw. gar nicht auf?
- Was war da anders, wer hat sich in welcher Weise anders verhalten?
- Wie oft vergißt Ihr Sohn die Hausaufgaben?
- Was tut Ihr Sohn genau, wenn er nicht gehorcht?
- Was sagt Ihr Sohn der Lehrerin, wenn er „frech" ist?
- Wie sieht das aus, wenn Ihr Sohn seine Schulsachen nicht in Ordnung hält?
- Wie macht es sich bemerkbar (woran merken Sie), wenn Ihre Tochter zuwenig Selbstvertrauen zeigt?
- Wann ist das Problem zum ersten Mal aufgetaucht?
- Wie oft, wann, wo, bei welchen Gelegenheiten tritt das Problemverhalten auf? Wann tritt es weniger auf?

Fragen, die aufzeigen, wie stark die beteiligten Personen durch das Problem belastet sind:

- Wer leidet am meisten unter dem Problem?
  Mutter, Vater, Kind, Geschwister, Großeltern, Lehrerin usw.?
- Wieviel Prozent Ihrer Energie sind momentan durch das Problem gebunden?

- Wie stark ist wohl die Lehrerin momentan durch dieses Problem belastet?
- Wer würde sich wohl am meisten freuen, wenn das Problem verschwunden wäre?
- Wer würde es am meisten vermissen?
- Wieviel Zeit benötigen Sie momentan, um Ihrem Sohn bei den Hausaufgaben zu helfen?

2. Fragen zur Bedeutung, die dieser Wahrnehmung beigemessen wird

Aktuelle und überdauernde Wirklichkeitskonstruktionen, einengende Glaubenshaltungen u.ä. der Familienmitglieder:

a) Fragen zur Problemerklärung (Kausalität):
- Was denken Sie, weshalb hat Ihre Tochter angefangen, sich seit einem halben Jahr von allen Gleichaltrigen zurückzuziehen?
- Was denken Sie darüber?
- Wie interpretieren Sie das?
- Welche Ursachen vermuten Sie?
- Welche Vermutungen haben Sie, weshalb das Problem seit Ostern besteht?
- Wie erklären Sie sich die Zunahme der Probleme im letzten halben Jahr?
- Wie beurteilen Sie die Situation?

Anmerkung: Diese Fragen zur Problemerklärung lassen sich auch sehr gut mit der visuellen diagnostischen Methode des „Vier-Felder-Ursachen-Modells" verbinden.

b) Fragen zur Funktion des Problems/Symptoms im Kontext (Funktionalität):
- Was denken Sie, wozu ist Ihr Sohn immer stärker in die Rolle des Klassenkaspers geraten?
- Was, denken Sie, will er damit erreichen?
- Glauben Sie, daß er mehr oder weniger Aufmerksamkeit von der Lehrerin, von den Mitschülern erhalten würde, wenn er mit den Kaspereien aufhören würde?
- Was würde fehlen ..., wenn das Problem nicht mehr da wäre?

Anmerkung: Diese Art von Fragen läßt sich auch gut mit dem positiven Umformulieren (reframing) verknüpfen.

c) Fragen zur Bedeutungsgebung, bezogen auf die eigene Person bzw. Rolle:

- Wenn Sie sich hilflos fühlen, überfordert fühlen, hintergangen fühlen: Was denken Sie dann über sich selbst?
- Wenn Sie dann erleben, daß Ihr Sohn Sie wieder ausgetrickst hat, was denken Sie dann über sich selbst?
- Was sagen Sie zu sich selbst?
- Was denken Sie über sich als Mutter, wenn Ihr Sohn nicht die Empfehlung für das Gymnasium bekommt?
- Was denken Sie über sich, wenn Sie Ihren Sohn angeschrien haben, obwohl Sie doch mit ihm geduldig sein wollten?

3. Fragen zur Gefühlsebene

Fragen zu den im Zusammenhang mit dem Problem, der Situation auftretenden Gefühlen:

- Wie geht es Ihnen in der Situation, was fühlen Sie?
- Welche Gefühle lösen diese Problemerklärungen bei Ihnen aus?
- Wenn du glaubst, daß der Lehrer dich ungerecht behandelt hat, wie geht es dir dann?
- Welche Empfindungen lösen die Handlungen, das Weltbild, die geäußerten Gefühle des Schülers, der Eltern, der Lehrer usw. bei Ihnen aus?
- Wie geht es dir, wenn deine Mutter dich anschreit, weil du bei den Hausaufgaben wieder trödelst?
- Wie geht es Ihnen jetzt, wenn Sie sehen, daß Ihr Sohn bei dieser Frage zu weinen beginnt?

4. Fragen zu Reaktionen, die auf die Problemsituation folgen (Handlungsebene)

Fragen nach dem individuellen bzw. interaktiven (auf andere gerichteten) Verhalten:

- Wenn Sie sehen, daß Ihr Sohn bei den Hausaufgaben schon wieder trödelt, was machen Sie dann?
- Wenn Sie Mitleid mit Ihrem Sohn haben, weil er sich wieder mit dem Rechnen so abplagt, was tun Sie dann?
- Wie verhältst du dich allein, wie verhältst du dich in Gegenwart von anderen Mitschülern, deinen Eltern, Lehrern usw.?
- Wenn du dann auf den Lehrer wütend bist, was tust du dann?
- Was macht der Vater, wenn ihm die Mutter abends erzählt, daß du dich in der Schule schon wieder geprügelt hast?

- Was macht die Lehrerin, wenn du schon wieder mit deinem Tischnachbarn geredet hast?
- Wenn dich die Lehrerin ermahnt hat, was tust du dann?

Fragen, die das Problemfeld untersuchen

Fragen nach bisherigen Problemlösungsversuchen:
- Was haben Sie bisher schon alles probiert, um das Problem zu lösen?
- Was hat dabei funktioniert, was hat geholfen, bzw. was hat dabei nicht geholfen?
- Was könntest du noch alles ausprobieren, damit es mit dem Lernen besser klappt?
- Was hast du schon alles ausprobiert?

Fragen zur Problemsichterweiterung:
- Gibt es sonst noch Probleme, die Ihr Sohn hat?
- Welche anderen Probleme gibt es noch in der Familie?
- Wer alles ist von dem Problem betroffen?
- Wie denken diese Personen über das Problem?
- Was wäre anders, wenn das Problem nicht da wäre?
- Was ist das Gute vom Schlechten?
- Welche positiven Seiten hat das Problem?
- Was würde passieren, wenn sich überhaupt nichts ändern wurde?
- Wie würde es in ein, zwei, drei, fünf Jahren aussehen?
- Wer hält diesen momentanen Zustand am längsten aus?
- Wer müßte was in der Familie tun, damit das Problem noch größer wird?

Die Wunderfrage:
- Stell dir vor, heute Nacht geschieht ein Wunder, und dein Problem wäre morgen früh gelöst, woran würdest du das morgen bemerken?
  Woran würden X, Y, Z es merken?

Skalierungsfragen:
- Wieviel Prozent deiner Gesamtenergie benötigst du für dieses Problem?
- Wie hoch schätzt du momentan auf einer Skala von 1 bis 10 deine Konzentration im Englischunterricht ein?

Als-ob-Fragen, hypothetische Fragen:
- Stell dir vor, das Problem wäre gelöst, was hättest du, was Schüler, Eltern, Lehrer dazu beigetragen?

- Wenn du so tust, als wäre das Problem morgen verschwunden: Was wäre dann anders?

Zukunftsfragen:
- Was könnte passieren, wenn in ein, zwei, drei, vier Wochen (Monaten) das Problem noch immer besteht?
- Stell dir vor, du gehst in deiner Phantasie in die Zukunft (ein, zwei, drei Jahre weiter), wie wird dann dein berufliches/privates Leben aussehen? (Konkretisieren lassen.)

Ressourcenorientierte Fragen:
- Stell dir vor, du gibst für deine Freunde ein Fest zur Feier deiner erfolgreichen Abiturprüfung, und sie fragen dich, welche Fähigkeiten und persönliche Stärken du mobilisiert hast, um dieses Ziel zu erreichen?
- Woran würden Sie merken, daß das Problem gelöst ist?
- Sie haben nun viele Schwierigkeiten mit Ihrem Sohn, erzählen Sie mir doch einmal etwas darüber, wo es gut mit ihm klappt. Welche Fähigkeiten besitzt er? Wo sind Sie stolz auf ihn?

Lösungsorientierte Fragen

1) Zielfragen

Kriterien für Zielfragen:

a) Ziele klar definieren, präzise beschreiben lassen und positiv formulieren.
b) Die Eigenverantwortung und Eigenkontrolle des Klienten hervorheben.
c) Zeitperspektive einführen und Teilziele formulieren.
d) Die Erreichbarkeit der Ziele abtesten.
e) Zuversicht und Hoffnung auf Veränderung abfragen.

Beispiele:
Zu a) Ziele konkret und positiv definieren:

Schüler/in:	Berater/in:
– Ich sollte mehr lernen.	– Wieviel Stunden am Tag möchtest du lernen?
– Ich möchte mich besser konzentrieren.	– Was tust du, wenn du konzentriert bist?

– Ich möchte keine Angst vor Klassenarbeiten haben.	– Wie soll das aussehen? – Wie möchtest du in die Klassenarbeit gehen? – Was möchtest du denken und tun?
– Ich möchte bessere Noten haben.	– Was möchtest du in welchem Fach erreichen? Bis wann?
– Ich möchte im Unterricht nicht mehr so viel Quatsch machen.	– Was möchtest du statt dessen tun?
– Ich sollte nicht mehr so frech zu der Lehrerin sein.	– Wie möchtest du dich gegenüber der Lehrerin verhalten?
– Die anderen sollen mich nicht soviel ärgern.	– Was müßtest du tun, damit die anderen dich nicht ärgern? – Was müßtest du tun, damit du dich nicht ärgerst?

Zu b) Eigenverantwortung und Eigenkontrolle hervorheben:
– Was sind Ihre Erwartungen, was wir gemeinsam tun könnten, um das Problem zu lösen?
– Was wäre der erste Schritt in die richtige Richtung?
– Was, denken Sie, müßte geschehen, damit das Problem gelöst wird?
– Wie könnte ich Ihnen bei der Bewältigung der Schwierigkeiten helfen?
– Wie würde die Überschrift für die Lösung Ihres Problems lauten?
– Wie groß sind Ihre Hoffnungen, daß sich das Problem lösen läßt?
– Wer müßte was wann wie verändern, damit es Ihnen allen bessergeht?
– Was müßte ich tun, damit Sie den Kontakt mit mir abbrechen?
– Was müßte ich tun, damit für Sie dieses Gespräch erfolgreich verläuft?

Zu c) Zeitperspektive, Teilziele:
– Bis wann möchtest du es erreicht haben, in Mathematik auf einer 3 zu stehen?
– Wann, denkst du, bist du so weit, daß du deine Hausaufgaben selber machen kannst?
– Wenn du in Mathematik von der 5 auf eine 3 kommen möchtest, mußt du zunächst die 4 erreichen. Bis wann, denkst du, hast du diese Etappe geschafft?
– Du hast dir ein großes Ziel gesteckt. Wie sieht der erste Schritt aus, um zu diesem Ziel zu kommen?
– Was müßte sich als erstes verändern, damit die Wahrscheinlichkeit, dieses Ziel zu erreichen, größer wird?

Zu d) Realisierbarkeit:

- Ist das drin? Wie realistisch sind deine Ziele?
- Wenn Ziele zu hoch gesteckt erscheinen – realistische Ziele erarbeiten lassen. Eltern, Freunde, Lehrer einbeziehen, auch wenn sie nicht anwesend sind.
- Was würde deine Mutter (Vater, Lehrer) sagen, wenn ich sie (ihn) fragen würde, ob dieses Ziel erreichbar ist?

Zu e) Zuversicht und Hoffnung auf Verwirklichung der Ziele:

Oft haben Ratsuchende sehr resigniert, trauen sich nichts mehr zu, sind entmutigt.

Zuversicht und Hoffnung haben jedoch eine starke Antriebskraft zum Erreichen der Ziele.

Drei Wünsche, Zauberstab:

- Angenommen, du könntest zaubern und dir drei Wünsche erfüllen. Welche wären das?
- Welches wäre der erste Wunsch, welches der zweite und welches der dritte Wunsch?
- Wie groß ist deine Hoffnung, daß du im Jahreszeugnis die 3 in Mathematik erreichst?
- Wie groß ist deine Zuversicht, daß du in einem halben Jahr nicht mehr so aufgeregt in die Klassenarbeiten gehst?
- Wie stark ist deine Hoffnung, daß du es schaffst? (Hoffnung bzw. Zuversicht auf einer Skala von 0 bis 10 einschätzen lassen.)
- Was müßtest du dir innerlich in Gedanken sagen, daß deine Hoffnung noch niedriger wird?
- Wie könntest du es erreichen, daß du noch weniger Zuversicht hast, daß du etwas verändern könntest?

Als sehr hilfreich in diesem Zusammenhang empfinden wir das von Walter und Peller entwickelte Arbeitsblatt (Walter, J.L., u. Peller, J.E., 1994, S. 110).

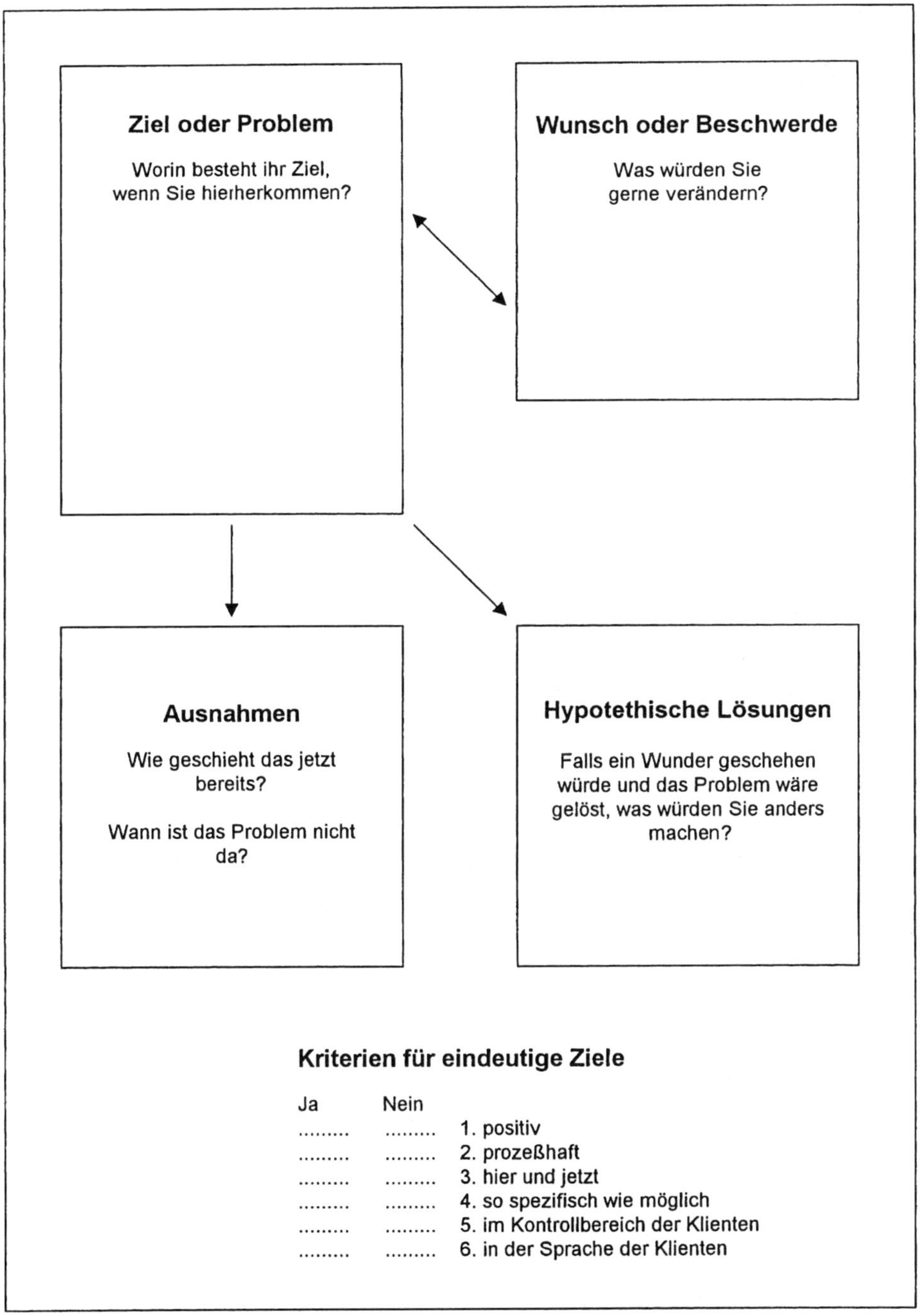

Abb. 19: Lösungskonstruktionsmodell

2) Fragen nach Ausnahmen

Ratsuchende tun oft so, als ob es ihnen *immer* schlecht geht.

Das Problem ist aber nicht gleich, es unterliegt Schwankungen, daher Fragen nach Ausnahmen.

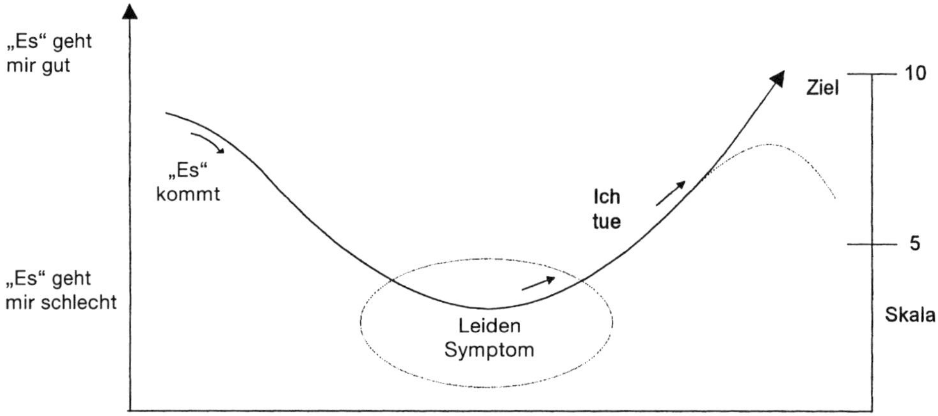

Abb. 20: Zeitlicher Verlauf des Problems (nach M. Prior)

Klienten beschreiben ihr Problem häufig als ein Geschehen außerhalb ihrer eigenen Kontrolle und Einflußmöglichkeit. (Zum Kennenlernen diesbezüglicher Sichtweisen ist eine Einschätzung der Einflüsse aus den vier Ursachenbereichen nützlich.)

Zum Problem gehört „Eshaftigkeit“, d.h., der Ratsuchende fühlt sich ausgeliefert: „Es kommt so ...“, „Es macht ...“, „Es passiert ...“. „Es“ heißt, ich habe keine Kontrolle über „Kommen“, „Aufrechterhalten“ und „Gehen“ des Problems. Aus „Es“ muß „Ich“ werden, aus „Es geschieht“ wird ➜ „Ich tue“.

Mögliche Frageformen:
- Wann gab es eine Ausnahme vom Problem?
- Wann hast du dich mal ganz toll konzentrieren können?
- Wann gab es Unterschiede?
- Wie sah das aus, als es besser war?
- Wann ist das Problem X mehr, wann weniger?
- Wie war es, als es anders war?
- Wann warst du in einer Klassenarbeit ausnahmsweise mal ruhiger?

- Was machst du, wenn es besser ist?
- Was machen andere (Eltern, Lehrer usw.), wenn es besser wird?
- Wie hast du es damals geschafft, eine 2 in Englisch zu bekommen?
  (Siehe auch unter 5, Fragen nach der Bewältigung früherer Krisen.)
  Solche Fragen erweisen sich jedoch als (noch) nicht günstig, wenn:
  - das Problem noch zuwenig gewürdigt wurde,
  - die Beziehung (Rapport) noch nicht hergestellt ist,
  - ein(e) Ratsuchende(r) nicht abgeholt wird.

3) Fragen nach Beschreibungen von Veränderungen seit Beratungsanmeldung/-beginn

- Was hat sich verändert, seit du dich bei mir angemeldet hast?
- Wie hast du das gemacht, daß sich seit der Anmeldung einiges gebessert hat?
- Was haben andere gemacht?

4) Fragen nach der Strategie, wie ein Ratsuchender in das „Problem rutscht"

Oft ist das Ergebnis (Problem/Symptom) bekannt, nicht jedoch die Strategie, der Weg, dorthin zu gelangen. Strategien sind oft sehr unterschiedlich, Menschen sind sehr kreativ darin, Symptome zu bekommen, das Ergebnis ist oft dasselbe. Hier muß der Therapeut präzise die einzelnen Schritte des Klienten auf dem Weg zu seinem Symptom nachfragen, ansonsten besteht die Gefahr, daß er seine eigenen Vorstellungen zugrunde legt. Jeder hat seinen individuellen Weg zum Problem und zu dessen Lösung.

Mit folgenden Fragen kann ich als Berater die Strategie erfahren und verstehen, wie der/die Ratsuchende zu einem bestimmten Ziel kommt (zur Ausnahme vom Problem, zum Ziel, zum Symptom).

Zum Beispiel:
- Schildere mir den Ablauf: Was tust du, was denkst du?
- Was müßtest du tun, damit das Symptom schlimmer wird, als es jetzt erscheint?
- Angenommen, ich möchte das lernen, was müßte ich tun?
- Was mußt du tun, damit es schlechter wird?
- Was müßte ich tun, damit ich auch Ärger mit der Klasse/der Lehrerin bekomme?

- Sei mein Trainer, bringe mir bei, wie man es macht, daß ich in einer Klassenarbeit blockiere.
- Wenn ich jetzt deine Gestalt annehmen könnte, wie müßte ich mich verhalten, damit keiner es merkt?
- Wie kriege ich das hin, so zu denken?
- Was denkst du, wenn du beim Lernen sitzt und dich nicht konzentrieren kannst?
- Was müßtest du tun, damit dir dein Englischlehrer morgen einen Eintrag gibt?
- Was machst du, wenn es in einer Arbeit plötzlich nicht mehr weitergeht?
- Wenn ich jetzt äußerlich genauso aussehen würde wie du, wie ein Zwilling, was müßte ich tun, wie mich verhalten, damit niemand es merken würde, daß ich nicht der Peter bin?

Implikationen dieser Fragestellung:

* Es gibt eine Strategie, um dieses Problem zu erzeugen.
* Man muß etwas tun, um es zu bekommen. Also kommt „es" nicht von allein, „es passiert" also nicht. „Es geschieht" wird umgewandelt in „Ich tue". Indem ich es selbst tue, übernehme ich die *Verantwortung* für mich und mein Problem.
* Der Schüler wird sich der Symptomproduktion bewußt. Es wird schwerer, es spontan zu zeigen.
* Jeder *kann* das Problem bekommen. Jemand *hat* es also deshalb nicht, weil er etwas bestimmtes unterläßt.
* Wenn man etwas *lernen* kann, kann man es auch *verlernen*.
* Die Fragen bringen das Selbstbild des Problemschülers in einem konstruktiven Sinne durcheinander, der ihm seine Handlungskompetenz und Selbstverantwortung zurückgibt. Es macht auch Spaß und ist nicht ohne Humor, wenn man sich selbst auf die Schliche kommt (weg vom Erleiden des Problems zum hintergründigen Tun).

Mit den Fragen sollte man bei Punkt A („Es" geht mir gut) beginnen, an dem das Problem bzw. Symptom noch nicht sichtbar ist, an dem es dem Schüler noch gutgeht, er noch keine Probleme zeigt.

Von dort erkundet der Berater durch schrittweises Fragen, was der Schüler wahrnimmt, denkt, fühlt, tut. Mit welchen konkreten Einzelschritten manövriert er sich in den Problembereich des Symptoms, das bei Punkt B („Es" geht mir schlecht) seinen tiefsten Punkt erreicht, bei dem „es besonders schlecht geht"?

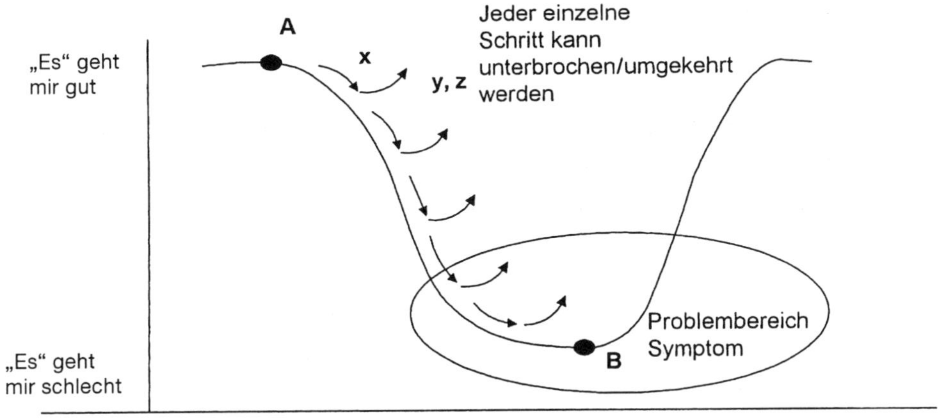

Abb. 21: Fragen von Punkt A bis Punkt B (im Problembereich) nach Manfred Prior

Einfließenlassen von Alternativen und Lösungsansätzen zu der problemerzeugenden Strategie:

Der Berater stellt beiläufig Lösungsmöglichkeiten vor und vergewissert sich durch seine verneinende Fragestellung, daß diese Alternative nicht zur Problemstrategie des Ratsuchenden gehört. Die Lösungswege rücken auch in der Negation näher ins Bewußtsein, indem sie den problemerzeugenden Strategien gegenübergestellt werden. Der Berater betont gegenüber dem Klienten, daß es andere Lösungswege gibt, die dieser bisher nicht beschreitet.

Beispiele:
- Also du machst X, du machst nicht Y und Z.
- Also du machst das nicht so, daß du ab und zu eine Pause einlegst, sondern du lernst drei Stunden am Stück?
- Du denkst also, daß du doch wieder eine 6 schreibst, du denkst nicht: „Ah, diesmal schaffe ich es bestimmt."
- Du denkst also nicht, daß du begabt genug bist, sondern daß du es doch nicht schaffst.
- Manche machen Y oder Z, aber du machst X.
- Was du nicht tust, ist Y oder Z, das würde ja eventuell …
  (Immer wieder zusammenfassen und beschreiben, um Ratsuchenden und seine Strategien wirklich zu verstehen.)

5) Fragen nach bewältigbaren oder erfolgreich bewältigten Problemsituationen

Die Fragetechnik besteht darin, sich die Problemsituation in einem Bereich schildern zu lassen, von dem man weiß, daß der Schüler sie aufgrund seiner Stärken meistern kann oder erfolgreich bewältigt hat.

- Du hast mir erzählt, daß du vor einem großen Publikum ein Klavierkonzert gegeben hast. Wie hast du dein Lampenfieber vor diesem Auftritt gemeistert? Was hast du zu dir selber gesagt? (Einem Mädchen, das wegen Angst vor Klassenarbeiten Rat sucht.)
- Wie hast du das damals gepackt, als du ...?
- Was würdest du tun, wenn du ...?

6) Arbeit mit Skalierungen

Beispiel:

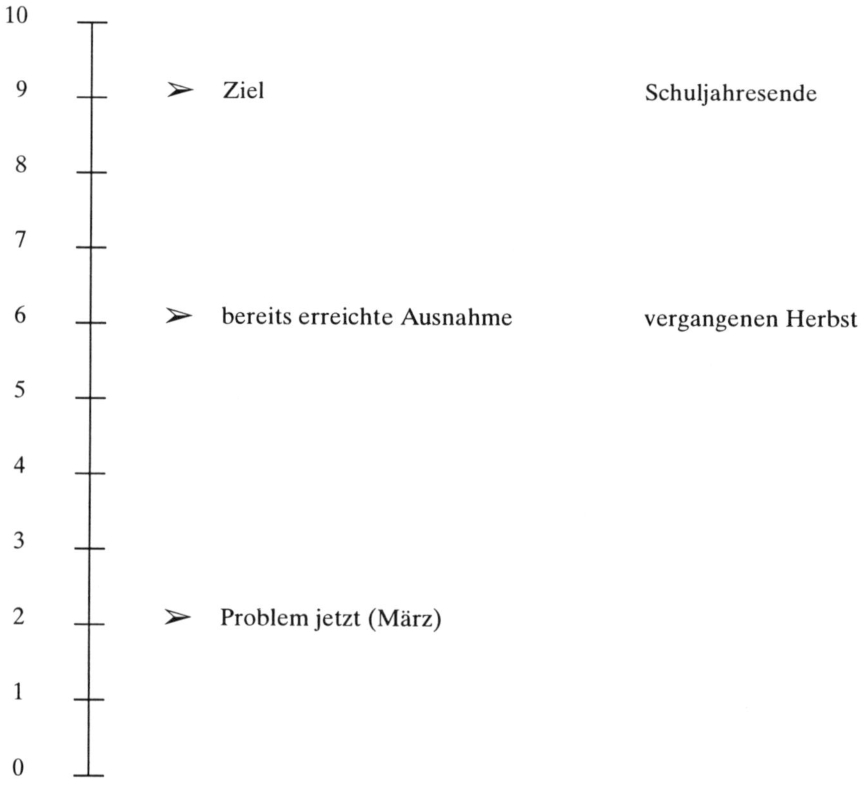

Alle Elemente (Problembereich, Ausnahmen, Zielbestimmung) können mit Hilfe einer Skala präzisiert werden. Der (die) Ratsuchende(r) schätzt sich auf einer Skala ein, zum Beispiel: „Mitarbeit im Unterricht":

- Du möchtest also im Unterricht besser aufpassen, mehr mitmachen. Stell dir mal eine Skala von 0 bis 10 vor. 0 wäre jetzt null Mitarbeit, keinerlei Beteiligung, und zehn bedeutet die volle Mitarbeit. Wie würdest du dich jetzt momentan einschätzen? Wo auf dieser Skala von 0 bis 10 stehst du jetzt? (Eventuell nach Fächern differenzieren.) (Antwort: 2.)
- Wenn du dich jetzt bei 2 einschätzt, was möchtest du dann erreichen? *Wann* soll dieses Ziel (z.B. 9) erreicht sein? In einem Monat, in einem Jahr, am Ende des Schuljahres? Falls am Ende des Schuljahres: Denkst du, daß es *realistisch* ist, bis dahin dieses Ziel zu erreichen? Wie würde dieser Zustand 9 dann *konkret* aussehen? *Wie oft* würdest du dich melden im Unterricht, wenn du den Zustand 9 erreicht hast? *Woran* würde der Lehrer es merken?
- *Wann* war es schon mal besser als 2? Wann war es in der Vergangenheit am besten? (Antwort: vergangenen Herbst.)
- Wenn deine Mitarbeit im letzten Herbst besser war, wo auf der Skala warst du damals, wenn du jetzt auf 2 stehst? (Antwort: 6.)
- Wenn du letzten Herbst auf 6 standest und jetzt auf 2, was macht den *Unterschied* aus? Was ist anders als im letzten Herbst? *Was* ist der Unterschied zwischen 6 (Ausnahme) und 9 (Ziel)?
- Wenn du jetzt bei 2 bist und am Schuljahresende bei 9 sein willst, *wo* willst du dann nächste Woche sein? Wie weit in einem Monat sein? Was wird der erste Schritt in Richtung 3 sein?
- Wenn du letzten Herbst bei 6 warst und jetzt bei 2, war das ein *gleichmäßiger* Abstieg, oder gab es da *Schwankungen*?

7) Konstruktive „W-Fragen" und „Ja-Nein-Fragen" (nach M. Prior)

Im Beratungsgespräch dienen Fragen nicht nur dazu, Informationen zu erhalten, sondern sind eines der wirksamsten Mittel, um

- die Aufmerksamkeit des Klienten in bestimmte, vom Berater als nützlich erachtete Richtungen (zum Beispiel auf Ressourcen und/oder Lösungen) zu lenken;
- beim Klienten konstruktive Suchprozesse zu fördern bzw. auszulösen;
- Informationen zu vermitteln

> „Bei Fragen, die mit einem einfachen ‚Ja' oder ‚Nein' zu beantworten sind (sog. ‚Ja-Nein-Fragen'), hält sich der Anregungseffekt in Grenzen.

Fragt man z.B. nach Ausnahmen zur Problemregel mit: ‚Ist das Symptom irgendwann einmal nicht aufgetreten, als es Ihrer Erfahrung nach eigentlich hätte auftreten müssen?', so kann man ‚Glück' haben, und der Klient antwortet mit ‚Ja'. Danach ist es leicht möglich, die Ausnahme zu explorieren, die dort aufgetretene Strategie oder Ressource zu identifizieren und dem Klienten zu raten, diese als willkürliches Verhalten noch mehr zu praktizieren. Hat man ‚Pech', dann antwortet der Klient aus verschiedenen Gründen (z.B. auch vielleicht, weil er nicht genügend nachgedacht hat) mit ‚Nein'. Danach ist es oft mühsam, die Strategie der Ausnahmeexploration weiterzuverfolgen.
Bei ‚Ja-Nein-Fragen' geht der Berater also leicht das Risiko ein, daß Klienten mit einem schlichten Nein antworten wie z.B.:

- Haben Sie schon etwas gefunden, was Sie der Lösung Ihres Problems näher gebracht hat?
- Haben Sie etwas bemerkt, was sich seit unserer letzten Sitzung geändert hat?
- Wissen Sie, was Sie in dieser Sitzung mit mir erreichen wollen?
- Haben Sie eine Idee, die Sie der Lösung Ihres Problems näher bringen könnte?

Ein Kurzzeitberater vermeidet ‚Ja-Nein-Fragen' mit einer ‚guten' und einer ‚schlechten' Alternative, es sei denn, er weiß schon im voraus, daß der Klient nach viel vorbereitendem ‚Pacing' die ‚gute' wählen wird. Beratungsverkürzend sind offene, lösungsorientierte Fragen, die die Suchprozesse des Klienten in die konstruktiven Richtungen seines Wissens, seiner Stärken, Kompetenz, Erfahrungen und Ressourcen lenkt" (Meiss u. Prior, ohne Datum, S. 1f.).

Konstruktive „W-Fragen" in der Beratung fangen meist mit einem „W" der Frageworte „Was", „Wie", „Welche", „Woran" etc. an. („Warum" sollte vermieden werden.) Sie fördern innere Suchprozesse.

- Was hast du bisher gefunden, was dich der Lösung des Problems näher gebracht hat?
- Was hast du bemerkt, was sich seit unserer letzten Sitzung geändert hat?
- Welche Ideen hast du, was dich der Lösung näher bringen könnte?
- Woran würdest du merken, daß du keine Angst vor Klassenarbeiten mehr hast?
- Was wäre deiner Meinung nach ein weiterer sinnvoller Schritt in die richtige Richtung?
- Welche deiner Fähigkeiten könnte dir helfen, um einen (ersten) (kleinen) Schritt weiterzukommen?

Fragen, die sich vor allem der Berater selbst immer wieder stellen kann:
- Wofür ist das Symptom gut?
- Für welches Problem könnte das Symptom des Schülers eine Lösung sein?
- Welches ist der Nutzen des Symptoms?
- Wofür könnte man das Symptom in Zukunft noch nutzen?

Derartige Fragen können dem Berater helfen, Symptome zu verstehen, konstruktiv (um)zudeuten und in einen beraterisch sinnvollen Rahmen zu stellen.[4]

Zirkuläres Befragen

Die Autoren der Mailänder Schule der sogenannten systemischen Familientherapie verstehen unter „Zirkularität ... die Fähigkeit des Therapeuten, sich selbst in seiner Befragung vom feed-back leiten zu lassen, das sich ihm aus dem Verhalten der Familie darbietet, wenn er um Information über ihr Verhältnis untereinander, d.h. über Unterschiede und Veränderungen bittet" (Selvini-Palazzoli, Boscolo, Cecchin und Prata, 1981, S. 131).

Die Mailänder Therapeutengruppe sieht das zirkuläre Befragen auf den beiden folgenden Grundsätzen basierend:
„1. Information ist Unterscheidung – ein Unterschied.
2. Ein Unterschied ist ein Verhältnis (oder eine Veränderung des Verhältnisses)" (ebd., S. 132).

Authentische Information über die Familie erhalten wir vor allem durch Beziehungsfragen. Beziehungsfragen sind dabei auf drei Ebenen denkbar:

a) Ebene 1
Ebene der dyadischen Beziehung (zwischen zwei Personen): Dabei wird ein Familienmitglied über seine Beziehung zu einem anderen befragt, z.B. Therapeut: „Frau W., wie sehen Sie die Beziehung zwischen sich und Ihrem Sohn Martin?" Beziehungsfragen auf dieser ersten dyadischen Ebene sind jedoch im allgemeinen untauglich, da sie beim Befragten Widerstände hervorrufen und es für ihn als einen an dieser dyadischen Beziehung Beteiligten äußerst schwierig ist, auch bei gutem Willen, eine einigermaßen zutreffende Antwort zu geben.

---

4 Dieser Abschnitt beruht auf einem 1995 erstellten internen Arbeitspapier von Wolfgang Ehinger nach einem Seminar von Manfred Prior (Meiss, O. und Prior, M.: Therapeutische Fragen. Unveröffentlichtes Manuskript, Hamburg).

b) Ebene 2
Ebene der triadischen Beziehung: Hier ist jedes Familienmitglied gebeten, sich über die Beziehung zwischen zwei anderen Angehörigen der Familie zu äußern. Beispiel: Therapeut zum Vater: „Was denken Sie über Ihre Frau und Ihren Sohn Martin, wenn sie ihm jeden Nachmittag vier Stunden bei den Hausaufgaben hilft?“ Indem wir auf diese Art und Weise alle Familienmitglieder befragen, entsteht allmählich eine Art Webmuster von Beziehungen innerhalb dieser Familie.

Dadurch sind wir der Notwendigkeit enthoben, „die am meisten erwartete und daher am meisten gefürchtete und abgewehrte Frage zu stellen: Ja, Marina, wie siehst du denn die Beziehung zwischen deiner Mutter und deinem Vater?“ (Selvini-Palazzoli u.a., 1981, S. 133).

c) Ebene 3
Hier beobachtet ein Familienmitglied die Beziehungsinterpretationen eines anderen Familienangehörigen. Beispiel: Die Tochter beobachtet die Beziehungsinterpretation des Vaters, die dieser über das Verhältnis zwischen seiner Frau und seinem Sohn äußert.

Therapeut: „Karin, was denkst du darüber, wenn dein Vater sagt, deine Mutter bindet deinen Bruder zu stark an sich?“

Verglichen mit den Inhalten (Ereignissen, Geschichten usw.) offenbaren uns die Beziehungsaussagen die eigentlichen und wesentlichen Informationen über das Familiensystem. Inhalte sind dabei sozusagen nur die „Transportbehälter“, in denen Beziehungsdefinitionen (Prozesse) von einem zum andern Familienmitglied transportiert werden.

Innerhalb des zirkulären Befragens stellen wir so gut wie nie die Frage „Wie fühlen Sie sich?“, denn entweder erleben und erfahren wir die geäußerten Gefühle der Familienmitglieder direkt und authentisch durch eine kongruente Äußerung (d.h. Übereinstimmung von verbaler und nonverbaler Verhaltensebene) oder wir erhalten bei einer direkten Gefühlsfrage zwangsläufig nur unsichere oder unwahre Antworten.

Bosch (in Brunner, Hrsg., 1984, S. 205ff.) stellt eine u.E. sehr sinnvolle Verbindung zwischen Interviewtechnik und der Ausprägung von sogenannten Widerständen (Rigidität, Veränderungsresistenz) der interviewten Familie her. So schlägt sie vor, zunächst einmal durch Fragen, die den einzelnen (sogenannte personale Einheit) in der Familie zu Stellungnahmen bewegen sollen, festzustellen, inwiefern diese innerhalb des jeweiligen Familiensystems möglich und erlaubt sind. Dann kann der Therapeut reihum (die gleiche Frage an jedes Familienmitglied) zunächst ungefährliche und positive Fragen stellen. Individuell dargestellte Probleme sollten dabei in solche, die die ganze Familie betreffen, umformuliert werden.

Erst wenn kein Familienmitglied Aussagen auf der personalen Ebene macht, die auf diese zielenden Fragen nur in der interpersonalen Einheit beantwortet werden, oder immer wieder ein anderes Familienmitglied für das angesprochene antwortet, sollte der Therapeut Fragen auf der Ebene der personalen Einheit vermeiden.

Insofern beziehen sich die von uns geschilderten Fragemuster hauptsächlich auf solche Familien, in denen Fragen auf der personalen Einheit nicht beantwortet werden bzw. sogar (bei extrem rigiden Familien) nur eine einzige „Gesamtfamilienmeinung" gilt und Abweichungen davon als bedrohlich erlebt werden.

Im folgenden stellen wir einen Interviewleitfaden von Selvini-Palazzoli u.a. (1981, S. 134ff.) vor, mit dem wir in unserer praktischen Arbeit, besonders bei rigiden und pseudoharmonischen Familien, gute Erfahrungen gemacht haben:

1. Betonung von spezifischem Verhalten oder spezifischen Umständen (statt von Gefühlen und Interpretationen):
   Therapeut zum Kind: „Wenn dein Bruder seine Hausaufgaben nicht macht und deine Mutter fängt an zu schimpfen, was macht dann dein Vater?"
   „Was macht dann deine Mutter, wenn dein Vater XY macht (oder nicht macht)?"
   „Und was denkst du dann darüber?"
   „Und wenn du das (XY) denkst, was tust du dann?"
2. Hervorholen von Verhaltensunterschieden statt Beschreibungen von „Eigenschaften", die einer bestimmten Person individuell zugeschrieben werden:
   Im folgenden ein Beispiel der Mailänder Autorengruppe (ebd., S. 134):
   „Sohn: Wir wohnen mit den Großeltern zusammen, und die sind ewige Nörgler.
   Therapeut: Was tun sie denn, damit sie zu Nörglern werden?
   Sohn: Sie mischen sich ständig ein und sagen den Eltern, was sie mit uns machen sollen.
   Therapeut: Wer mischt sich mehr ein, deine Großmutter oder der Großvater?
   Sohn: Der Opa.
   Therapeut: Bei wem mischt er sich mehr ein, bei deiner Mutter oder deinem Vater?

Sohn: Bei meinem Vater.

Therapeut: Und wen irritiert es mehr, wenn sich der Großvater einmischt, deine Mutter oder deinen Vater?

Sohn: Ach, die Mami natürlich! Sie will dann, daß der Papi es ihm verbietet ..."

3. Einstufen eines spezifischen Verhaltens oder einer spezifischen Interaktion durch verschiedene Familienmitglieder, d.h. Bilden einer Rangfolge:

   Therapeut: „Martin, wenn du im Diktat Sechsen schreibst, wer in deiner Familie macht sich dann am meisten Sorgen? Wer am zweitmeisten? Wer dann usw.?"

4. Eingehen auf Veränderungen im Beziehungsverhältnis vor und nach einem bestimmten Ereignis (diachronische Untersuchung):

   Therapeut zu Tanja: „Deine Mutter hat erzählt, daß Alexander immer schon ungern die Hausaufgaben gemacht hat. Was denkst du, haben deine Mutter und Alexander bei den Hausaufgaben mehr oder weniger gestritten, bevor deine Großmutter zugezogen ist?"

   Tanja: „Ich glaub', sie haben mehr nachher gestritten."

5. Feststellung von Unterschieden in bezug auf hypothetische Situationen, d.h. Hypothesen in der Zukunft:

   Das folgende Beispiel stammt aus einer Familientherapiesitzung mit einem pubertierenden Problemschüler, der sich in einer Ablösungskrise befindet:

   Therapeut: „Martin, wie, denkst du, wird es deinen Eltern gehen, wenn du in vier Jahren deine Schule abgeschlossen haben wirst und nicht mehr bei deinen Eltern wohnst? Wem wird es leichter fallen, deinem Vater oder deiner Mutter?"

Einen in unserer schulpsychologischen Praxis gut bewährten Leitfaden zum zeitlichen Verlauf des zirkulären Fragens hat Peggy Penn entwickelt (Family process, 1982, vol. 21, Nr. 3, S. 272–274): Die Autorin beschreibt ihre neun Kategorien des zirkulären Betragens als verschiedene Formen von Verbindungsmustern, die gleichsam wie Brücken das Symptom, die Intervention, die Familie und den Therapeuten als Teile eines größeren ko-evolutionären Prozesses verbinden. Dabei verstehen wir unter „koevolutionär" einen gemeinsamen Entwicklungs- und Veränderungsprozeß, in den sowohl die Familie als auch der Therapeut durch seinen Anschluß an das Familiensystem eingebunden sind.

Kategorie 1: Verbale und analoge Information
Alle Informationen, die wir während einer Familientherapiesitzung von der Familie erhalten, setzen sich aus verbalen und nonverbalen (analogen) Informationsteilen zusammen. Im verbalen Bereich ist es wichtig, auf bestimmte Schlüsselwörter zu achten, die die Familie in der Phase der Problemdefinition benutzt. Beispielsweise sagt die Mutter: „Unsere Kinder streiten immer miteinander". Oder: „In unserer Familie herrscht so eine große Unruhe". Als Therapeuten können wir diese Schlüsselwörter in Aussagen über Beziehungen und Unterschiede in Beziehungen umwandeln:

Therapeut: „Wer regt sich am meisten darüber auf, wenn die Kinder miteinander streiten?" Oder: „Wer verhält sich wie in der Familie am unruhigsten, was denkt dieser oder jener Familienangehörige darüber und wie reagiert er darauf?" Usw.

Auf der analogen Ebene beobachtet der Therapeut nonverbale Verhaltensweisen der Familienmitglieder wie Blickkontakt, Körperhaltung, Mimik, Gestik, Tonfall, Unterbrechungen eines andern Familienmitglieds und vergleicht diese Information permanent mit der verbalen.

Kategorie 2: Problemdefinition
Die erste Frage lautet in der Regel: „Was ist das Problem in der Familie jetzt?" (Vgl. auch 5.1.2 oben.)

Kategorie 3: Koalitionsaussagen in der Gegenwart
Aussagen der Familienmitglieder auf Fragen in dieser Kategorie helfen dem Therapeuten zur Bildung oder Veränderung einer systemischen Grundhypothese. Hierzu einige Fragebeispiele:

Therapeut: „Für wen in der Familie ist … XY … ein Problem?" „Wer ist am meisten darüber beunruhigt? Wer am zweitmeisten usw.?"

Oder:
„Wenn … XY (Problemdefinition) auftritt, wer in der Familie bemerkt es zuerst?"

Kategorie 4: Reaktionsweisen der Familienmitglieder auf das Problem
In dieser Kategorie geht es um Fragen nach den verschiedenen Reaktionsweisen einzelner Familienmitglieder beim Auftreten des Problems. Auch diese Fragen dienen zur Aufdeckung bestimmter Koalitionsanordnungen innerhalb der Familie. „Was macht die Mutter, wenn sich Andreas weigert,

mit den Hausaufgaben zu beginnen?" Einige Sequenzen später: „Was macht der Vater, wenn ihm die Mutter abends erzählt, daß sie Andreas geschlagen hat, weil er mit den Hausaufgaben nicht begonnen hat?"

Kategorie 5: Fragen nach der Rangreihe und dem Vergleich
Eine Vergleichsfrage wäre beispielsweise: „Wer, denkst du, macht sich von deinen Eltern mehr Sorgen, wenn von der Schule das Ultimatum kommt, dein Vater oder deine Mutter?"

Eine Frage nach der Rangreihe wäre z.B.: „Wer steht der Mutter am nächsten? Wer kommt dann? Und als nächster? ... usw."

Kategorie 6: Zustimmungsfragen
Wenn ein Familienmitglied eine bestimmte Beziehungsaussage gemacht hat, wird der Therapeut fragen: „Wer in der Familie stimmt dir zu, daß die Mutter sich über die Schulprobleme deines Bruders mehr Sorgen macht als dein Vater?" Oder ich kann ein anderes Familienmitglied direkt fragen: „Stimmst du der Aussage deiner Schwester zu?"

Kategorie 7: „Tratschen" über Anwesende (vgl. auch den Mailänder Leitfaden Punkt 1)
Ein Familienmitglied wird über seine Einschätzung der Beziehung zwischen zwei anderen Familienmitgliedern befragt. Beispiele dazu s.o.

Kategorie 8: Subsystemvergleiche
Diese Fragekategorie dient dazu, Informationen über generationsübergreifende Subsysteme (z.B. Vater/Tochter oder Mutter/Sohn) zu erhalten. „Wer von euch Kindern wird immer bei den Eltern bleiben?"

Eine besondere Kategorie von Subsystemvergleichen sind Wenn-Fragen: „Wenn Martin nicht mehr vom Sitzenbleiben bedroht würde, hätten Sie dann mehr oder weniger Kontakt mit Ihrer Frau?"

Kategorie 9: Erklärungsfragen
Erklärungsfragen sollen die verschiedenen Erklärungsmuster der Familienmitglieder zur Problementstehung herausfordern (vgl. auch Kapitel 5): „Wie erklären Sie sich das Zustandekommen des ... (Problemdefinition XY)?" Als nächstes gehen wir dann reihum: „Was denken Sie über die Erklärung Ihres Mannes zur Entstehung des XY-Problems?" Oder: „Stimmen Sie der Aussage Ihres Mannes zu?" „Und was denkst du und du und du?" Usw.

6.1.2 Kinästhetische Methoden

Die Familienskulptur

Neben der oben beschriebenen Technik des zirkulären Betragens nimmt in unserer schulpsychologischen Arbeit die Familienskulptur als diagnostisches Instrument einen herausragenden Stellenwert ein. Wir sind immer wieder höchst erstaunt, wie präzise Kinder in der Familienskulptur das familiäre Beziehungsgefüge zum Ausdruck bringen können. Meistens stellt sich nach mehreren Familientherapiesitzungen heraus, daß das auf der verbalen Ebene formulierte Familienproblem bereits analog vom Erbauer der Familienskulptur in Familienerstgespräch treffend dargestellt worden ist. Zudem bietet die Familienskulptur eine sehr gute Möglichkeit, von der rein verbalen Interaktionsebene wegzukommen und etwas verbal sehr schwer Faßbares, nämlich das Beziehungsgefüge innerhalb der Familie, greifbar und erlebbar darzustellen.

Schweitzer und Weber (1982, S. 114f.) sehen folgende Vorteile in der Familienskulptur:

„Außer dieser Möglichkeit, Familienprozesse gleichzeitig, kreisförmig und ganzheitlich zu erfassen, hat die Familienskulptur weitere Vorteile, die mit ihrer Verankerung im rechtshemisphärischen Gehirnprozeß zusammenhängen:

1. Als ein mehr prozeßhafter Vorgang ‚unterläuft' sie viele der uns bekannten, an Sprache gebundenen Abwehrphänomene, wie Rationalisierung und Intellektualisierung, und ermöglicht ein rasches Vordringen zu zentralen Konflikten und tiefer liegenden abgewehrten Gefühlen.
2. Sie ermöglicht über sonst in der Familientherapie weniger benutzte Wahrnehmungskanäle, z.B. den kinästhetischen oder visuellen ..., andere Zugänge zu den basalen Familienprozessen und erlaubt, diese sinnlich-konkret zu erleben. Diese neuen Informationen über die interpersonale Landschaft wirken wieder zurück auf die inneren Bilder der einzelnen Familienmitglieder und verändern so deren Epistemologie (d.h. den Standpunkt und die Sichtweise einem Problem gegenüber; die Verfasser). Dieses Bild kann auch durch Darüberreden als Information nicht mehr gelöscht werden.
3. Raum-zeitliche Metaphern stellen, weil archaischer, ein eher universelleres ‚Kommunikationsmedium' als die Sprache dar. Die Bedeutung solcher Metaphern kann von verschiedenen Familienmitgliedern leicht

gemeinsam verstanden und akzeptiert werden, und der Therapieprozeß wird dadurch fokussiert und intensiviert."

Andolfi (1982, S. 130): „Wir können die Skulptur als eine symbolische Repräsentation des Systems bezeichnen, die sich die Dimensionen von Raum, Zeit und Energie, wie sie allen Systemen eigen sind, zunutze macht. Sie gestattet es den Teilnehmern, Beziehungen, Gefühle und Veränderungen zugleich vorzuzeigen und an sich zu erfahren."

Der Bau einer Familienskulptur

In der zweiten Hälfte des Erstgesprächs – bei manchen (langsameren) Familien erst im Zweitgespräch – fordern wir ein Kind (wenn Geschwister vorhanden sind, nicht den Problemschüler selbst) auf, die einzelnen Familienmitglieder und sich selbst, versehen mit einer jeweils typischen Körperhaltung, Mimik und Gestik, sitzend, liegend oder stehend so im Raum zu verteilen, daß das Ganze ein treffendes Bild der Familie ergibt.

Wichtig ist, daß die Formulierung klar und abgestimmt auf das jeweilige Alter des „Skulpturbaumeisters" erfolgt. Im Falle unserer Beispielsfamilie W. („Der unglückliche Pascha") lautete die Anweisung wie folgt:

Therapeut zu Michel: „Michel, stell dir vor, du wärst ein Baumeister, der mit Knetgummi die Familie W. bauen kann. Du hast hier den ganzen Raum zur Verfügung, und du kannst jeden und dich selbst mit so einem Gesicht und so einer Körperhaltung hinlegen, hinsetzen und hinstellen, wie du ihn immer wieder erlebst. Zum Beispiel so (Therapeut demonstriert es am Ko-Therapeuten). Wenn wir hier eine Polaroidkamera hätten und ein Foto machen würden, könnten alle, die das Foto sehen, sagen, ah, ja, genau das ist die Familie W.!"

Michel stellte nach einer Rückfrage und nochmaliger Erklärung durch das Therapeutenteam seine Familie dann so, daß er den Vater mit unnatürlich ineinander verschränkten Armen in den Sessel sinken ließ, die eh schon körperlich groß und mächtig wirkende Mutter neben dem Vater aufstellte und sich ganz klein auf der anderen Seite der Mutter zusammenkauerte. Da die Großmutter an diesem Erstgespräch noch nicht teilnahm, wurde sie in Form der Ko-Therapeutin mit in die Skulptur aufgenommen, und zwar, indem Michel sie, ebenfalls aufrecht stehend, ganz dicht vor dem Gesicht der Mutter hinstellte.

Allein vom Äußeren der Skulptur her gesehen, fällt hier folgendes auf:

a) Die beiden Frauen in der Familie stehen, die beiden Männer sitzen in einer mehr oder weniger hilflosen Haltung neben ihnen.
b) Abstände: Zwischen der Mutter und Michel herrscht beinahe Körperkontakt, zwischen Großmutter und Mutter ein extrem naher Abstand von ca. 10 cm, zwischen Mutter und Vater ein weiterer Abstand von ca. 50 cm und zwischen Michel und dem Vater ein noch längerer Abstand von ca. $1^1/_2$ m. Die Abstände in der Familienskulptur versinnbildlichen Nähe und Distanz zwischen den Familienmitgliedern, machen sie sozusagen greifbar und erlebbar.
c) Kontaktmöglichkeit: Vater und Sohn können kaum miteinander Kontakt aufnehmen, da die direkte Sicht durch die Mutter verdeckt wird.

Wie die überwiegende Mehrzahl aller anderen Kinder auch hat Michel es geschafft, in seiner Skulptur eine treffende Beschreibung der Struktur der familiären Beziehungen zu liefern, wie sie sich dann in den ersten beiden Gesprächen unter Zuhilfenahme aller anderen Informationsquellen voll und ganz bestätigt hat.

Nachdem die Skulptur gestellt worden ist, fragen wir die Familienmitglieder reihum:

„Wie geht es Ihnen/dir in dieser Position?"
„Wie geht es Ihnen mit dem Abstand zu Mann, Sohn, Tochter usw.?"
„Was möchten Sie gerne verändern?"

Wenn sich eine Diskrepanz zwischen realer und idealer Familienskulptur ergibt, wird häufig für alle Familienmitglieder schlagartig klar, indem es erlebt und erfahren wird, was das Ziel der Veränderung der Familienbeziehungen sein könnte und welche Veränderungsschritte vom Ist- zum Soll-Zustand eingeschlagen werden müssen.

Deshalb ist die Familienskulptur ebenso wie das zirkuläre Befragen Diagnose und Therapietechnik zugleich.

Unserer Beobachtung nach wirkt die schlaglichtartige Erhellung des familiären Beziehungsgefüges im positiven Sinne „erschütternd" und befreiend zugleich: Im verbalen Austausch über die Skulptur reden die Familienangehörigen mit wesentlich stärkerer emotionaler Beteiligung als in den verbalen Phasen vorher, manche zeigen tiefe Betroffenheit und beginnen zu weinen.

Wenn ein Familienmitglied die Skulptur gestellt hat, fragen wir auch immer die anderen, wie zutreffend oder nicht zutreffend sie die Skulptur erleben. Dadurch erhalten wir eine valide Einschätzung der Familienstruktur durch die Betroffenen selbst, die unserer Überzeugung und Erfahrung nach speziell in der Arbeit mit Kindern jedem Persönlichkeitstest oder Fragebogen weit überlegen ist.

Die Auswertung von Familienskulpturen

Wir stimmen mit Andolfi (1982) überein, der drei Grundarten von Familienskulpturen unterscheidet:

1. Die Skulptur der Sympathie: Sie wird häufig dadurch repräsentiert, daß sich alle Familienmitglieder zueinander gewandt im Kreis aufstellen, so daß jeder mit jedem Kontakt aufnehmen kann und der Abstand als angenehm empfunden wird (weder zu nah noch zu weit entfernt).

Wir können auch immer wieder beobachten, daß Kinder in ungestörten Familiensystemen die Familienmitglieder gemäß den natürlichen Subsystemen zusammenstellen: Das Ehepaarsubsystem wird z.B. durch die körperliche Nähe der beiden Eltern (bis hin zum gegenseitigem Umarmen) dargestellt, und die Kinder sitzen z.B. als geschwisterliches Subsystem in etwas größerem Abstand vor den Eltern auf dem Boden oder stehen neben ihnen.

2. Die Skulptur der Distanzierung: In dieser Skulptur stehen die Familienmitglieder in einem extrem großen Abstand voneinander im Raum (oder so, daß sie kaum untereinander Kontakt aufnehmen können), manchmal reicht das Behandlungszimmer gar nicht aus. Die Kontaktaufnahme untereinander ist nur sehr schwer oder gar nicht möglich. Solche Skulpturen erleben wir häufig in losgelösten Familien (s.o.), in denen die Grenzen zwischen den einzelnen Familienmitgliedern starr und undurchlässig sind und ein Zusammengehörigkeitsgefühl sowie Bindungen an das familiale System fehlen.

3. Die Skulptur der Verstrickung: Hier hat der einzelne nicht genügend Raum im doppelten Wortsinne für sich und um sich, die Skulptur gleicht der Laokoon-Gruppe, es besteht Körperkontakt der Familienmitglieder untereinander. Ein schönes Beispiel für eine verstrickte Familie sah folgendermaßen aus (die Mutter war hier der Skulpturbaumeister): Mit den Worten „Kommt, wir bauen ein Häuschen!“ rief sie ihren Mann und ihren Sohn zu sich (Anmeldeanlaß: Kontaktschwierigkeiten und kleinkindhaftes Verhalten des Sohnes), umarmte ihren Mann und zwängte in den kaum noch vorhandenen Raum zwischen sich und ihn den zwölfjährigen Sohn.

Schweitzer und Weber (1982) schlagen u.a. folgende Modifikationen der Familienskulptur vor:

a) Der Erbauer der Skulptur kann vor dem eigentlichen Beginn aufgefordert werden, den Raum abzustecken, den er für seine Skulptur benötigt. Dadurch vermittelt er einen Eindruck, wie weit oder eng er den Raum sieht, den die Familie beansprucht, und wie er ihre Grenzen nach außen sieht.
b) Wenn im Haus der Kernfamilie noch andere Mitglieder leben, wie z.B. die Großeltern, die zur erweiterten Familie gehören, können wir diese durch den Ko-Therapeuten bzw. Möbelstücke darstellen lassen.
c) Es wird eine Familienskulptur vor und nach einem wichtigen Ereignis dargestellt, z.B. nach der Wiederheirat der Mutter oder nach der Geburt eines Geschwisters usw. Dadurch erfahren Familie und Therapeut die Beziehungsveränderungen, die sich aufgrund dieses bestimmten Ereignisses ergeben haben.
d) „Hat man die Vermutung, daß ein Elternteil oder beide Gefühle und Erfahrungen aus ihren eigenen Herkunftsfamilien auf die jetzige Familie übertragen, kann ich die Eltern anschließend an die Skulptur der Kernfamilie das Bild ihrer jeweiligen Herkunftsfamilie stellen lassen. Dieses Vorgehen fördert vor allen Dingen das Verständnis der Kinder für die Verhaltensweisen ihrer Eltern und hilft, Projektionen sichtbar zu machen“ (Schweitzer u. Weber, 1982, S. 118).

e) Wir benutzen auch immer wieder die Familienskulptur, um Veränderungen im Beziehungsgefüge sichtbar zu machen: Beispielsweise lassen wir eine Familie eine Skulptur im Erst- oder Zweitgespräch und eine weitere kurz vor Abschluß des Therapieprozesses stellen, um so auf einer direkten und emotionalen Ebene wichtige Veränderungsprozesse sichtbar werden zu lassen.

Varianten der Familien-Live-Skulptur

Seilskulptur

Eine für viele Familien beeindruckende Sonderform der Familien-Live-Skulptur ist die Seilskulptur, deren Anleitung und Auswertung nach einem ganz ähnlichen Muster erfolgt, jedoch wird hier der Protagonist (Skulpturbaumeister) aufgefordert, die Nähe und Distanz der einzelnen Familienmitglieder untereinander mit Hilfe von ca. 2,50 m langen und fingerdicken Seilen zu demonstrieren: So kann zum Beispiel ein Seil für eine distanzierte Beziehung zwischen zwei Familienmitgliedern gewählt werden, zwei Seile können eine enge und herzliche, drei Seile eine enge und symbiotische Beziehung symbolisieren.

Außerdem kann der Protagonist noch durch die Art der „Anbindung" der Seile (am Hosenbund, an den Händen, an den Füßen, ja sogar um den Hals) die Beziehung metaphorisch charakterisieren sowie durch die Art der Seilspannung den einzelnen Familienmitgliedern eine unterschiedliche Bewegungsfreiheit geben.

Bei Kindern im Alter von sechs bis zwölf Jahren kann das Verfahren insofern vereinfacht werden, als das Kind aufgefordert wird, nur die Qualität der Beziehungen zwischen *sich* und den übrigen Familienmitgliedern mit Hilfe von Seilen zu symbolisieren und nicht die Beziehungen der übrigen Familienmitglieder untereinander.

Ein Beispiel dazu:
Der zwölfjährigen Ramona, die wegen massiver Schüchternheit und stark eingeschränkter sozialer Kontakte vorgestellt wird, werden zehn Seile mit folgenden Worten überreicht: „Ramona, du weißt ja, daß man von Bindungen und Beziehungen spricht, die Menschen untereinander haben. Diese Seile, die du da in der Hand hältst, sollen die unsichtbaren Verbindungen und Beziehungen sichtbar machen.

Stell dir nun vor, du hättest maximal zehn Bindungsmöglichkeiten, also Seile, zur Verfügung, um zu zeigen, wie du mit den Mitgliedern deiner Familie, aber auch andern Menschen verbunden bist. Je enger du mit einem Menschen innerhalb oder außerhalb deiner Familie verbunden bist, desto mehr Seile kannst du nehmen. Fange nun damit an, die Seile zu legen!"

Ohne lange Überlegung nahm Ramona vier Seile und legte sie zwischen sich und der Mutter hin, drei Seile für sich und den Vater, zwei Seile für sich und die im selben Haus lebende Großmutter (die für Ramona immer wieder Mutterfunktionen wahrgenommen hatte) und ein Seil für sich und den jüngeren Bruder Dirk.

Auf die Frage des Therapeuten, wie es denn nun aussähe mit Seilen für gute Freundinnen, meinten Ramona und ihre Eltern mit einer Mischung aus Erstaunen und Aha-Erleben, daß ja dafür gar keine Seile mehr übrig geblieben seien, und genau das sei das Problem.

Hier gilt dasselbe wie für die anderen Varianten der Familienskulptur: Durch die kinästhetische „handfeste" Veranschaulichung und Versinnbildlichung des innerfamiliären (manchmal auch des außerfamiliären) Beziehungsgefüges wird bei allen Beteiligten ein nachhaltiger und rascher Erkenntnisgewinn erzeugt.

So bestätigte die Seilskulptur unseren im Laufe von mehr als 20 Jahren gefestigten Grundsatz: „Je mehr wir mit Kindern und Jugendlichen, aber auch sprachlich wenig versierten Familien arbeiten, desto mehr müssen ‚greifbare' und ‚bunte', d.h. konkrete und anschauliche diagnostische und therapeutische Methoden zum Einsatz kommen!"

Varianten der Familienskulptur, wenn nur ein Familienmitglied anwesend ist:

a) *Stuhlskulptur*
   In dieser Art von Skulpturarbeit wird das anwesende Familienmitglied aufgefordert, die abwesenden Familienmitglieder mit Hilfe von leeren Stühlen symbolisch darzustellen. Zur Kennzeichnung sollte auf jedem Stuhl ein DIN-A4-Blatt mit dem Namen bzw. der Verwandtschaftsbezeichnung (Vater, Mutter, Großmutter usw.) liegen.
   Außerdem kann der Skulpturbaumeister noch aufgefordert werden, sich der Reihe nach hinter jeden Stuhl zu stellen, einen für das betreffende Familienmitglied typischen Satz zu sagen und eine für das betreffende Familienmitglied passende Körperhaltung einzunehmen.
   Die Auswertung erfolgt dann ähnlich wie in der oben beschriebenen Live-Skulptur, was die Schilderung der Beziehung des Skulpturbaumeisters zu den symbolisch dargestellten Familienmitgliedern betrifft. Allerdings kann er über Beziehungen zwischen den nicht anwesenden

Familienmitgliedern selbstverständlich nur Vermutungen anstellen, die nicht direkt bestätigt oder korrigiert werden können.

b) *Miniaturskulpturen mit anderen metaphorischen Gegenständen*
Für jüngere Kinder eignen sich als Alternative zur Stuhlskulptur kleine Dinosaurier, Plüschtiere, Handpuppen und Holzfiguren.
Dabei ist nach unserer Erfahrung die emotionale Beteiligung und Betroffenheit wesentlich geringer, als dies bei der Familien-Live-Skulptur der Fall ist.

Das Problem nach außen verlagern (externalisieren)

Immer wieder können wir die Erfahrung machen, daß sich mit der Symptomatik des Problemschülers leichter und lockerer (und damit auch für den Problemschüler selbst entlastender) umgehen läßt, wenn diese in Form eines metaphorischen Gegenstandes, also zum Beispiel eines Steins, eine Rucksackes oder eines zusätzlichen unsichtbaren Familienmitgliedes (auf einem Blatt Papier), von innen nach außen verlagert wird. Diese „Externalisierungen“ des Problems ermöglichen sowohl dem Problemträger als auch den anderen Familienmitgliedern eine wesentlich klarere und distanziertere Problemsicht. Außerdem gerät der Indexpatient durch diesen Kunstgriff viel weniger leicht in die unangenehme Situation, daß alle Anwesenden auf ihm und seinem Problem „herumhacken“.

Ein Fallbeispiel aus Hennig u. Keller (1994, S. 134f.): „Es geht um die ‚Faulheit‘ des Problemschülers Boris. Der beratende Lehrer fragt die anwesenden Eltern und Boris, wie sie diese Faulheit bezeichnen würden, wenn sie ein zusätzliches unsichtbares viertes Familienmitglied wäre. Die Wahl der Familie fällt einstimmig auf ‚Null-Bock‘. Der Berater schreibt daraufhin auf ein DIN-A4-Pappschild ‚Null-Bock‘, läßt diese Figur von allen Familienmitgliedern beschreiben (Alter? Zu welchem Zeitpunkt ist es in der Familie aufgetaucht? Geschlecht? Aussehen? usw.) und fragt jeden, wo der ‚Null-Bock‘ (das Pappschild) sitzen würde: Näher bei der Mutter, dem Vater, bei Boris oder außerhalb des Kreises Familie – Berater.
- Welche symbolische Nahrung erhält der ‚Null-Bock‘?
- Was muß jeder in der Familie tun, damit er noch fetter oder wieder dünner wird?
- Wer geht wie mit dem ‚Null-Bock‘ um?
- Wen stört er am meisten, wen am wenigsten in der Familie?
- Wie viele Monate, Jahre wird er noch in der Familie leben?

– Wem wird er am meisten, wem am wenigsten fehlen, wenn er eines Tages aus der Familie verschwindet usw.?

Wer einige Beratungsgespräche mit einzelnen Problemschülern oder Familien mit Hilfe dieser Methode geführt hat, wird feststellen, wie rasch sich eine schwere und gedrückte Stimmung in eine leichte und humorvolle verwandeln kann, in der auch ein herzhaftes Lachen aller Beteiligten nichts Ungewöhnliches darstellt.

6.1.3 Visuelle Methoden

Das Vier-Felder-Modell

Das in Abbildung 22 dargestellte Vier-Felder-Modell hat sich als ausgezeichnete visuelle Methode erwiesen zur Selbsteinschätzung der verschiedenen Problemsichtweisen der einzelnen Familienmitglieder, bezogen auf die Bereiche Familie, Schule, individuelle Faktoren des Problemschülers sowie sonstige Umwelteinflüsse (Freundeskreis, Wohnen und Arbeitssituation der Familie, Medienverhalten des Problemschülers usw.).

Zunächst wird der Familie vom Therapeuten anhand des im Beratungszimmer großformatig aufgehängten Vier-Felder-Modells vorgestellt, welche Inhalte sich in den einzelnen Feldern befinden:

1. In Feld Indexpatient/Problemschüler:
   individuelle Faktoren und Persönlichkeitsmerkmale wie Begabungshöhe und -struktur, Temperament, körperliche Gegebenheiten usw.
2. Im Feld Schule:
   Beziehung zu den Lehrern und Mitschülern, Klima in der Klasse und an der Schule usw.
3. In Feld Familie:
   äußere Familienkennwerte wie Größe der Familie, Ursprungs- oder wieder zusammengesetzte Familie, komplette oder Ein-Eltern-Familie, Stellung in der Geschwisterreihe, besondere Belastungsfaktoren wie z.B. eine drohende Trennung/Scheidung der Eltern, körperliche oder psychische Erkrankung eines Elternteils. Belastung durch Schulden, Hausbau, Arbeitslosigkeit usw.
4. In Feld Umwelt:
   Einflüsse des Freundeskreises/der Clique des Problemschülers, Wohnsituation und Nachbarschaftssituation der Familie usw.

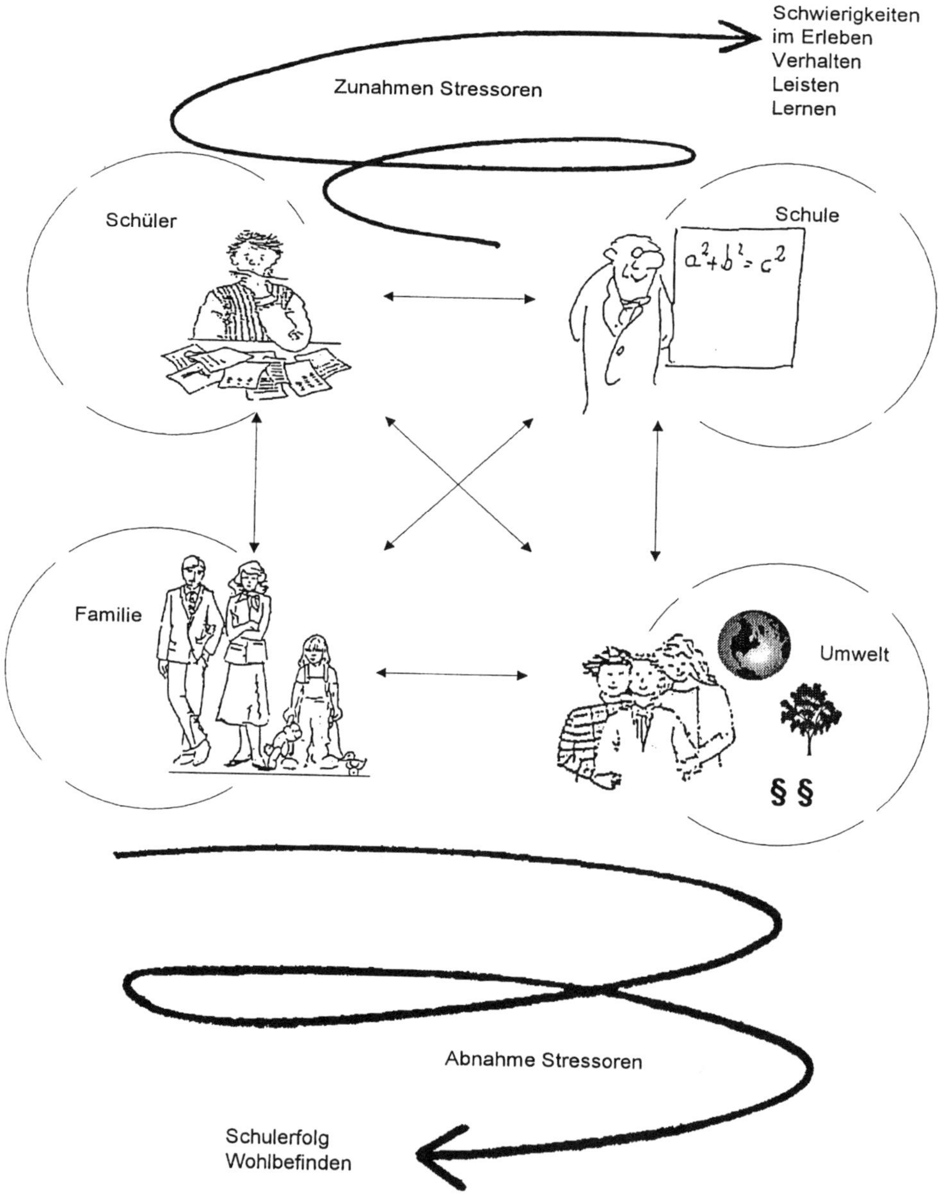

Abb. 22: Das Vier-Felder-Modell

Im Anschluß daran werden die einzelnen Familienmitglieder aufgefordert, zehn Punkte (oder auch 100%) so auf die vier Ursachenfelder zu verteilen, wie sie ihrer Einschätzung nach in der Gewichtung an der Entstehung bzw. Aufrechterhaltung des Schulproblems beteiligt sind. Wichtig ist in diesem Zusammenhang von seiten des Therapeuten zu betonen, daß es kein „falsch" und kein „richtig" gibt, sondern nur die jeweilige subjektive Sichtweise.

Selbstredend erhält damit der Therapeut keine „objektive" Problementstehungslandkarte, wohl aber die jeweiligen Wirklichkeitskonstruktionen der einzelnen Familienmitglieder, d.h. ihre Ursachenzuschreibung der Problementstehung, die dann sehr wohl ihr Denken, Fühlen und Handeln im Zusammenhang mit der Schulproblematik bestimmt. So eröffnen manche Eltern sogenannte „Nebenkriegsschauplätze" in der Schule, d.h., sie machen Lehrer/innen oder Mitschüler/innen ihres Kindes für dessen Schulproblematik verantwortlich, um so bewußt oder unbewußt von einer familiären Problematik abzulenken.

Nach der *quantitativen* Einschätzung und Gewichtung der Vier-Ursachen-Felder durch die einzelnen Familienmitglieder kann der Therapeut genauer nachfragen, wie die *qualitative* Einschätzung aussieht. Er kann z.B. den Vater fragen: „Herr Müller, Sie haben der Schule drei, Ihrem Sohn Matthias zwei, der Familie drei und der Umwelt zwei Ursachenpunkte gegeben. Was bedeuten für Sie ganz konkret die drei Punkte, die Sie der Schule gegeben haben? Können Sie die bitte näher beschreiben?" (Ebenso wird dann für die drei übrigen Ursachenfelder verfahren.)

Vielen Familienmitgliedern wird anhand dieses Verfahrens zum ersten Mal deutlich, wie unterschiedlich sie Bereiche und Faktoren für die Problementstehung bzw. -aufrechterhaltung einschätzen. Immer wieder können wir auch die Beobachtung machen, daß die quantitative Einschätzung sehr wenig mit der qualitativen übereinstimmen muß. So erleben wir immer wieder Familien, die zwar der Schule wesentlich mehr Ursachenpunkte als dem Bereich Familie zuweisen, im Verlauf des Beratungsgesprächs jedoch den wenigen familiären Verursachungspunkten qualitativ ein viel größeres Gewicht beimessen.

Geleitet vom lösungsorientierten Ansatz, werden die Familienmitglieder aufgefordert, Gedanken und Ideen bezogen auf die vier Felder zu produzieren:

- Was könnte der Problemschüler selbst zur Lösung beitragen?
- Was könnten die Eltern und Geschwister zur Problemlösung beitragen?

- Welche Beiträge könnten die Lehrer (in der Regel weniger die Mitschüler) leisten?
- Welche Veränderungen müßten im Umweltfeld stattfinden?

Unserer Erfahrung nach hat sich das Vier-Felder-Ursachen-Modell als nützliches Verfahren erwiesen, um den unübersichtlichen Wust an Problembeschreibungen sowie Problemverursachungen zu ordnen, zu klären, zu strukturieren und Lösungsideen auf ihre Umsetzbarkeit und Brauchbarkeit hin abzuklopfen.

Ziel-Mind-Map

Eine äußerst nützliche visuelle Methode zur Zielentwicklung und -realisierung – aufbauend auf dem oben geschilderten Vier-Felder-Ursachen-Modell (Schüler-Familie-Schule-Umwelt) – ist das Mind-Map-Modell:

Beschreibung:
Nachdem der Familie analog zum Vier-Felder-Ursachen-Modell die Inhalte der vier Hauptzweige erläutert worden sind, wird sie aufgefordert, sich auf ein (Haupt-)Behandlungsziel zu einigen, das in die Mitte des Baumstammes eingetragen wird.

Danach können sich alle Familienmitglieder darüber Gedanken machen, welche Unterziele aus den Nebenästen der vier Hauptäste „herauswachsen" und welche Realisierungsstrategien zur Erreichung dieser Unterziele als weitere „Verästelungen" gebildet und visuell dargestellt werden müssen.

Fallbeispiel:
Die dreiköpfige Familie Müller einigt sich auf das Hauptziel „größere Eigenverantwortung/Selbständigkeit des 10jährigen Florians beim Erledigen der Hausaufgaben".

Als Unterziele beim Hauptast „Familie" werden von den Eltern u.a. „Intensivierung der Vater-Sohn-Kontakte" und „schrittweiser Rückzug der Mutter von den Hausaufgaben" genannt.

Als eine von mehreren Realisierungsstrategien der Intensivierung der Vater-Sohn-Kontakte wurde u.a. „viermal pro Woche abends drei Tischfußballspiele" und an jedem zweiten Wochenende „zwei Stunden Vater-Sohn-Basteln" auf die Nebenäste als Ergebnis der Vater-Sohn-Verhandlungen eingetragen.

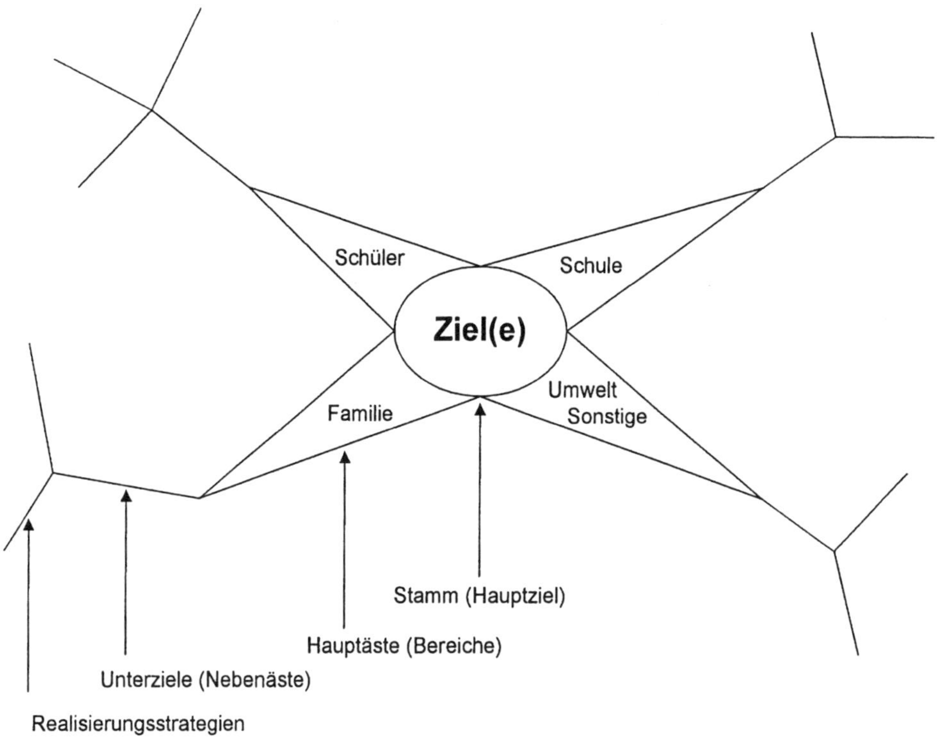

Abb. 23: Ziel-Mind-Map

Als Unterziele beim Hauptast „Florian“ wurden u.a. „Regelmäßigkeit beim Erledigen der Hausaufgaben“ eingetragen, als eine Realisierungsstrategie (Nebenast) „täglicher Beginn der Hausaufgaben bis spätestens 14.30 Uhr“ usw.

Sehr aufschlußreich kann es immer wieder für die Familienmitglieder sein, wenn sich Querverbindungen zwischen verschiedene Nebenästen dieser vier Hauptäste aufzeigen lassen, so im obigen Beispiel der Familie Müller eine Querverbindung zwischen dem schrittweisen Rückzug der Mutter von den Hausaufgaben und dem selbständigen Beginn der Hausaufgaben durch Florian bis spätestens 14.30 Uhr mit Hilfe eines Weckers. Wenn diese Ziel-Mind-Map vollständig aufgezeichnet und beschriftet ist, hat sie Ähnlichkeit mit dem neuronalen Netzwerk unseres Gehirns.

Da unsere Denkprozesse (anders, als es beim Computer der Fall ist) nicht linear und nicht sequentiell, sondern eher simultan und assoziativ verlaufen, ist die Mind-Map eine sehr „gehirngerechte“ visuelle Methode.

Vernetzungen, Dynamik, Wechselwirkungsprozesse, konkrete Operationalisierungen, Klarheit und Verbindlichkeit der Veränderungsziele und ihrer Realisierungsstrategien sind die Stärken dieser Methode.

Das Vier-Rollen-Hut-Modell als nützliches Instrument der (vom Therapeuten begleiteten) Selbstdiagnose der Familie

Die symbolischen Rollenhüte Virginia Satirs waren Grundlage für den erstgenannten Autor, sie zu diagnostischen Zwecken zu einem systemischen Vier-Rollen-Hut-Modell weiterzuentwickeln (Hennig, 1990). Es erleichtert es als Diagnosewerkzeug, eine gemeinsame Sprache zwischen Therapeut und Familie zu finden.

Jedes Familienmitglied wird dabei aufgefordert einzuschätzen, wie die quantitative und qualitative Gestaltung von Kontakten, gemeinsam verbrachten Zeiten und gemeinsamen Aktivitäten zwischen den Familienmitgliedern aussieht.

Zur Verdeutlichung und Veranschaulichung der Inhalte der einzelnen Rollenhüte erzählt der Therapeut zunächst die in Ehinger und Hennig (1997, S. 87f., Weinheim: Beltz Verlag) beschriebene Geschichte von Anne und Hans, wobei er dazu gleichzeitig, wie abgebildet, auf einer großen Wandzeitung/Wandtafel die Rollenhüte zeichnet.

Die Geschichte von Anne und Hans

Zunächst leben Anne und Hans noch jeder für sich, über all ihre Zeit und Energie können sie noch frei verfügen. Diese Zeit und Energie läßt sich als imaginärer Hut, als sogenannter Ich-Hut, darstellen.

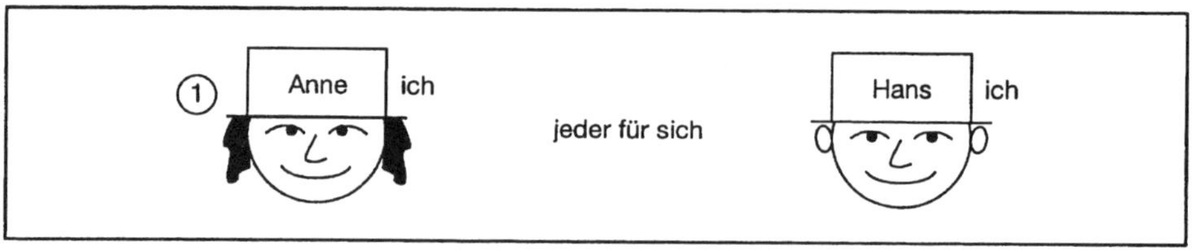

Abb. 24: Individuelle Ebene

Eines Tages lernen sich Hans und Anne kennen und lieben, sie heiraten. Plötzlich besitzen sie einen zweiten Hut, den sogenannten Partner-Hut. Das Individuum tritt zurück, viel Zeit und Energie wird gemeinsam verbracht, der Ich-Hut schrumpft.

Abb. 25: Paarebene

Die Liebe trägt Früchte, eines Tages bekommen sie den Florian. „Die Familie geht los." Anne und Hans bekommen einen weiteren Hut aufgesetzt, den Eltern-Hut (Vater- bzw. Mutter-Hut). Da die Gesamtenergie und die zur Verfügung stehende Zeit ja nicht plötzlich zunimmt, muß also umverteilt werden. Der kleine Florian benötigt viel Zeit und Energie der Mutter, plötzlich wird der Ehefrau-Hut wieder kleiner. Dies bemerkt Hans mit grimmigem Gesicht, seine Frau hat plötzlich nicht mehr so viel Zeit für ihn. Was tut er jetzt mit dieser frei werdenden Energie? Er hat die Möglichkeit, seinen Ich-Hut wieder zu stärken, mehr für sich zu tun oder seinen Vater-Hut zu füllen, dadurch Anne zu entlasten, die damit vielleicht wieder mehr Energien in den Ehefrau-Hut stecken kann. Deutlich wird, daß die Rollenhüte in einer Familie eng miteinander zusammenhängen, Verringerungen oder Vergrößerungen einen unmittelbaren Einfluß auf die übrigen Familienmitglieder haben.

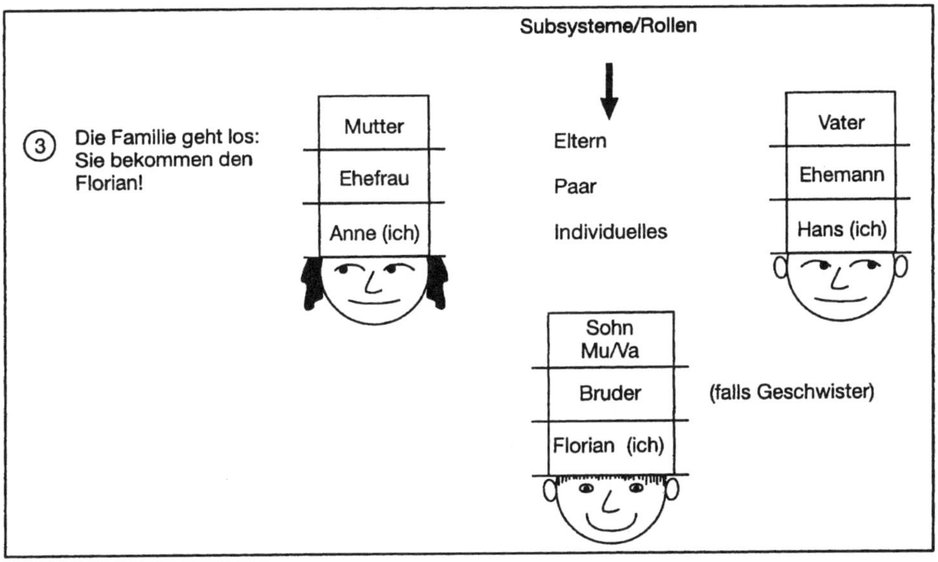

Abb. 26: Familienebene

Das Modell muß nun natürlich ergänzt werden durch einen weiteren sehr wesentlichen Hut: den Berufs- und den Haushalts-Hut. Das ist all die Energie und Zeit, die für den Beruf und die Lebenserhaltung bzw. für die Organisation des täglichen Lebens aufgebracht werden muß. Für Florian ist dies zunächst der langsam wachsende Kindergarten- bzw. Schul-Hut.

Das Spiel kann beginnen:
In der Familie findet eine ständige Balance der Rollenhüte untereinander statt. Florian wird größer, verringert von sich aus den Sohn-Hut. Am Anfang will er mehr von der Mutter, später mehr vom Vater, irgendwann weniger von beiden. Was tut nun Anne mit der frei werdenden Energie, die durch die Verringerung des Mutter-Hutes entsteht? Macht sie wieder mehr für sich (Ich-Hut), profitiert die Paarebene wieder mehr davon, wieviel steckt sie in den Berufs-Hut? Oder wie reagieren die anderen Familienmitglieder, wenn Hans plötzlich eine neue Arbeit annimmt, sich dadurch beruflich weiterbilden muß und seinen Berufs-Hut zum Nachteil der anderen Hüte vergrößern muß?

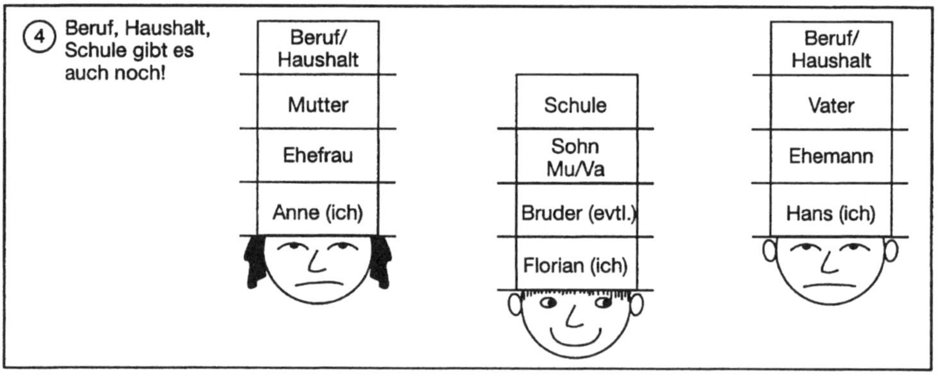

Abb. 27: Familienebene mit Berücksichtigung von Haushalt, Beruf und Schule

Nach Beendigung der Geschichte von Anne, Hans und Florian sowie der Aufzeichnung der dreimal vier Rollenhüte kann der Therapeut sich mit der Frage: „Mich würde nun interessieren, wie die Zeit- und Energieverteilung der einzelnen Rollenhüte in Ihrer Familie aussieht?“ an die Familie wenden.

Alternativ dazu kann auch anstelle der Familie von Anne, Hans und Florian die Geschichte der hier anwesenden Familie erzählt werden, indem der Therapeut in den jeweiligen Ich-Hut die Namen von Vater, Mutter und Kind bzw. Kindern einträgt. Dadurch wird eine noch größere Identifikation erreicht.

Es gibt nun mehrere Möglichkeiten, wie der eigentliche Prozeß der Selbsteinschätzung der Familienmitglieder vonstatten gehen kann. Dabei schickt der Therapeut immer voraus, daß es hier nicht um „richtig" oder „falsch" geht, sondern nur um subjektive Einschätzungen der Jetzt-Situation. Außerdem wird der Familie noch erläutert, daß alle vier Hüte zusammen die gesamte (100%ige) zur Verfügung stehende Zeit und Energie jedes Familienmitgliedes an einem durchschnittlichen Alltag repräsentierten.

Variante 1:
Die Familienmitglieder werden aufgefordert, die vier Hüte in eine Rangreihe zu bringen, d.h., der „dickste" Rollenhut erhält die Rangziffer 1, der „zweitdickste" die Rangziffer 2 usw., bis hin zum „dünnsten", der die Rangziffer 4 erhält. Der Therapeut kann dann jedem Familienmitglied eine unterschiedliche Farbe zuordnen und die Rangziffern links und rechts neben den Rollenhüte eintragen, so daß anschließend die Einschätzung jedes Familienmitglieds visuell deutlich sichtbar wird.

Variante 2:
Statt Rangplätze können die Familienmitglieder Prozentverteilungen der Rollenhüte angeben, wobei alle vier Rollenhüte insgesamt immer 100% ergeben müssen (z.B. Selbsteinschätzung der Mutter: Berufs-/Haushalts-Hut 40%, Mutter-Rollenhut 30%, Ehefrau-Hut 25%, Ich-Hut 5%).

Variante 3:
Jedem Familienmitglied werden 20 Klebepunkte in jeweils einer anderen Farbe überreicht, das diese dann links oder rechts neben den entsprechenden Hüten verteilen kann. Statt Klebepunkte können auch Punkte mit verschiedenfarbigen dicken Filzstiften gesetzt werden, wobei jedem Familienmitglied eine bestimmte Farbe zugeordnet wird.

Variante 4:
Jedes Familienmitglied erhält zusätzlich zu den auf der Wandtafel/dem Flip-chart/der Wandzeitung aufgezeichneten Rollenhüten der einzelnen Familienmitglieder eine auf einem DIN-A4-Blatt kopierte Skizze der Rollenhüte (in der Regel reichen die Rollen und Skizzen für eine 5köpfige Familie aus) und wird aufgefordert, jeweils für sich allein mit Hilfe der Varianten 1, 2 oder 3 seine Einschätzung vorzunehmen. Diese Variante hat

den Vorteil, daß mögliche „Gruppendruckeffekte" verhindert werden, wie sie bei einer für alle übrigen Familienmitglieder sichtbaren Einschätzung möglich sind.

Auswertungsleitlinien der Ist-Analyse:

- Wie sieht es mit Übereinstimmungen/Nichtübereinstimmungen zwischen den einzelnen Familienmitgliedern aus?
- Wo gibt es größere Abweichungen zwischen Fremd- und Selbsteinschätzung?
- Wo gibt es angenehme bzw. unangenehme Überraschungen?
- Wie zufrieden sind die einzelnen Familienmitglieder mit dem Ist-Zustand der eigenen bzw. anderen Rollenhüte?
- Falls die Familie mit dem Ist-Zustand der Kontakt- und Energieverteilung unzufrieden ist: Inwiefern hat das zur Entstehung oder Aufrechterhaltung der Symptomatik beigetragen? Dazu ein Beispiel: Was bedeutet es für die Mutter selbst und die übrigen Familienmitglieder, wenn deren Ich-Hut jahrzehntelang ein Schattendasein fristete? Oder was bedeutet es für die Paarebene der Eltern, wenn der Partner-Hut kaum noch gelebt wird, dafür jedoch der Vater- bzw. der Mutter-Hut oder die Berufs-Hüte übermächtig geworden sind?

Wichtig ist es in diesem Zusammenhang, der Familie zu vermitteln, daß es bei dieser Einschätzung nicht um „richtig" oder „falsch" bzw. „gut" oder „böse" geht, sondern in erster Linie darum, inwiefern durch ein subjektiv empfundenes Ungleichgewicht der Rollenhüte eines oder mehrere Familienmitglieder unzufrieden oder unglücklich geworden sind. Dabei bestimmt die Familie als ganze, was sie als Balance bzw. Unbalance ihrer Rollenhüte empfindet, und nicht der Therapeut!

Ziel- und Lösungskonstruktion

In ähnlicher Form wie in der Ist-Analyse kann dann in der Ziel- und Lösungskonstruktion verfahren werden:

- Wenn ich mit dem Ist-Zustand nicht zufrieden bin, welche meiner eigenen bzw. welche Rollenhüte der anderen Familienmitglieder sollen sich in welchem Ausmaß verändern (vergrößern oder verkleinern)?
- Welche Auswirkungen auf meine übrigen drei Rollenhüte hat es, wenn ich einen meiner Rollenhüte verändere? Welche Auswirkungen hat dies auf die Rollenhüte aller übrigen Familienmitglieder? Dazu ein Beispiel: Wenn ich als Ehefrau zu der Überzeugung gelangt bin, daß ich mehr Zeit für meinen und Kontakte mit meinem Ehemann haben möchte,

also meinen Ehefrau-Hut vergrößern will, ist das nur möglich, wenn mein Ehemann ebenfalls seinen Partner-Hut (Ehemann-Hut) vergrößern will. Hier gilt nämlich das harte Motto: „Wer weniger vom anderen will, sitzt am längeren Hebel." Außerdem muß ich mir als Ehefrau und Mutter die Frage stellen, welcher meiner drei übrigen Hüte kleiner werden sollte, damit entsprechend mehr Zeit und Energie in meinen Ehefrau-Hut fließen kann. Wenn ich z.B. weniger im Haushalt mache, wer von den übrigen Familienmitgliedern erledigt dann die Hausarbeit? Wenn ich z.B. weniger Energie und Zeit in den Mutter-Hut investieren möchte, ist dann der Ehemann bereit, seinen Vater-Hut um das entsprechende Ausmaß zu vergrößern, oder sind die Kinder eher in der Lage, durch eine größeres Maß an Selbständigkeit mit einem verkleinerten Mutter-Hut zurechtzukommen? Usw.

Sehr rasch merken in diesem Zusammenhang die Familienmitglieder, daß es sich beim Rollenhutmodell um ein *ökosystemisches* Modell handelt. Ähnlich wie bei einem Mobile kann keiner in der Familie etwas tun oder lassen, ohne daß alle übrigen Familienmitglieder davon tangiert werden.

So kann die Familie auf eine leichte und anschauliche Art und Weise lernen, Beziehungszusammenhänge wahrzunehmen, zu verstehen und auf eine neue Art und Weise zu bewerten. Sie lernt so ein Stück weit, in gewissem Sinne „systemisch zu denken". (Anmerkung: Wir haben mit diesem Modell auch ganz hervorragende Erfahrungen an Elternabenden bzw. bei Elternfortbildungsveranstaltungen gemacht.)

Wenn Veränderungswünsche von Familienmitgliedern geäußert werden wie beispielsweise „Der Vater-Sohn-Hut soll gestärkt werden", so muß mit Hilfe des Therapeuten ganz konkret festgelegt werden, *wie* das im einzelnen aussieht: Also was wann wo in welcher Form usw. werden Vater und Sohn gemeinsam unternehmen?

6.1.4 Wahrnehmung nonverbaler Kommunikations- und Interaktionsprozesse

Wenn uns eine alleinstehende Mutter mit ihrem Sohn in der Therapie gegenüber sitzt und mit sorgenvollem Gesichtsausdruck zu ihm sagt: „Andreas, es macht mir gar nichts aus, wenn du ein gutes Verhältnis zu deinem Vater hast" (der seit einem Jahr von der Familie getrennt lebt), können wir entscheiden, was wir glauben wollen: Dem Inhalt der Aussage (= digitale Kommunikation) oder dem sorgenvollen Gesichtsausdruck (= analoge Kommunikation).

Im allgemeinen beeindrucken uns die nonverbalen Signale, die eine Aussage begleiten, stärker als die inhaltlich-verbalen. Solche nonverbalen Aussagen bezeichnen wir auch als *Botschaften.* In unserem Beispiel lautet die Botschaft, die die Mutter an den Sohn vermittelt: „Ich kann es schlecht ertragen, wenn du deinen Vater gerne magst (weil der mich doch so gekränkt und verletzt hat)." Der Sohn muß sich nun entscheiden, welche der beiden Aussagen der Mutter er ernst nehmen und befolgen will:

a) Ich darf meinen Vater gerne haben,
b) ich darf ihn eigentlich nicht gerne haben.

Botschaften auf der nonverbalen Ebene können durch Gesichtsausdruck, Körperhaltung, Gestik, Muskelanspannung, Atemgeschwindigkeit, Seufzen, Klang der Stimme usw. vermittelt werden.

Ein Beispiel aus dem nonverbalen Bereich der Interaktion zweier Familienmitglieder: Jedesmal, wenn der Therapeut eine Frage an den zwölfjährigen Axel richtet, schaut dieser seine Mutter hilfesuchend an, woraufhin sie mit dem Stuhl näher zu ihm hinrückt, sich zu ihm hinüberlehnt, seine Kleidung zurechtzupft und für ihn zu antworten anfängt.

Gleichzeitig versichert die Mutter dem Therapeuten, was sie alles unternimmt, um Axels Selbständigkeit zu fördern.

Hier erhalten wir aufgrund unserer Beobachtung der nonverbalen Interaktionsprozesse von Mutter und Sohn einen ganz bestimmten Eindruck von der Beziehung der beiden, z.B. könnte es sich um eine symbiotische Mutter-Kind-Beziehung handeln. In den folgenden Familie-Therapeut-Interaktionssequenzen werden wir genau darauf achten, ob sich diese Hypothese durch andere verbale und nonverbale Informationen bestätigen läßt oder nicht.

Was wir mit diesen beiden Beispielen verdeutlichen wollten, ist folgendes: Wenn wir als Therapeuten einer Familie gegenübersitzen, teilt diese uns permanent Informationen über ihre Beziehungsstruktur mit, und zwar verbal und nonverbal. Dabei werden uns die authentischeren Informationen in der Regel über nonverbale Kanäle mitgeteilt, weil diese weniger der willentlichen Kontrolle und Steuerung unterworfen sind. Das heißt, Informationen, die über nonverbale Kanäle laufen, können weniger „frisiert" werden und sagen deshalb auch mehr über die tatsächliche Beziehungsstruktur einer Familie aus.

Allerdings sind wir alle wesentlich besser geschult, auf die Inhalte als auf die nonverbalen Formen der Kommunikation und Interaktion zu achten, d.h. die Prozesse, weshalb auch gerade Übungen zur Wahrnehmung nonverbaler Signale in der Ausbildung zum Familientherapeuten unumgänglich sind (z.B. einige Gesprächssequenzen lang die „Ohren abzuschalten" und nur zu sehen und zu spüren, was zwischen den Familienmitgliedern und bei jedem einzelnen an nonverbalen Informationen geäußert wird).

Nonverbale Interaktions- und Kommunikationsprozesse können wir bereits beim Eintreten der Familie in das Behandlungszimmer beobachten:

- Wer kommt als erster auf den Therapeuten zu?
- Wer hält sich zurück?
- Wer „schiebt" wen vor?
- Wie gehen die Eltern mit ungehorsamen Kindern um? („Gib doch dem Herrn endlich die Hand" oder Ignorieren des Ungehorsams.)
- Wie reagieren die Kinder auf die elterlichen Anweisungen?
- In welcher Körperhaltung betreten die Familienmitglieder das Behandlungszimmer?

In der Kontaktphase, zu Beginn des Familiengesprächs, können wir im Behandlungszimmer folgende Beobachtungen anstellen:

- Wer setzt sich neben wen, d.h., wie sieht die Sitzordnung der Familie aus?
- Wie verständigen sich die Familienmitglieder darüber, wer als erster das Problem vorträgt?
- Wie gehen die Familienmitglieder mit einem schweigenden Angehörigen um?

Weitere wichtige Beobachtungskriterien nonverbaler Interaktion und Kommunikation im Verlauf des Therapieprozesses sind:

- Wer in der Familie kommuniziert kongruent, d.h., Inhalt und Art und Weise des Gesagten stimmen überein?
- Und wer kommuniziert inkongruent (s.u., Kommunikationsstile)?
- Wer unterbricht wen beim Sprechen?
- Wer redet immer wieder für wen (z.B. immer, wenn der Therapeut ein Kind anspricht, antwortet die Mutter für das Kind)?
- Welchen Gesichtsausdruck bekommt der Vater, wenn die Mutter sich über die Schulprobleme ihres Sohnes ausläßt?
- Wer sitzt neben wem in zugewandter oder abgewandter Körperhaltung?

- Bei welchen Themen in der Familie kommt besondere körperliche Unruhe unter den Familienmitgliedern auf (z.B. Thema Streit, Sexualität usw.), bei welchen Themen wirken sie gelähmt und gedrückt?
- Welches Familienmitglied versucht durch Lächeln, Blickkontakt und Zustimmungsäußerungen den Therapeuten in eine Koalition zu ziehen?
- Welche Reaktionsweisen zeigen die übrigen Familienangehörigen, wenn eines heftige Emotionen (Weinen, Wutausbrüche) äußert?
- Welche nonverbalen Mittel, Zustimmung (z.B. Lächeln, Näherrücken) oder Ablehnung (Stirnrunzeln, Wegdrehen des Körpers) zu äußern, haben die einzelnen Familienmitglieder?

Vor allem in der Wahrnehmung des Körperausdrucks geschulten und sensiblen Therapeuten eröffnen sich unendlich viele „Meßpunkte" zur Registrierung nonverbaler Interaktions- und Kommunikationsprozesse, bis hin zum ganz subtilen Spüren, Fühlen, Erahnen. Sie sind in der Lage, mit ihrer *ganzen* Person wahrzunehmen, was nonverbal zwischen ihnen und der Familie sowie innerhalb der Familie abläuft, und reagieren darauf entsprechend. Oft kann es ihnen dann passieren, daß sie in einer Supervisionssitzung gefragt werden, wie sie dies oder jenes wahrgenommen haben, wobei es ihnen dann mitunter sehr schwer fällt, eine nachvollziehbare Beschreibung zu geben.

6.1.5 Analyse vorherrschender Kommunikationsstile

Im systemisch-strukturellen Ansatz liegt das Hauptaugenmerk der Analyse und Beobachtung auf den Prozessen, den unsichtbaren Verbindungslinien *zwischen* den Familienmitgliedern. Prozesse, die innerhalb des einzelnen Individuums ablaufen und die sich in seinem Verhalten anderen gegenüber äußern, spielen dabei eine untergeordnete Rolle. Beobachtungseinheiten sind hier das Familiengesamtsystem sowie familiäre Subsysteme. Dennoch halten wir es für wichtig, auch einen Blick auf das individuelle Subsystem (personales System), das einzelne Familienmitglied, zu werfen. Als besonders gewinnbringender Ansatz der Kommunikationsanalyse hat sich unserer Erfahrung nach der von Virginia Satir (1975) erwiesen, der in die fünf Kommunikationsformen: Beschwichtigen, Anklagen, Rationalisieren, Ablenken und Kongruentsein unterteilt.

Virginia Satir geht davon aus, daß in allen gestörten Familien doppeldeutig kommuniziert wird, d.h., Inhalt und Form der Kommunikation stimmen nicht überein. Diese doppeldeutigen Reaktionsmuster werden gebraucht, um einer drohenden Ablehnung zu entgehen. Der Mensch fühlt die Bedrohung und muß auf sie reagieren. Aber weil er seine „Schwäche“ verbergen möchte, greift er zu folgenden doppeldeutigen Kommunikationsformen (Virginia Satir, 1975, S. 85f.):

1. *Beschwichtigen* (Placate), so daß die andere Person nicht ärgerlich wird;
2. *Anklagen* (Blame), so daß die andere Person ihn als stark ansieht (wenn sie weggeht, ist es ihre Schuld, nicht seine);
3. *Rationalisieren* (Compute), woraus sich ergibt, daß er die Bedrohung als ganz harmlos ansieht, er versucht seinen Selbstwert durch den Gebrauch großer Worte zu festigen;
4. *Ablenken* (Distract), wodurch er die Bedrohung ignoriert und sich so verhält, als sei sie gar nicht da.

Bei der fünften, *kongruenten Reaktionsform* stimmen Worte, Gesichtsausdruck, Körperhaltung und Tonfall der Stimme überein. Da es keine Bedrohung für das Selbstwertgefühl gibt, entsteht keine Notwendigkeit zu beschuldigen, zu rationalisieren oder in dauernder Bewegung zu sein.

Einen guten Überblick über die Erscheinungsform der einzelnen Kommunikationsformen gibt A. v. Schlippe (1984, S. 68ff.).

1. Versöhnliche, besänftigende Kommunikationsform

Abb. 28

Worte: Zustimmen („Was immer du willst, ist in Ordnung; entscheide du“), Entschuldigen, Wohlwollen, nie Fordern.

Stimme: leise, weinerlich, vorsichtig, gedrückt.

Auftreten: eher vorsichtig und leise bis zaghaft, rücksichtsvoll.

Körper: Schultern nach vorn gebeugt, im Sitzen eine Hand offen im Schoß, wenig Atmung …

Syntax: Häufiger Gebrauch von Einschränkungen: „wenn“, „nur“, „ganz“, „gerade“ und häufige Verwendung des Konjunktivs „könnte“, „würde“ usw., häufige Störung durch Gedankenlesen (A. v. Schlippe, 1984, S. 68).

Gedanken und Gefühle der eigenen Unwichtigkeit, Hilf- und Wertlosigkeit: Der Beschwichtigende ist ein ewiger „Ja-Sager“ und versucht sich dadurch nützlich zu fühlen, daß er immer für andere etwas tut und immer jemand findet, der ihn anerkennt. Er versucht immer, dem anderen zu gefallen und entschuldigt sich permanent, weil er immer glaubt, dem anderen lästig zu fallen.

2. Anklagende, fordernde Kommunikationsform

Abb. 29

Worte: nicht zustimmend („Du machst nie etwas richtig“), fordernd, diktatorisch, überlegen, beschuldigend, ablehnend, unterbrechend.

Stimme: laut, oft schrill, hart, fest.

Auftreten: Um anklagend zu wirken, ist es hilfreich, sich vorzustellen, daß man einen beschuldigend ausgestreckten Finger hat, sich nach vorne beugt.

Körper und Atmung: in kleinen, engen Zügen oder ganz angehalten.

Syntax: häufig Verallgemeinerungen: „jeder“, „alle“, „nie“, „keiner“, „jedesmal“, „immer“, „du“.

Verwendung von negativen Fragen: „Warum tun Sie es nicht?“ „Wie kommt es, daß Sie ... nicht können?“ Zeitliche und situative Zusammenhänge sind oft inkorrekt wiedergegeben oder verbunden.

Gedanken und Gefühle: Der Anklagende ist dauernd darum bemüht, seine Gewichtigkeit herauszustreichen, gleichzeitig ist er ein Fehlersucher und Tyrann. Er kämpft ununterbrochen darum, anerkannt zu werden, und lebt in der ständigen Erwartung, angegriffen zu werden.

3. Intellektualisierende, rationalisierende Kommunikationsform

Worte: vernünftig, erklärend, begründend, rechtfertigend; es geht um die Unterscheidung zwischen richtig und falsch. Stimme: oft monoton, langweilig und einschläfernd.

Körper: unbewegt, gespannt.

Syntax: Tilgung der Darstellung von Erlebnisinhalten, d.h., es entfällt oft das Subjekt der aktiven Verben – z.B. „kann gesehen werden“ statt „ich sehe“ oder „es ist störend“ statt „es stört mich“, überhaupt oft: „man“,

„es“, „Leute“-Verallgemeinerungen, Nominalisierungen: „Frustration“, „Streß“, „Spannung“ usw. (statt direkt zu sagen: „Ich fühle mich durch dein Verhalten frustriert!“, sagt der Rationalisierende: „Es gibt Frustrationen“; der Verfasser).

Gedanken und Gefühle: Der Rationalisierende besitzt eine große Angst vor Emotionen jeder Art und damit verbunden Angst vor Verlust von Kontrolle und Ausgeliefertsein (A. v. Schlippe, 1984, S. 73).

Abb. 30

4. Ablenkende, ausweichende Kommunikationsform

Worte: ohne Beziehung, Clownerien, häufig Themen ausweichend, Thema- und Akzentwechsel. Im Extrem: Worte ergeben keinen Sinn, Vermeidung alles Konkreten, irritierend.

Körper: eckig und in verschiedene Richtungen weisend (häufig Kinder, die als „minimale cerebrale Dysfunktion“ etikettiert worden sind), farbig, auffällig, interessante Aufmachung usw. (A. v. Schlippe, 1984, S. 74).

Syntax: rascher Wechsel zwischen den drei ersten syntaktischen Formen, selten direkte Bezugnahme auf das vom Therapeuten Gesagte.

Abb. 31

Gedanken und Gefühle: Der Ablenkende fühlt sich nirgendwo zugehörig und hat den Eindruck, niemand mache sich etwas aus ihm. Er fühlt sich schwindelig oder verschwommen, und alles, was er sagt oder tut, hat keine Beziehung zu dem, was vorher ein anderer Gesprächspartner gesagt oder getan hat.

Selbstverständlich müssen diese vier doppeldeutigen Kommunikationsformen nicht in reiner Form auftreten, sondern können auch miteinander kombiniert sein (z.B. „ablenkend“ kombiniert mit „besänftigend“). Auch erleben wir in der Realität immer wieder einzelne Familienmitglieder, die nur leichte bis mäßig ausgeprägte Tendenzen in Richtung der einen oder anderen doppeldeutigen Kommunikationsform aufweisen.

Virginia Satir (1975, S. 145f.) bezeichnet die Familien, in denen ein doppeldeutiger Kommunikationsstil vorherrscht, als geschlossene Systeme, solche Familien, in denen ein klarer und kongruenter Kommunikationsstil überwiegt, als offene Systeme (intakte, nährende Familien).

„Geschlossenes System"

Selbstwert: gering.
Kommunikation: indirekt, unklar, unspezifisch, inkongruent, anklagend, beschwichtigend, rationalisierend, ablenkend (entwicklungshemmend).
Regeln: versteckt, unpassend, unmenschliche Regeln bleiben starr, Veränderungen haben sich bestehenden Regeln anzupassen und zu unterwerfen; Einschränkung der Meinungsäußerung: „Die Menschen sind für die Regeln da."
Ergebnis: unglücklich, chaotisch, unangemessen, zerstörerisch.

Der Selbstwert ist immer mehr in Frage gestellt und ist immer stärker auf die Unterstützung durch die Außenwelt angewiesen.

„Offenes System"

Selbstwert: hoch.
Kommunikation: direkt, klar, spezifisch, übereinstimmend, kongruent, entwicklungsfördernd.
Regeln: offen, entsprechend, menschlich. Die Regeln werden geändert, wenn es erforderlich ist; volle Freiheit zur Meinungsäußerung: „Die Regeln sind für die Menschen da."
Ergebnis: Bezug zur Realität, angemessen, konstruktiv.
Der Selbstwert wird ständig zuverlässiger und zuversichtlicher; erhält immer mehr Basis in der Persönlichkeit (V. Satir, 1975, S. 145f.).

6.1.6 Dimensionen des Familienprozesses

Die im folgenden geschilderten Ziel- und Zugangsdimensionen, über die Familienprozesse ablaufen, betrachten wir als weitere wichtige Diagnosekriterien.

Käufer und Lebt (1975, auszugsweise übersetzt von Mona Kaufmann, 1980) sehen folgende Ziele, die jede Familie als ganze bzw. einzelne Familienmitglieder innerhalb oder außerhalb der Familie erreichen wollen, als besonders wichtig an:

1. „Affect“ (emotionale Zuwendung und Nähe, Lieben und Geliebtwerden);
2. „Power“ (Fähigkeiten, Potentiale, Kraft und Stärken);
3. „Meaning“ (etwa die Sinngebung oder das Weltbild innerhalb und außerhalb der Familie).

Zugang zu diesen drei Zielen verschaffen sich die einzelnen Familienmitglieder bzw. die Gesamtfamilie über die drei Zugangsdimensionen (Bosch, 1984, S. 96ff., nennt sie „Kontrollmechanismen“):

1. Raum

2 Räume: a) innere Bereiche, z.B. Schutz von Eigentum, Privatsphäre, Beziehungen;
b) äußere Bereiche, z.B. Garten, Haus, Straßen, Plätze, Picknick.

Fragen: 1. Wie entwickelt, verteidigt und erhält jemand seinen Raum?
2. Wie wird Distanz zwischen den Familienmitgliedern reguliert?

2. Zeit

Uhrzeit, Kalenderzeit

Tage und Wochen haben wiederkehrende und variable Ereignisse und Strukturen – außerdem ist die Familie mit ihren Mitgliedern in einen größeren Zeitverlauf eingebettet.

Leute können sich in der Zeit genauso verwenden wie im Raum.

3. Energie (Erzeugung und Abgabe von Energie)

Die Frage ist, ob jede Einheit in Balance ist, d.h., ob sie genug Energie hat, ihre Forderungen zu erfüllen. Daraus ergeben sich folgende Fragen:

„Gibt die Familie zuviel Energie ab, verausgabt sie sich, indem sie mehr Forderungen übernimmt, als sie erfüllen kann?

Werden legitime Energieforderungen nicht berücksichtigt?

Haben die Mitglieder befriedigende Möglichkeiten, ihre Energien abzuführen? Werden Familienenergien verschleudert?“ (M. Kaufmann, 1980, S. 4).

In der Arbeit mit einer Familie können wir zunächst einmal unter Verwendung dieser diagnostischen Ordnungskriterien feststellen, welche die beherrschenden Themen und damit auch Zieldimensionen der Familie sind: Drehen sich die Themen hauptsächlich um die Zieldimension „Power", so wird in der Sitzung viel darüber gesprochen, wer sich wie in der Familie durchsetzt, wer sich wem unterordnet oder widersetzt, wer welche Dinge in der Familie bestimmt, wer die Familie nach außen vertritt und wer innerhalb der Familie das Sagen hat usw.

Wird das Thema „Affect" beherrschend, so überwiegen die Schilderungen emotionaler Nähe oder Distanz, also wer wen mehr oder weniger liebt, mehr oder weniger haßt, wer sich von wem vernachlässigt fühlt usw.

Drehen sich die Themen um die Dimension des „Meaning" (Weltbildes), so stehen sowohl weltanschauliche, religiöse, politisch-philosophische Fragen usw. im Vordergrund als auch die sogenannte Familienidentität, der „unsichtbare Wahlspruch", den sich die Familie sozusagen auf das „Familienwappen" geschrieben hat (z.B. „Wir sind eine tüchtige Handwerkerfamilie, die keine intellektuellen Klugscheißer braucht").

Diagnostisch ebenfalls von Bedeutung ist es, zu erfahren, auf welche Art und Weise, d.h. über welche Zugangs- bzw. Kontrolldimensionen, bestimmte Zieldimensionen erreicht und kontrolliert werden.

Dazu ein Beispiel: In unserer Familie T. waren die beherrschenden Zieldimensionen „Power" und „Affect"; d.h., die Mutter beschwerte sich darüber, daß ihre Schwiegermutter auf die Familie und den Handwerksbetrieb so viel Macht ausübe und ihr Mann sich heraushalte. Herr und Frau T. warfen sich wechselseitig vor, jeweils vom anderen zuwenig Liebe, Aufmerksamkeit und Zuwendung zu bekommen, so daß Frau T. mit Scheidung drohte. Auf der Ebene des Weltbildes („Meaning") waren keine Konflikte erkennbar.

Die Regulierung der Affektkonflikte erfolgt über alle drei Zugangsdimensionen:

1. *Raum*
   Herr T., der tagsüber viel auf Baustellen unterwegs ist, kommt abends nur kurz nach Hause und geht dann wieder zu seinen Freunden in die Kneipe. Die Urlaube verbringen die Ehepartner meistens getrennt, bzw. Herr T. macht gar keinen Urlaub, und Frau T. fährt mit den Kindern allein weg. So teilt das Ehepaar T. wenig Raum miteinander.

2. *Zeit*
   Die Zeitstruktur in der Familie T. sieht insgesamt etwas chaotisch aus: Mutter und Kinder wissen nicht, wann der Vater von der Arbeit nach Hause kommt, manchmal taucht er zum Mittagessen auf, manchmal erst zum Abendbrot, manchmal überhaupt nicht. Die Eltern geraten in Streit, um welche Zeit Alexander abends ins Bett gehen muß. Mutter und Tochter verbringen mehr gemeinsame Zeit über außerschulische Aktivitäten, Mutter und Sohn verbringen gemeinsame Zeit hauptsächlich im Zusammenhang mit Hausaufgaben. Frau T. beschwert sich bitter, daß ihr Mann mit ihr so gut wie „überhaupt keine Zeit" verbringt, sondern diese nur dem Betrieb und seinen Freunden widmet.

3. *Energie*
   Frau T. hat das Gefühl, mehr Energie durch ihre Doppelbelastung als Hausfrau und „Verwaltungsangestellte ihres Mannes" zu verbrauchen, als sie wieder irgendwo tanken kann. In der kurzen Zeit, in der sich die Ehepartner Raum und Zeit teilen, findet wenig Energieaustausch statt: Sie sehen nebeneinander fern, reden kaum miteinander, tauschen so gut wie nie Zärtlichkeiten aus usw.

Schwierigkeiten können sich u.a. dann ergeben, wenn einzelne Familienmitglieder völlig unterschiedliche Zugangsdimensionen für die gleiche Zieldimension haben. Dazu ein Beispiel von Watzlawick: Eine Frau beschwert sich beim Therapeuten bitter darüber, daß ihr Mann ihr gegenüber wenig Liebe (Affect) zeige. Jeder Abend verlaufe nach dem gleichen Schema: Das Ehepaar sitzt vor dem Fernseher, die Frau will mit ihrem Mann reden, er hat jedoch wenig Lust dazu. Im Laufe der folgenden Sequenzen stellt es sich dann heraus, daß für die Frau „Liebe zeigen" bedeutet, daß der Mann sich mit ihr unterhält, d.h., daß ein Energieaustausch stattfindet. Dagegen bedeutet in den Augen des Mannes „Liebe zeigen", daß er jeden Abend Zeit und Raum mit der Frau teilt, d.h., im selben Raum einige Stunden lang neben ihr sitzt.

Im Zusammenhang mit den drei Zugangs- und Zieldimensionen ist es wichtig, anzumerken, daß stets zuerst auf der „Power"-Ebene und dann auf der „Affect"-Ebene gearbeitet werden darf, d.h., es muß die innere hierarchische Familienstruktur geklärt sein, bevor am emotionalen Beziehungsgeflecht gearbeitet werden kann. Andernfalls könnten Äußerungen von Nähe und Zuwendung oder Ärger und Kritik massiv unterdrückt werden.

6.1.7 Erkennen offener und verdeckter Familienregeln

In jeder Familie herrscht ein Satz von Ge- und Verboten, die die Beziehungen der Familienmitglieder steuern. „Sie sind vergleichbar der Grammatik: Ein relativ überschaubarer Satz von Regeln erklärt die unendliche Komplexität unserer Sprache" (A. v. Schlippe, 1984, S. 27).

Jeder von uns hat von seiner Herkunftsfamilie eine ganze Reihe von Regeln mitbekommen, wie z.B. „Ich muß immer stark sein" (oder komplementär: „Ich darf nie schwach sein"), „Ich darf keine Gefühle zeigen", „Ich darf nie jemandem meinen Ärger zeigen, sondern muß ihn immer herunterschlucken" usw. Es handelt sich um innere Anweisungen, die explizit oder implizit heute noch unser Verhalten steuern.

Mit Regeln, die in der Familie offen ausgesprochen werden, können sich die Familienmitglieder leichter auseinandersetzen und sie auch leichter verändern als mit Regeln, die verdeckt (implizit) vorhanden sind. Ein Beispiel für eine explizite Regel stellt die in der Familie öffentlich festgelegte und von allen Mitgliedern gutgeheißene Verteilung der Hausarbeiten dar. Ein Beispiel für eine implizite (verdeckte) Regel ist gegeben, wenn nur derjenige in der Familie Aufmerksamkeit, Liebe und Zuwendung von den andern Familienmitgliedern erhält, der krank wird.

Regeln können ferner funktional oder dysfunktional sein, für die Aufrechterhaltung des Familiensystems und die autonome Entwicklung des einzelnen Familienmitglieds sinnvoll oder für das Weiterbestehen des Familiensystems zerstörerisch und die Entfaltung des einzelnen in der Familie einschränkend. So kann die explizit ausgesprochene Regel, daß die zehnjährige Tochter abends bis spätestens 19 Uhr zu Hause ist, funktional sein, wird diese Regel jedoch auf die 19 Jahre alte Schwester ebenfalls angewandt, ist sie einschränkend.

Die Beobachtung und das Erkennen offener und verdeckter, funktionaler und dysfunktionaler Regeln in einer Familie gibt dem Therapeuten wertvolle Hinweise auf die Rigidität bzw. Flexibilität des jeweiligen Familiensystems und damit auf das Ausmaß von Widerständen gegen Veränderung.

6.1.8 Systemische Hypothesenbildung

Durch permanente Beobachtung der verbalen und nonverbalen Kommunikations- und Interaktionssequenzen der Familienmitglieder untereinander sowie zwischen Therapeut und Familie bildet sich der Therapeut eine erste Hypothese über Beziehungsmuster und Beziehungsstrukturen der Problemfamilie sowie die Funktion, die das Symptomverhalten des Problemschülers in diesem Familiensystem hat.

„Im Sprachgebrauch der experimentellen Wissenschaft ist eine Hypothese eine nicht bewiesene, vorläufig akzeptierte Annahme, die als Grundlage für weitere Untersuchungen dient, welche zu ihrer Bestätigung oder Verwertung führen" (Selvini-Palazzoli u. a., 1981, S. 126).

Während es jedoch in der experimentellen Naturwissenschaft um „richtig" oder „falsch" geht, geht es bei der Bildung einer systemischen Hypothese um das Kriterium der *„Nützlichkeit"*. Nützlich für den Therapeuten, indem er sein diagnostisches und therapeutisches Handeln von der systemischen Hypothese leiten läßt, so daß seine Tätigkeit eine Art des Experimentierens ist, um die handlungsleitende Hypothese zu prüfen. Die Hypothese wird im Familiengespräch eingesetzt als Wegweiser zu neuen Informationen, die entweder bestätigt, verworfen oder umformuliert wird. Die Hypothese soll die Informationen ordnen, zunächst in solche, die zu ihr passen, und dann in solche, die ihr widersprechen. Sie stellt sozusagen ein permanent in Veränderung befindliches Gerüst dar, an dem der Therapeut an- und umbauen kann und das ihm als Leitfaden dient. Die systemische Hypothese darf also keinesfalls starr und unbeweglich sein, indem sie den Therapeuten voreingenommen macht und seinen Blickwinkel einengt. Vielmehr ist sie ein permanent fließendes kognitives „Gebilde", das ihn davor bewahrt, von der Informationsflut von seiten der Familie überwältigt und verwirrt zu werden. Sie verschafft ihm in seinem diagnostischen und therapeutischen Handeln Sicherheit, Klarheit und Zielgerichtetheit.

Die systemische Hypothese gründet darin, daß das Problemverhalten oder Symptom des Problemschülers eine Funktion im Familiensystem hat. Der Therapeut sucht also nach Interaktionen im Beziehungsmuster, die das Symptom, besser die Funktion des Symptoms, über das System erklären können.

Für unsere Beispielsfamilie W. („Der hilflose Pascha") ist die systemische Hypothese auf den Seiten 50f. beschrieben.

Für unsere Beispielsfamilie T. („Das Damoklesschwert der Scheidung") verweisen wir auf die Seiten 46f.

Anhand der in Teil II A aufgeführten Beispiele für eine systemische Hypothesenbildung lassen sich folgende Merkmale einer systemischen Hypothese definieren:

1. Alle Mitglieder der untersuchten Problemfamilie müssen in diese Hypothese mit einbezogen sein.

2. Die Beziehungen zwischen allen Familienangehörigen müssen definiert werden.
3. Die Funktion, die das Symptomverhalten des Problemschülers für die Familie hat, muß ersichtlich werden.

Ausgehend von der systemischen Hypothese, können wir selbstverständlich weitere Hypothesen über die einzelnen Subsysteme der Gesamtfamilie bilden (wenn wir uns die in Teil I (Kap. 2) abgebildete Zeichnung als Stockwerke der dargestellten Systemebenen vor Augen führen, heißt es, daß wir jedesmal einen Stock tiefer steigen), indem wir zum Beispiel die Beziehung zwischen Michel und seiner Mutter als symbiotisch einschätzen, die Beziehung der Eheleute T. als durch eine drohende Trennung gekennzeichnet, die Beziehung zwischen Tanja und Alexander T. als „Geschwisterrivalität“ usw.

Wenn wir dann noch ein Stockwerk tiefer hinuntersteigen, stellen wir Hypothesen auf der individuellen Ebene auf, wie z.B.: „Frau T. wirkt deprimiert“, „Alexander T. ist unmotiviert“ usw.

„Die Diagnose des Familientherapeuten wird durch seine Hypothesen erstellt. In dem Maße, wie sich die Familie verändert, im Verlauf der Therapie, kann sich die Problemsicht ändern und damit die Hypothese als diagnostisches Hilfsmittel. Es gibt dabei keine einzig ‚wahre‘ Hypothese. Sicher sind einige ‚wahrer‘ als andere, aber es gibt so viele Möglichkeiten der ‚Wahrheit‘ wie es Plätze gibt, auf denen man stehen und sie betrachten kann“ (Selvini-Palazzoli u.a., 1981, S. 296).

Die systemische Hypothese kann nur ungenau überprüft werden, so daß zumal für den Therapeuten selbst nicht objektiv festgestellt werden kann, ob sie der Wahrheit am nächsten kommt oder ob es vielleicht bessere Hypothesen gibt.

Für die Therapie entscheidend ist aber nicht nur, ob die zugrundeliegende systemische Hypothese das Problem bzw. das Symptom angemessen beschreiben kann, sondern ob sie dem Therapeuten und im weiteren Sinne dem therapeutischen System (also Familie und Therapeut) Handlungsanweisungen geben kann, die geeignet sind, das Problem zu lösen.

Der Therapeut kann direkt (offen) oder indirekt (zum Beispiel paradox) mit der Hypothese arbeiten und Interventionen ableiten. Dabei lassen wir uns in unserer Arbeit mit Problemschülern und deren Familien von dem Grundsatz leiten, daß wir nur bei flexiblen, der Veränderung aufgeschlossenen Familiensystemen unsere Hypothesen offenlegen und bei rigiden (veränderungsresistenten) Familiensystemen mit verdeckten Hypothesen arbeiten, weil bei diesen Familien das Offenlegen der Hypothese massive Ängste und Widerstände auslöst und somit Veränderungen blokkiert.

6.1.9 Testdiagnostik

Eigentlich gehört die testdiagnostische Abklärung, die spätestens nach dem ersten Familiengespräch bei all denjenigen Schülern stattfinden sollte, die als Symptom ein Schulleistungsversagen aufweisen, noch in die Anfangsphase des Beratungsprozesses. In der Regel führen wir mit dem Problemschüler allein an einem gesonderten zweiten Termin einen Intelligenztest (in seltenen Fällen zur Absicherung auch zwei) und je nach Fragestellung auch Schulleistungstests durch. Dieser Testtermin hat insofern sowohl für den einzelnen Problemschüler als auch seine Familie und das System Schule einen besonderen Stellenwert, als eine wichtige Vorarbeit zur systemischen Problemdefinition geleistet wird. Oft wird nämlich das Leistungsversagen des Schülers von der Schule und hin und wieder auch von seiner Familie einem „Begabungsmangel", d.h. einem individuellen „Defizit", zugeschrieben. Die fatalen Auswirkungen der Etikettierung „Dummheit" liegen auf der Hand: Der Schüler verliert sein Selbstvertrauen, wird immer unsicherer und ängstlicher und bietet nach einiger Zeit tatsächlich das Bild eines begabungsmäßig überforderten Kindes.

In ca. 80% der Fälle können wir durch die testdiagnostische Abklärung Mängel in der Begabungshöhe oder Begabungsstruktur als Ursache für ein Schulleistungsversagen absolut ausschließen. Allein die Bekanntmachung des positiven Testergebnisses setzt häufig schon beim Schüler sowie seiner familiären und schulischen Umwelt eine erstaunliche Veränderung in Gang: Das angeschlagene Selbstvertrauen des Problemschülers wird gestärkt, indem ihm von Expertenseite versichert wird, daß er wesentlich mehr kann, als er zeigt. Seine Familie wird gezwungen, sich mit der ganz zentralen Frage auseinanderzusetzen: „Wie erklären Sie sich, daß Sie ein gut begabtes Kind haben, das schulisch befriedigende Leistungen erbringen kann und dennoch völlig versagt?" Mit der Mitteilung des guten Intelligenztestergebnisses wird in der Familie mehreres erreicht:

1. Das in einem Begabungsmangel gesehene unabänderliche Problem wird zu einem veränderbaren, da ja der Problemschüler durchaus die Kapazitäten besitzt, befriedigende Leistungen zu erbringen.

2. Indem das Problem von einem unbeeinflußbaren zu einem veränderbaren gewandelt wird, geraten die Einflüsse der übrigen Familienmitglieder ins Blickfeld. Häufig definiert die Familie dann das Problem von der „Dummheit“ um zum Problem der „Faulheit“. Dann muß sie sich jedoch mit der Frage auseinandersetzen: „Wie kommt es, und wie erklären Sie sich, daß Ihr Kind so ein ‚faules‘ Verhalten an den Tag legt?“
3. In den darauffolgenden Interaktionssequenzen können wir mit der Familie abklären, wer es in der Familie dem „faulen“ Kind besonders leicht macht, faul zu sein, sowie ob und welche Hilfestellungen gegeben werden können, ihm zu mehr Fleiß zu verhelfen. Damit wird der Familie die Möglichkeit eröffnet, die „Faulheit“ in einem gesamtfamiliären Bezugsrahmen zu sehen.

In unserer Beispielsfamilie T. („Das Damoklesschwert der Scheidung“) sah die Vorarbeit zum Kontrakt für einen Testtermin wie folgt aus: In der Problemdefinitionsphase schildert Frau T. ausdrucksvoll, daß Alexander nur dann etwas macht (z.B. Hausaufgaben), wenn man neben ihm steht. Die Mutter muß ihn immer dazu auffordern, aber er läßt alles an sich „abprallen“.

Der Therapeut stellt nach der Problemschilderung die Weichen für eine systemische Problemdefinition mit der Frage: „Könnte es sein, daß sich Alexander gerne in einer Sänfte tragen läßt, d.h., er kann eigentlich mehr, als er vorgibt?“

Nachdem alle Familienmitglieder sich unsicher darüber zeigen, welche Leistungen Alexander eigentlich erbringen kann und welche nicht, stellt der Therapeut an ihn und seine Familie die Frage, ob sie es genau wissen wollen. Nachdem alle Familienmitglieder ihr Einverständnis zur Abklärung dieser Frage gegeben haben, betont der Therapeut, daß es ganz wichtig sei, Alexander weder zu überfordern noch zu unterfordern. Wenn man ihn nämlich permanent überfordert und viel mehr von ihm verlangt, als er eigentlich kann, wird ihm unrecht getan. Wird er jedoch unterfordert, gehen er und die Familie fahrlässig mit seiner schulischen und beruflichen Zukunft um. Falls sich dann die Vermutung bestätigen sollte, daß Alexander den Hauptschulabschluß gut schaffen könnte, soll überlegt werden: „Woran liegt es, daß jemand, der viel kann, wenig tut?“

Im Zweitgespräch mit der Familie T. wird das gute Abschneiden des Alexander im Intelligenztest wie folgt aufgegriffen:

Th.: Was ich noch sagen wollte, heute für diese Sitzung. Wir waren doch bei diesem Geheimnis, das Alexander hat: warum er mit einer guten Intelligenz, die über dem Durchschnitt liegt, Fünfen schreibt. Na?

Mutter: Mhm!

Th.: (zu Alexander) Bist du interessiert, was eine Lösung von diesem Geheimnis ist, oder ist es noch zu früh?

Alexander: Mhm (stimmt zu).

Th.: Tanja, bist du interessiert, das Geheimnis zu lüften beim A.?

Da sie nichts antwortet: Du bist sehr vorsichtig.

Th.: (zu Frau T.) Möchten Sie es hören, was eine mögliche Lösung ist von diesem Geheimnis?

Frau T.: Ja.

Stellt sich durch das testdiagnostische Ergebnis jedoch tatsächlich eine Überforderung der kindlichen Leistungsfähigkeit heraus, so bleiben einige Fragen offen, die mit den Eltern geklärt werden müssen:

- Weshalb wurde das Kind nicht in einer seinem Leistungsstand entsprechenden Schulart eingeschult? Was konnte die Eltern dazu verleiten, die Fähigkeiten ihres Kindes falsch einzuschätzen?
- Ist die Überforderung objektiv durch die untere Leistungsgrenze der Schule bestimmt, oder wird sie subjektiv durch die Leistungsforderung, die das Kind an sich selber stellt bzw. die die Eltern von ihm verlangen, bestimmt?

6.2 Methoden zur Veränderung des Familiensystems

Die unten angeführten Veränderungsmethoden stellen selbstverständlich nur eine kleine Auswahl aller denkbar möglichen dar. Es sind solche, die wir in der Arbeit mit Problemschülern und ihren Familien einsetzen. Der Spontaneität, Flexibilität und dem Erfindungsreichtum des Therapeuten sind hier keine Grenzen gesetzt. Er kann bereits bekannte Methoden mit neuen Techniken kombinieren, immer abgestimmt auf das jeweilige Familiensystem, seine Therapeutenpersönlichkeitsmerkmale, seine Erfahrung, seinen Stil und auf die zeitliche Phase, in der sich der Therapieprozeß befindet.

Wenn wir im folgenden einzelne „Techniken“ der Veränderung näher erläutern, müssen wir uns dabei immer vor Augen halten, daß über jeder Technik die Person und Persönlichkeit des Therapeuten/Beraters steht. Minuchin (1983, S. 14): „Familientherapie erfordert den Einsatz der eigenen Person. Der Familientherapeut kann nicht von außen her beobachten und sondieren“ (vgl. auch Kap. 3).

6.2.1 Verbale Methoden

Splitting-Methode und Wetten

Splitting-(Aufspalt-)Methode heißt, daß der Berater/Therapeut im labilen Gleichgewichtszustand zwischen Beharrung und Veränderung beide Seiten, d.h. die Widerstands- und die Veränderungsseite, in seiner Person vereinigt und damit weniger Gefahr läuft, die Familienmitglieder durch einen allzu starken Veränderungsdruck in den Widerstand zu treiben.

„Ein Teil in meinem Inneren sagt mir, Boris, daß du jetzt schon anfangen könntest, XY zu tun. (Positive Veränderungsschritte, z.B. eigenverantwortlich jeden Nachmittag eine Stunde lernen.) Ein anderer Teil sagt mir, daß du noch nicht so weit bist, die Verantwortung eines Fünfzehnjährigen zu übernehmen“, usw.

Wenn es einen Ko-Therapeuten in der Therapiesitzung gibt, kann dieser den Teil der Nichtveränderung des Symptoms, der hauptverantwortliche Therapeut den Teil der positiven Veränderung der Symptomatik übernehmen.

Gibt es keinen Ko-Therapeuten, so empfiehlt sich zum Beispiel die Anschaffung einer (selbstgebastelten) lebensgroßen Stoffpuppe, wie sie in einer Ecke unseres Beratungsraumes auf einem Stuhl sitzt und auf einem T-Shirt den passenden Namen „Jimmy Nix“ aufgedruckt hat.

Den anwesenden Familienmitgliedern wird erklärt, daß der Nachname „Nix“ bedeutet, daß Jimmy nichts verändern kann und will und natürlich auch den Familienmitgliedern keine Veränderungen zutraut.

Anstelle eines anderen Teils können der Ko-Therapeut oder „Jimmy Nix“ die Rolle der Beharrung und Nichtveränderung übernehmen.

Die Splitting-Methode läßt sich gut mit dem *Wetten* verbinden. Eine mögliche Wette im Anschluß an das oben aufgeführte Beispiel könnte wie folgt lauten: „Mein optimistischer Teil in mir sagt, daß du als fünfzehnjähriger Fünfzehnjähriger anfangen könntest zu lernen. Mein pessimistischer Teil dagegen sagt, daß du weiterhin als unselbständiger siebenjähriger Fünfzehnjähriger noch nicht in der Lage bist, selbständig zu lernen. Beide halten sich die Waage. Ich weiß nicht, welche Seite von beiden gewinnen wird. Ich wette aber gerne. Sollen wir eine Wette abschließen, daß du bis zum nächsten Gespräch in ... Wochen noch keine konkreten Schritte (im einzelnen genau aufführen) unternommen hast, eigenverantwortlich für dein Lernen zu sorgen? Wenn du gewinnst, können deine Eltern mit dir gemeinsam XY (für den Problemschüler und seine Eltern angenehme Aktivitäten) unternehmen. Wenn ich gewinne, mußt du noch x-mal zu mir zu Beratungsgesprächen kommen ... und müssen deine Eltern für einen siebenjährigen Fünfzehnjährigen die volle Verantwortung übernehmen und ihn jeden Nachmittag (bestimmte Zeit angeben) zum Lernen zwingen usw."

Eine Variante der Splitting-Methode besteht darin, einen imaginären „Spezialisten" für die dargebotene Problematik angeblich mit hinzugezogen zu haben.

Beispiel (beratender Lehrer): „Letzte Woche habe ich mich mit einem Kollegen unterhalten, der Spezialist für Fälle chronischer Faulheit ist, und der meinte, in deinem Fall sei es noch zu früh, *jetzt* schon damit anzufangen, deine vorhandenen Fähigkeiten zum Lernen sinnvoll einzusetzen; ich allerdings denke, du könntest *jetzt* schon damit anfangen ..."

Die Aufmerksamkeit auf das Positive (Ausnahmen) fokussieren

Oft halten sich Problemschüler, Lehrer und Eltern in einem wechselseitigen Teufelskreis von negativer Aufmerksamkeitsfokussierung gefangen, d.h., jeder Beteiligte starrt gebannt auf die Symptomatik, wodurch diese häufig noch verstärkt wird.

Eine wirksame Methode, diesen Teufelskreis zu durchbrechen, ist folgende: Der Problemschüler wird aufgefordert, sich ein Tagebuch zuzulegen, in das er sich jeden Abend vor dem Schlafengehen drei Ereignisse einträgt, die an diesem Tag positiv verlaufen sind, sei es in der Schule oder zu Hause.

Die Eltern werden eingeladen, sich anschließend mit ihrem Kind mindestens eine viertel Stunde lang über diese positiven Ereignisse zu unterhalten.

Die Klassenlehrerin des Kindes wird persönlich oder telefonisch insofern um Mithilfe gebeten, als sie im Verlauf des Unterrichts systematisch nach Ausnahmen vom Problem Ausschau halten und diese Ausnahmen dem Problemschüler positiv rückmelden soll, zum Beispiel durch ein Lob, ein Lächeln, einen schriftlichen positiven Kommentar unter eine Klassenarbeit usw.

Der Problemschüler wird aufgefordert, ebenfalls auf die Ausnahmen bei der Klassenlehrerin zu achten, also darauf, wie oft sie ihn an einem Vormittag anlächelt, lobt, eine positive Rückmeldung gibt, „ausnahmsweise“ weniger ermahnt und tadelt usw.

Dieses positive Ausnahmeverhalten der Lehrerin soll dann wiederum der Problemschüler zu Hause den Eltern rückmelden, um so eingeschliffene Kommunikationszyklen zu unterbrechen, die nach dem Motto ablaufen: „Was ist heute schon wieder in der Schule schiefgelaufen?“ Oder: „Was hat heute schon wieder die Lehrerin an dir auszusetzen gehabt?“

Die Aufgabe der Eltern besteht darin, den Problemschüler zu Hause gezielt nach positiven Erlebnissen im Verlauf des Schulvormittags zu fragen und negative zu ignorieren.

Geschichten mit eingebetteten Lösungen

Diese Methode kann dazu beitragen, bei den Familienmitgliedern nützliche Suchprozesse in Richtung Problemlösung anzuregen, ohne Widerstände zu erzeugen.

Nach dem Motto „Ah, da fällt mir übrigens gerade etwas ein ...“ erzählt der Berater/Therapeut beiläufig Geschichten von Klienten mit ähnlich gelagerten Problemen, in denen konstruktive Ansätze zur Problembewältigung enthalten sind. Anschließend kann der Therapeut noch entschuldigend hinzufügen: „Es kann ja bei Ihnen ganz anders sein.“

Durch diese Intervention werden bei Klienten Suchprozesse ausgelöst nach Gemeinsamkeiten und Unterschieden zwischen dem in der „Geschichte“ dargestellten Problem und seiner Lösung und der eigenen Problematik.

Im Gegensatz zu einer direkten Anweisung nach dem Motto „Ich schlage Ihnen dieses oder jenes vor“ werden mit dieser indirekten Methode Widerstände erst gar nicht aufgebaut bzw. elegant umgangen (vgl. auch Hennig u. Keller, 1994, S. 133).

Sprachliche Metaphern

Eine von uns häufig gebrauchte Metapher für Schüler, deren „Faulheit“ (Unmotiviertheit) im Zusammenhang mit ihrer Unselbständigkeit zu sehen ist, ist die *Sänfte*.

Therapeut zum Symptomträger: „Du hast das Glück oder auch Pech, ein Prinz zu sein, der in einer Sänfte getragen wird, so daß du nicht selber gehen mußt. Wer sind die Träger der Sänfte?“

Nachdem sich teils lachend, teils betroffen einige Familienangehörige als Sänftenträger zu erkennen geben und dargelegt haben, wie sie die Sänfte tragen (z.B. durch Abnahme aller möglichen alltäglichen Aufgaben), fährt der Therapeut weiter fort: „Es hat Vor- und Nachteile, in der Sänfte getragen zu werden: Ein Vorteil liegt z.B. in der Bequemlichkeit, ein Nachteil z.B. darin, daß man das Gehen verlernt." Einige Sequenzen später sagt der Therapeut zur ganzen Familie gewandt: „Wir haben uns jetzt eine ganze Weile über die Vor- und Nachteile des Sänftentragens unterhalten, wie lang wollen Sie weiterhin die Sänfte tragen?"

Ein weiteres Beispiel für den Einsatz der metaphorischen Bildsprache stellt die weiter oben beschriebene Baum-Gartenzaun-Zeichnung als Versinnbildlichung der Autonomie des einzelnen und seiner Grenze zu den andern in der Familie dar.

Eingebettete Zitate

Eingebettete Zitate sind in engem Zusammenhang mit Widerständen der Familie gegen Veränderungen zu sehen.

Der Sinn eines eingebetteten Zitats besteht darin, daß der Therapeut der Familie gegenüber eine auf Veränderung zielende Aussage tätigt, diese jedoch, abgestimmt auf das Weltbild der Familie, hinter einem Expertenratschlag eines Dritten, einer Lebensweisheit oder einem religiösen Gebot „verbirgt". Ebenso kann er über bestimmte therapeutische Erfahrungen mit anderen, ähnlich strukturierten Familien berichten. Dadurch fällt es auch denjenigen Familien leichter, den Inhalt der Aussage zu befolgen, die sonst eher gerade das nicht tun, was der Therapeut sagt. Es besteht so eine gewisse Distanz zwischen dem Therapeuten und der auf Veränderung zielenden eingebetteten Aussage.

Dazu einige Beispiele: Gegenüber einer veränderungsresistenten Familie, von der der Therapeut denkt, daß sie seine vorgeschlagenen Aufgaben nicht befolgen wird, kann er folgendes sagen: „Letzte Woche habe ich mich mit einem Kollegen, der Spezialist für XY (eben der Symptomatik dieser Familie) ist, über einen ganz ähnlichen Fall wie den Ihren unterhalten. Dabei meinte er, daß man schon nach der ... Sitzung der Familie die Aufgabe A stellen kann, aber ich denke, es wäre in Ihrem Fall wirklich noch zu früh."

Hier übernimmt der Spezialist für XY (es kann auch der Ko-Therapeut sein) die Seite der Veränderung, der Therapeut die Seite des Widerstandes. Die Familie kann sich nun, wenn sie die bestimmte Aufgabe gestellt bekommt, nur „richtig" verhalten: Erfüllt sie die Aufgabe nicht, hat sie die Erwartungen bzw. Einschätzung des Therapeuten erfüllt. Erfüllt sie die

Anweisung jedoch, hat sie damit angefangen, ihre Veränderungswiderstände zu überwinden. Der Therapeut hat die Familie in die Situation einer therapeutischen Doppelbindung gebracht, in der er von ihr nicht mehr ausmanövriert werden kann. Jedes „Schachmattsetzen“ des Therapeuten würde nämlich das Familienselbstbild „Uns kann doch niemand helfen“ verstärken.

Abgestimmt auf das Weltbild der Familie, kann der Therapeut auf den Expertenratschlag höherer bis höchster Autoritäten, religiöser oder weltanschaulicher Art, hinweisen.

So kann er zum Beispiel Familien, in denen der einzelne sich selbst abwertet und für den anderen sich ganz aufopfert, sagen: „Ich weiß, daß Sie eine sehr religiöse Familie sind, und deshalb kennen Sie sicher das Bibelwort: Liebe deinen Nächsten wie dich selbst. Es heißt ganz sicher nicht: Liebe deinen Nächsten sowenig wie dich selbst. Wie Sie sicher wissen, ist es sehr schwierig, einem anderen etwas von sich zu geben, was man selbst gar nicht hat, denn wenn wir selber hart mit uns umgehen, ist es sehr schwierig, gut mit den andern umzugehen. Wenn wir uns selbst schlecht annehmen, können wir auch andere schlecht annehmen.“

Eine andere Möglichkeit, der Familie verdeckte Änderungsanweisungen zu erteilen, besteht darin, über die Erfolge und Mißerfolge in der therapeutischen Arbeit mit anderen, ähnlich strukturierten Familien zu berichten. Wenn zum Beispiel eine Familie versucht, dem Therapeuten die alleinige Verantwortung aufzubürden, indem sie ihn zu Beginn der Therapie dazu auffordert, für die Familie Entscheidungen zu fällen, kann er sagen: „Wissen Sie, vor drei Wochen habe ich bei einer Familie mit ähnlicher Ausgangslage wie der Ihren gleich zu Beginn diesen oder jenen ... Ratschlag gegeben. Aber der hat nichts genützt, weil es zu früh war. So brauche ich auch noch von Ihnen mehr Informationen.“

Fokussieren

Bestimmte Themen werden herausgegriffen und besonders beleuchtet:

Wenn wir als Therapeut/Berater mit Problemschülern und ihren Familien arbeiten, vor allem als Anfänger, sind wir von der Fülle und Vielschichtigkeit der dargebotenen Informationen schnell überfordert.

Das kann zur Folge haben, daß manche Familien enttäuscht aus der Sitzung gehen und wir verwirrt zurückbleiben.

Deshalb ist es sowohl für den Therapeuten als auch für die Familie wichtig, sich auf einige wenige zentrale Themen zu konzentrieren und sich mehr auf die Beziehungsebene zu beschränken, da ein bestimmtes Beziehungsmuster über beliebig viele Inhalte zum Ausdruck gebracht werden kann. So gelingt es dann leichter, von den zahlreichen einzelnen Beziehungsmustern auf eine komplexe familiäre Beziehungsstruktur zu schließen.

Der Therapeut schafft damit sich und der Familie eine „Landkarte" („map"), auf der die verwirrende Vielzahl von Feldwegen zu Landstraßen, die Landstraßen zu Fernstraßen und die Fernstraßen zu Autobahnen zusammengefaßt werden. „Sackgassen", d.h. Wege und Straßen, die die Familie immer wieder vergeblich begangen hat, sind auf dieser Landkarte besonders gekennzeichnet, so daß Familie und Therapeut davor bewahrt werden, sie noch einmal einzuschlagen.

Die neu geschaffenen, gangbaren Wege dieses Labyrinths sind gleichzeitig die Wege der positiven Veränderung, die die Familien weiterfahren. Sehr oft erweist es sich als notwendig, einen bestimmten Ausschnitt dieser Familienlandkarte zu vergrößern und genauer zu betrachten. Anhand dieser Ausschnittsvergrößerung kann die Familie dann beispielhaft erfahren, welche Interaktionsprozesse in diesem Teil der Landkarte und den anderen ablaufen und wie sie besser mit diesen Prozessen umgehen kann.

Wir verwenden dafür den aus der Fotografie stammenden Begriff des „Fokussierens“.

Minuchin und Fishman (1983, S. 136) vergleichen das Fokussieren mit dem Herstellen einer Fotomontage: „Der Fotograf beschließt, von der gesamten Szene allein das Haus besonders zu betonen und nicht den Himmel, nicht die Straße, nicht den Fluß, nur das Haus.“ Und etwas weiter ... „Der Therapeut muß sich 1. für einen Fokus entscheiden und 2. für ein Thema, an dem gearbeitet werden soll ... er greift also bestimmte Elemente aus den Transaktionen dieser Familie während der Sitzung heraus und bringt dieses Material in eine Ordnung, die in seine therapeutische Strategie paßt. Durch Aussondern eines Großteils der Informationen, von denen er während der Sitzung überrollt wird, kann er sich auf die Daten konzentrieren, die für die Therapie von Bedeutung sind“ (Minuchin u. Fishman, 1983, S. 137).

Ein Beispiel für ein Thema, das der Therapeut in den Brennpunkt rükken kann, haben wir bereits im vorangegangenen Abschnitt mit der Arbeit an den Grenzen (Nähe/Distanz) zwischen den Familienmitgliedern gegeben.

Eine gute Gelegenheit des Fokussierens ergibt sich z.B. in der Phase der spontanen Interaktion (vgl. 5.1.3). Minuchin (1977) nennt immer wiederkehrende Interaktionssequenzen auch *„transaktionale Muster“*. Um ein Beispiel für ein transaktionales Muster zu nennen: Immer, wenn das Kind etwas angestellt hat, wird es von der Mutter getadelt. Das Kind zeigt sich davon unbeeindruckt, der Vater ermahnt das Kind, woraufhin die Mutter den Vater wegen seiner Strenge zurechtweist usw.

Der Therapeut/Berater greift nun einige ihm beispielhaft erscheinende Transaktionen zwischen zwei oder mehreren Familienmitgliedern heraus und bearbeitet sie in der Familie. Das kann dadurch geschehen, daß er sie noch einmal bewußt von den beteiligten Familienangehörigen darstellen läßt (Minuchin, 1977, S. 172, spricht von „Inszenierung der transaktionalen Muster“). Damit zerlegt er die automatisch ablaufenden und eingeschliffenen Prozesse im Zeitlupentempo in ihre einzelnen Bestandteile und macht sie der Familie bewußt. Daran schließt sich dann die Möglichkeit an, die Familie alternative Interaktionsprozesse ausprobieren zu lassen.

Ein Beispiel: Im Laufe des Familienerstgesprächs mit einer dreiköpfigen Familie, deren Anmeldeproblem die Hausaufgabenverweigerung des vierzehnjährigen Sohnes war, ließen wir folgende Szene durchspielen: Der Sohn soll um 15 Uhr anfangen, die Hausaufgaben zu erledigen, er weigert sich, die Eltern reagieren auf diese Weigerung. Dabei stellte sich heraus, daß die nachgiebige Mutter dem Sohn ihr Verständnis für seine Weigerung nonverbal mitteilte, also die Doppelbotschaft aussandte: „Fang jetzt an, es ist aber auch nicht schlimm, wenn du nicht anfängst." Später sollte sich dann übrigens zeigen, daß zwischen Mutter und Sohn ein verdecktes Bündnis bestand. Dagegen bestand der „strengere" Vater strikt auf Erledigung der Hausaufgabe und geriet abends beim Heimkommen mit seiner Frau und seinem Sohn in Streit wegen der nicht erledigten Hausarbeiten.

Einige Sequenzen später fragt der Therapeut den Sohn: „Martin, du hast vorhin gehört und erlebt, daß es deinem Vater sehr wichtig ist, daß du die Hausaufgaben pünktlich erledigst, deiner Mutter jedoch nicht so. Welche der beiden Möglichkeiten suchst du für dich aus?"

Martin: „Äh, mhm, die von meiner Mutter."

Therapeut: „Worin siehst du für dich die Vorteile, diesen Weg zu wählen?"

Martin: „Ach, er ist halt nicht so anstrengend ..."

Durch das Fokussieren auf die familiären Interaktionen, die sich um das Thema Hausaufgaben und einige andere „Streitthemen" gruppierten, wurde die Koalition Mutter/Sohn gegen den Vater deutlich, die dann auch in anderen Inhalten zum Ausdruck kam.

Eine weitere Möglichkeit des Fokussierens besteht darin, die von der Familie vorgebrachte Rangfolge der Themenwichtigkeit so zu verändern, daß ein scheinbar belangloses Thema (für die Familie, jedoch nicht für den Therapeuten belanglos) in den Vordergrund gerückt und näher beleuchtet wird. Durch diesen Wechsel in der Rangfolge werden oft die Vorstellungen der Familie bezüglich dessen, was wichtig ist, verändert.

Fokussieren der Sprache

Ein anderer von sicher noch sehr vielen Bereichen, auf die der Therapeut den Fokus richten kann, ist die *Sprache*: Die unklare, verzerrte oder unvollständige Sprache des einzelnen Klienten oder verschiedener Familienmitglieder wird vom Therapeuten in den Brennpunkt gerückt. Damit soll dem Betreffenden geholfen werden, seinen sprachlichen Kommunikationsprozeß so zu gestalten, daß die Möglichkeit für Mißverständnisse verringert wird. Im folgenden skizzieren wir einige der von Bandler und Grinder (1981) aufgezählten Möglichkeiten der Kommunikationsklärung, mit denen wir in unserer familientherapeutischen Arbeit gute Erfahrungen gemacht haben:

1. Genaues Hinhören:

Viele Familienmitglieder haben verlernt, genau hinzuhören, was ihnen ein anderes sagt. Schon nachdem sie die ersten Worte gehört haben, schalten sie ab und sind innerlich damit beschäftigt, einen Angriff oder eine Verteidigung zu formulieren. Zur Überprüfung des tatsächlich Gehörten fordern wir dann solche Familienmitglieder auf, ganz genau hinzuhören: „Haben Sie gehört, was Ihre Tochter gerade gesagt hat?“ In Extremfällen von ungenauem Hinhören (z.B. wenn ein Ehepaar sich immer wieder dieselben Anschuldigungen an den Kopf wirft, ohne genau aufzunehmen, was jeweils der Partner vorher gesagt hat) schalten wir Therapeut und Ko-Therapeut als „Umschaltstation“ dazwischen: Statt seiner Frau direkt erzählt der Mann der Ko-Therapeutin, was er eigentlich seiner Frau sagen will. Die Ko-Therapeutin fragt dann die Frau: „Was haben Sie von dem, was Ihr Mann mir gesagt, gehört?“

Oft stellt sich an dieser Stelle schon heraus, daß ein Partner nur die Hälfte von dem gehört hat, was der andere gesagt hat. Anschließend sagt dann die Frau dem Therapeuten, was sie eigentlich ihrem Mann mitteilen wollte usw.

2. Die Herausforderung von Vorannahmen:

Nachdem der eine Familienangehörige gehört hat, was der andere zu ihm gesagt hat, geht es hier um die Interpretation des Gehörten. So kann der eine Gesprächspartner dazu verführt werden, bestimmte unzutreffende negative Folgerungen aus dem Gehörten zu ziehen. Beispielsweise kann in einem Ehepaargespräch (nach Bandler und Grinder, 1980) der Berater die Frau fragen: „Was hörten Sie ihn (den Mann) sagen?“

Frau: „Daß seine Arbeit sehr wichtig für ihn ist.“

Therapeut: „Was sagen Sie zu sich selbst?“

Frau: „Daß er mich nicht liebt.“

Therapeut: „Was hören Sie, sehen Sie, daß er sagt, daß er sie nicht liebt?“

3. Die Herausforderung der Tiefenstruktur:

Wir gehen mit Bandler und Grinder davon aus, daß sich ein Fokus innerhalb des Therapieprozesses darauf richten muß, inwiefern die Oberflächenstruktur der Sprache des Klienten (seine verbalen Ausdrucksmöglichkeiten) voll seine Tiefenstruktur (seine innere Erfahrung) repräsentiert. Von den drei Möglichkeiten, mit der Äußerung eines Familienangehörigen, „Ich fühle mich verunsichert", so umzugehen, daß wir sie 1. akzeptieren oder 2. nach dem fehlenden Teil fragen („Wer oder was verunsichert Sie?") oder sie 3. erraten (d.h., sich als Therapeut unnützes Kopfzerbrechen zu machen), halten wir die zweite Möglichkeit für die sinnvollste.

In diesem Zusammenhang ergeben sich für den Therapeuten mehrere Möglichkeiten, die Tiefenstruktur des Klienten herauszuarbeiten:

a) De-Nominalisierungen
Nominalisierung bedeutet, daß der Klient ein Nomen benutzt, das ein Ereignis beschreibt, und nicht ein Verb, das den Prozeß, der zu diesem Ereignis geführt hat, wiedergibt. Er verändert also einen Prozeß in ein Resultat.

Die Aufgabe des Therapeuten besteht darin, dem Klienten aufzuzeigen, daß das Resultat als ein Prozeß gesehen werden kann und deshalb auch einer Veränderung zugänglich ist (De-Nominalisierung). Dazu ein Beispiel: „Ich halte die Spannung in der Familie nicht aus!"

Therapeut: „Wer oder was, denken Sie, verursacht diese Spannung in Ihrer Familie?"

b) Reduzierung verallgemeinernder Aussagen in spezielle Verallgemeinerungen engt meist unsere Entscheidungsmöglichkeiten ein, weil wir sie nicht der individuellen Situation angemessen fällen. Zum Beispiel sagt ein Jugendlicher im Familiengespräch: „Alle Leute haben etwas gegen mich."

Therapeut: „Wer speziell hat etwas gegen dich?"

Hierbei handelt es sich also um Aussagen des Klienten, die anfangen mit „nie", „alle", „niemand", „jedesmal", „immer" usw.

Auch in der Technik des Fokussierens ist, wie in allen andern Interventionen des systemisch-strukturellen Vorgehens auch, der diagnostische Anteil nicht vom therapeutischen zu trennen: Indem der Fokus auf ganz bestimmte Themen und Interaktionssequenzen des familiären Geschehens gerichtet ist, wird gleichzeitig der Boden für Veränderungen vorbereitet.

Positive Umformulierung

Da die positive Umformulierung ein ganz zentraler Bestandteil der Neudefinition des Anmeldeproblems ist, sind wir auf ihre therapeutische Fundierung und Praxisrelevanz oben im Zusammenhang mit dem Familienerstgespräch eingegangen (Abschnitt 5.2.4.3).

Wir erinnern hier nur noch einmal daran, daß die Setzung eines neuen positiven Bezugsrahmens (positive Konnotation) des Anmeldeproblems nicht allein auf den Problemschüler beschränkt sein darf, sondern alle übrigen Familienmitglieder mit einbeziehen muß. Sonst würde die Familie in „Täter" und „Opfer" gespalten.

„Wir erkannten schließlich, daß uns der Zugang zum Systemmodell nur möglich war, wenn wir sowohl das Symptom des designierten Patienten als auch die symptomatischen Verhaltensweisen der anderen Familienmitglieder positiv bewerteten, indem wir zum Beispiel sagten, daß unserer Auffassung nach alle zu beobachtenden Verhaltensweisen von dem gemeinsamen Zweck geleitet waren, die Kohäsion und Einheit der Familiengruppe zu erhalten" (Selvini-Palazzoli u.a., 1981, S. 59).

Die positive Umformulierung ist eng verknüpft mit den in den Bereich der paradoxen Verschreibung gehörenden Interventionstechniken wie Symptomverschreibung, Ritualen, Kommentaren usw., die weiter unten erläutert werden. Denn all diese auf den ersten Blick paradox erscheinenden Anweisungen des Therapeuten erhalten dann für die Familie einen Sinn, wenn sie das Problem des Schulkindes und ihre Reaktionen darauf in einem neuen Licht (Bezugsrahmen) sieht und diese neue Sichtweise auch akzeptiert.

Wir schildern im folgenden einige typische Anmeldeprobleme der schulpsychologischen Praxis sowie Möglichkeiten deren positiver Umformulierung:

a) „Faulheit" (Motivationsmangel)

Faulheit wird von uns umdefiniert als „Bremsen" des Schülers. Er tritt auf die Bremse und bringt damit etwas in Bewegung, d.h., er läßt andere für sich arbeiten: Die Eltern machen sich Sorgen um seine Schulkarriere, organisieren Nachhilfeunterricht, intensivieren den Kontakt zur Schule und werden gezwungen, sich gemeinsam eine Strategie zu überlegen, um das „Sorgenkind" zum Lernen zu bewegen.

„Faulheit" ist für Pubertierende übrigens ein sehr beliebtes Symptom, vor allem, wenn es ihnen gelingt, eine Klasse zu wiederholen oder gar ohne Schulabschluß und damit entsprechend schlechten Lehrstellenchancen ihre Schulkarriere zu beenden (vgl. dazu oben den Abschnitt „Ablösungskrisen").

Die positive Umformulierung lautet hier etwa sinngemäß: (Therapeut zum Symptomträger) „Ich bin tief beeindruckt davon, welche Nachteile du auf dich nimmst, um so deiner Familie länger als nicht erwachsenes Kind erhalten zu bleiben: längeren Schulbesuch, Ärger mit den Lehrern und Eltern, schlechte Berufsaussichten usw. Andere sorgen gut für sich, indem sie Schritte unternehmen, erwachsen zu werden, d.h., möglichst rasch und erfolgreich die Schule abzuschließen und so auf den eigenen Füßen zu stehen. Du hingegen gehst hart mit dir um, weil du deine Eltern nicht allein lassen willst."

Und an die Eltern gewandt: „Von Ihnen habe ich erfahren, wie viele gemeinsame Mühen und Anstrengungen Sie unternommen haben und noch unternehmen, um Ihren Sohn zum Lernen zu bewegen, und welche Sorgen Sie sich dabei machen."

Zur Familie als Ganzes gewandt: „So trägt jeder in Ihrer Familie seinen Teil dazu bei, die Familie zusammenzuhalten durch die Sorgen füreinander und miteinander."

Beim Einsatz solcher oder ähnlicher Umformulierungen erleben wir immer wieder die Trauer und Betroffenheit des Symptomträgers, vor allem, wenn wir einige Therapiesequenzen lang mit ihm an dem Thema „schlecht mit sich umgehen" (nämlich durch die Inszenierung schulischer Mißerfolge) gearbeitet haben.

Da die positive Umformulierung von uns kein „therapeutischer Trick", sondern ganz ernsthaft unsere Überzeugung des Zusammenhangs zwischen Symptom und Familienstruktur ist, äußern wir sie mit tiefer Empathie und sehr kongruent. Dadurch entsteht eine feierliche und bewegende Atmosphäre im Behandlungszimmer. Viele „hartgesottene", sich sehr cool gebende 13- bis 18jährige kämpfen mit den Tränen oder drücken durch Mimik und Gestik ihre tiefe Betroffenheit aus. Ihre Eltern reagieren teils ebenfalls betroffen, teils mit Verblüffung.

Oft leiten wir die positive Umformulierung dadurch ein, daß wir etwa folgendes verkünden: „Jahrelang wurden die schlechten Noten Alexanders vor allem unter dem Blickwinkel ihrer Nachteile betrachtet. Wollen Sie heute eine neue Sichtweise erfahren, wie sich die schlechten Noten für uns als Experten aufgrund der von Ihnen vorgebrachten Schilderungen darstellen?"

b) „Unkonzentriertheit"

Neben der sogenannten „Faulheit" ist die sogenannte „Unkonzentriertheit" das am häufigsten vorgebrachte Anmeldeproblem. Beides sind typische Verlegenheitsetikettierungen, die alles und nichts erklären, hinter denen sich aber teils harmlose, teils ausgeprägte familiäre Probleme verbergen können. „Unkonzentriertheit" enthält das Wort Zentrum, d.h. die ruhende Mitte. Sowohl der einzelne Problemschüler als auch seine Familie können aus diesem ruhenden Mittelpunkt gebracht worden sein. Deshalb arbeiten wir mit der Familie daran, welche ablenkenden Gedanken, Tagträume, Phantasien, Befürchtungen usw. den Symptomträger daran hindern, sich zu zentrieren (in seinem Zentrum zu bleiben), d.h. aber auch, sich auf seine schulische Arbeit zu konzentrieren.

Die positive Umformulierung geht hierbei in die Richtung, daß sich der Problemschüler Sorgen um seine Familie macht (z.B. weil er die Scheidung der Eltern befürchtet), und die Eltern sich Sorgen um ihn machen, weil ja infolge der Unkonzentriertheit die Schulleistungen nachlassen und eine ähnliche Mißerfolgskarriere wie beim „faulen" Symptomträger droht.

Anmerkung: Einen Sonderfall aus dem Bereich der Leistungsstörungen stellen diejenigen Schüler dar, die ganz einfach nicht gelernt haben zu lernen, d.h., die nur unzureichende Lern- und Arbeitstechniken entwickelt haben. Für sie empfiehlt sich ein Lerntraining zur Verbesserung ihrer Lern- und Arbeitstechniken, z.B. das von Gustav Keller (1984) (vgl. auch Kap. 10).

c) „Kontaktstörungen"

Lore Perls definierte (in einem Seminar) Kontakt als „die Grenze zwischen sich und den anderen". Als kontaktgestört werden allgemein solche Schüler bezeichnet, die entweder nicht gelernt haben, zu anderen Kontakt aufzunehmen, weil sie beispielsweise zu fest an ihre Mutter gebunden sind. So haben sie keine Erfahrungsmöglichkeiten gehabt, zu Personen außerhalb der Familie in Kontakt zu treten. Ebenfalls als kontaktgestört werden solche Schüler bezeichnet, die sich aus ganz bestimmten Gründen (z.B. emotionaler familiärer Streß) von ihrer Umwelt zurückgezogen haben.

Eine von uns häufig verwendete positive Umformulierung für Kontaktstörung (soziale Ängste, Schüchternheit, fehlendes Selbstvertrauen gehen oft Hand in Hand mit Kontaktstörungen) lautet sinngemäß: Dem Problemschüler sind die innerfamiliären Bindungen so wichtig und er investiert so viele Energien in sie, daß er demgegenüber die außerfamiliären Beziehungen zurückstellt. Ebenso sorgt die Mutter (seltener der Vater) so gut für ihn (im Klartext: Sie überbehütet ihn), daß er sich um nichts mehr, auch nicht um Kontakte, zu kümmern braucht.

In dieser Familie wird der Familienzusammenhalt sehr ernst genommen.

d) „Unselbständigkeit"

In eine ganz ähnliche Richtung geht die positive Umformulierung im Falle von Unselbständigkeit. Unselbständige Schüler kommen in der Regel aus verstrickten Familiensystemen, mit starren Außen- und diffusen Innengrenzen. Weil ununterbrochen ein Elternteil für sie denkt, redet, fühlt und handelt, konnten sie nicht genügend Autonomie entwickeln. Darunter verstehen wir die Möglichkeit, in altersgemäßer Weise Verantwortung, Pflichten und Aufgaben zu übernehmen und für sich in einem bestimmten Ausmaß selbst sorgen zu können. Sehr selten sind unselbständige Schüler *nur* in der Schule oder nur zu Hause unselbständig. Fast immer tritt das unselbständige Verhalten in beiden Bezugssystemen auf.

Eine mögliche positive Umformulierung für Unselbständigkeit kann sinngemäß lauten: Der Problemschüler verschafft der Mutter oder andern Familienmitgliedern die Möglichkeit, deutlich zu zeigen, wie gut sie für ihn sorgen können.

e) „Aggressionen"

Aus friedlichen Familien kommen keine aggressiven Schüler. Wir können immer wieder die Beobachtung machen, daß auffällig aggressive Schüler (d.h., die über selten stattfindende kleinere Raufereien hinausgehende Aggressionen zeigen) in solchen Familien leben, in denen Aggressionen verbaler oder physischer Ausprägung als Mittel der Konfliktregelung an der Tagesordnung sind. Bisweilen sind innerfamiliäre physische Aggressionen auch mit Alkoholabhängigkeit eines oder beider Elternteile verbunden.

Ein zentraler Bestandteil der positiven Umformulierung von Aggression ist die Aussage, daß zwischen Familienmitgliedern, die aggressiv miteinander umgehen, eine ganz bestimmte Form von Kontakt besteht. Diese Familienmitglieder leben nicht aneinander vorbei oder gehen sich aus dem Weg. Einer beobachtet den anderen ganz genau, und es ist ihm wichtig, daß der andere hört, was er ihm zu sagen hat. Deshalb kleidet er auch seine Anliegen in eine „unüberhörbare" Form. Wenn Familienangehörige in der Therapiesitzung aggressiv miteinander umgehen oder über Aggressionen berichten, könnte die positive Umformulierung ungefähr folgendermaßen lauten: „Im Gegensatz zu vielen anderen Familien, mit denen wir zu tun haben, ist es in Ihrer Familie jedem wichtig, mit dem andern Kontakt zu haben und nicht an ihm vorbei zu leben, indem er alle Jubeljahre einmal ein Wort mit ihm wechselt. Auch legen in Ihrer Familie alle großen Wert darauf, daß der andere ganz genau hört, was Sie ihm zu sagen haben. Deshalb sagen Sie es ihm auch ganz besonders laut und deutlich."

In den folgenden Therapiesequenzen kann dann daran gearbeitet werden, welche anderen Möglichkeiten, außer aggressiven, es noch gibt, dem andern deutlich zu sagen, was man von ihm will, und sicher zu sein, daß er es auch verstanden hat.

f) „Schulphobie/Schulängstlichkeit"

In nahezu allen Fällen von Schulphobie konnten wir erleben, daß die innerfamiliären Bindungen und Verstrickungen so stark ausgeprägt waren, daß die Anziehungskräfte der Schule dagegen machtlos wirkten. Meist müssen schulängstliche Schüler in der Familie eine derart wichtige „Aufgabe" erfüllen, daß ihnen allein der Gedanke, von zu Hause abwesend sein zu müssen, panische Ängste bereitet. Solche „wichtigen Aufgaben" können sein:
- durch die Anwesenheit zu Hause die depressive Mutter vor dem Alleinsein zu bewahren;
- dem arbeitslos gewordenen Vater solidarisch durch Schulverweigern zur Seite zu stehen;
- einen Elternteil vor Mißhandlung durch den andern zu schützen;
- in einer symbiotischen Mutter-Kind-Beziehung den Lebensinhalt der Mutter zu gewährleisten, der darin besteht, ganz und gar für das Kind dasein zu müssen u.v.m.

Damit dem Krankheitsbegriff „Schulphobie" seine Schwere und Unabänderlichkeit genommen wird, heben wir ihn von der Es-Ebene (ich bin von der Schulphobie „befallen" wie von einer Krankheit) auf die Ich-Ebene (ich „inszeniere" etwas). Wir sprechen nur von „Weigerung Ihres Sohnes/Ihrer Tochter, die Schule zu besuchen". Die Eltern haben es also mit einem *ungehorsamen* und nicht mit einem *kranken* Kind zu tun, d.h., sie können etwas unternehmen, um das Kind in die Schule zu bringen. Dementsprechend lautet hier die positive Umformulierung (Therapeut zum Symptomträger): „Du bist jemand, der seine Aufgabe, zu Hause XY zu tun (zu versorgen, zu beschützen usw.), so ernst nimmt, daß er dafür den Anschluß in der Schule aufs Spiel setzt."

Zu den Eltern gewandt: „Sie nehmen viele Scherereien mit der Schule und den Lehrern in Kauf, indem Sie Ihrem Sohn/Ihrer Tochter ermöglichen, seine für die ganze Familie wichtige Aufgabe wahrzunehmen, nämlich XY ... zu tun."

Der Phantasie und Kreativität des Therapeuten sind hier keine Grenzen gesetzt, allerdings sollte er drei wichtige Grundsätze beachten:

1. Die exakte Formulierung der Setzung eines neuen Bezugsrahmens (Kontexts) richtet sich nach der Funktion des Symptoms im jeweiligen Familiensystem (vgl. den Abschnitt „Systemische Hypothesenbildung“).
2. Positive Umformulierungen sind vor allem bei *rigiden,* d.h. veränderungsresistenten Familiensystemen angemessen. Bei flexibleren Systemen kann der Therapeut unter Umständen auch erfolgreich mit der Offenlegung seiner Hypothesen und damit dem Belassen des alten Bezugsrahmens arbeiten.
3. Jede positive Umformulierung, hinter der der Therapeut nicht voll und ganz steht und die er dementsprechend auch der Familie gegenüber nicht kongruent vertritt, wird von der Familie als Blödsinn oder Zynismus des Therapeuten empfunden und zurückgewiesen.

Kommentare

Dieser Bereich der therapeutischen Intervention ist eng verknüpft mit der Erteilung von Aufgaben (Haley nennt es „Direktiven geben“), wie der Neudefinition des Problems, sowie dem therapeutischen Vertrag.

Wir definieren einen therapeutischen Kommentar folgendermaßen: Ein therapeutischer Kommentar ist eine Experteneinschätzung der Familienrealität, d.h. ihrer inneren Struktur, die sich meistens unterscheidet von der in der Familie herrschenden Wahrnehmung. Sie erhält ihr Gewicht durch die Erfahrung und Kompetenz des Therapeuten sowie das Vertrauen zwischen ihm und der Familie. Meistens wird der Kommentar quasi als Zusammenfassung am Ende einer Familientherapiesitzung abgegeben. Er kann je nach Flexibilität oder Rigidität des Familiensystems offen (d.h., der Therapeut legt seine Hypothesen über das System offen dar) oder verdeckt sein und dementsprechend als Einleitung für das Erteilen direkter oder paradoxer Aufgaben dienen. Der Kommentar kann sowohl in mündlicher als auch in schriftlicher Form abgegeben werden.

Als Beispiel für die offene Form eines Kommentars zitieren wir den mündlichen Kommentar für die Familie W., der am Ende der zweiten Sitzung von uns abgegeben worden ist: „Wir sind sehr beeindruckt davon, wie ernst in Ihrer Familie die Aufgabe genommen wird, als Eltern für die Kinder zu sorgen. Sie, Frau H. (zur Großmutter gewandt), sorgen als gute Mutter für Ihre Tochter, indem Sie im Haushalt mithelfen und tagsüber Ihren Enkel Michel versorgen. Und Sie, Frau W. (zur Mutter gewandt), tun sehr viel für Ihren Sohn Michel. Und von Ihnen, Herr W., habe ich gehört, daß Sie als Vater noch viel mehr mit ihrem Sohn unternehmen wollen, als

Sie es jetzt schon tun. Was ich jedoch auch aus Ihren Schilderungen entnommen habe, ist die Tatsache, daß Sie als Erwachsene sehr wenig für sich selber sorgen, d.h. Beschäftigungen, Hobbys, Vergnügungen nachgehen. Gleichzeitig bin ich angetan von Ihrer richtigen Erkenntnis, daß die gute, vielleicht zu gute Versorgung von Michel durch drei Erwachsene ihn dazu verführt, zuwenig Selbständigkeit zu entwickeln, was Sie ja auch verändern wollen. Aus der therapeutischen Arbeit mit zahlreichen sehr stark für ihre Kinder sorgenden Familien wie der Ihren weiß ich, daß dabei die Eltern sehr oft zu kurz kommen. Und diese können ihren Kindern zu mehr Selbständigkeit verhelfen, indem sie sich mehr Erholung und den Kindern mehr Aufgaben gönnen."

Dieser offene (also nicht paradox gehaltene) Kommentar ist so formuliert, daß er

1. Kritik oder Abwertungen vermeidet, indem er den Eltern beste Absichten („gut sorgen") und Veränderungswillen unterstellt („was sie auch verändern wollen");
2. nicht irgendwelche für die Familien nicht nachvollziehbare Erkenntnisse des Therapeuten einbringt, sondern nur die von der Familie hervorgebrachten Informationen verwendet;
3. nicht isoliert im Raum steht, sondern eng abgestimmt ist auf die entsprechende positive Umformulierung, die Familienskulptur, den nachfolgenden therapeutischen Vertrag, die Veränderungswünsche der Familie sowie die visualisierte metaphorische (analoge) Darstellung der inneren Familienstruktur (s.o.);
4. ähnlich wie der therapeutische Kontrakt nicht die negativen Seiten bzw. Defizite betont (z.B. „Sie dürfen Ihr Kind nicht so eng an sich binden", dann soll nämlich die Mutter etwas loslassen, hergeben), sondern vielmehr die positiven: Die Erwachsenen bekommen mehr Erholung, Vergnügen, Hobbys, Freizeit – die Kinder mehr Selbständigkeit und Verantwortung;
5. das Expertentum des Therapeuten unterstreicht („aus Arbeit mit zahlreichen ... Familien") und gleichzeitig die Probleme der Familie als nicht einzigartig, sondern als „normal" und durchaus lösbar darstellt.

Wir sind uns bewußt, daß Kommentare, Expertenrat und eingebettete Zitate bei manchem Leser den Vorwurf der Manipulation hervorrufen werden. Wir setzen jedoch diese Interventionstechniken nicht isoliert ein, sondern abgestimmt auf das Weltbild (Meaning) der Familie und eingebettet in andere von uns beschriebene Interventionen. Ferner geben wir diese

Kommentare aus einer therapeutischen Grundhaltung heraus ab, die bestimmt ist vom absoluten Respekt und der Wertschätzung der Familie gegenüber.

Aufgaben, Verschreibungen, Rituale

Unter Aufgaben verstehen wir Anweisungen des Therapeuten an die Familie oder einzelne Familienmitglieder, bestimmte Handlungen vorzunehmen bzw. zu unterlassen. Es gibt Aufgaben, die während der Sitzung (z.B. „Sagen Sie Ihrem Sohn dies oder jenes direkt"), und solche, die zwischen den Therapiesitzungen durchgeführt werden sollen (sogenannte Hausaufgaben). Ferner wird unterschieden in Aufgaben, von denen der Therapeut annimmt und wünscht, daß die Familie sie ausführt (direkte Aufgaben), und solche, von denen er annimmt und wünscht, daß die Familie sie nicht ausführt (paradoxe Aufgaben, s.u.).

Im folgenden befassen wir uns mit direkten Aufgaben. Haley (1977, S. 58ff) weist darauf hin, wie schwierig es ist, jemand die Anweisung zu erteilen, etwas nicht zu tun (z.B.: „Trinken Sie weniger"), weil der Betreffende solche Anweisungen schon x-mal von einer ganzen Anzahl von Leuten (Ehefrau, Freunden, Kindern, Arzt usw.) vernommen hat.

„Wenn der Therapeut jemandem sagt, er solle mit seinem bisherigen Verhalten aufhören, muß er gewöhnlich ins Extrem gehen oder er muß andere Familienmitglieder veranlassen, mit ihm zusammenzuarbeiten und ihn in seiner Aufgabe zu unterstützen, indem sie ihr Verhalten ändern. Oft ist es, als ob man versuchen würde, einen Fluß am Fließen zu hindern; man kann versuchen, ihn aufzuhalten, aber der Fluß wird über oder um das Hindernis herumfließen und der Therapeut wird ertrinken" (Haley, 1977, S. 59).

Dagegen ist es erfolgversprechender, der Familie solche Anweisungen zu erteilen, die ihr die Möglichkeit eröffnen, neue Erfahrungen des Verhaltens und Erlebens miteinander zu sammeln, die sich von ihren bisher üblichen Gewohnheiten unterscheiden. „Der Therapeut bittet sie, neue Wege zu erproben. Statt daß er versucht, den Fluß aufzuhalten, leitet er ihn in ein neues Bett um" (ebd., S. 59).

Wenn wir in unserer Beispielsfamilie W. die überbeschützende Mutter dazu auffordern, ihren Sohn Michel allein antworten zu lassen, so mag sie diese Anweisung während der Sitzung noch befolgen, würden wir ihr jedoch als Hausaufgabe mit auf den Weg geben, „den Michel nicht dauernd zu bemuttern", könnte sie diese Negativanweisung mit Sicherheit nicht akzeptieren. Zum einen würde ihr etwas „weggenommen", nämlich die mütterliche Sorge für Michel, ohne daß dafür etwas anderes als Ersatz (z.B. mehr Kontakt mit dem Ehemann) tritt. Zum anderen wären ihr gar nicht die konkreten Handlungsalternativen zu ihrer Überfürsorglichkeit bekannt und verfügbar.

Deshalb lautet sinngemäß die Aufgabe für die Familie W., daß die Eltern (als ein zu stärkendes Subsystem) mindestens einmal pro Woche abends ausgehen, die gesundheitlich angeschlagene Großmutter sich mehr schont, die Mutter wieder ihre seit Beginn der Ehe fallengelassenen Hobbys aufnimmt, Vater und Sohn (als ein Subsystem, das bisher zuwenig autonom funktionierte) einmal wöchentlich schwimmen gehen und Michel (der zu wenig Außenkontakte hatte) die Erlaubnis erhält, mit Freunden zu spielen.

Ebenso wenig effektiv wie Negativanweisungen sind sogenannte „gute Ratschläge". Darunter verstehen wir allgemein gehaltene Änderungsvorschläge, wie sie die Familie schon x-mal gehört und gelesen hat („Eltern und ihre jugendlichen Kinder müssen Kompromisse eingehen" oder „Schenken Sie Ihrem Kind mehr Liebe" usw.), denen sie zwar zustimmt, die sie aber nicht in die Tat umsetzen kann, weil sie nicht weiß, *wie* sie dieses oder jenes Verhalten ändern kann. „Gute Ratschläge geben bedeutet, daß der Therapeut annimmt, die Klienten würden ihr Verhalten rational kontrollieren. Um als Therapeut erfolgreich zu sein, sollte man diesen Gedanken besser fallen lassen" (Haley, 1977, S. 60).

Familientherapie ist eine direktive Therapieform, d.h., der Therapeut erteilt im Grunde genommen permanent während der Sitzungen Anweisungen.

Als einige Beispiele für viele seien hier nur genannt:
- die Aufforderung an ein Familienmitglied, direkt mit einem anderen zu kommunizieren;
- eine Familienskulptur zu bauen und zur Idealskulptur zu verändern;
- eine bestimmte Situation und mögliche Alternativen im Rollenspiel darzustellen;
- ein anderes Familienmitglied ausreden zu lassen;
- die Sitzordnung zu verändern;
- sich auf eine einheitliche Problemdefinition zu einigen

u.v.m.

Andolfi (1982, S. 184) nennt solche Anweisungen, die während der Sitzung erteilt werden, „Aufgaben zur Herstellung und Erhaltung eines therapeutischen Kontextes". Sie dienen dazu, der Familie neue Erfahrungen durch Veränderungen der familiären Interaktion *während* der Sitzungen zu vermitteln, d.h., die gewöhnlich zu Hause ablaufenden Interaktionsmuster („den altbekannten Tanz“) zu unterbrechen, zu verändern und zu erweitern.

Es wird nicht nur gesprochen, sondern es wird gehandelt. Die veränderte Handlung führt zu einem veränderten Erleben, das veränderte Erleben führt zu veränderten Einsichten und diese wiederum zu veränderten Handlungen. Einsicht, Handlungen und Erleben sind untrennbar miteinander verknüpft.

Therapeutische Hausaufgaben:
Eine spezielle Form der Aufgaben stellen die „Hausaufgaben“ dar, d.h. therapeutische Anweisungen, die der Therapeut der Familie gegen Ende der Sitzung für die Zeit bis zum nächsten Termin erteilt.

H. Nitz (in Schneider, Hrsg., 1983, S. 326f.) betont die Wichtigkeit, beide Eltern aktiv in die Therapie mit einzubeziehen und sie „über die therapeutischen Hausaufgaben und ihre Ko-Therapeutenrolle miteinander in Interaktion“ (S. 326) zu setzen. Sein Grundgedanke ist dabei, den Eltern das Erfolgserlebnis zu verschaffen, dann erfolgreich mit dem Symptom umgehen zu können, wenn sie nicht nur Einzelaktionen eines Elternteils starten, sondern *gemeinsam* ihre Aktionen aufeinander abstimmen.

Sinn und Zweck von Hausaufgaben:
Neben den von Nitz erwähnten Vorteilen, die Eltern als *Ko-Therapeuten* aktiv in die Therapie mit einzubeziehen und sie, die oft gegen- statt miteinander erziehen, zu einer *gemeinsamen Handlung* zu bringen, sprechen noch folgende Gründe für die Erteilung von Hausaufgaben:

1. Die Zeit zwischen den Sitzungen wird genutzt, den in den Sitzungen begonnenen therapeutischen Prozeß weiterzuführen. Rudolf Kaufmann hat diese Tatsache mit einer Girlande verglichen, die diagonal durch den Raum gehängt und zwischen den Ecken des Raumes noch einmal an der Decke befestigt wird, damit sie nicht zu tief durchhängt.
2. Die Familie kann in der häuslichen Realsituation und nicht nur in der „Treibhausatmosphäre“ des Behandlungszimmers neue Formen der Interaktion und Kommunikation ausprobieren. So wird deren Übertragung in den familiären Alltag erleichtert.
3. Die Familie erfährt durch die Erfüllung von Hausaufgaben ihre eigenen Veränderungskräfte, ihre Stärken und Ressourcen und wird so unabhängiger vom Therapeuten.
4. Die Art und Weise, wie die Familie mit den Hausaufgaben umgeht, ob

sie sie ganz, teilweise oder gar nicht erfüllt, wie welches Familienmitglied auf die Hausaufgaben reagiert usw., gibt wertvolle Hinweise auf bestimmte Transaktionen in der Familie. Sowohl die Erfüllung als auch die Nichterfüllung der Hausaufgabe geben dem Therapeuten Informationen über das Familiensystem.

Was muß bei der Erteilung von therapeutischen Hausaufgaben beachtet werden?

Bei der Erteilung von Hausaufgaben sind im Grunde genommen dieselben Grundsätze zu berücksichtigen, wie sie für einen therapeutischen Kontrakt (s.o. den Abschnitt 5.1.5) maßgeblich sind:

a) Präzision und Klarheit;
b) Einbezug aller Familienmitglieder, auch wenn sie schwerpunktmäßig auf eine familiäre Untergruppe abgestimmt sind;
c) positive Formulierung der Aufforderung, neue Handlungsspielarten auszuprobieren statt des Verbots der alten;
d) der Bericht der Familie über die Erfüllung bzw. Nichterfüllung der Hausaufgabe in der jeweils folgenden Sitzung.

Zu a) Präzision und Klarheit:
Die Hausaufgabe muß abgestimmt sein auf die innere Familienstruktur, die Schichtzugehörigkeit, die verbalen Ausdrucksmöglichkeiten sowie das Weltbild (Selbstverständnis der Familie in bezug auf sich und die Umwelt), damit sie von Form und Inhalt her genau auf die jeweilige Familie paßt und nicht „an ihr vorbeigeht".

Durch Beobachtung der verbalen und nonverbalen Reaktionen der Familienmitglieder sollte sich der Therapeut genau vergewissern, daß die Hausaufgabe von der Familie verstanden worden ist. Notfalls kann es auch in sehr chaotischen Familien geboten sein, die Hausaufgabe schriftlich zu fixieren, sie am Ende der Sitzung vorzulegen und der Familie mit nach Hause zu geben.

In Form eines Miniaturkontraktes mit allen Familienmitgliedern muß das Einverständnis und die Absicht der Familie eingeholt werden, die Anweisung so gut es geht zu erfüllen. Hausaufgaben, die der Familie gegen ihren Willen aufgegeben werden, sind völlig sinnlos und unterminieren die Expertenposition des Therapeuten. Schließlich soll ja die Familie neue Verhaltensweisen ausprobieren und nicht der Therapeut, d.h., sie übernimmt die Verantwortung für Gelingen oder Mißlingen, sie arbeitet und nicht der Therapeut für sie.

Zu b) Einbezug aller Familienmitglieder:
Ebenso wie der therapeutische Vertrag sollte die Hausaufgabe alle Familienmitglieder mit einbeziehen. Selbst wenn man die Aufgabe für ein familiäres Subsystem (z.B. Mutter/Tochter) vorgesehen hat, können die nicht direkt beteiligten Angehörigen mit Unterstützungsaufgaben (z.B. Sohn) oder Protokollierungsmaßnahmen zur Überwachung der vereinbarten Durchführung (z.B. Vater) mit einbezogen werden.

Zu c) Formulierung positiver Alternativen:
Ähnlich wie in der Verhaltenstherapie ein bestimmtes symptomatisches Verhalten dadurch zum Verschwinden gebracht werden kann, daß eine andere, mit dem unerwünschten Verhalten nicht vereinbare (inkompatible) Verhaltensweise aufgebaut wird, geht es bei der Hausaufgabe darum, die Familie mit anderen (mit den alten nicht in Einklang zu bringenden) Interaktionsabläufen experimentieren zu lassen, statt einfach die alten zu verbieten (s.o.).

In der Familie W. beispielsweise bekommt u.a. die Mutter „Freizeit verordnet“ und nicht „weniger kümmern um Michel“.

Zu d) Bericht der Familie über den Erfolg bzw. Mißerfolg der Hausaufgabe:
Wenn der Therapeut mit der Familie eine Hausaufgabe vereinbart hat und sich nicht in der nächsten Sitzung nach deren Gelingen erkundigen würde, gäbe er der Familie damit die Botschaft, daß seine Anweisungen unwichtig, d.h. nicht ernst zu nehmen sind und die Bemühungen der Familie von ihm nicht genügend gewürdigt werden.

Deshalb empfehlen wir, gleich anschließend an die Anwärmphase (s.o.) sich von der Familie schildern zu lassen, wie es ihr mit der in der letzten Sitzung vereinbarten Hausaufgabe ergangen ist. Dabei erhält der Therapeut sowohl im Fall des Erfolgs wie des Mißerfolgs wichtige Informationen über das Familiensystem. Allerdings sollte er dabei die Eingangsfrage „Haben Sie Ihre Hausaufgaben erfüllt?“ vermeiden, da sonst die Familie in die peinliche Situation kommen könnte, mit „Nein“ antworten zu müssen und in ein ausgeprägtes Lehrer-Schüler-Verhältnis zu geraten. Besser fragt er die Familie neutral: „Wie ist es Ihnen mit der Hausaufgabe ergangen?“ Wenn dann die Familie über Erfolge berichtet, kann er sie loben und verstärken. Berichtet sie über Mißerfolge, kann er reihum jedes einzelne Familienmitglied fragen: „Was, denken Sie (denkst du), war es, das es Ihnen so schwer gemacht hat, die Aufgaben zu erfüllen?“ So erhält der Therapeut relevante neue Informationen über die Struktur des Familiensystems und seine Widerstände gegen Veränderung, die er gleich für den weiteren Fortgang der Sitzung nutzbar machen kann.

Ein Beispiel für eine Hausaufgabe aus dem schulpsychologischen Bereich stellt die sogenannte *„Einbahnstraße"* dar: Sie ist eine von uns häufig verwendete Hausaufgabe für solche Familien, in denen ein Kind über Trödeln, „Sich-dumm-Stellen", Sich-hilflos-Geben usw. die Eltern zur unangemessenen Mithilfe beim Erledigen der Hausaufgabe verleitet. Damit werden die Eltern gezwungen, sich gemeinsame Sorgen zu machen und zusammenzurücken.

Die „Einbahnstraße" ist ferner gedacht für solche Familien, in denen die Eltern allem, was mit Schule zu tun hat, eine derart übergroße Aufmerksamkeit schenken, daß dadurch erst Schulprobleme (z.B. infolge von Versagungsängsten des Kindes) hervorgerufen bzw. verstärkt werden. Oft kommen beide Varianten in einer Familie vor: Die Eltern machen sich große Sorgen, die Kinder stellen sich dumm, die Eltern machen sich daraufhin noch größere Sorgen usw.

Die „Einbahnstraßen"-Anweisung lautet dann folgendermaßen: „Was ich bisher von Ihnen vernommen habe, ist, daß Sie sehr viel Energie, Zeit und Geld (zum Beispiel für Nachhilfe) zur Verbesserung der Hausaufgabenleistung und Schulnoten Ihres Kindes eingesetzt haben, ohne daß sich der erwartete Erfolg eingestellt hat. Sind Sie dazu bereit, sich auf etwas Neues, sozusagen ein Experiment, für einen begrenzten Zeitraum von z.B. vier Wochen einzulassen? Es ist ein Experiment, mit dem wir schon oft sehr gute Erfolge gehabt haben."

Wenn alle Familienmitglieder ihre Zustimmung gegeben haben, fährt der Therapeut fort: „Dieses Experiment, diese Aufgabe trägt den Namen ‚Einbahnstraße', und das heißt, daß alles, was mit Schule zu tun hat, wie Berichte über bevorstehende oder geschriebene Klassenarbeiten, Hilfeersuchen bei den Hausaufgaben usw., nur vom Schüler in Richtung Eltern erfolgen kann und nicht umgekehrt. Konkret: Sie (zu den Eltern gewandt) haben vier Wochen lang Freizeit vom Ärger mit der Schule und verwenden Zeit und Energie für Ihre Hobbys und verbringen als Ehepaar die frei werdende Zeit mit angenehmen Tätigkeiten. Sie fragen Ihre/n Tochter/Sohn überhaupt nichts, was mit der Schule im Zusammenhang steht. Umgekehrt kannst jedoch du (zum Symptomträger gewandt) freiwillig, von dir aus, deinen Eltern etwas über die Schule berichten oder sie im äußersten Notfall bei den Hausaufgaben etwas fragen. So bekommst du mehr Verantwortung und Selbständigkeit, deine Eltern erhalten mehr Freizeit, und am Mittagstisch gibt es in der gesamten Familie mehr Raum für erfreulichere Themen als die Schule."

„Es gibt (zum zwölfjährigen Symptomträger gewandt) für dich nur zwei Möglichkeiten: Entweder du bist ein zwölfjähriger Zwölfjähriger, und so einen Eindruck machst du eigentlich auf mich, dann kannst du solche Dinge wie Hausaufgaben als tüchtiger Zwölfjähriger selbst erledigen. Oder du bist ein siebenjähriger Zwölfjähriger, der noch zu jung ist, um gut für sich selbst zu sorgen, dann müssen deine Eltern diese Aufgabe für dich übernehmen, d.h., sie müssen sich statt bisher nur drei in Zukunft fünf Stunden pro Nachmittag mit dir und deinen Schularbeiten beschäftigen. Ich bin gespannt, für welches Alter du dich entscheiden wirst."

Zur gesamten Familie gewandt: „Damit Sie bei diesem Experiment kein Risiko (z.B. nichtgemachte Hausaufgaben Ihres Sohnes) eingehen, wird es begrenzt auf genau vier Wochen, bis zu unserem nächsten Termin hier. Außerdem werde ich mit Ihrem Einverständnis mit dem Klassenlehrer XY telefonisch in Verbindung treten, damit er über dieses wichtige Experiment informiert ist."

Im folgenden kann der Therapeut dann noch eine unbeteiligte Schwester oder einen unbeteiligten Bruder mit der Überwachung und Protokollierung der Einbahnstraße betrauen, die möglichen Risikofaktoren für ein Mißlingen besprechen und sich noch einmal bei der Familie vergewissern, daß jeder die Anweisung verstanden hat.

Wir möchten hier betonen, wie wichtig es ist, dieses Beispiel einer Einbahnstraßenaufgabe nicht isoliert, sondern im Gesamtzusammenhang mit anderen Maßnahmen und dem Stadium, in dem sich der Therapieprozeß befindet, zu sehen. In der Regel verteilen wir eine solche Aufgabe, die sich auf die Eltern-Kind-Ebene und nicht auf die Paarebene bezieht, in der Mittelphase (ca. im ersten Drittel der Therapiesitzungen) des Therapieprozesses. Sie ersetzt also keineswegs die sich oft dann anschließende Arbeit auf der Paarbeziehungsebene der Eltern, sondern bereitet höchstens den Boden dafür vor, indem z.B. ein vorher verdeckt ablaufender Konflikt zwischen dem Ehepaar nicht mehr länger über die Schulprobleme des Kindes umgeleitet werden kann.

Außerdem ist eine solche Einbahnstraßenregelung sicher nicht für solche Schulkinder gedacht, die zwar grundsätzlich motiviert sind, ihre Hausaufgaben zu erledigen, aber über ungenügend entwickelte Lern- und Arbeitstechniken verfügen und in deren Familien kein verdeckter oder offener Ehekonflikt der Eltern vorliegt. Solche Schüler sind am sinnvollsten mit einem Lernförderungsprogramm zu unterstützen.

Ebenfalls nicht anzuwenden ist die Einbahnstraße auf intelligenzmäßig überforderte Schüler, da hier die Hausaufgabenquerelen Ausdruck der

Überforderung und nicht eines familiär bedingten Symptoms sind (vgl. Kap. 10).

Ritualisierte Hausaufgaben (Rituale)

Eine spezifische Unterform von therapeutischen Hausaufgaben stellt das Ritual dar. Es unterscheidet sich von der oben beschriebenen Art der Hausaufgabe dadurch, daß der Ablauf streng formalisiert ist, mit klar abgegrenzten Verhaltensanweisungen und ganz genau festgelegten Regeln sowie durch die zeitlich exakte Terminierung (z.B. täglich beim Abendbrot zwei Minuten). Das Ritual ist hauptsächlich gedacht für extrem rigide Familiensysteme mit sehr starren, die Entwicklung des einzelnen einschränkenden Regeln. Es hat dann u.a. die Funktion, eine destruktive Familienregel (z.B. kein Kind darf als junger Erwachsener die Familie verlassen und selbständig werden) durch eine konstruktivere zu ersetzen.

Rudolf Kaufmann hat zum Beispiel einer Familie mit einem drogenabhängigen Schüler (als Symptom einer Loslösungskrise) folgendes Ritual verschrieben: Die Eltern stellen jeden Tag beim Abendbrot an den leeren Platz des im Drogenentzug befindlichen siebzehnjährigen Sohnes ein Foto von ihm auf, und zwar ein Foto aus jener Zeit, als er noch nicht drogensüchtig und langhaarig, sondern angepaßt und von „adrettem Äußeren" war. Die Eltern unterhalten sich dann angesichts des Fotos jeden Tag während des Abendbrots eine viertel Stunde lang über den abwesenden Sohn.

Dieses Ritual dient neben anderen Maßnahmen zur therapeutischen Begleitung des Ablösungsprozesses des Sohnes: Statt leibhaftig in der Familie anwesend sein zu müssen oder durch seine Drogensucht für Kummer und Gesprächsstoff der Eltern zu sorgen, übernimmt vorübergehend das Foto für ihn diese Funktion, und er kann beginnen, Schritte in Richtung „Erwachsenwerden" zu unternehmen: seine Schulausbildung abschließen, nicht länger abhängig von Drogen und Eltern zu sein u.v.m. Selbstverständlich erfolgt auch hier in der nächsten Phase die Arbeit am eigentlichen Familienproblem, nämlich der Frage, wozu dieses Familiensystem zu seiner Aufrechterhaltung einen Symptomträger, der drogenabhängig ist und nicht erwachsen werden darf, benötigt.

Ein weiteres Beispiel für ein Ritual stammt von der Mailänder Gruppe (Selvini-Palazzoli u.a.), und zwar handelt es sich um das Ritual der „geraden und ungeraden Tage" („odd and even days"). Es ist gedacht für Familien, in denen die Eltern sich permanent durch zuwiderlaufende Erziehungsanweisungen in ihrer Elternrolle außer Kraft setzen: Das heißt, wenn der eine dem Kind etwas erlaubt, verbietet es der andere und umgekehrt. Hier bekommen die Eltern verschrieben, daß jeweils der eine Elternteil an den ungeraden Tagen, also Montag, Mittwoch und Freitag allein für alle Erziehungsfragen zuständig ist und das Kind sich nur an ihn wenden darf. Der andere ist an den geraden Tagen Dienstag, Donnerstag und Samstag zuständig. Am Sonntag sind beide gemeinsam verantwortlich. Ein nicht beteiligtes Kind wird zum Protokollanten bestimmt, das alle Verstöße gegen die ritualisierte Regel festhält.

Selbstverständlich muß auch beim Ritual wie bei anderen Verschreibungen und Hausaufgaben immer die Zustimmung aller Familienmitglieder eingeholt und in der nächsten Sitzung über die Erfahrungen mit diesem Ritual gesprochen werden.

Paradoxe Aufgaben

In der schulpsychologischen Praxis sind wir, wenn auch in geringerem Umfang als in der Kinder- und Jugendpsychiatrie, immer wieder mit extrem rigiden Familien konfrontiert, die uns einerseits ernsthaft um therapeutische Hilfe bitten, andererseits alle konkreten Hilfsangebote zurückweisen bzw. unterlaufen, die im vorangegangenen Abschnitt beschriebenen direkten Anweisungen nicht ausführen und alle Veränderungsmaßnahmen zum Scheitern bringen.

In solchen Familien sind die Beharrenskräfte so ausgeprägt, und die Angst vor Veränderung ist so groß, daß die durch die Symptomatik des Problemschülers hervorgerufenen Veränderungskräfte (transformativen Kräfte) immer wieder unterliegen. Der Status quo wird zwar als bedrohlich angesehen, die Veränderung aber als noch bedrohlicher.

Infolgedessen übermitteln diese Familien an den Therapeuten die Botschaft: „Bitte bringe das Symptom zum Verschwinden, aber wehe, wenn du es tatsächlich schaffst!“ Oder: „Bitte bringe das Symptom zum Verschwinden, aber ändere auf keinen Fall sonst irgend etwas in der Familie!“ – nach dem Motto: „Wasch mir den Pelz, aber mach mich nicht naß!“

Läßt der Therapeut sich auf dieses Spiel ein, kann er es nur verlieren. Die Familie wird die Behandlung enttäuscht abbrechen und dem nächsten Therapeuten schildern, wie unfähig der erste gewesen sei oder wie unlösbar ihr Problem ist. Immer wieder haben wir es mit Familien zu tun, die auf diese Art und Weise sämtliche Beratungsstellen, einschließlich Kinder- und Jugendpsychiatrie, sowie nahezu alle Therapeuten der Region „schachmatt gesetzt“ haben.

Diesen Familien kann nur dadurch geholfen werden, daß man sie mit ihren eigenen Waffen schlägt (allerdings nicht im feindlichen, sondern helfenden, solidarischen Sinne). Dem paradoxen Ersuchen wird mit einer paradoxen Antwort begegnet, indem man die innerhalb dieser Familie herrschenden paradoxen Kommunikations- und Interaktionsregeln ernst nimmt, d.h. die Familie da abholt, wo sie steht. Das Paradoxon wird mit einem Gegenparadoxon beantwortet.

Papp definiert eine paradoxe Aufgabe als „eine Maßnahme, durch deren Befolgung gerade das Gegenteil dessen zustande kommt, was anscheinend damit erreicht werden sollte. Ihr Erfolg beruht darauf, daß die Familie den Anweisungen des Therapeuten offenen Widerstand entgegenbringt oder aber sie in geradezu absurder Weise mit entgegengesetztem Effekt befolgt. Wenn eine Familie den direkten Interventionen des Therapeuten ständig Widerstand entgegengesetzt, dann kann man mit Sicherheit annehmen, daß in diesem System gewisse verborgene Interaktionen ablaufen, die dieser Intervention entgegenstehen – daß es hier also geheime Bündnisse, Absprachen oder Koalitionen gibt, die die Familie nicht gerne enthüllen und schon gar nicht aufgeben möchte. Solche verborgenen Interaktionen, die sich in einem Symptom äußern, sind das Ziel des systemischen Paradoxons" (Minuchin u. Fishman, 1983, S. 314).

Wenn sich die Familie der paradoxen Aufgabe widersetzt, verändert sie sich. Wenn sie sich nicht verändert, führt sie das aus, wozu sie der Therapeut aufgefordert hat. In beiden Fällen entgeht er damit dem „Schachmatt" durch die Familie und kann mit ihr weiterarbeiten.

Die Familie dagegen hat die neue, wichtige Erfahrung gemacht, daß ihr tatsächlich jemand gewachsen und stark genug ist, mit ihr und ihrer Symptomatik umzugehen. Das gibt ihr Hoffnung, endlich doch eine wirksame Hilfe zu erhalten.

Nach Papp (in Schneider, Hrsg., 1983) stellen Familien mit Symptomkindern (also zum Beispiel Problemschülern) den Therapeuten vor die widersprüchliche Aufgabe, das Symptom zu ändern, ohne das System zu verändern. Durch eine Reihe von Neudefinitionen (z.B. positive Umformulierung, s.o.) des Symptoms und des Gesamtkontextes (d.h. der Reaktion der Familienmitglieder auf das Symptom) verbindet er das Symptom mit dem Familiensystem so, daß das eine nicht ohne das andere verändert werden kann.

Insofern stellen die oben beschriebenen Maßnahmen der positiven Umformulierung und Neudefinition des Problems und des Systems wichtige Grundlagen und Voraussetzungen für den Einsatz paradoxer Aufgaben dar. Eine einfache Symptomverschreibung („Alexander, du mußt fortfahren, in der Schule schlechte Noten zu schreiben") ohne positive Umformulierung des Symptoms in seiner Verbindung mit dem System hätte destruktive Auswirkungen zur Folge.

Häufig angewandte Techniken der paradoxen Verschreibung neben der bereits oben beschriebenen Umformulierung sind:

a) die Symptomverschreibung,
b) die Verschreibung der Regeln des Familiensystems,
c) die Warnung vor einer Veränderung.

a) Die Symptomverschreibung

Sie ist erst nach genauer Kenntnis des Zusammenhangs zwischen dem Symptom und dem System sowie deren wechselseitiger Beeinflussung nach erfolgter positiver Umformulierung sinnvoll.

Das Symptom wird sozusagen von der bedrohlichen, unbeeinflußbaren Schicksalsebene („Es passiert uns") auf die Ich-Ebene („Ich bzw. wir tun etwas") „heruntergeholt". Damit verliert es etwas von seiner geheimnisvollen Macht, sowohl über den Symptomträger als auch über das Familiensystem. „Indem man bewußt den Kreislauf, der das Symptom hervorgebracht hat, in Handlung umsetzt, verliert er seine Kraft zur Symptomproduktion. Die geheimen Regeln des Spiels werden offenbar gemacht und die Familie muß die Verantwortung für ihre eigenen Handlungen übernehmen" (Papp, in Schneider, Hrsg., 1983, S. 261).

Beispiele:
Symptomverschreibung hat oft etwas mit Entmachtung zu tun, beispielsweise der Macht, die ein Symptomträger nicht nur in der Familie innehat, sondern die er auch (und die Familie) versucht, über den Therapeuten zu erhalten. Beispielsweise sind wir in der ersten Familientherapiesitzung oft mit einem Problemschüler konfrontiert, der sich in Schweigen hüllt oder nur mit Ein-Wort-Sätzen antwortet. Alle an ihn gerichteten Fragen, alle Versuche, ihn in den Gesprächsprozeß mit einzubeziehen, scheitern, wobei die Eltern berichten, daß er zu Hause durchaus lebhaft zu allen Unterhaltungen beitragen kann.

Nach einigen erfolglosen Versuchen verordnen wir dem Schweiger sein Schweigen in der Sitzung mit folgenden Worten: „Du bist jemand, der nicht vorschnell jedem x-beliebigen antwortet, sondern du brauchst erst genügend Vertrauen, bis du die Dinge, die du zu sagen hast, sagst. Deshalb fordere ich dich auf, in dieser Sitzung noch gar nichts zu sagen, weil es zu früh wäre. Falls allerdings irgend jemand der hier Anwesenden etwas

Unzutreffendes über dich sagt oder etwas, das du ergänzen möchtest, kannst du das am Ende der Sitzung richtigstellen, aber du brauchst es nicht."

Ein weiteres Beispiel für eine Symptomverschreibung in Form einer Hausaufgabe fand in einer Familie statt, die wegen verschiedener Ängste und Schüchternheit der zwölfjährigen Tochter (sowohl in der Schule als auch zu Hause) unsere Beratungsstelle aufsuchte. Die Familie besteht aus der zwölfjährigen Problemschülerin, ihrer 15 Jahre alten Schwester sowie den Eltern. Der Vater ist als Vertreter viel unterwegs, die Mutter halbtags berufstätig, das Geld wird wegen hoher Schulden infolge eines Hausbaus dringend benötigt (über die Funktion von Hausbau und Verschuldung in einem schwäbischen Familiensystem ließe sich eine gesonderte Abhandlung schreiben).

In dieser Familie klaffte ein großer Widerspruch zwischen dem familiären Weltbild, das lautete: „Wir müssen alle immer füreinander dasein, wir sind eine harmonische, glückliche Familie mit sehr engen und herzlichen Beziehungen untereinander", und der harten äußeren Realität, die dazu führte, daß die Eltern ihr Mißbehagen über die mangelnde Zeit füreinander bekundeten.

Aus diesem Widerspruch heraus entwickelte sich die Angstsymptomatik der zwölfjährigen Tochter, die vor allem dann massive Ängste äußerte (Weinen, Festhalten des Betroffenen), wenn der Vater oder die Mutter das Haus verließen, um zu arbeiten.

Die positive Umformulierung lautete: „Carmen hat in ihrer Familie eine sehr wichtige Aufgabe übernommen, nämlich quasi als Mittelpunkt der Familie dafür zu sorgen, daß alle Familienmitglieder beieinanderbleiben. Das tut sie u.a. dadurch, daß sie jedem, der das Haus verlassen möchte, ihre Ängste deutlich zeigt und so eine Verzögerung hervorruft. Carmen lebt ja auch in einer Familie, in der eigentlich jeder für jeden mehr Zeit haben und mit dem anderen mehr zusammensein möchte."

Die Symptomverschreibung lautete: „Damit Carmen ihre wichtige Aufgabe auch bis zur nächsten Sitzung weiterhin erfüllen kann, soll sie jedem Familienmitglied, das von zu Hause weggeht, jedesmal siebenmal beteuern, welche große Angst sie sich macht. Die so angesprochenen Familienmitglieder sollen nicht weggehen, bevor sie sich die siebenmalige Beteuerung angehört haben. Die ältere Schwester Corinna kontrolliert die genaue Einhaltung ..."

Die Verschreibung stieß bei der Familie auf Erstaunen, und in Carmens Mimik drückte sich Ärger aus, sie wurde jedoch akzeptiert.

Zu Beginn der nächsten Sitzung, vier Wochen später, berichtete die Familie über ein nahezu völliges Verschwinden der Symptomatik, ein Anruf in der Schule bestätigte auch hier eine enorme Verbesserung des Symptomverhaltens. Wir konnten nun im folgenden darangehen, gemeinsam mit der Familie Veränderungen im zeitlichen Ablauf des Familienlebens in Angriff zu nehmen, die zu einer Verringerung des Widerspruchs zwischen familiärem Selbstbild und Realität führten.

b) Die Verschreibung der Regeln des Systems

Auch diese Maßnahme ist nur sinnvoll nach erfolgter positiver Umformulierung des Problems, d.h., nachdem allen Familienmitgliedern die besten Absichten unterstellt worden sind.

Andolfi versteht darunter, daß der Familie gerade diejenigen starren und dysfunktionalen Regeln verschrieben werden, „die die Homöostase des Systems am Leben halten. Diese Technik ermöglicht es, das System zu transformieren: Sie bewirkt nämlich gerade Verstöße gegen die Regeln, die das Problem ja erst geschaffen haben und es nun fortbestehen lassen" (Andolfi, 1982, S. 199).

Der paradoxen Forderung der Familie: „Hilf mir, aber hilf mir doch nicht", antwortet der Therapeut mit dem Gegenparadoxon: „Ich werde dir helfen, indem ich dir nicht helfe" (Andolfi, 1982, S. 200). Die Familie steht nun vor der Alternative, entweder die Anweisung des Therapeuten zu befolgen, das heißt seine Macht zu akzeptieren oder sie zu unterlaufen, d.h., die herrschenden destruktiven Regeln zu verändern und damit ihre Transformationskräfte freizusetzen.

Rudolf Kaufmann hat dieses Spiel zwischen Familie und Therapeut einmal mit „Bremsen" (d.h. Widerstand gegen Veränderung) und „Gas geben" (d.h. Veränderungen in Gang setzen) verglichen: Wenn der Fahrer eines Autos auf der Bremse steht, weil er Angst hat, daß er zu schnell den Berg hinunterrollt, wird er noch stärker bremsen, wenn der Beifahrer Gas gibt. Steht dieser jedoch ebenfalls auf der Bremse, muß der Fahrer ein wenig Gas geben, damit das Auto nicht ganz stehenbleibt.

So kann beispielsweise einer Familie, in der alles sehr zwanghaft und überkontrolliert abläuft, gerade diese Zwanghaftigkeit und Kontrolle in Extremform verschrieben werden. Verstößt dann die Familie gegen die Kontrollanweisungen des Therapeuten, weil sie als absolut unzumutbar erlebt werden, kann sie anfangen, mit einem weniger kontrollierten Familienleben Erfahrungen zu sammeln.

c) Therapeutische Skepsis

Mit zu dem oben geschilderten Vorgang des „Auf-der-Bremse-Stehens“ des Therapeuten gehört die Äußerung von Skepsis, wenn er bei der Familie Anzeichen von Veränderung bemerkt.

„Sowie die Familie sich von seinen Verschreibungen entfernt und auf Änderungen drängt, muß der Therapeut das Tempo regulieren. Er zählt dauernd die Folgen der Veränderungen auf und antizipiert neue Schwierigkeiten, die auftauchen werden, sagt voraus, wie sie auf das System wirken werden, und erlaubt der Familie, sich trotz dieser Bedenken zu verändern“ (Papp, in Schneider, Hrsg., 1983, S. 261).

Indem so der Therapeut den skeptischen, bremsenden Part übernimmt, kann die Familie den zuversichtlichen Teil übernehmen und dem Therapeuten beweisen, „daß sie es dennoch schafft“.

So äußerten wir z.B. den geschiedenen Eltern einer anorektischen Schülerin und ihr selbst gegenüber große Skepsis über den Fortgang der Besserung, nachdem sie nach einigen Sitzungen mit der Ursprungsfamilie rasch zunahm (wir hatten die seit mehr als zehn Jahren geschiedenen Eltern zur Mitarbeit am Problem ihrer Tochter bewegen können).

Die mittlerweile wiederverheirateten Eltern, deren Scheidung seinerzeit sehr rasch und unüberlegt erfolgt war, hielten eine heimliche Verbindung aufrecht und drückten ihre immer noch vorhandene Zuneigung über Briefe, Telefonate und einmal auch durch ein Zusammentreffen aus. Davon bekam die Tochter natürlich einiges mit, obwohl die Eltern glaubten, es vor ihr verheimlichen zu können.

Dementsprechend lautete die positive Umformulierung, daß die Tochter durch ihre Weigerung zu essen (jede psychiatrische Etikettierung im Sinne einer „Krankheit“ lehnen wir strikt ab) beiden Eltern sehr große Sorgen mache und dadurch die wichtige Aufgabe übernommen habe, beide Eltern in engem Kontakt zu halten. In den darauffolgenden Sitzungen konnten die Eltern direkt das Problem ihrer ungelösten Beziehung bearbeiten und die Tochter aus der Mittlerposition entlassen. Sie bekam die Erlaubnis, nun eine erwachsene, „vollwertige“ Frau zu werden.

Wenn wir gegen Ende dieses Abschnitts einige Warnungen, den Einsatz paradoxer Aufgaben betreffend, abgeben, mag das vielleicht vom Leser als paradoxe Aufforderung mißverstanden werden, die Warnungen gerade dennoch zu mißachten.

Wir sprechen diese Warnungen jedoch nicht als paradoxe Aufforderungen, sondern ganz direkt aus, weil es unserer eigenen Erfahrung nach folgende Einschränkungen, Mißverständnisse und Gefahren in der familientherapeutischen Arbeit mit paradoxen Anweisungen gibt:

1. Sie wurden hauptsächlich entwickelt und wurden und werden eingesetzt in der Arbeit mit extrem rigiden bzw. psychiatrischen Familien (z.B. von der Mailänder Gruppe um Selvini-Palazzoli). Erst wenn absolut ausgeschlossen ist, daß der *direkte* Weg zum Therapieerfolg führt, sollte der paradoxe eingeschlagen werden. Die Rigidität oder mangelnde Erfahrung des Therapeuten sollte nicht vorschnell als Rigidität der Familie ausgelegt werden.
2. Jeder familientherapeutische Anfänger sollte in den ersten drei bis fünf Jahren seiner Arbeit äußerst zurückhaltend mit paradoxen Anweisungen umgehen, da sie nur dann wirken, wenn er sie absolut überzeugend vorbringt. Gerade der Anfänger hat jedoch noch große Schwierigkeiten in der konsequenten systemischen Hypothesenbildung und dementsprechend der konsequenten Vertretung seiner Sichtweise der Familie gegenüber.
3. Bestimmte Familienstrukturen, wie z.B. chaotische, extrem gewalttätige und kindliche Familien mit unreifem Verhalten ihrer Mitglieder, lassen ein paradoxes Vorgehen als ebenso gefährlich erscheinen wie sein Einsatz in bestimmten kritischen Situationen wie Suizidversuch, Gewalt, unerwünschte Schwangerschaft usf.
4. Paradoxe Verschreibungen sind nur dann wirksam, wenn die *Beziehungsebene* zwischen Therapeut und Familie stimmig und tragfähig ist. Die Familie muß das Gefühl haben, daß der Therapeut kompetent und ihr gegenüber solidarisch ist, sonst werden paradoxe Verschreibungen als Abwertungen und Zurückweisungen erlebt.
5. Paradoxe Anweisungen dürfen nicht isoliert, sozusagen als therapeutische „Kunstgriffe“ gegeben werden, sondern müssen stets eingebettet sein in einem systemischen Gesamtzusammenhang, begleitet von anderen Interventionsmaßnahmen und nach erfolgter positiver Umformulierung des Symptoms innerhalb des familiären Kontextes.
6. Gerade weil paradoxe Anweisungen einen sehr hohen Grad an Sicherheit des systemischen Denkens und Arbeitens erfordern, sollte gewährleistet sein, daß zumindest ein Ko-Therapeut und begleitend zur Therapie eine Supervisionsmöglichkeit (s.u.) vorhanden ist. Sonst besteht die Gefahr für den Therapeuten, im Familiensystem eingefangen und schachmatt gesetzt zu werden. Die paradoxen Interventionen führen dann zu einer Verschlechterung der Symptomatik. So arbeitet beispielsweise die Mailänder Gruppe immer mit einem ganzen Team von

Ko-Therapeuten, die das therapeutische Geschehen hinter der Einwegscheibe verfolgen und in den Therapieprozeß immer wieder mit einbezogen werden.

6.2.2 Kinästhetische Methoden

Metaphorische Gegenstände:
Lasten, Pflichten, Verantwortung, Druck symbolisieren wir in der Arbeit mit einzelnen und Familien durch einen kindskopfgroßen, kantigen Felsstein („Es liegt mir wie ein Stein im Magen"). Dieser Stein kann vom belasteten Klienten in der Hand gehalten, auf einen leeren Stuhl gestellt oder auch erleichtert beiseite gelegt werden. Er kann in eine Person, eine Pflicht, eine Beziehung usw. verwandelt werden, und der Klient kann in vielfältigen Kontakt mit ihm treten, z.B. mit ihm einen Dialog aufnehmen.

Ein anderer wichtiger metaphorischer Gegenstand ist eine selbsthergestellte Rote-Kreuz-Flagge, die u.a. wertvolle Dienste bei Klienten mit einem selbstzerstörerischen Helfersyndrom („Ich darf nicht für mich, sondern nur für andere sorgen, auch wenn ich dabei zugrunde gehe") und für solche leistet, die permanent von einem Angehörigen durch alle denkbaren Krankheitssymptome unter Druck gesetzt werden bzw. andere mit Leidenssymptomen zu erpressen versuchen.

Auch hier sind der Kreativität und Phantasie des Therapeuten keine Grenzen gesetzt, außer der, daß er in der Arbeit mit metaphorischen Objekten dem Klienten Achtung und Sympathie, mit einem Schuß Humor verbunden, entgegenbringt. Der Klient sollte immer spüren, daß ihm der Therapeut solidarisch zur Seite steht und ihn nicht etwa mit Hilfe eines metaphorischen Objekts abwertet.

Metaphorische Aktion:
Sie bietet noch stärker als die Verwendung einer metaphorischen Sprache oder der Einsatz metaphorischer Objekte für die Familie die Möglichkeit, Zusammenhänge zwischen geäußerter Symptomatik und Familienbeziehungsstruktur handelnd zu erleben und zu erfahren. Die von uns am meisten eingesetzte Aktion ist die oben beschriebene Familienskulptur.

Eine weitere metaphorische Aktionsform in der Arbeit mit von Trennung/Scheidung der Eltern bedrohten Familien stellt der im Abschnitt 6.2.10 („Arbeit mit Scheidungsfamilien") beschriebene „kaukasische Kreidekreis" dar. Eltern und Kinder können dabei „handfest" im wahrsten Sinne des Wortes erleben, was sie dabei empfinden, wenn jeder Elternteil versucht, die Kinder gewaltsam auf seine Seite zu ziehen.

Auch die im selben Abschnitt beschriebene und von Virginia Satir entwickelte Metapher der „Drei Hüte" sowie ihr Einsatz in von Scheidung bedrohten Familien ist eine visualisierte Form der metaphorischen Aktion.

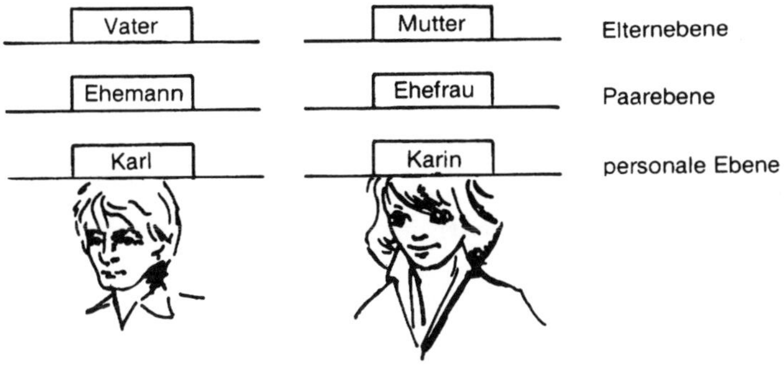

Abb. 32

Eine befreundete Familientherapeutin (Brigitte Anheier) berichtete von einer spontanen metaphorischen Aktion eines fünfjährigen Mädchens während einer Familientherapiesitzung, die das Thema „Grenzen ziehen zwischen den Familienangehörigen" zum Schwerpunkt hatte: Die Fünfjährige fing plötzlich an, mit länglichen Hölzchen Zäune (Grenzen) um die Stühle jedes einzelnen Familienangehörigen zu bauen und nach getaner Arbeit an diesen Grenzen entlangzugehen und so für sich das Thema zu erfahren bzw. „ergehen".

Besonders für Kinder, die noch dem magischen Denken verhaftet sind, aber auch für Jugendliche und erwachsene Familienmitglieder zeigen metaphorische Aktionen und Rituale überraschend positive Effekte. Durch eine metaphorische Aktion wird sozusagen das Symptom „verdinglicht", von der Innenwelt in die Außenwelt gebracht und somit auf eine ganz andere Art und Weise betrachtbar und „behandelbar". Dadurch büßt es etwas von seiner Es-Haftigkeit (im Sinne von „es widerfährt mir") und Unkontrollierbarkeit ein.

Dazu im folgenden einige von unzählig vielen Möglichkeiten: Wir verwenden in unserer Beratungsarbeit gerne einen kindskopfgroßen, kantigen Stein als sogenannten *„Sorgenstein"*. Dieser Stein kann dann im Laufe einer familientherapeutischen Sitzung in die Mitte des Stuhlkreises auf dem Boden plaziert werden, und es können alle Fragen, die um das Symptom herum gestellt werden, sich auf diesen Sorgenstein beziehen:

- Seit wann existiert der Sorgenstein (das Problem) in der Familie?
- Wie ist er in die Familie hereingekommen?
- Wer müßte was unternehmen, damit der Sorgenstein noch größer wird?
- Wenn man das Symptom als unsichtbares Familienmitglied in Form des Sorgensteins in die Familienskulptur einbauen würde, wo hätte es dann seinen Platz?
- Bei wem ist es am nächsten?
- Wen stört es am meisten?
- Was wäre der erste Schritt, der den Sorgenstein zum Schrumpfen bringen würde?
- Wer wurde ihn am meisten vermissen? Usw.

Außerdem können in einer ritualisierten metaphorischen Aktion Kinder, die in irgendeiner Art und Weise Verantwortung für ihre Eltern übernommen haben, diese Verantwortung in Form des Sorgensteines an die Eltern wieder zurückgeben, indem sie diesen den Eltern feierlich überreichen, gekoppelt mit der Aussage: „Liebe Eltern, diese Sorge/Verantwortung, die ich übernommen habe, um eure Trennung/Scheidung zu verhindern, ist zu groß und zu schwer für mich, deshalb gebe ich sie an euch zurück. Ich vertraue euch jedoch, daß ihr eine gute Lösung finden werdet."

Des weiteren können negative Angewohnheiten, symptomatische Verhaltensweisen, negative Eigenschaften usw. auf ein Blatt Papier geschrieben und um den Sorgenstein gewickelt werden. Anschließend kann die Familie oder der Problemschüler aufgefordert werden, dieses negativ besetzte Blatt Papier in einer feierlichen ritualisierten Handlung zu verbrennen, zu vergraben, in einen Fluß zu werfen oder zu zerschnipseln.

Wichtig bei diesem Vorgehen ist, daß der Therapeut mit dem Symptomträger und der Familie genau abklärt, welche Art des Rituals für die Betroffenen die passende darstellt.

Das positive Gegenstück zum Sorgenstein ist der *Erinnerungskiesel*: Hierbei handelt es sich um eine Sammlung von verschiedenfarbigen, optisch schönen und kinästhetisch gut in der Hand liegenden Kieselsteinen, die auf dem Fenstersims des Beratungszimmers aufgebaut sind. Wenn nun mit einem Problemschüler konkrete Verhaltensänderungsschritte zu Hause oder im Unterricht (z.B. Konflikte ohne körperliche Gewalt zu lösen) vereinbart worden sind, erhält er sozusagen als kinästhetischen Erinnerungsanker einen Kieselstein mit nach Hause, den er sich vorher ausgesucht hat. Diesen Kieselstein kann er dann in der Hosentasche, im Federmäppchen oder an einem sonstigen geeigneten Ort aufbewahren, ihn unauffällig in die Hand nehmen und dann dreimal drücken, wenn eine „gefährliche Situation" entsteht, d.h. bestimmte unerwünschte Reaktionsweisen seinerseits drohen.

Ritualisierte Entlassung aus der Indexpatientenrolle

Häufig haben die Symptome von Kindern und Jugendlichen die Funktion, aufgrund einer loyalen und liebevollen Bindung an die Eltern diese vor einem vermeintlichen Schaden zu bewahren, sie zu „retten", sie z.B. vor einer Trennung/Scheidung zu bewahren, u.v.m. Mit dieser Rolle übernehmen Kinder und Jugendliche eine Verantwortung, die unlösbar ist und ihnen auch nicht zusteht.

Eingebettet in eine ganze Reihe von hier beschriebenen Methoden kann hier die feierliche und ritualisierte Entlassung aus der „Verantwortlichkeitsrolle" sehr hilfreich sein.

Dazu ein Fallbeispiel:
Die seit mehreren Jahren getrennt lebenden, aber nicht geschiedenen Eltern des 13jährigen, bei der Mutter lebenden Marcel (mit regelmäßigen und intensiven Kontakten zum Vater), der durch seine Symptomatik immer wieder die Eltern zu Kontakten „zwingt", werden in einer für alle gemeinsam anberaumten Sitzung zu folgendem Ritual eingeladen: Jeder Elternteil soll nacheinander von seinem Platz aufstehen, Marcel in den Arm nehmen und die folgenden Sätze zu ihm sagen: „Lieber Marcel, ich bin deine Mutter/dein Vater, und du bist mein geliebter Sohn. Ich habe sehr wohl gemerkt, daß du absichtlich und unabsichtlich viele Dinge unternimmst (hier einige Symptome benennen lassen), die dazu dienen sollen, daß wir Eltern wieder als Ehepaar zusammenleben. Weil ich dich jedoch liebhabe, will ich dir auch ganz klar sagen, daß es weder deine Aufgabe oder Verantwortung ist. Wenn wir nicht selbst als Mann und Frau wieder zusammenleben wollen, hast du auch gar keine Chance dazu, uns je wieder zusammenzubringen. Ich möchte dich hiermit aus deiner unlösbaren Aufgabe entlassen."

Als spürbares Zeichen der Entlassung aus dieser Rolle kann dann der jeweilige Elternteil Marcel feierlich die Hand schütteln.

Zwei-Wege-Metapher

Auf die Abwandlung einer Idee des Münchner Familientherapeuten Peter Nemecek geht die im folgenden beschriebene metaphorische Aktion der „zwei Wege“, nämlich des *Problemweges* und des *Lösungsweges*, zurück:

Zunächst wird der Familie erklärt, daß man Lebenswege mit Hilfe von Seilen metaphorisch darstellen kann. Dann legt der Therapeut, ausgehend von der Position (sitzend oder stehend) des Indexpatienten, zwei farblich unterschiedliche Seile von jeweils etwa 3 m Länge im 45°-Winkel aus, wobei das rechte Seil (im Sinne von „richtig“) den Weg zum erstrebten Ziel, zur Problemlösung und das linke Seil die Fortsetzung des derzeitigen Problemweges symbolisiert. Dabei werden alle Familienmitglieder aufgefordert, sich darüber Gedanken zu machen, welche *Überschrift* am besten zum Lösungsweg und welche am besten zum Problemweg passen könnte. Die Problem- bzw. Lösungsüberschrift wird dann deutlich sichtbar auf ein Blatt Papier oder Karton geschrieben und an das Ende des entsprechenden metaphorischen Weges gelegt. Anschließend werden die in der Problemdefinitionsphase genannten *kritischen Situationen* und Verhaltensweisen jeweils auf rote Moderationskarten geschrieben und in gleichen Abständen zwischen dem Problemschüler und der Problemüberschrift auf das Problemseil gelegt. Ebenso wird mit den einzelnen *Lösungsstrategien bzw. Lösungsschritten* verfahren, die auf grüne Moderationskarten geschrieben und auf dem rechten Lösungsseil plaziert werden.

Im Gegensatz zur Einzelberatung werden in diesen Prozeß der Problembeschreibung wie auch der Lösungskonstruktion sämtliche Familienmitglieder mit einbezogen.

Es liegt auf der Hand, daß diese metaphorische Methode sich hervorragend mit den weiter oben („Fragetechniken“, S. 159ff.) beschriebenen lösungsorientierten Fragen nach Ausnahmen vom Problem, hypothetischen Problemlösungen, Fragen nach ersten Schritten in Richtung Problemlösung, der Wunderfrage usw. verbinden lassen.

Zur Veranschaulichung und Konkretisierung der Lösungsschritte wird der Problemschüler als nächstes dazu aufgefordert, sich nacheinander auf die einzelnen Lösungskarten des rechten Weges zu stellen, für einige Sekunden die Augen zu schließen und sich zunächst bildhaft (visueller Kanal) die bereits schon einmal ausnahmsweise erreichte positive Ausnahmesituation vorzustellen, dann innerlich zu hören (akustischer Kanal), welche Sätze er/sie und andere wichtige Bezugspersonen (Eltern und Lehrer) in dieser Situation gesagt haben bzw. sagen könnten, und schließlich zu spüren (kinästhetischer Kanal), welche Körperreaktionen (Atmung, Entspannung, angenehme Gefühle usw.) der tatsächlich schon erreichte bzw. imaginierte Lösungsschritt hervorrufen kann.

Ein Fallbeispiel:
Der 14jährige, vom Schulausschluß bedrohte Realschüler Maximilian S. hat sich als Überschrift für den Lösungsweg (rechten Weg) das Wort „Sonnenaufgang“, als Überschrift für den linken Weg (Problemweg) die Bezeichnung „Pennertum“ ausgesucht.

Aufgrund der vorangegangenen Problemschilderung fällt es ihm und den anwesenden Eltern sehr leicht, die roten Problemkarten auszufüllen und auf das Problemseil zu plazieren. Es sind dies im einzelnen:
- Keine Hausaufgaben machen.
- Schule schwänzen.
- Lehrer/innen durch Verhaltensweisen XYZ provozieren (allein in diesem Bereich gelingt es, fünf rote Problemkarten zu beschriften).

Nach der Devise „Weg vom Problem, hin zur Lösung!“ wird diese Phase relativ rasch abgeschlossen, und der Therapeut und die Familienmitglieder verwenden wesentlich mehr Zeit in die Konstruktion von grünen Lösungskärtchen, die wie folgt aussehen:
- Regelmäßig die Hausaufgaben erledigen.
- Regelmäßig den Unterricht besuchen.
- Respektvollen Umgang mit den Lehrern pflegen (in diesem Bereich beschriftet Maximilian fünf positiv formulierte Zielkärtchen).

Insgesamt kommen so sieben konkrete grüne Zielkärtchen zusammen, deren Realisierung verhindern soll, daß Maximilian ohne Realschulabschluß die Schule verlassen muß.

Nachdem der Problem- und der Lösungsweg mit den einzelnen Schritten vor Maximilian ausgebreitet liegen, fragt der Therapeut in wohlwollend provozierender Form (d.h. Maximilian spürt, daß der Therapeut innerlich auf seiner Seite steht), ob er denn tatsächlich den rechten, mühsamen Lösungsweg in den Sonnenaufgang oder nicht lieber doch den leichteren und schnelleren Weg ins Pennertum gehen wolle. Er könne ja eventuell ein „Programm“ für andere interessierte Schüler, mit dem Titel „Schulausschluß leicht gemacht“, schreiben. Maximilian besteht grinsend darauf, den rechten Weg gehen zu wollen, weil er die Mittlere Reife für seine Berufsausbildung benötige.

Als nächstes läßt der Therapeut ihn mit Hilfe der im Abschnitt 6.1.1 (S. 168) beschriebenen Skalierungsmethode seine Motivation einschätzen, wie sehr er daran interessiert ist, den Lösungsweg zu beschreiten. Auf der Skala von 0 (gar kein Interesse) bis 10 (extrem hohes Interesse) setzt Maximilian die Markierung auf die Ziffer 8.

Im Anschluß daran läßt der Therapeut ihn auf derselben Skala noch einschätzen, wie hoch seiner Meinung nach die Wahrscheinlichkeit ist, das Ziel zu erreichen, die Maximilian mit 7 angibt.

In der sich nun anschließenden zirkulären Fragerunde werden sämtliche Familienmitglieder einbezogen, wer mit welchen Maßnahmen und Methoden dazu beitragen könnte, daß sich die Wahrscheinlichkeit der Zielerreichung von 7 auf 8 oder gar auf 9 (entsprechend 80–90%) erhöht. Es soll verhindert werden, daß Lösungen allein auf der individuellen Ebene des Problemträgers und nicht auf der systemischen Ebene des Gesamtfamilie konstruiert werden.

Gegen Ende der Sitzung läßt der Therapeut Maximilian noch insofern „Stellung beziehen" oder „einen Standpunkt einnehmen", indem er ihn sich nacheinander auf jedes des grünen Zielkärtchen stellen läßt und visuell, akustisch und kinästhetisch positive Ausnahmesituationen vom Problem bzw. imaginierte Zielschritte durchleben läßt.

Die Zwei-Wege-Metapher läßt sich problemlos mit nahezu allen geschilderten Methoden verbinden, weil sie sowohl den Problem- als auch den Lösungsbereich sowie visuelle, akustische und kinästhetische Elemente im Therapieprozeß verbindet.

Arbeit an den Grenzen

Im Abschnitt 2.2 des Praxisteils („Beschreibung der Familienstruktur") haben wir aufgezeigt, daß dysfunktionale Familiensysteme vor allem dadurch gekennzeichnet sind, daß die Grenzen zwischen den einzelnen Familienmitgliedern oder Subsystemen entweder zu starr sind (zu große Distanz und Loslösung) oder zu diffus verlaufen (zu große Nähe, Verstrickung). Minuchin (1977) bezeichnet dementsprechend auch den Therapeuten als einen „Grenzzieher", der diffuse Grenzen deutlich und unangemessen starre Grenzen durchlässiger macht bzw. der Familie dazu verhilft.

Wir erleben es immer wieder, daß die *gewählte Sitzordnung* der Familienmitglieder die innerfamiliären Grenzen symbolisiert. Allerdings ist das nur ein erster Hinweis auf bestehende Koalitionen und Bündnisse, der durch eine Vielzahl anderer Daten aus dem verbaler und nonverbalen Bereich abgesichert werden muß. *Andere Indikatoren sind Unterbrechungen, Unterstützungen, Reden für ein anderes Familienmitglied sowie Abstände der Familienmitglieder in der Familienskulptur (s.o.).*

Unter anderem ergeben sich folgende Möglichkeiten und Methoden, an den Grenzen zu arbeiten:

- *Veränderung der Sitzordnung:* Sehr oft setzen sich Familien mit einem Problemschüler, der in den ehelichen Konflikt mit einbezogen ist, so hin, daß der Symptomträger zwischen die beiden Eltern zu sitzen kommt. Die Eltern können dann nicht miteinander direkt kommunizieren, sondern müssen im wahrsten Sinne des Wortes über das Kind herum oder hinweg Kontakt aufnehmen. Dieses hinwiederum wendet den Kopf in permanenter Verwirrung nach links und rechts, um der Interaktion der Eltern folgen zu können. In diesem Fall setzen wir das Kind in gebührendem Abstand von den Eltern weg, damit sie direkt kommunizieren können und das Kind beide im Blickfeld hat. Beispiel: In einer dreiköpfigen Familie, in der die neunjährige Symptomträgerin „starke Leistungsschwankungen" und „Konzentrationsstörungen" in der Schule zeigte, unterbreiteten die ganz dicht links und rechts neben dem Mädchen sitzenden Eltern dem Therapeuten wechselseitig ihre unterschiedlichen Erziehungsauffassungen, vermittels deren sie ihren verdeckten Ehekonflikt, über ihre Tochter umgeleitet, austrugen. Nachdem er eine ganze Weile beobachtet hatte, wie die Tochter ihren Kopf immer wieder abwechselnd mal der Mutter, mal dem Vater zuwandte, begleitet von nonverbalen Äußerungen des Mißbehagens und Unwohlseins, sagt er folgendes zu ihr: „Irene, ich beobachte gerade, daß es dir sehr schwer fällt, dich auf beide Eltern gleichzeitig und auf die unterschiedlichen Dinge, die sie sagen, zu konzentrieren. Du darfst dich deshalb hierhinsetzen (deutet auf einen freien Platz neben sich und in zwei Meter Entfernung von beiden Eltern), damit du beide Eltern ungestört beobachten kannst."

  Einige Sequenzen später greift der Therapeut seine Beobachtung der Sitzordnung auf, indem er zu Irene sagt: „Irene, kennst du das Gefühl, zwischen beiden Eltern zu stehen und nicht genau zu wissen, zu wem du halten sollst?" Mit der Bejahung dieser Frage trat dann dieses Erstgespräch in eine entscheidende Phase.

  Wir geben übrigens jeder Veränderung der Sitzordnung einen positiven Bezugsrahmen (z.B. „damit du besser beobachten kannst", „damit Sie weniger abgelenkt sind" usw.), damit sie von der Familie nicht als Bestrafung und Abwertung von seiten des Therapeuten erlebt wird. Manchmal kann es bei einem Familienmitglied, das permanent durch Unterbrechen und Dreinreden sowie Sprechen für andere Familienmitglieder seine Grenzen überschreitet, notwendig werden, es mit einer Beobachtungsaufgabe zu betrauen und in eine Ecke des Behandlungsraumes etwas außerhalb des Familien-Therapeuten-Halbkreises zu plazieren.

- Eine andere, nonverbale Möglichkeit des Therapeuten, Grenzen zu ziehen, besteht darin, quasi wie ein Dirigent oder Verkehrspolizist *durch Handbewegungen bestimmte Interaktionen zu unterbrechen und andere wiederum zu fördern.*
- Wenn eine Mutter immer wieder auf die Fragen, die der Therapeut dem Kind stellt, antwortet, kann dieser sie freundlich und bestimmt fragen: „Denken Sie, daß Ihr zwölfjähriger Sohn gewohnt ist, allein zu sprechen, oder nehmen Sie ihm die Aufgabe ab, indem Sie für ihn sprechen?"
- Paradoxe Methoden, *um diffuse und zu starre Grenzen für die Familie bewußter zu machen*, bestehen darin, zum Beispiel eine Familie, in der alle Familienmitglieder in großem Abstand voneinander sitzen, zu bitten, doch den Abstand noch zu vergrößern, da sonst jeder zu dicht neben dem anderen säße, oder eine Familie, in der alle Angehörigen auf „Tuchfühlung" sitzen, aufzufordern, doch noch näher zusammenzurücken.
- Familienmitglieder, die immer wieder aneinander vorbei agieren bzw. den Kontakt vermeiden, können aufgefordert werden, ihre Stühle so zu stellen, daß sie einander ins Gesicht sehen und direkt miteinander reden können.
- Über Hausaufgaben, die der Familie zur nächsten Sitzung vom Therapeuten aufgegeben werden, können *Grenzziehungsprozesse auch außerhalb der Therapie* wirksam werden. In unserer Beispielsfamilie W. („Der unglückliche Pascha") bekommt z.B. das Ehepaar W. die Aufgabe, einigen angenehmen Aktivitäten, wie ins Kino gehen, essen gehen usw., ohne Anwesenheit ihres Sohnes und der Großmutter nachzugehen.
- Besonders wichtig ist der *Grenzziehungsprozeß um das Ehesubsystem* herum und die Betonung der Generationsgrenzen, da in allen Familien, in denen ein Kind Symptomträger ist, Überschreitungen der Generationsgrenzen stattfinden (s.o.).

6.2.3 Visuelle Methoden

Bildsprache – Arbeit mit Metaphern

Haley (1977, S. 71) definiert eine Metapher als den „bildlichen Ausdruck für eine Sache, mit der man eine andere, ähnliche Sache wiedergibt. Es ist das analoge Verhältnis von einer Sache zur andern".

Metaphern können auf der sprachlichen Ebene mit *Worten* ausgedruckt werden („Er schwebt auf einer Wolke der Glückseligkeit"), durch *Gegenstände* (wir symbolisieren z.B. mit einem großen Feldstein ein „schweres"

Problem) und durch *Handlungen* (wenn wir zum Beispiel in Scheidungsfamilien die Eltern auffordern, links und rechts an den Kindern in verschiedene Richtungen zu ziehen). Wir gehen, ähnlich wie Watzlawick (1977), davon aus, daß die eigentlich wirksamen therapeutischen Maßnahmen und die durch sie bewirkten Veränderungen rechtshemisphärisch, d.h. eher auf der gefühlsdominanten und weniger auf der rationalen Ebene ablaufen. Bevor sich unsere Rationalität (das linkshemisphärische Bewußtsein und dessen sprachlicher Ausdruck) in der Kindheit anfing auszudrücken, fand unser vorsprachlicher Kontakt mit der Umwelt hauptsächlich über die Körpersinne (z.B. Hautkontakt zu den Eltern) und den Körperausdruck (z.B. Strampeln und Bewegung) sowie über die Gefühlsebene statt: Wir haben gelächelt oder geschrien als Ausdruck von Gefühlen des Glücks bzw. des Hungers, der Angst vor dem Alleinsein usw.

Analoge Formen der Kommunikation wie Bilder, Gedichte, Musik, Körpersprache usw. sprechen wesentlich stärker und direkter unsere Gefühlsseite an als digitale Formen wie z.B. sachliche Berichte, mathematische Formeln, wissenschaftliche Analysen usw.

Eine sehr wirksame, weiter oben beschriebene Form der metaphorischen Kommunikation stellt übrigens die Familienskulptur dar. Wenn wir Familien die „wissenschaftlich fundierte Analyse" ihrer inneren Struktur erläutern, setzt diese bei den meisten keine Änderungsprozesse in Gang (sofern nicht allein schon diese Form der Mitteilung Abwehr auslöst). Dabei könnten diese Familien uns auf der kognitiven Ebene unserer Hypothese durchaus zustimmen, die emotionale Betroffenheit als ein wichtiger Motor der Veränderung würde jedoch fehlen. Eine ganz andere Wirkung erzielen wir, wenn die Familienmitglieder in der metaphorischen Aktion der Familienskulptur ein Abbild ihres familiären Beziehungsgeflechtes erfahren und *erleben.* Alle Familienangehörigen fühlen irgendwie, daß die Familienskulptur „stimmt", aber sie können dieses Gefühl nicht auf der digitalen, verbalen Ebene zum Ausdruck bringen. Wir konnten bisher in nahezu jeder Familie erleben, daß eine viertel Stunde Arbeit mit der Familienskulptur mehr über die innere Familienstruktur ins Bewußtsein eines jeden Familienmitglieds gerückt und damit an Veränderungsmotivation ausgelöst hat, als stundenlang darüber zu reden und Erklärungen zu formulieren.

Visualisierung von Grenzen

Der erstgenannte Autor hat gute Erfahrungen mit der visuellen Darstellung von Grenzen und Beziehungsmustern gemacht, indem er auf einem

Abb. 33

großen Bogen Papier mit Filzstiften an einer Pinnwand, in Anlehnung an Minuchins Symbole zur Darstellung einer Familienstruktur (Minuchin, 1977, S. 72ff.), eine Strukturskizze der Familie entworfen hat. Für unsere Beispielsfamilie W. ist sie im nächsten Abschnitt abgebildet.

Eine weitere, eher metaphorische Möglichkeit, an den Grenzen zu arbeiten, stellt die Symbolisierung des einzelnen Familienangehörigen durch die Zeichnung eines Baumes dar (ebenfalls auf einem großen Papier an der Pinnwand), wobei sein persönlicher Freiraum durch einen kreisförmigen Garten rings um den Baum dargestellt wird. Die Grenze zum andern, benachbarten Baum und dessen Garten wird symbolisiert durch einen Zaun, der allerdings durch eingebaute Gartentore zum andern geöffnet werden kann. Eine zu starre Grenze wird dann dadurch gekennzeichnet, daß die Gartentore zum andern nicht mehr geöffnet werden können und so kein ausreichender Kontakt mehr möglich wird. Diffuse Grenzen bedeuten, daß der andere, ohne um Erlaubnis zu fragen, in den Garten eindringt, den Zaun niederreißt und in den Blumenbeeten herumtrampelt.

In Familien mit diffusen Grenzen wird der Grenzziehungsprozeß dadurch unterstützt, daß der Therapeut die Familienmitglieder immer auch in ihrer jeweiligen innerfamiliären Position anspricht. Therapeut: "Ich habe von Ihrem *Sohn* gehört, daß ..." oder „Dein *Vater* möchte gern von dir, daß..."

Visualisierung der Familienstruktur

Als Ergänzung zur Familienskulptur verwenden wir oft die visuelle Darstellung der Familienstruktur, um so ebenfalls von der verbal-abstrakten Ebene des Darüberredens zu einer konkreteren Form der Darstellung zu gelangen. Dabei bedeuten die verwendeten Symbole im einzelnen:

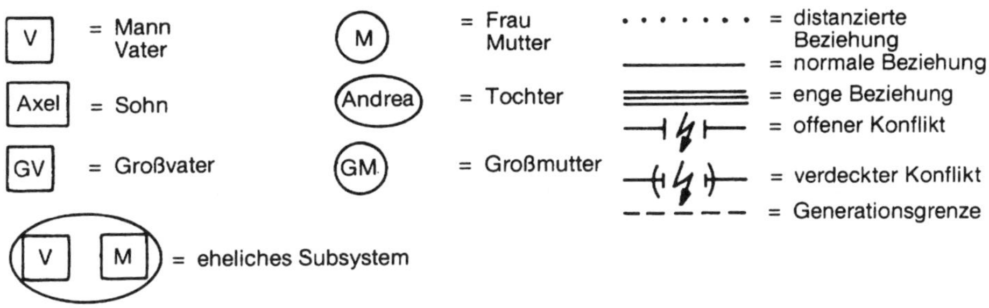

Abb. 34

Für unsere Beispielsfamilie W. sah die visuelle Darstellung der Familienstruktur folgendermaßen aus:

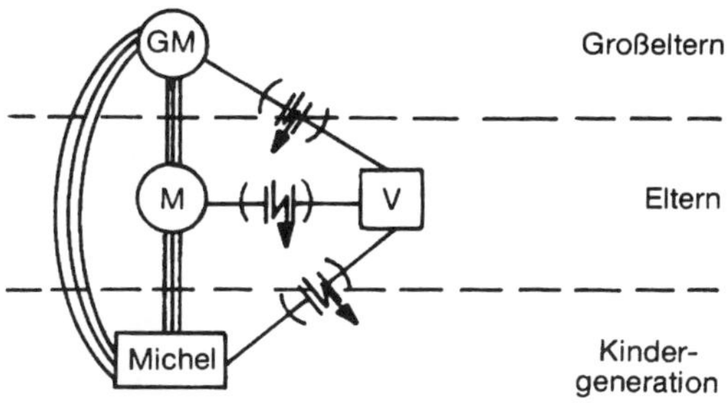

Abb. 35

Dabei ist es wichtig, der Familie nicht einfach eine vom Therapeuten hypothetisierte Familienstruktur visuell vorzusetzen, sondern nur das an Informationen zu verwenden, was von der Familie in den Gesprächen zuvor offengelegt worden ist. Die Familie erarbeitet sozusagen mit Hilfe des Therapeuten die visuelle Abbildung der Familienstruktur.

Einschränkend ist hierzu jedoch anzumerken, daß diese Form der metaphorischen Darstellung nur bei halbwegs für Veränderung offenen Familien möglich ist. Veränderungsresistenten (rigiden) Familien bereitet die Offenlegung ihrer Familienstruktur allzu große Ängste.

Visualisierung des Problem- und Lösungsweges

Ähnlich wie in der im Abschnitt 6.2.2 beschriebenen, mit Hilfe von Seilen dargestellten Zwei-Wege-Metapher geht es bei dieser Methode darum – allerdings in zweidimensionaler Form –, Problem- und Lösungskonstruktionen anschaulich darzustellen.

Der Therapeut beginnt damit, daß er auf einer großformatigen Wandzeitung oder Wandtafel in der Mitte unten einen großen Punkt (oder ein anderes Symbol) aufzeichnet und das Datum des heutigen Tages dazuschreibt. Von diesem Punkt aus zieht er dann eine große, rote Linie nach links und eine entsprechend grüne nach rechts. Dabei erklärt er dem Indexpatienten und den Familienmitgliedern, daß es sich hierbei um die symbolische Darstellung des Problem- und des Lösungsweges handelt. Alle anwesenden Familienmitglieder werden aufgefordert, sich darüber Gedanken zu machen, was denn schlimmstenfalls, nur ihrer Phantasie nach, als Resultat am Ende des Problemweges stehen könnte, wenn die Problematik bestehenbleibt bzw. sich sogar noch verschlimmern sollte. Das so gefundene negative Resultat wird dann in Form einer Überschrift links oben an das Ende des Problemweges geschrieben.

In ähnlicher Form wird mit dem Lösungsweg verfahren, d.h., alle Familienmitglieder werden eingeladen, ein Ziel, eine Lösung zu konstruieren, die dann rechts oben an das Ende des Lösungsweges geschrieben wird.

Während der Therapeut für die Beschreibung der bereits aus der Problemdefinitionsphase bekannten einzelnen Problembestandteile und Problemschritte, die er ebenfalls in regelmäßigen Abständen zwischen dem Ausgangspunkt des heutigen Tages und dem Problemendzustand auf dem Problemweg notiert, nur wenig Zeit verwendet, konzentriert er sich gemeinsam mit den Familienmitgliedern und dem Indexpatienten wesentlich intensiver auf die Konstruktion von konkreten Lösungsschritten zur Zielerreichung. Er läßt sich dabei von folgenden Fragen leiten:

- Was wäre der erste konkrete kleine Schritt in Richtung Zielerreichung?
- Wie könnte der Indexpatient, wie die Familienmitglieder, wie andere Bezugspersonen diesen Schritt fördern?
- Wann, wo und wie hat der Indexpatient schon ausnahmsweise in bestimmten Phasen Zielverhaltensweisen gezeigt?
- Wie könnten kleine, konkrete, erreichbare Unterziele aussehen? Usw.

An dieser Stelle können viele der im Abschnitt „6.1.1 Fragetechniken" (S. 153) beschriebenen Zielfragen gestellt werden.

Anschließend kann auch der Indexpatient mit Hilfe der Skalierungsmethode aufgefordert werden einzuschätzen, wie hoch seine Motivation ausgeprägt ist, tatsächlich den „rechten Weg" der Problemlösung zu gehen und wie hoch er die Wahrscheinlichkeit einschätzt, die gesteckten Ziele zu erreichen. Die Familienmitglieder können eingeladen werden, sich darüber Gedanken zu machen, was sie dazu beitragen können, um die Wahrscheinlichkeit der Zielerreichung zu erhöhen, usw.

Der Verantwortungskuchen

Diese einfache visuelle Methode ist dazu geeignet, das Thema „Verantwortlichkeit für Lernen und Schulerfolg" des Problemschülers zu veranschaulichen.

Der Therapeut malt auf einer Wandzeitung unter der Überschrift „Verantwortung für Lernen und Schule" zwei große Kreise („Kuchen") auf und schreibt über den einen „Ist" und über den anderen „Soll".

Dann fordert er den Problemschüler und die übrigen Familienmitglieder auf, mit Filzstiften im Verantwortungskuchen unter der Überschrift „Ist" Segmente (Kuchenstücke) einzuzeichnen, die darstellen, in welchem Ausmaß der Problemschüler selbst und die Eltern, Geschwister, Lehrer oder sonstige Bezugspersonen Verantwortung für den Schulerfolg tragen. Hier kommt es immer wieder zu Aha-Erlebnissen, wenn beispielsweise 14- bis 16jährige Schüler sich selbst nur die Hälfte oder gar weniger an Verantwortung für den Schulerfolg zuschreiben und den großen anderen Teil den Eltern aufbürden. Oft handelt es sich natürlich um einen Wechselwirkungsprozeß dergestalt, daß die Eltern dem Jugendlichen immer viel schulische Verantwortung abgenommen haben und dieser nur in ungenügendem Maße Selbstverantwortung entwickeln konnte.

In einem zweiten Schritt wird dann von den Familienmitgliedern auf dem Verantwortungskuchen unter der Überschrift „Soll" grafisch eingetragen, welche Anteile an der Verantwortung für Lernen und Schule der oder die Jugendliche jetzt schon, in einem Jahr, in zwei, drei, vier, fünf Jahren übernehmen sollte. Im Anschluß daran geht es um die ganz konkreten Beschreibungen, wie die einzelnen Schritte dahin aussehen könnten und wer innerhalb oder außerhalb der Familie welche Schritte unternehmen wird.

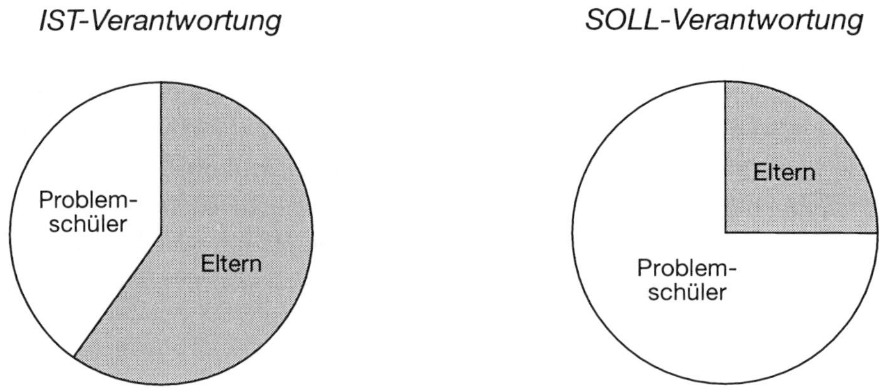

Abb. 36: Verantwortungskuchen

Die Schatztruhe

Diese visuelle Methode eignet sich besonders gut für Kinder und Jugendliche mit einer Selbstwertproblematik, die u.a. durch lang andauernde schulische Mißerfolgserlebnisse hervorgerufen sein kann.

Der Problemschüler und die übrigen Familienmitglieder werden aufgefordert, gemeinsam mindestens sieben, maximal zehn positive Eigenschaften, Fertigkeiten, Fähigkeiten usw. zu finden, die den Problemschüler besonders auszeichnen.

Diese Ressourcen und Stärken müssen und sollen auch nicht speziell mit dem schulischen Bereich zu tun haben, sondern können aus allen Lebensbereichen des Problemschülers stammen. In diesem Zusammenhang werden immer wieder Ressourcen genannt wie Ehrlichkeit, Hilfsbereitschaft, Sportlichkeit, positive soziale Einstellung Gleichaltrigen gegenüber, Musikalität usw.

Diese positiven Eigenschaften werden entweder vom Therapeuten, vom Problemschüler selbst oder einem Elternteil mit dickem Filzstift deutlich sichtbar auf eine großformatige Wandzeitung unter der Überschrift „Die Schatztruhe von (hier Name des Problemschülers einsetzen)" geschrieben.

Anschließend können sich der Therapeut und die Familie noch ausführlich darüber unterhalten, welche positiven Auswirkungen diese Ressourcen des Problemschülers in seinem Alltag haben und inwiefern sie möglicherweise für die Problemlösung nutzbar gemacht werden können.

Am Ende der Sitzung überreicht der Therapeut die zusammengerollte und mit einer bunten Schleife versehene Wandzeitung mit feierlichem Handschlag dem Problemschüler, verbunden mit der Einladung, sie deutlich sichtbar in seinem Zimmer aufzuhängen und dreimal täglich die Liste der positiven Eigenschaften durchzulesen und auf sich wirken zu lassen.

Arbeit mit Bildern und Sprüchen

Im Laufe unserer langjährigen Tätigkeit als Familientherapeuten und Seminartrainer mit Lehrergruppen haben wir sowohl eine Bildkartei mit ca. 400 farbigen Bildern und Fotos im DIN-A4-Format als auch eine Sprüchekartei von 420 Sentenzen und Lebensweisheiten im DIN-A5-Format aufgebaut (Ehinger u. Hennig, 1998).[5]

Sprüche sind Botschaften, verdichtete Lebenskonzepte und prägen sich aufgrund ihrer Kürze schnell ins Gedächtnis ein und sind dadurch häufig präsent und wirksam.

In den Sprüchen sind Lebenserfahrungen komprimiert. Humor und der Überraschungseffekt helfen zudem, neue Wege zu erkennen oder wiederzuerkennen. Sie zeigen in kurzen Augenblicken den eigenen Standpunkt und mögliche neue Richtungen.

Aus den unendlich vielen Möglichkeiten des Einsatzes von Bildern und Sprüchen möchten wir nur beispielhaft einige erwähnen:

- Die Familie wird eingeladen, sich auf ein Bild und/oder einen Spruch zu einigen, das/der am besten das Motto, das Lebenskonzept, die Vision der Familie kennzeichnet.
- Jedes Familienmitglied wird eingeladen, sich unabhängig von den anderen ein Bild bzw. ein Spruch auszusuchen, das/der am besten zum Problem oder zur Lösung paßt. Anschließend werden alle Familienmitglieder eingeladen, sich darüber auszutauschen, welche Unterschiede bzw. Gemeinsamkeiten es zwischen den ausgewählten Bildern/Sprüchen gibt. Da wir im Beratungszimmer auch immer wieder (manchmal ganz gezielt) bestimmte Sprüche aushängen, kommt es häufig vor, daß sich die Klienten wünschen, den einen oder anderen Spruch mit nach Hause zu nehmen, weil er ihnen besonders gut gefällt oder sie ihn für ihre Situation besonders passend finden.

---

5 Das Einmaleins des Lebens. Bestelladresse: LIPURA-Verlag, Klostergarten 21, 72414 Rangendingen.

Arbeit mit Skalen

Die Visualisierung von Ist-Zuständen, Soll-Zuständen, Ausnahmen vom Problem und die visuelle Kennzeichnung auch schon geringfügiger positiver Veränderungen geht auf Steve de Shazer (1989) zurück.

Speziell für die therapeutische Arbeit mit Kindern und Jugendlichen benutzen wir dabei (vgl. Abbildung S. 168) eine auf einen ca. 50 cm langen und 10 cm breiten Pappstreifen aufgezeichnete zehnstufige Skala. Auf dieser kann der Problemschüler (oder andere Familienmitglieder) mit Hilfe von drei farbigen Wäscheklammern (die er jeweils seitlich neben der entsprechenden Ziffer befestigen kann) den momentanen Problemzustand, bereits erreichte positive Ausnahmen vom Problemzustand und den Zielzustand markieren. Dabei bedeutet die Ziffer 0, die noch mit einem weinenden Gesicht gekennzeichnet werden kann, einen extrem negativen Zustand, eine extrem starke Ausprägung des Problems und 10, die durch ein lachendes Gesicht verstärkt werden kann, einen extrem positiven, absolut problemfreien Zustand. Dem Indexpatienten teilen wir vor seiner Einschätzung mit, daß ein Zustand von 9 oder 10 kaum von Menschen, sondern nur von „Engeln“ erreicht werden kann.

Dazu ein Fallbeispiel:
Der überdurchschnittlich intelligente, aber sehr unmotivierte 15 Jahre alte Schüler Tobias T. markiert mit Hilfe einer roten Klammer den Momentanzustand seiner schulischen Motivation mit der Ziffer 3.

Die in den letzten Monaten erreichte positive Ausnahme von diesem Motivationszustand markiert er mit einer 4,5 (wir sind immer wieder erstaunt, wie häufig Klienten zum Teil äußerst quantitativ exakte Vorstellungen vom Ausprägungsgrad ihres Problems haben).

Im folgenden stellt der Therapeut eine ganze Reihe von Fragen, die sich auf diesen positiven Ausnahmezustand beziehen:

- Wie genau sah die Situation aus?
- Was hat Tobias, was haben die Familienmitglieder, was haben die Lehrer oder Mitschüler anders gemacht?
- Würde der positive Ausnahmezustand von 4,5 genügen, indem er ein Lernverhalten gewährleistet, das für die Versetzung in die nächsthöhere Klasse ausreichend ist?
- Welche Unterstützungsmaßnahmen durch Eltern, Lehrer oder den Therapeuten usw. wären notwendig, daß Tobias den positiven Ausnahmezustand von 4,5 als stabilen Zielzustand erreichen könnte?

– An wieviel Tagen in den nächsten zwei Wochen bis zur nächsten Sitzung traut sich Tobias zu, den positiven Ausnahmezustand von 4,5 zu produzieren? Und vieles mehr.

In ähnlicher Weise kann in den folgenden Sitzungen mit minimalen positiven Veränderungen vom ursprünglichen Ausgangszustand hin zum Zielzustand verfahren werden:

Mit einer gelben Klammer können der Problemschüler oder andere Familienmitglieder auf der Skala kennzeichnen, welche positiven Veränderungen es seit der letzten Sitzung gegeben hat, und sei die Veränderung auch nur ein halber Skalenpunkt. Hier können dann auch wieder konkrete Fragen gestellt werden, wer wie in welcher Weise usw. an der Veränderung mitgewirkt hat. Wichtig dabei ist, daß auch die geringste Veränderung gewürdigt und positiv konnotiert wird. Denn das stärkt das Selbstvertrauen des Problemschülers und seiner Familie, erhöht die Hoffnung auf weitere Veränderungen und führt zur Mobilisierung vorhandener Ressourcen.

Kinästhetische Skalen für jüngere Kinder

Für jüngere Kinder im Alter von sechs bis neun Jahren verwenden wir statt der oben geschilderten Pappkartonskala ein ca. 3 m langes Seil, das wir auf den Boden des Beratungszimmers auslegen und in jeweils gleichen Abständen mit Moderationskärtchen belegen, die von 0 bis 10 beschriftet sind.

Statt nun, wie oben beschrieben, mit Klammern den momentanen Problemzustand, Ausnahmen vom Problem, Veränderungen, Zielzustände usw. zu markieren, wird das Kind aufgefordert, die Skala abzuschreiten und sich auf die entsprechende Ziffer draufzustellen.

6.3 Methoden für besondere Anlässe: Subsystemarbeit – Herkunftsfamilie – Trennung/Scheidung

6.3.1 Arbeit mit Subsystemen

Auf den ersten Blick scheint ein Widerspruch zu entstehen zwischen der Anforderung an den Therapeuten einerseits, eine neutrale Haltung einzunehmen, d.h., keine Koalition mit einem Familienmitglied gegen ein anderes einzugehen, und der therapeutischen Arbeit mit Subsystemen, also mit einzelnen oder Untergruppen in der Familie. Dieser Widerspruch ist jedoch tatsächlich nur ein scheinbarer, wenn der Therapeut/Berater folgende Grundsätze beachtet:

1. Die Arbeit mit familiären Subsystemen wird zeitlich so begrenzt, daß genügend therapeutische Zuwendung für die übrigen Familienmitglieder vorhanden ist.
2. Dadurch, daß der Therapeut abwechselnd mit verschiedenen innerfamiliären Subsystemen arbeitet, braucht sich niemand in der Familie benachteiligt zu fühlen.
3. Die Arbeit mit einem einzelnen Familienangehörigen oder einer Untergruppe (z.B. Ehepaar) richtet sich nicht *gegen* die übrigen Familienmitglieder, sondern wird definiert als vorübergehende besondere Unterstützung für das jeweilige familiäre Subsystem.
4. Die Subsystemarbeit darf nicht ohne *Kontrakt* mit der Gesamtfamilie stattfinden, d.h., der Therapeut holt sich die Einwilligung von den übrigen Familienmitgliedern, daß er vorübergehend verstärkt innerhalb des Gesamttherapieprozesses mit einzelnen arbeiten kann.

Wenn wir systemisch mit dem Problemschüler und seiner Familie arbeiten, wird es sich immer wieder herausstellen, daß in einer bestimmten Phase des Therapieprozesses ein Familienmitglied oder eine Untergruppe innerhalb des Familiensystems stärkere therapeutische Unterstützung benötigt als die übrigen Familienmitglieder. Wie wir oben im Abschnitt 5.3 („Die Mittelphase der Therapie") dargestellt haben, kann im Anschluß an die Arbeit an der Eltern-Kind-Beziehung die Paarbeziehung der Eltern in den Brennpunkt des therapeutischen Geschehens rücken. In unserer Beispielsfamilie T. („Das Damoklesschwert der Scheidung") sind wir so verfahren, daß wir in der Mittelphase des Therapieprozesses, nach der dritten Sitzung, mit der Familie einen Zwischenkontrakt geschlossen haben, der die Subsystemarbeit mit dem Ehepaar T. über fünf Sitzungen regelte. Da es sich um einen seit drei Jahren offen ablaufenden Ehekonflikt (vor den Kindern ausgesprochene Scheidungsdrohungen) handelte, waren Alexander und Tanja wenig interessiert, an diesen Paartherapiesitzungen ihrer Eltern teilzunehmen. Sie wurden allerdings in der Phase der Neuregelung der Paarbeziehung wieder mit dazugenommen, um nicht vor die fertigen Resultate „des veränderten Familienlebens" gestellt zu werden.

Strenggenommen könnte man die Arbeit mit Subsystemen unter den Themenbereich „Arbeit an den Grenzen" subsumieren, da ja sowohl die

Arbeit an der Ehepaarbeziehung als auch am einzelnen Familienangehörigen einen veränderten Kontakt (Grenze) mit den übrigen Familienmitgliedern zur Folge hat.

Bisweilen stellt es sich heraus, daß ein Elternteil der Problemfamilie eine zufriedenstellende, der andere eine extrem unglückliche Kindheit erlebt hat. Dann erweist es sich als notwendig, einige der Traumatisierungen des letzteren Elternteils aufzuarbeiten, d.h., er benötigt in dieser Phase mehr Energie und Zeit vom Therapeuten als die anderen Familienmitglieder. Nach einem entsprechenden Kontrakt ist es auch hier wichtig, die übrigen Familienangehörigen als aktive Beobachter und Helfer in den Einzeltherapieprozeß mit einzubeziehen, damit sie die noch in der gegenwärtigen Familie nachwirkenden Belastungen dieses Familienmitglieds besser verstehen und nachvollziehen sowie die Veränderungsprozesse begleitend miterleben können.

6.3.2 Die Arbeit an der Herkunftsfamilie und der Familiengeschichte

Unserer Einschätzung und Erfahrung nach ist es für eine Familie nicht nur wichtig, den Zusammenhang des Anmeldeproblems mit der momentanen Familienstruktur zu erleben und zu erfahren, sondern auch die historisch gewachsene Entstehung der jetzigen Familienstruktur als eine Hinterlassenschaft der vorangegangenen Familien beider Elternteile. Stierlin verwendet dafür die Begriffe „Vermächtnisse" und „Delegation" und meint damit positive wie negative „Erbschaften" vorangegangener Generationen. Diese „Erbschaften" dürfen jedoch nicht linear-kausal in dem Sinne aufgefaßt werden, daß nur die Eltern den Kindern etwas „weitergeben" und nicht auch die Kinder den Eltern etwas zurückgeben.

Wir gehen von der Grundannahme aus, daß jeder der beiden Ehepartner sein individuelles Bild von guter oder schlechter Partnerschaft durch die Paarbeziehung seiner Eltern erlebt, erfahren und übermittelt bekommen hat. Unabhängig davon, ob dieses Vorbild abschreckend oder anziehend wirkte, stellt in der Regel die Paarbeziehung der Eltern für jedes Kind das bei weitem wichtigste Modell für die Gestaltung seiner späteren Partnerschaft dar. Mag dabei die unbewußte Entscheidung ausfallen „so wie die Eltern" oder „nur so wie mein Vater", „nur so wie meine Mutter" oder „so wie die Eltern auf keinen Fall", sowohl für die Nachahmung als auch für die Ablehnung wird die Paarbeziehung der Eltern als Bezugspunkt genommen.

Wenn es zum Beispiel um das Thema Macht und Dominanz in der Paarbeziehung geht, erleben wir oft einen „Zickzackkurs“, der jeweils von Generation zu Generation wechselt. So hatte z.B. die Mutter einer Problemschülerin einen extrem dominanten Vater, der autoritär ihre Mutter unterdrückte. Sie fällte deshalb für sich die Entscheidung, niemals in einer Ehebeziehung die schwache Rolle ihrer Mutter einzunehmen. Es war nun sicher kein Zufall, daß sie einen Mann heiratete, der sehr gutmütig, weich und nachgiebig ist, so daß sich sehr bald die bei den Eltern erlebte Oben-unten-Beziehung umkehrte: Nun ist die Mutter dieser Problemschülerin in der dominanten und der gutmütige Vater in der unterlegenen Rolle. Die mit dem schwachen Vater in einer offenen Koalition verbundene Problemschülerin könnte nun ihrerseits für sich die Entscheidung fällen, ihrem späteren Mann gegenüber niemals eine so beherrschende Position wie ihre Mutter dem Vater gegenüber einzunehmen.

Jürg Willi (1976) spricht von „Kollusion“ und meint damit das unbewußte destruktive Zusammenspiel einer von Komplementarität beherrschten Paarbeziehung, d.h. einer Beziehung, in der die Stärke des einen die Schwäche des anderen bedingt und aufrechterhält sowie umgekehrt.

Ebenso wie jeder von uns ein Abbild oder Komplementärbild (manchmal Spiegelbild) der Paarbeziehung seiner Eltern verinnerlicht, wird sein Bild von Eltern-Kind-Beziehung und Familie entscheidend von seiner Herkunftsfamilie geprägt. Eltern mit einer glücklichen Kindheit neigen dazu, ihren Kindern ebenso eine glückliche Kindheit bereiten zu wollen, Eltern mit einer unglücklichen Kindheit betonen den Willen, „es ihren Kindern einmal besser gehen zu lassen als ihnen“.

Die Arbeit an der Familiengeschichte führt zu einer Entlastung des Symptomträgers und seiner Familie, weil die Frage von „Schuld“ und „Unschuld“ immer mehr in den Hintergrund rückt zugunsten der Erkenntnis von Zusammenhängen, die als letztes Glied einer langen Kette zu der Familienstruktur geführt haben, die die Familie heute in die Beratung/Therapie gebracht hat. Der Therapeut kann so auch die Familie ermutigen, die destruktive Kette von weitergereichten Vermächtnissen zu durchbrechen, ihr die Chance für Veränderungen aufzeigen und seine Anerkennung für den Veränderungsmut aussprechen.

So wie es eine positive Symptombewertung in der „Horizontalen“ gibt, d.h. die Verbindung des Symptoms eines Problemschülers mit seinem jetzigen Familiensystem, erscheint eine positive Symptombewertung in der „Vertikalen“, d.h. vom Heute zur Vergangenheit, zu den vorangegangenen Generationen der Problemfamilie, möglich. Nahezu jede destruktive Verhaltensweise eines Erwachsenen (z.B. Depression, Ängste, Aggression usw.) hatte früher in seiner Herkunftsfamilie eine konstruktive Schutzfunktion, hat sein emotionales Überleben in der Familie garantiert, mag diese Verhaltensweise in der Gegenwart auch längst nicht mehr angemessen sein.

Ein für die familientherapeutische Praxis hilfreicher Leitfaden zur Familienanamnese hat Virginia Satir (1977, S. 157) entwickelt:

Mögliches Schema für die Aufnahme einer Familiengeschichte

Der Therapeut befragt die Partner

die Ehefrau		*den Ehemann*
wie sie ihre Eltern, Geschwister, ihr Familienleben sah	⟷	wie er seine Eltern, Geschwister, sein Familienleben sah
erinnert sie an den Zeitpunkt, als sie ihren Ehemann kennenlernte	⟷	erinnert ihn an den Zeitpunkt, als er seine Ehefrau kennenlernte
fragt nach den Erwartungen, die an ihre Heimat knüpfte	⟷	fragt nach den Erwartungen, die er an seine Heimat knüpfte

die Partner:
nach der ersten Zeit der Ehe,
erklärt den Einfluß der Vergangenheit

die Partner als Eltern:
nach ihren Erwartungen bezüglich der Elternschaft,
erklärt den Einfluß der Vergangenheit

das Kind:
wie es seine Eltern sieht,
ob sie glücklich und froh sind oder sich
nicht verstehen

die Familie als Ganzes:
Er bestärkt sie, daß es gut ist,
sich zu äußern

Er betont die Notwendigkeit,
klar zu kommunizieren

Er gibt Nähe, verabredet ein weiteres
Gespräch, vermittelt Hoffnung

Aus: Virginia Satir (1977, S. 157)

Einige typische Therapeutenfragen zu diesen Themenbereichen sind z.B.:

„Was hat Sie dazu bewogen, unter den vielen theoretisch für Sie in Frage kommenden Männern/Frauen, sich gerade diesen (diese) auszusuchen?"

„Wenn Sie sich an die Ehe Ihrer Eltern erinnern, wollten Sie dann später einmal eine ähnliche oder eine ganz andere Ehe als Ihre Eltern führen?" „Was sollte ähnlich, was anders sein?"

„Als Sie Ihre Frau heirateten und beschlossen, eine Familie zu gründen, was war Ihre Erwartung, Ihr Bild von Familie?"

„Als das erste Kind auf die Welt kam, was hat sich da für Sie in der Ehe, Ihrem Bild von Familie usw. verändert?" Usw.

Wir haben gute Erfahrungen damit gemacht, die Familienanamnese zu verbinden mit der weiter oben beschriebenen Visualisierung der Familienstruktur. Allerdings beschränkt sich in diesem Zusammenhang die Familienstruktur nicht auf die gegenwärtige, in Behandlung befindliche Familie, sondern erstreckt sich auch auf die Generation der Großeltern und (falls eruierbar) Urgroßeltern. Die Visualisierung der Beziehungsstruktur wird dabei ergänzt durch die Symbolisierung bestimmter wichtiger Ereignisse. A. von Schlippe (1984, S. 98) schlägt folgende Symbole für die Erstellung eines *„Genogramms"* (auch „family map") vor:

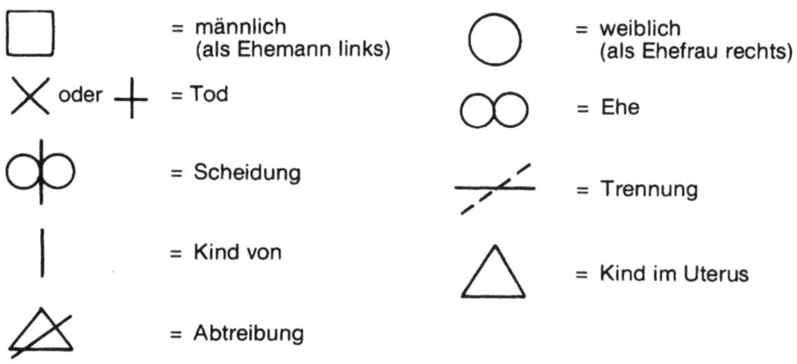

Abb. 37

Diese Symbole ergänzen wir noch durch

Es ist immer wieder erstaunlich, zu erleben, wie wenig zum Teil Ehepaare von der Herkunftsfamilie ihres Partners wissen und Kinder über die Kindheit und Jugend ihrer Eltern erfahren haben. Derjenige in der Familie, der bisher nur als „Täter" gesehen wurde, wird plötzlich auch in seiner „Opferrolle" sichtbar, der Mächtige in seiner früheren kindlichen Ohnmacht, der Starke in seinem Ausgeliefertsein. Bisher unverständliche Reaktionsmuster und „Eigenschaften" können nun verstanden werden. Die Eltern werden von ihren Kindern in einer ganz anderen Rolle erlebt, z.B. in ihrer Betroffenheit als verletzte Kinder, die viel leiden und erleben mußten.

Jede halbwegs kompetent geleitete Familienanamnese ruft bei den Familienangehörigen aktive Mitarbeit, Trauer, Ärger, Wehmut, freudige Erinnerung usw., kurzum, die ganze Bandbreite emotionaler Reaktionen hervor. Auch hierbei ist es wie bei jedem Familiengespräch wichtig, die nicht direkt betroffenen Angehörigen stets mit einzubeziehen, z.B. durch Kommentare, Trostspenden, Einschätzungen usw. zu den Äußerungen des an seiner Familiengeschichte arbeitenden Familienmitglieds.

6.3.3. Spezielle Methoden in der Arbeit mit Trennungs- bzw. Scheidungsfamilien

Die im folgenden beschriebene Vorgehensweise beruht auf Seminarerfahrungen mit dem Familientherapeuten Rudolf Kaufmann und hat sich in unserer praktischen Arbeit mit Scheidungsfamilien bewährt.

Wir widmen dem Bereich „Arbeit mit Scheidungs- und Trennungsfamilien" (auch unvollständige Familien, s.o.) deshalb einen besonderen Abschnitt, weil sehr viele Problemschüler mit verschiedenen Leistungs- und Verhaltensauffälligkeiten aus solchen Familien stammen.

Wir haben weiter oben geschildert (s. Abschnitt 2.2.2), daß, abhängig von der Familienstruktur und der Phase des Zerfalls der elterlichen Beziehung, sich folgende Phasen der Trennung bzw. Scheidung feststellen lassen:

1. Phase des verdeckten Ehekonflikts der Eltern,
2. Phase des offenen Ehekonflikts,
3. Phase der zeitweiligen oder endgültigen Trennung des Elternpaares,
4. Phase der Scheidung der Eltern,
5. Nachscheidungsphase.

Wie wir im Abschnitt über Trennungs-/Scheidungsfamilien bereits ausgeführt haben, haben Schüler aus solchen Familien eine besonders große Chance, sich zu Symptomträgern zu entwickeln:

a) Sie müssen sich in Gedanken mit dem drohenden oder bereits erfolgten Verlust eines Elternteils auseinandersetzen.
b) Sie können Phantasien produzieren, irgendwie an der Trennung/Scheidung der Eltern verantwortlich zu sein.
c) Wurde der offene oder verdeckte Ehekonflikt über das Kind (die Kinder) als Koalitionspartner ausgetragen, sind sie in ein Loyalitätsdilemma geraten, d.h., sie konnten sich nur „falsch“ verhalten: Näherten sie sich emotional einem Elternteil an, zeigte der andere darüber Enttäuschung, und umgekehrt.

Die im folgenden aufgeführten sechs Schritte der gestalttherapeutischen Familienarbeit mit Trennungs- und Scheidungsfamilien (eine solche Sitzung dauert in der Regel mindestens zwei Stunden) haben folgende Veränderungen zum Ziel, die den Problemschüler aus seiner Symptomträgerrolle entlassen helfen:

1. Die Verstrickung von Ehepaarebene und Eltern-Kind-Ebene soll aufgelöst werden, indem die Eltern erfahren, wie wichtig es ist, den Paarkonflikt direkt auszutragen und nicht über den Umweg oder unter Einbeziehung der Kinder die Generationsgrenze zu überschreiten.
2. Die Kinder sollen weitestgehend offen über die Beweggründe für die Scheidung aufgeklärt werden, denn alles, was für sie diffus und unklar ist, verleitet sie dazu, sich Phantasien und Schuldgefühle, ihre Rolle betreffend, zu machen.
3. Die Kinder bzw. der Symptomträger sollte aus dem Loyalitätsdilemma entlassen werden, indem er von den geschiedenen (bzw. in Scheidung befindlichen) Eltern die Versicherung erhält, zu beiden Eltern eine gute Beziehung aufrechterhalten zu können, ohne daß jeweils der eine oder der andere Elternteil dies als unerträglich empfindet.
4. Es soll eine gewisse Absicherung erfolgen, daß nicht nach der Trennung/Scheidung der Eltern weiter fortbestehende Konflikte durch Einsatz der Kinder als Bündnispartner oder „Spione“ ausgetragen werden.

Erster Schritt – Gestaltübung von Satir: Symbolisierung der verschiedenen Elternrollen durch drei Hüte

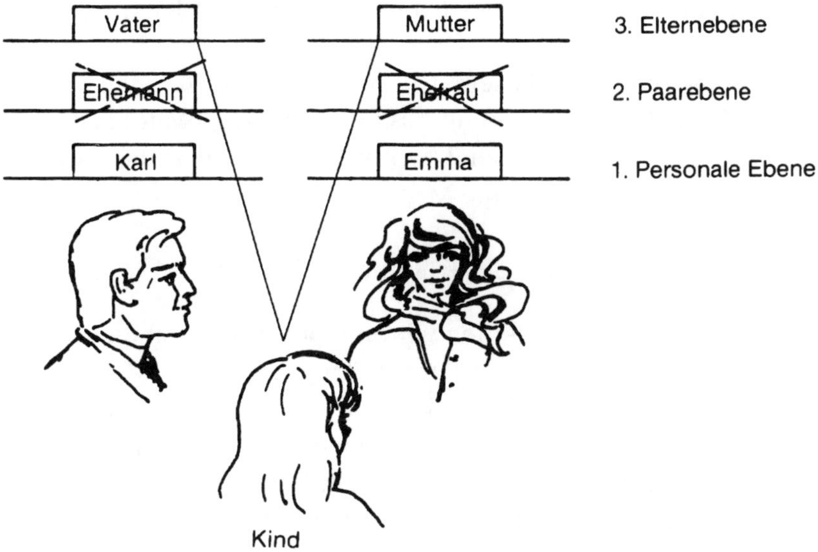

Abb. 38

Auf einem großen Papier an unserer Pinnwand setzen wir symbolisch und schrittweise, unter Einbezug aller Familienangehörigen, den Eltern ihre drei Rollenhüte auf: Zunächst erhält jeder Elternteil den *personalen Hut* aufgesetzt, d.h. den Hut, den er sozusagen erhielt, als er auf die Welt kam. In diesen Hut tragen wir den Vornamen des Betreffenden ein. Als nächster Hut wird dann jedem Elternteil der durch die Heirat bedingte *Paarebenen-Hut* aufgesetzt, in den wir „Ehefrau" und „Ehemann" hineinschreiben.

Beim Aufsetzen des *zweiten Hutes* könnten wir die Eltern beispielsweise fragen (vgl. auch den vorangegangenen Abschnitt):

a) Wo haben sich die Eltern kennengelernt?
b) Wie haben sich die Eltern kennengelernt?
c) Wie erging es den Eltern in der Zeit bis zum ersten Kind?

Diese Fragen haben den Sinn, die Kinder erfahren zu lassen, daß ihre Eltern sich auch einmal geliebt hatten und etwas Positives aneinander fanden, nachdem sie in den letzten Jahren nur Streit, Auseinandersetzungen und die Drohung der Scheidung und Trennung miterlebt haben.

Als dritten Hut setzen wir dann den Eltern in dem Moment, als das erste Kind kam, den *Eltern-Hut* auf und schreiben in ihn „Vater“ und „Mutter“ hinein. Dann ziehen wir eine Verbindungslinie vom „Vater“- und „Mutter-Hut“ zu einem unterhalb der Eltern gezeichneten Kind bzw. den Kindern.

Im Zusammenhang mit diesem dritten Hut stellen wir dann Fragen über die Eltern-Kind-Beziehungsebene, z.B.: „Was hat dein Vater gedacht, als er dich zum ersten Mal gesehen hat, wo war das, wie war das usw.?“ Dann richten wir dieselbe Frage an die Mutter.

Zweiter Schritt – Gründe für die Trennung/Scheidung

In diesem Zusammenhang stellen wir an jeden Elternteil die Frage: „Was bewegt Sie, die Familie in dieser Form aufzugeben?“

Wenn Kinder von ihren Eltern keine diesbezügliche Antwort bekommen, machen sie sich nämlich Phantasien wie z.B., daß sie irgendwie an der Scheidung/Trennung der Eltern schuld sein könnten. In dieser Phase fordern wir auch deshalb die Eltern immer auf, ihren Kindern wörtlich zu sagen: „Du bist nicht schuld, daß die Mann-/Frauebene (Paarebene) nicht mehr klappt ...“

Dritter Schritt – Rettung des Eltern-Hutes

Im folgenden kreuzen wir den Paarebenen-Hut (Ehemann/Ehefrau) durch und lassen die Kinder ihre Einschätzung abgeben, weshalb wir das tun. Fast immer kommt dann von ihnen die Antwort: „Weil da nicht mehr viel übrig ist“ oder „Weil sie sich immer soviel streiten“ usw. Gemeinsam wird mit der Familie dann daran gearbeitet, daß zwar der Paarebenen-Hut ausgezogen wird, weil er im Laufe der Jahre immer mehr verschrumpelt ist, aber die beiden anderen Hüte, nämlich der Eltern-Hut und der personale Hut, weiter aufgesetzt bleiben.

Der Therapeut kann z.B. sagen: „Was Sie als Eltern tun können, ist, daß sie gut für Ihre Kinder sorgen, auch wenn die Paarebenen-Hüte nicht mehr gerettet werden können.“

Vierter Schritt – Kaukasischer Kreidekreis

In diesem Schritt folgt eine Skulpturdarstellung der Trennung: Beide Eltern nehmen die zwischen ihnen stehenden Kinder bzw. den Symptomträger links und rechts an die Hand und ziehen in eine entgegengesetzte Richtung. Anschließend sagt der Therapeut zu den Eltern: „Kennen Sie solche Familien, in denen so etwas abläuft?“ Und: „Wollen Sie es anders machen?“ Diese Skulptur löst bei allen Beteiligten fast ausnahmslos große Betroffenheit aus und bereitet den Boden für die nachfolgenden Interventionen vor.

Da an diesem Punkt viele Kinder äußern, daß sie gefühlsmäßig durchaus so etwas Ähnliches erfahren haben, wie es in der Trennungsskulptur dargestellt wurde, arbeiten wir diese schmerzlichen kindlichen Erfahrungen metaphorisch-visuell mit der „Wippschaukel“ auf:

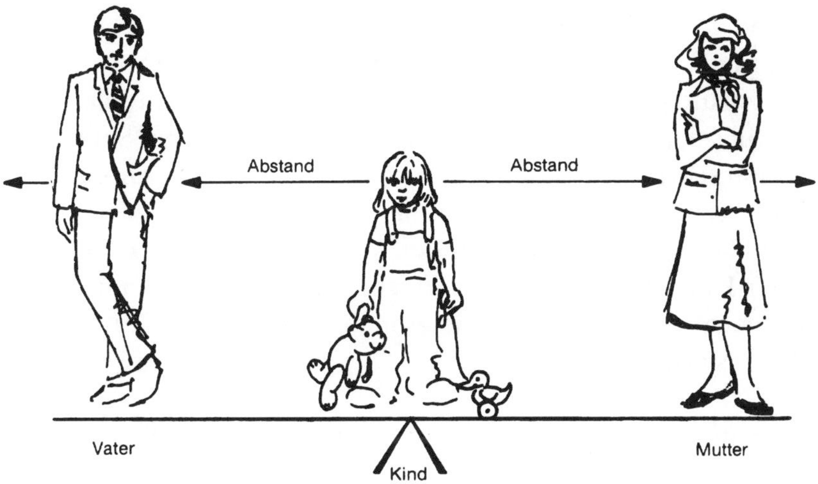

Abb. 39

Erläuterung: Immer, wenn sich das Kind einem Elternteil annähert, wird der Abstand zum anderen größer und umgekehrt.

Kindern und Eltern wird auf diesem Wege noch einmal das ausweglose Loyalitätsdilemma, in dem sich das Kind befunden hat (bzw. noch befindet), vor Augen geführt.

Zentrale Therapeutenfragen in diesem Zusammenhang sind beispielsweise (zur Mutter): „Können Sie es ertragen, Frau XY, daß Ihre Tochter eine gute Beziehung zu Ihrem geschiedenen Mann haben darf?“

Und zum Vater: „Können Sie es ertragen, Herr XY, daß Ihre Tochter eine gute Beziehung zu Ihrer geschiedenen Frau haben darf?“

Wir können immer wieder die Erfahrung machen, daß eine unehrliche Antwort der Eltern an dieser Stelle von den Kindern sofort gespürt wird. Wenn die Eltern beispielsweise mit „Ja“ antworten und wir fragen die Kinder: „Glaubst du das deinem Vater, deiner Mutter?“, antworten sie oft mit „Nein“.

In den folgenden Sequenzen geht dann die therapeutische Arbeit dahin, welche verbalen und nonverbalen Signale und Botschaften die Kinder von ihren Eltern erhalten, die ihnen vermitteln, daß sie zum jeweils andern Elternteil keine gute Beziehung haben dürfen.

Fünfter Schritt – Entlassung aus dem Loyalitätsdilemma

Um die Kinder aus dem Loyalitätsdilemma zu entlassen, kann am Ende der Sitzung (wenn die therapeutische Vorarbeit genügend weit gediehen ist) folgender Vertragssatz stehen, den sich die Eltern per Handschlag gegenseitig sagen: „Ich bin bestrebt, die Kinder nicht zu mißbrauchen, um dir Schaden zuzufügen, indem ich sie aushorche oder absichtlich verwöhne, und ich will sie auch nicht gegen dich ausspielen." Diesen Satz sollten die Eltern dann schriftlich festhalten und ihn möglichst gut sichtbar (z.B. über dem Telefon) in ihrer Wohnung aufhängen.

Die Kinder werden insofern in den Vertrag mit einbezogen, als sie den Eltern per Handschlag folgendes Versprechen geben: „Könnt ihr den Eltern das Versprechen geben, sie jetzt in der schwierigen Zeit nicht gegeneinander auszuspielen?"

Sechster Schritt – Positiver Schlußkommentar

Am Schluß der Sitzung erfolgt dann der abschließende Kommentar des Therapeuten, der sich direkt an die Kinder, indirekt jedoch an die ganze Familie richtet: „Wenige Kinder haben die Chance, eine so schwierige Zeit so gut durchzustehen wie ihr, weil ihr so verantwortungsvolle Eltern habt, die euch nicht dazu mißbrauchen, um sich gegenseitig Schaden zuzufügen."

7 Auswertungsmöglichkeiten – Supervision

Eine gründliche Auswertung jeder Familientherapiesitzung, insbesondere des Familienerstgesprächs, empfiehlt sich aus mehreren Gründen:

1. Der Therapeut/Berater kann sich anhand von Tonband- bzw. Videoaufzeichnungen des Familiengesprächs ganz bestimmte Sequenzen der Familien-Therapeuten-Interaktion in aller Ruhe genauer anschauen bzw. anhören und so wichtige diagnostische Informationen über die Familie und das therapeutische System erhalten.
2. Die Systemerkennung und damit verbunden die systemische Hypothesenbildung werden durch eine gründliche Auswertung sicherer.
3. Die nächste Familientherapiesitzung kann gründlicher geplant und strukturiert werden.
4. Eine gründliche Auswertung des Familiengesprächs stellt eine Grundvoraussetzung für die Supervision des Therapeuten dar, die seine Kompetenz und seinen therapeutischen Stil, seine Interaktion mit der Familie (therapeutisches System) sowie bestimmte persönliche Merkmale des Therapeuten, die ihm den Umgang mit dieser Familie erleichtert oder erschwert haben, in den Brennpunkt rückt.

Wir konnten die Erfahrung machen, daß jede gründliche Auswertung eines Familiengesprächs, auch wenn sie uns manchmal lästig und zeitraubend erscheinen mag, ein winziges Mosaiksteinchen in der Erweiterung unserer therapeutischen Kompetenz darstellte und einen Beitrag zu unserem persönlichen Wachstum und unserer Entwicklung leistete. Zur Erleichterung der Auswertung beim Abhören bzw. der Beobachtung (live oder Video) von Familienerstgesprächen (aber auch späteren Familiengesprächen) haben wir im Anhang einen Auswertungsbogen für Familienerstgespräche beigefügt. In der Entwicklung dieses Bogens haben wir uns maßgeblich auf die vom Institut für Familientherapie e.V. (Weinheim) sowie die von A. von Schlippe (1984, S. 104ff.) vorgestellten Auswertungskriterien gestützt.

Obwohl der Auswertungsbogen aus verständlichen Gründen auf unsere Klientel (Familien mit Schulkindern als Symptomträger) zugeschnitten ist, kann er mit entsprechenden Modifikationen auch in anderen Bereichen der familientherapeutischen Arbeit eingesetzt werden.

Als Ergänzung haben wir drei weitere Protokollbögen im Anhang vorgestellt, die selbstverständlich nur nach ausdrücklicher Einwilligung der Eltern des Schülers zum Einsatz kommen:

1. Protokollbogen zur testpsychologischen Untersuchung,
2. Protokollbogen zur Unterrichtsbeobachtung,
3. Gesprächsprotokollbogen für Gespräche mit Vertretern verschiedener außerfamiliärer Institutionen (insbesondere Lehrern).

Diese Bögen sollen es dem Berater/Therapeuten erleichtern, die äußerst vielschichtigen und zum Teil verwirrenden Informationen zu klären und zu ordnen, mit denen er sich in der Arbeit mit schulschwierigen Kindern und ihren Familien konfrontiert sieht. Die Komplexität des familientherapeutischen Prozesses sowie die zentrale Rolle, die dabei die Persönlichkeit des Therapeuten spielt, erfordern es, daß er sich immer wieder selbstkritisch in seiner Therapeutenrolle überprüft. Als ein Beispiel für die möglichen Bereiche der Selbstbeobachtung stellen wir die von A. von Schlippe veröffentlichte Checkliste zur Eigensupervision des Therapeuten vor:

„I. Wen lasse ich aus? Wie kommt das?
II. Wann bin ich ‚im System' (d.h. folge dessen unausgesprochenen Regeln, fühle mich unwohl, eingeschränkt)? Welche Fähigkeiten habe ich, meine eigene Balance wiederherzustellen (z. B. Entspannung) und wieder herauszukommen?
III. Wahrnehmung eigener Gefühle; konnte ich sie akzeptieren, ohne sie auszuagieren?
IV. Beziehung herstellen zwischen Situationen, in denen ich als Therapeut nicht stimmig reagieren konnte bzw. keine Wahlmöglichkeiten sah, und eigenen, nicht aufgearbeiteten Themen.
V. Abhängigkeit von der Familie, deren Anerkennung oder deren Vorwärtskommen? Eigener Leistungsanspruch?
VI. Wie versucht mich die Familien zu lenken?
VII. Vor welcher Handlung habe ich hier die größte Angst? Was befürchte ich konkret?
VIII. Wo erfülle ich Erwartungen der Familie an mich (z.B. was die Definition des Problems oder des IP[6] betrifft)?" (A. v. Schlippe, 1984, S. 106).

6 Anm.: IP = Indexpatient = Problemschüler.

Stellt der Therapeut/Berater ein Familiengespräch einem Supervisor bzw. einer Supervisionsgruppe vor, bieten sich folgende von Haley (1977, S. 52f.) entwickelte Fragen des bzw. der Beobachter an den Therapeuten an:

„1. Macht der Therapeut die Interviewsituation so klar, daß die Familie weiß, wer er ist, wie die Situation ist und warum die verschiedenartigsten Fragen gestellt werden?
2. Hat der Therapeut die Familie so im Zimmer plaziert, daß die Sitzung trotz lärmender Kinder und chaotischer Gesprächsabfolge durchgeführt werden kann?
3. Ist der Therapeut offen genug und setzt keine moralischen Werte, so daß sich die Familienmitglieder frei fühlen, über ihre Probleme zu sprechen?
4. Ist der Therapeut flexibel genug, sein Vorgehen abzuändern, wenn seine Methode, Informationen zu sammeln, versagt?
5. Verfügt der Therapeut über ein weites Verhaltensspektrum zwischen Zurückhaltung und Angriffigkeit?
6. Hat der Therapeut es vermieden, persönliche Interessen zu verfolgen, die für das Familienproblem nicht von Bedeutung sind?
7. Gelingt es dem Therapeuten, sowohl als Experte aufzutreten als auch, wenn nötig, Unkenntnis vorzuschützen?
8. Vermeidet es der Therapeut, Lösungen anzubieten, bevor das Problem geklärt wurde?
9. Weiß der Therapeut, wann er Uneinigkeit in der Familie fördern soll und wann es gilt, beruhigend einzugreifen?
10. Vermeidet es der Therapeut, sich mit einem Familienmitglied gegen ein anderes zu verbünden oder Partei gegen jemanden zu ergreifen (wie die Kinder gegen die Eltern)?
11. Gelingt es dem Therapeuten, nicht zu persönlich in die Familie einbezogen zu werden?
12. Streicht der Therapeut nicht zu stark den Fachmann heraus und ist er der Familie gegenüber nicht zu gleichgültig?
13. Bemüht sich der Therapeut, alle Familienmitglieder zur Teilnahme am Interview zu bewegen?
14. Hat der Therapeut bewiesen, daß er unangenehmen Gesprächsstoff oder starke Gefühle der Familienmitglieder tolerieren kann?
15. Sammelt der Therapeut Informationen über maßgebende Personen, die am Interview nicht teilnehmen?
16. Erkundigt sich der Therapeut nach Behörden, die vielleicht mit der Familie zu tun hatten?

17. Motiviert der Therapeut die Familie für eine Veränderung? Fördert er Hoffnung und Bereitschaft, dafür eine Anstrengung zu unternehmen?
18. Drückte das Verhalten des Therapeuten mehr Positives als Negatives aus; hat er die Familie nicht abgestempelt?
19. Hat der Therapeut der Familie gezeigt, daß er etwas anzubieten hat und daß er eine Veränderung bewirken kann?“

8 Der Umgang mit dem System Schule: Beratungsstrategien

Wenn der Berater/Therapeut mit dem System Schule in Kontakt tritt, muß er sich vor Augen halten, daß es auch in diesem System ganz bestimmte Regeln gibt, eine ganz spezifische formelle (Rektor, Konrektor, dienstältester Kollege usw.) und informelle (z.B. Lehrer mit dem stärksten Rückhalt im Kollegium) Machtstruktur existiert. Jede Schule und ihre Lehrerschaft hat von sich auch ein ganz bestimmtes bildungspolitisches „Weltbild", das durchaus mit der Dimension des „Meaning", also der Sichtweise der Welt, wie sie sich in einer Familie entwickelt hat, vergleichbar ist.

So gibt es bildungspolitisch konservative und sich progressiv verstehende Kollegen. In größeren Lehrerkollegien finden sich häufig mehrere sich verdeckt bis offen bekämpfende Fraktionen. Da gibt es etwa die progressiven Linksliberalen, die auf Zucht und Ordnung bedachten Konservativen und die sich aus allem heraushaltenden Unterrichtstechnokraten.

In diesem Zusammenhang ist es auch für den Berater/Therapeuten wichtig, sich die *Unterschiede zwischen den Systemen Familie und Schule* vor Augen zu führen.

Im Vergleich zur Familie ist die Schule als ein Mesosystem mit den Subsystemen Schulklassen, Lehrerkollegium, Schulleitung usw. unvergleichlich komplexer als das Mikrosystem Familie. Das bedeutet im einzelnen:

1. Es ist so gut wie unmöglich, Interaktionsbeobachtungen und Systemstrukturbeschreibungen über das Gesamtsystem Schule anzustellen. Statt dessen muß ich mich auf die Beobachtung der Subsysteme Kollegium oder Schulklasse bzw. auf Teile dieser Subsysteme, also zum Beispiel die Lehrer, die einen bestimmten Problemschüler unterrichten, beschränken (Osterhold u. Eckhardt, 1985, S. 207).
2. Die Außengrenzen des Systems Schule sind zeitlich weniger konstant geschlossen als diejenigen des Systems Familie. In der Schule kommen jedes Jahr neue Schüler und Lehrer hinzu bzw. verlassen die Schule, während die Mitglieder der Familie durch Heirat oder Geburt hinzu-

kommen und nur über Scheidung, Tod oder Erwachsenwerden die Familie verlassen.

3. Das System Schule wird wesentlich stärker durch einen Satz formalisierter, expliziter Regeln beherrscht (Schulordnung, Schulstrafen, Konferenz- und Versetzungsordnung usw.) als die Familie, die vielmehr durch *implizite* Regeln (z.B. nur wer krank ist, darf sich entspannen) gesteuert wird.
4. Die Schule ist viel stärker ein sachlich-zweckgerichtetes System (Vermittlung von formaler Bildung) als die Familie, die ja u.a. der Erfüllung diffuser emotionaler Bedürfnisse (emotionale Nähe, Liebe, Sexualität usw.) dient.
5. Die Schule kann den Symptomträger wesentlich leichter ausstoßen, als die Familie dies kann, d.h., in der Familie wird es in der Regel zu einem wesentlich stärkeren Leidensdruck als in der Schule kommen (Osterhold u. Eckhardt, 1985, S. 207).
   Das System Schule zeigt weniger Betroffenheit, es braucht den „Abweichler" nicht, um als System zu überleben.
6. Das Beharrungsvermögen ist im System Schule stärker ausgeprägt, da der einzelne mit wesentlich mehr Personen verbunden ist und Veränderungen häufig über Dienstanweisungen erfolgen (Osterhold u. Eckhardt, 1985).
7. Entsprechend den vorher genannten Punkten fehlt es an Erfahrungen im Umgang mit Schulsystemen oder Subsystemen an der Schule und somit an Handlungsmodellen für die Arbeit in der Schule.

Jede Schule hat auch mit externen Beratern, seien es Vertreter des Jugendamtes, Schulpsychologen, Kinder- und Jugendpsychiater oder Erziehungsberater, ihre Erfahrungen gemacht, die sie zu bestimmten Erwartungen und Befürchtungen geführt haben. Welche Vorerfahrung an der Schule mit Beratungsinstitutionen vorherrscht, wird auch stark geprägt von ihrer Schülerpopulation: In den Gymnasien und Realschulen sind im allgemeinen weniger verhaltensauffällige und stark unmotivierte Schüler zu treffen als in Haupt- und Sonderschulen. In Stadtteilen mit einer sozial schwachen Bevölkerungsstruktur ist der Anteil an Schülern, die aus Familien mit einer chaotischen und zerfallenden Struktur stammen, wesentlich höher als in einem Stadtteil, der vorwiegend durch die soziale Mittelschicht (Handwerker, Angestellte, Facharbeiter, Kleinunternehmer) geprägt ist. Problemschüler aus der Mittelschicht kommen eher aus sogenannten „pseudostabilen" Familien, die sich zwar nach außen hin als intakt darstellen, aber intern eine starke Verstrickung und unklare Grenzen aufweisen.

Je nach sozialem Umfeld überwiegen dementsprechend auch in jeder Schule andere Symptommuster: Schulen, in deren Einzugsgebiet ein hoher Anteil an sozial schwachen Familien lebt, müssen sich eher mit Verwahrlosungssymptomen wie Schulschwänzen, Schulverweigerung, totaler Unmotiviertheit der Schüler, Alkoholismus, körperlicher Aggression und kriminellen Verhaltensweisen auseinandersetzen. Dagegen sind Schulen mit einem hohen Anteil an Mittelschichtfamilien schwerpunktmäßig stärker mit weniger spektakulären, dafür aber für den Betreffenden ebenso destruktiven Symptomen konfrontiert, wie Kontaktschwierigkeiten, Schüchternheit, Ängsten, psychosomatischen Beschwerden (z.B. Anorexia nervosa, Kopfschmerzen, Übelkeit usw.).

All diese Systemmerkmale gilt es zu beachten, wenn ein externer Berater im Schulsystem intervenieren will.

Die im folgenden zusammengefaßten Grundsätze einer erfolgreichen Interaktion mit dem System Schule sind nach unserer Erfahrung von zentraler Bedeutung für eine erfolgreiche Beratungsarbeit und gelten entsprechend für andere Institutionen (Jugendamt, Heim, Klinik usw.), mit denen der Berater/Therapeut Kontakt aufnimmt.

Grundsätze der schulischen Beratungsarbeit

1. Die Regeln der Beziehung definieren, um einen Kontakt der Kooperation zu schaffen

Als Grundlage der Interaktion mit dem Lehrer beschreibt die Mailänder Autorengruppe (Selvini-Palazzoli u.a., 1978, S. 71) einen Kontext der gleichberechtigten Kooperation. Dazu gehört, daß der Berater „sich selbst und seine Beziehung zu seinen Gesprächspartnern deutlich definiert und die Grenzen seiner Möglichkeiten und Fähigkeiten, die zur Lösung von Problemen beitragen, absteckt". Er muß jedoch nicht nur seine soziale Rolle[7] als Berater definieren, sondern auch dafür sorgen, daß sie akzeptiert wird. Dadurch soll verhindert werden, daß er im Spiel der Koalitionen und Bündnisse im System Schule als Werkzeug benutzt wird. Entsprechend dem Buchtitel „Der entzauberte Magier" von Selvini-Palazzoli u.a. (1978), beschreiben einige schulische Berater, wie sie aus Gründen der

7 Soziale Rollen beschreiben die Position eines Individuums in einem sozialen System, indem sie die Art und Weise aufzeigen, wie das Individuum sich gegenüber anderen verhält.

Wahrung des inneren Gleichgewichts im System entsprechend den homöostatischen Interessen per Definition umfunktioniert werden, wenn bei Kontaktaufnahme die eigene Beraterrolle nicht präzise definiert wird.

Deshalb muß der Berater/Therapeut im Umgang mit dem Schulsystem folgende Punkte beachten:
- seine eigene Beraterrolle präzise definieren,
- seine Kompetenzen erläutern,
- Zusammenarbeit als einziges Mittel für eine Problemlösung erbitten und anbieten,
- den Lehrer als gleichberechtigten Kooperationspartner mit in die Verantwortung nehmen.

2. Positive Bewertung der bisherigen schulischen Bemühungen

Die Einstellungen und Verhaltensweisen, die bisher zur Problembewältigung gezeigt wurden, werden ausdrücklich beachtet und anerkannt. Durch eine negative Bewertung würde der Lehrer bzw. Schulleiter in die Defensive getrieben und die Verletzung des Selbstwertgefühls ist eine schlechte Ausgangsbasis für eine fruchtbare Zusammenarbeit.

3. Die Bedürfnisse der schulischen Arbeitswelt beachten

Der Berater muß im Umgang mit Lehrern die subjektive Wichtigkeit ihrer geleisteten Arbeit anerkennen und deren Bedürfnis nach Selbständigkeit und Unabhängigkeit beachten (Weinert, 1981). Dazu gehört auch die Information und Einbeziehung in Entscheidungen, soweit sie Interventionen in der Schule betreffen.

4. Der Beobachtungs- und Interventionsbereich muß überschaubar bleiben

Subsysteme eignen sich besser zur Kooperation als größere Systeme (Selvini-Palazzoli u.a., 1978). Je größer das System, das in die Beratung einbezogen wird, desto mehr Faktoren müssen berücksichtigt werden.

5. Respektieren der hierarchischen Ordnung der Institution

Der Schulleiter/Lehrer muß informiert werden, falls die therapeutische Arbeit seinen Kompetenzbereich berührt. Kein Verantwortlicher darf übergangen werden, da er sonst die Beratung sabotiert.

6. Vermeidung symmetrischer Kommunikationsformen

Symmetrisch-rivalisierende Interaktionen mit Lehrern und Schulleitung sollten vermieden werden. An die Stelle dessen sollte eine komplementäre Kommunikation zwischen Berater und Lehrer treten. Der Berater übernimmt in seinem fachlichen Bereich die Verantwortung und überläßt sie im schulischen Bereich dem Lehrer oder Schulleiter.

7. Der Berater/Therapeut darf keine überdauernden Koalitionen eingehen

Weder mit einem Teil des Kollegiums gegen einen andern noch mit der Familie gegen den Lehrer oder umgekehrt.

8.1 Systemtherapeutisches Vorgehen in der Schule

In der Beratung schulischer Probleme ist es analog zum familientherapeutischen Vorgehen notwendig, zunächst das individuelle Problemverhalten zu betrachten, um dann bei nicht ausreichendem Informationsgehalt auf die nächsthöhere Beobachtungsebene zu gehen. Schließlich erhält das unerklärliche Problemverhalten im erweiterten Kontext einen Sinn, der auf den verschiedenen Stockwerksstufen ungleich mehr Interventionsmöglichkeiten zuläßt.

8.1.1 Personales Subsystem

Der Berater prüft die individuellen Anteile des Problemverhaltens beim Symptomträger.

Problemschüler:
Welche der dem Problemschüler zugeschriebenen Eigenschaften bzw. Verhaltensweisen lassen sich am Individuum festmachen? Bei Schulschwierigkeiten ist z.B. zu klären, ob ein Schüler über die in seiner Schulart geforderte Leistungsfähigkeiten verfügt. Erst wenn mit Hilfe eines Leistungstests die Hypothese „Der Schüler ist zu dumm“ widerlegt worden ist, kann der Berater den Fokus auf die Beziehungsebene erweitern.

Bei Schulproblemen ist mit folgenden individuellen Störungen zu rechnen:

- einer nicht der Schulart entsprechende Leistungsfähigkeit,
- frühkindlichen Hirnschädigungen (z.B. mangelnde Konzentrationsfähigkeit),
- Teilleistungsschwächen (visumotorischen oder auditiven Ausfällen u.ä.) (R. Lempp, 1975).

Beispiel:
Peter (13 Jahre) ist seinen Mitschülern gegenüber aggressiv. Er ist ständig in Prügeleien verwickelt und muß laufend deswegen ermahnt werden.

Auf der individuellen Beobachtungsebene kann ich sein Verhalten nur beschreiben und bewerten. Wenn ich aber keinen Anhaltspunkt dafür habe, daß sein Verhalten eine organische Ursache hat, muß ich das soziale Umfeld mit einbeziehen, um sein aggressives Verhalten erklären zu können.

Problemlehrer:
Bei der Betrachtung schulischer Konflikte müssen auch die individuellen Verhaltensweisen des Lehrers berücksichtigt werden.

Die Eltern des Schülers sehen das Problem häufig in der Person des Lehrers: „Er ist zu streng", „Er kann unsere Tochter nicht leiden und ist deshalb ungerecht" usw.

Andererseits gehört es zu den lebensüblichen Belastungen, auch einmal einen „schlechten" Lehrer zu haben, mit dem man fertig werden muß. Im Gespräch mit dem Lehrer kann der Berater einschätzen, welche Rolle die persönlichen Einstellungen und Erfahrungen des Lehrers spielen. Beispielsweise reagiert ein Lehrer, der zu Hause mit seinem halbwüchsigen, rebellischen Sohn nicht zurechtkommt, anders auf ähnlich provozierende Verhaltensweisen eines jugendlichen Schülers als ein Junglehrer oder eine ältere Kollegin, die persönlich nicht in die Problematik verstrickt sind. Die Person des Lehrers ist also auch in bezug auf seine persönlichen Erfahrungen in der Herkunftsfamilie, der eigenen Familie und der beruflichen Sozialisation zu sehen.

8.1.2 Interpersonales System

Nach Prüfung des individuellen Anteils am Symptomverhalten stellt sich meist heraus, daß das Symptom nur teilweise durch die Eigenschaften des Individuums erklärbar ist.

Wie in der therapeutischen Arbeit mit der Familie geht es darum, den

Problemschüler in einen Beziehungskontext zu stellen, der die Symptome veränderbar erscheinen läßt und aus dem sich in Kooperation mit der Schule Interventionsmaßnahmen ableiten lassen.

Welche Interaktionen zwischen Lehrer und Schüler bzw. zwischen Mitschüler und Problemschüler fördern das symptomatische Verhalten? Der Fokus wird erweitert auf die Interaktion zwischen zwei Individuen, die sich z.B. mit verhaltens- oder kommunikationstheoretischen Begriffen beschreiben läßt.

8.1.3 Die Lehrer-Schüler-Dyade

Die Kommunikation zwischen Lehrer und Schüler ist durch eine komplementäre Rollendefinition geprägt:
- Der Lehrer „gibt" Hausaufgaben ...,
- die Schüler stellen Fragen usw. ...

Beispiel:
Ein Schüler, der sich mit dem Lehrer auf eine Stufe stellt, also eine symmetrische Kommunikation anstrebt, die die Autorität des Lehrers verneint, provoziert damit eine harte schulische Auseinandersetzung. Häufig sind Lehrer-Schüler-Konflikte jedoch durch negative Rückkopplungen („Teufelskreis") wie im folgenden Beispiel gekennzeichnet.

Beispiel:
Ein Schüler schreibt einige schlechte Noten, was den Lehrer dazu führt, ihn für dumm und/oder faul zu halten. Infolgedessen gibt er sich keine besondere Mühe, ihn im Unterricht zu fördern oder ihn zu einer Leistungssteigerung anzuspornen. Der Schüler wird im Unterricht passiver und schreibt noch schlechtere Noten. Der Lehrer fühlt sich in seiner Einschätzung bestätigt und verfestigt sein negatives Urteil. Der Schüler macht sich zunehmend mit seiner Rolle des „schlechten Schülers" vertraut und verhält sich dementsprechend. Er spürt die ablehnende Haltung des Lehrers und zieht sich verstärkt zurück. Es ist die Aufgabe des Beraters, nicht in das vorherrschende kausal-lineare Denken zu verfallen, das nur die Verhaltensweisen des einen Interaktionspartners als Ursache sieht. Es ist zwar naheliegend anzunehmen, daß der Schüler angefangen hat, schlechte Noten zu schreiben, aber es wäre eine willkürliche Interpunktion, den Schüler als den einzig aktiven Interaktionspartner anzusehen.

8.1.4 Die Schüler-Mitschüler-Dyade

In einigen Fällen kann es wichtig sein, die Beziehung zweier Schüler ins Blickfeld zu rücken. Beispielsweise können konkurrierende Schüler in der Klasse dadurch Unruhe stiften, daß sie versuchen, den Lehrer und auch Mitschüler auf ihre Seite zu bringen.

Fallbeispiel des aggressiven Schülers:
Peter verhält sich nicht zu allen Schülern in gleicher Weise aggressiv. Er wendet sich vor allem gegen Mitschüler, die sich einschüchtern lassen und sich nicht wehren. Da eine negative Konsequenz ausbleibt, wird sein Verhalten verstärkt. Wenn der Lehrer ebenfalls kein Mittel findet, um seine Aggression im Unterricht zu unterbinden, sondern ihn durch ständige Ermahnungen immer wieder in den Mittelpunkt rückt, wird das störende Verhalten aufrechterhalten.

Diagnostische Methoden: Unterrichtsbeobachtung, Gespräch mit Lehrer und Schüler oder mit den Mitschülern.

8.1.5 Systemebene

8.1.5.1 Die Schulklasse

Die Merkmale der Schulklasse als System wurde im I. Teil (Kapitel 3) beschrieben.

Entsprechend der Familie (Minuchin, 1981), läßt sich die Klasse als Struktur darstellen:

$$\frac{\text{Lehrer}}{\text{Schüler}} \quad \text{(klare Grenzen)}$$

Das Lehrer-Schüler-Verhältnis ist durch eine Hierarchie und klare Rollenaufteilung gekennzeichnet. Demnach sind dysfunktionale Transaktionsmuster zwischen Lehrer und Schüler zu erwarten, wenn die Grenzen zwischen ihnen starr oder diffus sind. Starre Grenzen bedeuten, daß der Lehrer seiner Klasse gegenüber gleichgültig ist (und umgekehrt) und den einzelnen wenig unterstützt. Eine diffuse Grenze könnte bedeuten, daß die Schüler die Autorität des Lehrers nicht anerkennen und Aufgaben übernehmen, die der Rolle des Lehrers zustehen: Beispielsweise überschreitet ein Schüler, der sich seinen Mitschülern gegenüber als Autorität aufspielt und mitbestimmen will, wer wann eine Strafarbeit zu machen hat, die Lehrer-Schüler-

Grenze. Auf das Unterrichtsgeschehen bezogen, bedeuten starre Grenzen, daß der Lehrer an seinen Schülern vorbeiredet bzw. sie nicht ansprechen kann. Ein diffuser Unterricht wäre gegeben, wenn der Lehrer seinen Stoffplan nicht durchbringt, weil er im Unterricht zu oft gestört wird.

Konflikte treten auf bei *Lehrer-Schüler-Koalitionen.*

Ein Lehrer, der mit einem oder mehreren Schülern ein festes Bündnis eingeht, bewirkt bei den Mitschülern, daß sie sich benachteiligt fühlen und die Mitarbeit verweigern. Wenn der Lehrer einen Schüler bevorzugt, so richtet sich die Frustration gegen diesen „Liebling".

Beispiel:
Rainer wird von seinen Klassenkameraden gemieden und abgelehnt. Alle freuen sich, wenn er etwas falsch macht. Eine Unterrichtsbeobachtung zeigt, daß seine Klassenlehrerin ihn offen bevorzugt. Er wird von ihr ständig als Musterschüler gelobt, wofür er sich den Neid der Mitschüler einhandelt. Dies verstärkt seine Koalition mit der Lehrerin gegen die Mitschüler.

Erst auf dieser dritten Beobachtungsebene sehen wir den Schüler in seinem alltäglichen Interaktionsnetz, der Schulklasse.

Aufgabe des Beraters ist es, herauszufinden, wie das Verhalten des Problemschülers durch die Klassenstruktur beeinflußt wird und welche Auswirkung und Bedeutung sein Symptom für die Schulklasse hat. Das Ziel einer therapeutischen Intervention ist es dann, die dysfunktionalen Transaktionsmuster zu verändern.

Beispiel eines aggressiven Schülers (Peter, 13 Jahre):
In der Unterrichtsbeobachtung zeigt sich, daß Peter aufgrund unterdurchschnittlicher Schulleistungen von seinen Mitschülern und vom Lehrer wenig Anerkennung erhält. Durch aggressive Verhaltensweisen zwingt er die anderen Systemmitglieder, sich zeitweise mit ihm zu beschäftigen. Es ist für ihn ein Mittel, um sich in der Klasse behaupten zu können.

Ein Familiengespräch und die Rücksprache mit dem Lehrer bestätigen, daß Peter es besonders schwer hat, in dieser Klasse Fuß zu fassen, weil er aus anderen sozialen Verhältnissen kommt als seine Mitschüler. In seiner Familie, die eher der Unterschicht angehört, ist es legitim und notwendig, sich mit aggressiven Mitteln durchzusetzen.

Aufgabe des Beraters ist es, die Informationen aus beiden Lebenssystemen des Schülers zu nutzen. Er kann nur dann wirkungsvoll intervenieren, wenn die häuslichen Verhältnisse mit einbezogen werden und die Familie an einer Problemlösung mitarbeitet.

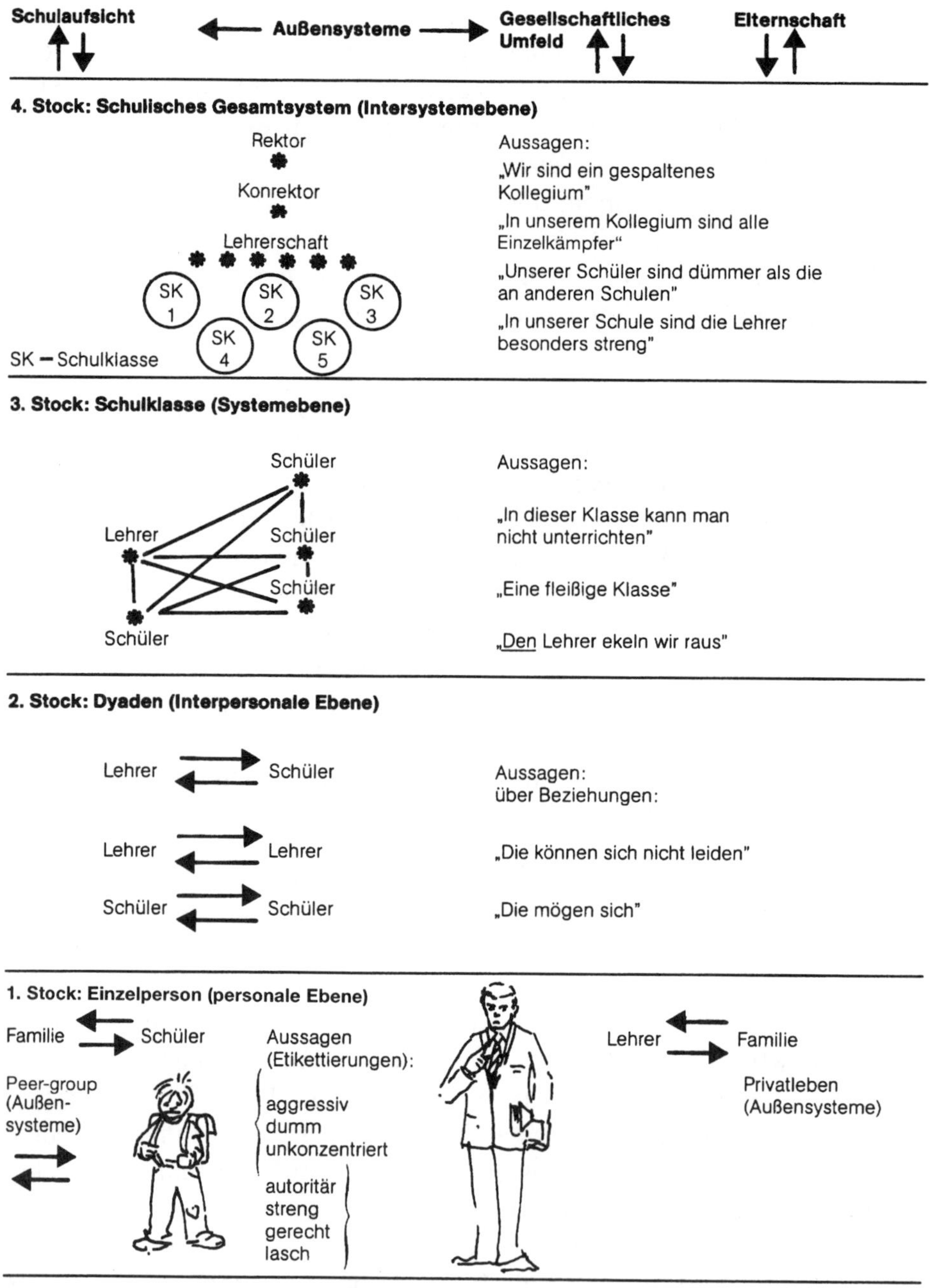

Abb. 40: Subsysteme innerhalb des Gesamtsystems Schule

Erläuterungen zur Skizze: „Subsysteme innerhalb des Gesamtsystems Schule"

Die einzelnen Systemebenen sind so zu verstehen, daß jeweils die einfachere in allen komplexeren (höheren) enthalten ist, wobei das jeweilige Subsystem jeweils etwas qualitativ anderes darstellt als die Summe seiner Teile.

Das Gesamtsystem einer einzelnen Schule ist selbstverständlich eingebettet in umfassendere Systeme wie z. B. Stadtteil, Stadt, Landkreis usw. bis hin zur Gesamtgesellschaft. Ebenso beeinflussen verschiedene außen gelagerte Systeme wie beispielsweise die Schulaufsicht oder die Elternschaft dieses schulische Gesamtsystem. Andere Außensysteme wie beispielsweise die Familie oder die Peer-group des einzelnen Schülers oder die Familie, die Beziehungen und verschiedenen psychischen und finanziellen Belastungen des Lehrers wirken direkt auf einzelne Systemmitglieder der Schule ein, und umgekehrt bringen diese aus der Schule etwas in die jeweils in Frage kommenden Außensysteme mit.

Ähnlich wie im Mikrosystem Familie (vgl. S. 203ff.) erscheint es für das Makrosystem Schule sinnvoll, es auf seine Zieldimensionen (Power, Meaning und Affect), die Zugänge zu diesen Zieldimensionen (Raum, Zeit, Energie) sowie seine Innen- und Außengrenzen hin zu analysieren.

Power:

Hierunter verstehen wir das hierarchische Machtgefüge des einzelnen Gesamtsystems Schule, innerhalb einer einzelnen Schulklasse, aber auch innerhalb einer dyadischen Beziehung. Hier kann auch zwischen formellem (beispielsweise durch die berufliche Position bedingten) und informellem Einfluß (z.B. durch die Ausstrahlung und Stärke der Persönlichkeit bedingten) unterschieden werden. So kann beispielsweise in einer Schule der Rektor die ihm formell zustehende Machtposition nicht ausfüllen und dafür der Konrektor in dieses Machtvakuum vorstoßen. In manchen Kollegien ist es auch so, daß ein bestimmter Lehrer eine ganze Gruppe von „Bündnispartnern" und Gleichgesinnten um sich schart und dadurch informell einen entsprechend höheren Machtstatus erhält.

In einer Schulklasse gibt es innerhalb der Schülerschaft ein Gefälle von Macht und Einfluß bzw. zwischen dem jeweils unterrichtenden Lehrer und der Schulklasse. Es kann aber auch sein, daß der jeweilige Lehrer die ihm zustehende Machtposition nicht ausfüllt und dafür die Schulklasse über ihn Macht erhält, indem sie bestimmt, was im Unterricht abläuft und was nicht.

Meaning:

Auf der Ebene des schulischen Gesamtsystems verstehen wir unter Meaning das pädagogische Selbstverständnis der Lehrerschaft sowie das Selbstbild, das die Lehrerschaft von ihrer Schule, aber auch die Schülerpopulation besitzt. Es kann ein Kollegium gespalten sein in „progressive" und „konservative" Kollegen. Die Schülerschaft kann von sich beispielsweise das Bild haben: „Wir als Hauptschüler sind eh die Restschüler." Schüler und Lehrer (evtl. auch die Elternschaft) können den „Geist" oder die Atmosphäre ihrer Schule eher als „human" oder als „unerbittlich streng" empfinden. Meaning auf der Ebene einer Schulklasse bedeutet das Selbstbild, das diese Klasse von sich hat, also z.B. eine besonders leistungsfähige oder schwache Klasse, eine schwierige oder angepaßte, eine mit viel oder wenig Zusammenhalt zu sein. Meaning-Konflikte, also Konflikte um die „richtige" pädagogische Linie, sind in Lehrerkollegien besonders häufig.

Affect:

Im Bereich des sozialen Systems Schule verstehen wir unter Affect Nähe – Distanz, Sympathie – Antipathie, Freundschaft – Feindschaft u.ä. , also all das, was gemeinhin unter „Beziehungsebene" verstanden wird. Beziehungskonflikte können auf allen Ebenen entstehen. Ein sehr beliebtes Spiel ist es, Beziehungskonflikte nicht direkt, sondern über das Thema „Wer vertritt die richtige pädagogische Linie?" umzuleiten.

Bei einer Analyse von Schulkonflikten ist darauf zu achten, daß diese selten nur als reine Power-, Meaning- oder Affect-Konflikte, sondern häufig kombiniert auftreten: So kann sich beispielsweise der Kollege A beim Kollegen B bitter darüber beschweren, daß die Klasse X nach dem Unterricht beim Kollegen C (den er eh nicht leiden kann) dermaßen unter Druck stehe, daß ein geordneter Unterricht nicht möglich sei.

Die Zugangsdimensionen

Raum:

Raumprobleme auf der Ebene des schulischen Gesamtsystems können beispielsweise dadurch entstehen, daß eine Schule auf drei Gebäude verteilt ist, das Kollegium deshalb ebenfalls in drei Gruppen gespalten ist und wenig Möglichkeiten bestehen, Raum und Zeit gemeinsam zu teilen. Auf der Ebene einer Schulklasse können Raumprobleme dadurch entstehen, daß es sich um eine sogenannte „Wanderklasse" handelt, d.h. die Klasse in jedem Fach den Raum wechseln muß, so daß sie sich nicht genügend heimisch fühlen kann. Raum kann aber auch im psychischen Sinne als „Freiraum" verstanden werden, also der unsichtbare Raum, den jeder einzelne braucht, um sich frei entfalten zu können.

Zeit:

Wenn in einem Kollegium keine Zeit für die Abklärung pädagogischer Fragen eingeräumt wird (Energieaustausch), wird es für dieses Kollegium um so schwieriger sein, zu einem gemeinsamen Meaning (pädagogischen Selbstverständnis) zu kommen. Auf der Ebene einer einzelnen Schulklasse und ihrer Lehrer kann Zeit zu einem entscheidenden Zugang für Power, Meaning und Affect werden, wenn beispielsweise der eine Lehrer nur eine Stunde und der andere acht Stunden pro Woche in der betreffenden Klasse Unterricht hält. Genügend Zeit, eventuell auch außerhalb des Unterrichts, kann es erleichtern, Metakommunikation über bestimmte Konfliktsituationen zwischen Lehrer und Schulklasse zu betreiben. Auf der dyadischen Ebene kann Zeit entscheidend sein, inwiefern ein Lehrer mit einem Schüler über dessen Probleme redet oder nicht.

Energie:

Darunter verstehen wir den Austausch an Meinungen, Informationen, gemeinsamen Handlungen u.ä. So kann es beispielsweise sein, daß ein Kollegium zwar genügend Raum und Zeit zur Verfügung hätte für die Bildung eines pädagogischen Konsenses, aber im Lehrerzimmer oder während der Lehrerkonferenz kein intensiver gedanklicher Austausch stattfindet, die Energiekomponente also fehlt.

Struktur und Grenzen des Systems

Das Makrosystem Schule kann analog zum System Familie mit Hilfe der Systemstruktursymbole von Minuchin (1977) analysiert werden, wie wir sie im Anhang auf S. 334 abgebildet haben.

8.1.6 Schulische Makrosysteme

a) Schulklassen

Die unterschiedlichen Klassen im System Schule stehen in Beziehung zueinander und werden von den Lehrern miteinander verglichen. Die Lehrerkollegen stimmen z.B. darin überein, „eine sehr schwierige Klasse“ vor sich zu haben.

Beispiel: Andreas bringt sehr viel Unruhe in die Klasse, weil er nur Unsinn im Kopf hat und die anderen dann nachziehen. In der Lehrerschaft ist man sich einig, daß man in dieser Klasse mit Härte durchgreifen muß. Die Schlimmsten sollte man sich herausgreifen, denn auf der anderen Seite erwarten die Mitschüler, daß diejenigen bestraft werden, die die Schulregeln verletzt haben. Bleibt die gerechte Strafe aus, so versucht die Klasse in Zukunft noch mehr zu provozieren.

b) Das Kollegium

Der Lehrer ist außer in der Schulklasse noch Mitglied in seinem Kollegium. Die Beziehung zu seinen Kollegen wirkt sich auch auf das Verhalten des Lehrers gegenüber seiner Klasse aus.

Beispiel: Herr S. ist seit kurzem Mathematiklehrer an einem konservativen Gymnasium. Mit neuen didaktischen Methoden und beachtlicher fachlicher Kompetenz zieht er den Neid eines älteren Kollegen auf sich. Der sieht sich in seiner langjährigen Position als „Chefmathematiker“ herausgefordert. Da beide jeweils eine Parallelklasse unterrichten, die identische Klassenarbeiten schreiben, kann am Notendurchschnitt das pädagogische Können gemessen werden. Junglehrer S. nimmt den Konkurrenzkampf auf und versucht krampfhaft, seine Klasse zu Leistung anzuhalten. Er macht sich vom Leistungswillen seiner Schüler abhängig und gerät ihnen gegenüber in eine unterlegene Position. Die Folge ist, daß er immer weniger mit seiner Klasse zurechtkommt, bei der er um so mehr auf Widerstand stößt, je mehr er ihre Bedürfnisse ignoriert. Es entwickelt sich ein starres Interaktionsverhalten, wobei der Lehrer fordert und die Schüler verweigern. Er wird deshalb von seinen Kollegen zunehmend kritisiert. In einer solchen Phase ist Herr S. prädisponiert, an seinen eigenen pädagogischen Fähigkeiten zu zweifeln oder sich in der Klasse einen oder mehrere „Sündenböcke“ herauszugreifen, die den Unterrichtsablauf stören.

Wir teilen die Auffassung von Pieper (1986), der das Lehrerkollegium als das zentrale schulische Subsystem begreift. Er sieht die Situation des einzelnen Lehrers im Kollegium durch vier wesentliche Merkmale gekennzeichnet:

- „Isolierte Arbeitsbedingungen fördern Vereinzelung und inneren Rückzug auf individuelle Verhaltensstandards;
- prinzipielle Individualisierung der pädagogischen Arbeit blockiert den zwischenpersönlichen Erfahrungsaustausch und schafft fördernde Bedingungen für Legendenbildung, Konkurrenz und unrealistische persönliche Leistungsansprüche;
- kollektive Vermeidung von Konflikten und Problematisierungen bewirkt eine scheinharmonische Kollegiumswelt, die offene Gefühlsäußerungen nicht zuläßt und einen hohen Anpassungsdruck ausübt;
- Gruppen und Cliquen wirken als sanktionsstarke Binnenkräfte mit Schutz- und ‚Ventil'-Funktion für ihre Mitglieder" (Pieper, 1986, S. 59).

Pieper sieht das Kollegium im Gegensatz zu den meisten anderen innerschulischen Subsystemen als ein personalstabiles und dauerhaftes Subsystem, um so mehr, als es gegenwärtig vom Lehrernachwuchs abgeschnitten ist. Dadurch werden viele Kollegien, ähnlich wie Familien, zu traditionsreichen systemischen „Langzeitgebilden".

Nach seiner Auffassung drücken sich Schwächen im Kooperationsvermögen eines Kollegiums am deutlichsten in den Situationen aus, in denen es gefordert ist, als Ganzes Probleme aufzugreifen, Lösungen zu entwikkeln und gemeinsame Entscheidungen zu treffen, nämlich in den regelmäßig stattfindenden Lehrerkonferenzen.

Pieper listet vor allem folgende Mängel auf:

- „Unklarheit über Themen und Zielsetzungen zu Konferenzbeginn;
- strukturloser Ablauf der Sitzungen;
- langatmige Gesprächsleitung, alleinige Moderation durch den Schulleiter;
- ermüdendes Dauerplenum: wenige Vielredner, unbeteiligte Mehrheit;
- belastende Untergrundsspannungen zwischen Kollegiumsfraktionen;
- unbefriedigende Entscheidungsprozesse;
- unklare Beschlüsse;
- chronisches Überziehen des Zeitrahmens;
- behindernde Rahmenbedingungen: zu kleiner Raum, ungünstige Konferenzzeit, starre Sitzordnung u.a.m." (ebd., S. 60).

Es lassen sich noch eine Reihe weiterer schulischer Systeme definieren, die auf die Schulklasse und damit den einzelnen Schüler einwirken: die

Elternvertretung, die Schulleitung und schulische Exosysteme, wie die politische Ausrichtung und pädagogische Einstellung von Lehrern oder die sozialen Verhältnisse, aus denen die Schüler stammen (v. Schlippe, 1984).

8.2 Die Kontaktaufnahme zwischen Berater und Lehrer

8.2.1 Die Rolle des Beraters

Nach Selvini-Palazzoli u.a. (1978) ist der richtige Zeitpunkt, dem System ganz bestimmte Mitteilungen zu machen, die erste Begegnung. Der Berater bzw. Therapeut hat dafür zu sorgen, daß die Beziehung von Anfang an präzise definiert ist. Es geht bei einem ersten Kontakt vor allem darum, die Kooperationsbereitschaft des Lehrers zu sichern. Kennt der Lehrer die systemische Arbeitsweise des Beraters nicht, so ist ein ausführliches Gespräch angebracht, das die Erwartungen des Lehrers miterfaßt.

Bachmair u.a. (1982, S. 108) fassen die Erwartungen an den Berater in vier Thesen zusammen:

1. Der Lehrer will, daß sich der Problemschüler ändert.
   Die Eltern wollen eine Veränderung ihres Problemkindes.
   Aber keiner möchte für sich Nutznießer psychologischer Beratung sein.
2. Der Lehrer geht davon aus, daß die Störung im betreffenden Schüler oder zumindest in seiner Familie begründet ist. Die Eltern gehen umgekehrt davon aus, daß hauptsächlich die Schule und der Lehrer die Probleme ihres Kindes verursachen.
3. Die Schule bzw. der Lehrer erwartet, daß der Berater durch Expertenurteil ihre bzw. seine Angaben bestätigt.
4. Die Familie und die Schule fordern vom Berater, den fehlangepaßten Schüler entweder zu „heilen“ oder in einer besonderen Einrichtung unterzubringen. Sie wollen nur eine Veränderung des Symptomträgers (Veränderung erster Ordnung, siehe These 1), nicht aber des Beziehungsnetzes, in dem er eingebettet ist.

Es besteht für den Berater die Gefahr, sich in eine Feuerwehr- bzw. Anpassungsrolle drängen zu lassen, die dem Lehrer als Alibi dient, so wie bisher in der Klasse weiterzuarbeiten (Bachmair u.a., 1982). Es ist nicht die Aufgabe des Beraters, ein Problem *für* den Lehrer lösen zu wollen. Deshalb sollte er den Lehrer als gleichberechtigten Kooperationspartner mit in die Verantwortung nehmen und diese nicht vorschnell alleine auf seine Schultern laden. Bachmair u.a. (1982, S. 114) geben eine ausführliche Anleitung zu einem Planspiel, bei dem der schulische Berater den Umgang mit widersprüchlichen Rollenerwartungen lernen kann.

8.2.2 Der Telefonkontakt

Da der Kontakt zur Schule bzw. zum Klassenlehrer häufig über ein Telefongespräch zustande kommt, soll hier näher darauf eingegangen werden. Bei diesem ersten Telefongespräch geht es darum, die Perspektive des Lehrers zu erfahren und deutlich zu machen, wie der Berater arbeitet, welche Daten er braucht, und zu betonen, daß er auf die Zusammenarbeit mit dem Lehrer angewiesen ist.

Ausschnitte aus einem Telefongespräch mit dem Klassenlehrer über einen aggressiven Schüler:

Berater: „Ich habe von seinen Eltern die Erlaubnis erhalten, mit Ihnen Kontakt aufzunehmen, um etwas über sein schulisches Verhalten zu erfahren. Sie haben als Lehrer täglich mit Peter zu tun und kennen ihn deshalb besser als ich. Wie erleben Sie sein schulisches Verhalten?“

(Nachdem der Lehrer seine Sichtweise geschildert hat:)

Berater: „Ihre Angaben bestätigen, daß Sie großen Einfluß auf Peter ausüben und welchen Wert er auf eine gute Beziehung zu Ihnen legt. Es ist deshalb sehr wichtig, auf Ihre Unterstützung rechnen zu können, da Ihre Mithilfe zur Lösung des Problems notwendig ist.“

(Nachdem der Berater grundsätzlich seine Kooperationsbereitschaft signalisiert hat:)

Berater: „Wenn Sie einverstanden sind, möchte ich sein Verhalten im Unterricht beobachten. Welche Stunde würde sich Ihrer Meinung nach besonders dafür eignen? Meine Beobachtungen werde ich mit Ihnen zu einem vereinbarten Termin besprechen.“

Richtlinien des Beraters/Therapeuten zur Kontaktaufnahme:
- die Problemsicht des Lehrers akzeptieren,
- positive Bewertung des bisherigen Lehrerverhaltens und Vermeiden von Kritik,
- sich bescheiden und frei von professioneller Arroganz zeigen,
- den alltäglichen Kontakt des Lehrers mit dem Problemschüler und seinen bedeutenden Einfluß betonen,
- Zusammenarbeit als einziges Mittel der Problemlösung erbitten und den Lehrer mit in die Verantwortung nehmen,
- Interaktionsstörungen zwischen Lehrer und Problemschüler lediglich in Form von *Interaktionsbeschreibungen* statt als Ursache-Wirkungs-Zusammenhänge schildern, in denen es dann „Schuldige" und „Unschuldige" gibt.

8.3 Der Kontakt zwischen Berater/Therapeut und Schulleitung

Der Schulleiter steht hier stellvertretend für einen Vertreter aus der Systemhierarchie, der über den Problemschüler mit einem Berater/Therapeuten in Berührung kommt.

Fallbeispiel:
Ein 15jähriger Hauptschüler wurde wiederholt in Schlägereien im Schulhof und in der Klasse verwickelt, wobei offensichtlich die Aggressionen von ihm ausgehen. Die Lehrer sind sich darüber einig, daß sie mit diesem Schüler nicht zurechtkommen. Der Klassenlehrer hat jedoch einen „guten Draht" zu diesem Schüler und kennt dessen Familienverhältnisse. Er erreicht, daß die Familie mit einer psychologischen Beratungsstelle Kontakt aufnimmt. Inzwischen hat der Schulrektor jedoch den Entschluß gefaßt, ihn von der Schule zu verweisen. Die Entscheidung soll bei der nächsten Lehrerkonferenz fallen. Der Berater erfährt von dem drohenden Schulausschluß. Da er beim Problemschüler und dessen Familie erste Veränderungen feststellen kann und sich ein Schulwechsel für ihn sehr nachteilig auswirken könnte, beschließt er, den Schulrektor anzurufen, um einen zeitlichen Aufschub zu erreichen. Er bittet den Rektor zur Zusammenarbeit in einem schwierigen Fall, der ohne Unterstützung der schulischen Autorität nicht lösbar erscheint. Er stellt in Aussicht, daß durch ein gemeinsames Vorgehen mit dem Klassenlehrer eine Besserung

erreicht werden kann, die durch einen Schulausschluß gefährdet würde. Er stimmt dem Rektor zu, daß ein Schulausschluß eine angemessene Reaktion der Schule ist, gibt jedoch zu bedenken, daß ohne eine Veränderung im Familiensystem und ohne die Unterstützung eines externen Beraters die nachfolgende Schule bald vor demselben Problem stehen wird. Der Rektor stimmt einem zeitlichen Aufschub bis zum Ende des Schuljahres zu.

An diesem Beispiel lassen sich noch einmal drei wesentliche Grundsätze des Umgangs mit dem System Schule konkretisieren (Selvini-Palazzoli u.a., 1978; 1984):

1. Die bestehende hierarchische Ordnung des Systems muß respektiert werden: Um den Schulausschluß aufzuschieben, ist es notwendig, sich mit der zuständigen „Instanz", in diesem Fall dem Rektor, in Verbindung zu setzen. Hätte der Berater sich nur an den Klassenlehrer gewandt, würde sich der Rektor nur mittelbar einbezogen und verantwortlich fühlen.
2. Vermeiden einer negativen Bewertung der Institution bzw. des Systems und der ihr zugehörigen Personen:
   Es ist wichtig, die schulischen Maßnahmen, wie den angedrohten Schulausschluß, zu akzeptieren, um keinen Widerstand zu provozieren, der alternative Lösungen behindern würde. Der Berater darf sich nicht als unliebsamer Kritiker aufspielen, der allein das Wohl des Schülers im Auge hat. Er sollte im Gegenteil zu verstehen geben, daß er vom pädagogischen Engagement der Schule beeindruckt ist.
3. Der Berater/Therapeut muß von Anfang an seine Rolle definieren, seine Kompetenzen erläutern, sein Tätigkeitsspektrum abstecken und deutlich machen, was er nicht tun kann und nicht tun will:
   Der Therapeut darf nicht den Eindruck erwecken, daß er die Fähigkeiten besitzt, einen widerspenstigen Schüler in einen Musterschüler zu verwandeln. Damit würde er sich unter Erfolgszwang stellen und Erwartungen wecken, die am Ende nur enttäuscht werden können. Es würde dann noch leichter, den Schüler als unverbesserlich abzuschreiben.

Aufgabe des Beraters/Therapeuten ist es, bei der Schulleitung und Lehrerschaft das Verständnis zu fördern, die Verhaltensauffälligkeiten des Schülers in seinem familiären und sozialen Umfeld zu sehen, so daß sie Sinn bekommen. Dies ist die Voraussetzung für eine erfolgreiche Intervention, die den Problemschüler in die Klasse bzw. das System Schule integrieren soll. Verbesserungen im schulischen Alltag des Kindes können sich ebenso günstig auf die familiäre Situation auswirken, wie umgekehrt eine funktionale Familie die besten Voraussetzungen bietet, um in der Schulklasse zurechtzukommen.

8.4 Kooperation mit dem Lehrer

Die Zusammenarbeit mit dem Lehrer läßt sich analog zur Arbeit mit Familien in mehrere Phasen aufgliedern:

a) Die Kontaktphase (siehe 8.2).
b) Problemphase: Durch ein persönliches Gespräch, eine Unterrichtsbeobachtung, eine testdiagnostische Untersuchung o.ä. wird das Problem definiert und ein Interventionsziel bestimmt (Auswertung: siehe Anlage).
c) Kontraktphase: Es werden gemeinsam Interventionen geplant, die in der Regel vom Lehrer allein durchgeführt werden (Token-Programme, Kontrolle der Vereinbarungen mit dem Schüler usw.).
d) Rückmeldungsphase: Der Berater/Therapeut gibt dem Lehrer Rückmeldung, wie der Schüler und seine Familie die schulische Entwicklung wahrnehmen. Umgekehrt informiert der Lehrer den Berater über Verhaltens- und Leistungsänderungen des Schülers. Die Beobachtungen des Lehrers dienen einer externen Validierung der therapeutischen Arbeit mit der Familie, z.B.: Wie verhält sich der aggressive Schüler in der Klasse nach Abschluß der Familientherapie?

Der folgende Beratungsfall zeigt die Auswirkungen familiärer Bedingungen auf das schulische Verhalten und dient im weiteren der beispielhaften Darstellung der beraterischen Tätigkeit.

Fallbeispiel: „Übertragung der sozialen Rolle“
Anita G. (8 Jahre) kommt mit ihrer Mutter (30 Jahre) in die Beratungsstelle auf Empfehlung ihrer Lehrerinnen. Anita stört im Unterricht, hält sich nicht an schulische Regeln und streitet mit einigen Mitschülern. Die Mutter gibt an, daß sie oft nicht mit ihr zurechtkommt, weil sie sich von ihr nichts sagen läßt (z.B. geht sie ins Bett, wann sie will). Die Eltern sind Aussiedler, die vor zwei Jahren in die Bundesrepublik gekommen sind und

bisher beide arbeitslos waren. Seit einem halben Jahr leben die Eltern jedoch getrennt, und Anita lebt mit ihrer Mutter in einer fast unmöblierten Wohnung. Die Mutter wirkt depressiv und ist sehr mit sich selbst beschäftigt. Anita hat die Trennung miterlebt und leidet darunter. Die Mutter ist infolge ihrer emotionalen Krise kaum in der Lage, ihre elterlichen Funktionen auszuüben.

Der Berater vereinbart mit der Klassenlehrerin, Frau B., und ihrer Kollegin, Frau U., eine Unterrichtsbeobachtung, die klären soll, welchen Anteil die Lehrerin bzw. die Schulklasse an Anitas Verhalten hat.

8.4.1 Unterrichtsbeobachtung

Fallbeispiel Anita G.:
Anita kennt zu Hause keine klaren Generationsgrenzen, da ihre Mutter in der depressiven Phase nach der Trennung ihr gegenüber kaum elterliche Funktionen wahrnimmt. Anita erhält dadurch eine ihr auf der Kindebene nicht zustehende Macht und kommt in der Schule in Konflikte mit der Lehrerin und den Mitschülern, wenn sie versucht, ihre mächtige Rolle in der Familie auf die Schule zu übertragen, um auf diese Weise Zuwendung zu erhalten. Anita ist in ihrer Klasse auf sich allein gestellt. Sie hat keine Freunde und versteht sich auch nicht mit ihrer Nebensitzerin. Sie versucht die Aufmerksamkeit auf sich zu lenken, indem sie dazwischenruft oder sich in anderer Weise nicht an die „Spielregeln" hält. Das stößt bei den Mitschülern auf Ablehnung. Am meisten Kontakt hat sie mit den Mitschülern durch Streiten. Im Unterricht der Klassenlehrerin von Frau B. ist Anita nicht so auffällig und stört weniger als bei Frau U. Die letztgenannte verstärkt dieses Störverhalten, indem sie mit langen Ermahnungen auf sie eingeht und auch kleinen Störmanövern Aufmerksamkeit schenkt. Der Konflikt mit den Mitschülern ist darauf zurückzuführen, daß sie deren Autonomie und Gruppenregeln nicht akzeptiert, weil sie sich ausgeschlossen fühlt. Den Mitschülern und der Lehrerin gelingt es nicht, sich ihr gegenüber klar abzugrenzen.

Die Ausgangshypothese der Übertragung ihrer familiären Rolle in die Schule bestätigt sich durch die Beobachtungen. Die schulischen Konflikte beruhen u.a. auf ihrem „grenzenlosen" Interaktionsverhalten, das die Autonomie der anderen verletzt und das durch das Verhalten der Schulklasse aufrechterhalten wird.

Die Ergebnisse der Unterrichtsbeobachtung werden schriftlich festgehalten (vgl. Anlage) und dienen als Grundlage für ein Beratungsgespräch mit dem Lehrer.

Die Beobachtung der Interaktionen im Klassenrum ermöglicht sowohl die Überprüfung von Hypothesen als auch die Hypothesengenerierung. Der Berater achtet auf folgende Eigenschaften des Systems Schulklasse:
- Koalitionen zwischen den Mitschülern;
- hierarchische Strukturen im Klassensystem;
- Lehrer-Schüler-Beziehungen;
- die Funktion des Symptoms in der Klassengemeinschaft und die Reaktion des Lehrers bzw. der Mitschüler auf das Symptomverhalten;
- Grenzen (klar, diffus oder starr) unter den Mitschülern sowie zwischen den Schülern und dem Lehrer;
- Koalitionen, Bündnisse, Konflikte, Annäherungen.

Beispiel: Ein Schüler, der sich im Unterricht durch Clownerie hervortut, wird vom Lehrer dadurch verstärkt, daß dieser immer wieder auf ihn eingeht, und von den Mitschülern, indem sie über seine Faxen lachen.

Das Symptomverhalten hat für den Problemschüler die Funktion, sich mehr in den Vordergrund zu schieben, um Aufmerksamkeit und Zuwendung zu erlangen. Die Klassenkameraden begrüßen die Störung als willkommene Auflockerung des Unterrichts.

Grell (1975) gibt Hinweise, in welcher Art dem Lehrer die Unterrichtsbeobachtungen mitgeteilt werden sollen:
- Feedback soll konkret sein und deutlich machen, wie der Lehrer die Situation verändern kann;
- es ist sinnvoller, Verbesserungsvorschläge zu machen, als Verbote aufzustellen oder Mängel nachzuweisen;
- nur die relevanten Aspekte des Unterrichts sollen rückgemeldet werden.

Anstelle einer Unterrichtsbeobachtung könnte dem Lehrer auch ein Beurteilungsfragebogen mitgegeben werden, der die Beteiligung am Unterricht, das Arbeitsverhalten oder den Kontakt zu anderen Schülern prüfen soll (Wiest, 1978).

8.4.2 Testdiagnostik

Da das Leistungsversagen des Schülers von seiten der Schule meist als Begabungsmangel angesehen wird, muß dies durch einen Testtermin geklärt werden (siehe 6.1.8).

Falls der oder die Lehrer den Problemschüler als begabungsmäßig überfordert einschätzen, kann die Mitteilung des positiven Testergebnisses zu einer Veränderung der Einstellung und Erwartungshaltung des Lehrers bzw. der Lehrer führen. In diesen Fällen findet dann oft folgendes statt: Der Schüler erfährt durch die Mitteilung des positiven Testergebnisses (diese Mitteilung erfolgt im Familiengespräch in eindrucksvoller Form) eine Stärkung seines Selbstvertrauens, das sich in einer verstärkten Mitarbeit am Unterrichtsgeschehen niederschlägt. Der Lehrer wiederum sieht ganz bestimmte Verhaltensweisen des Schülers nicht mehr im Lichte der Überforderung, sondern als Ausdruck einer Motivationsschwäche oder emotionalen Blockade usw. Das hat mit Sicherheit positive Auswirkungen auf die nonverbalen Verhaltensweisen des Lehrers in der Lehrer-Schüler-Interaktion, die dem Schüler auf ganz sublime Art und Weise signalisieren: „Ich halte dich nicht für so dumm, wie du dich jetzt anstellst." Außerdem reagiert der Lehrer natürlich auch auf eine verstärkte Mitarbeit des Schülers positiv. So können wir in diesem Zusammenhang immer wieder von Problemschülern die Aussage hören: „Der Lehrer behandelt mich jetzt besser", und von den Lehrern hören wir den Satz: „Der Schüler zeigt sich kooperativer und beteiligt sich mehr am Unterricht."

8.4.3 Beratungsgespräch mit dem Lehrer

Nachdem einige diagnostische Daten erhoben wurden (z.B. Testdiagnostik, Unterrichtsbeobachtung), wird im Gespräch zwischen Lehrer und Berater die Problemsituation erneut geklärt. Das Problem wird neu definiert und meist erweitert, das heißt, der Problemschüler wird in seiner Beziehung zum Lehrer bzw. zu Mitschülern und zur Schulklasse insgesamt gesehen. Daraus werden dann therapeutische Maßnahmen abgeleitet, die vom Berater und Lehrer getragen werden, wobei der Lehrer meist die schulische Ko-„Therapeutenrolle" übernimmt.

Wesentliches Gesprächsziel des Beraters ist es, einen Konsens über das Problemverhalten des Schülers zu erreichen und die Mitarbeit des Lehrers zu sichern.

Wie der Berater/Therapeut in der Besprechung der Unterrichtsbeobachtung vorgeht und welche Interventionen er mit dem Lehrer vereinbart, wird am Fall Anita G. beschrieben.

Beratungsgespräch mit Anitas Lehrerin, Frau U.:

1. Die Lehrerin wird für den didaktisch sehr gut aufgebauten Unterricht gelobt.
2. Als Anliegen wird formuliert, wie sie auf Anitas störendes Verhalten so eingehen könnte, daß sich dieses abschwächt und nicht verstärkt. Es wird vereinbart, daß die Lehrerin mit Anita ein Handzeichen verabredet, das ihr diskret anzeigen soll, wann sie den Unterricht stört.
   Kommentar: Durch diese Aufgabe versucht der Berater, die konflikthafte Beziehung zwischen Anita und Lehrerin durch eine gemeinsame Vereinbarung (Annäherung) zu unterbrechen. Dadurch verhindert er gleichzeitig, daß die Lehrerin Anitas Störverhalten verstärkt, indem sie besonders darauf eingeht.
3. Für die Sportstunde, in der Anita besonders stört, weil sie dauernd „aus der Reihe tanzt", wird ein Token-Programm vereinbart. Dabei kann Anita Punkte sammeln, wenn sie sich an die allgemeinen Regeln und Anweisungen der Lehrerin hält. Ist eine bestimmte Punktzahl erreicht, so kommt dies der ganzen Klasse zugute (Filme, Erzählstunde usw.).
   Kommentar: Diese Art der Intervention soll Anitas Integration in das Klassensystem fördern. Indem sie etwas Positives (Belohnung) beiträgt, wird gewährleistet, daß die Mitschüler die Therapieziele nicht sabotieren, sondern unterstützen.
4. Die im Gespräch und in der Unterrichtsbeobachtung erlebte negative Einstellung der Lehrerin zu Anitas Person und Fähigkeiten wird problematisiert. Der Schulpsychologe verdeutlicht, daß weniger überdauernde Eigenschaften wie „frech" und „faul" Anitas schulisches Verhalten bestimmen als die unsichere soziale und familiäre Situation.
   Kommentar: Durch gezielte Informationen und die Autorität der psychologischen Beurteilung wird die Lehrerin dafür sensibilisiert, daß familiäre Situationen das schulische Verhalten entscheidend beeinflussen können.

8.4.4 Die Einbeziehung der Schulklasse bei therapeutischen Interventionen

In der Regel wird der Berater nicht direkt in der Schulklasse intervenieren. Wenn die Klasse einbezogen wird, dient dies meist zur Stützung einer Intervention. Im Fall Anita G. wird z.B. eine Belohnung für die ganze Klasse vorgesehen, falls Anita das Token-Programm erfolgreich absolviert. Ein

Tokenprogramm kann auch für die ganze Klasse erstellt werden, um z.B. die Kooperationsbereitschaft mit ausländischen Mitschülern zu fördern.

Wenn es gilt, chronisch kranke oder behinderte Kinder in ihre Klassenstruktur zu integrieren, bedarf es meist auch einer Intervention in der Schulklasse.

Beispiel:
Einem 12jährigen Mädchen mußte ein Bein amputiert werden. Über längere Zeit konnte es die Schule nicht besuchen und hat jetzt verständlicherweise Angst, als „Behinderte" in den Klassenverband zurückzukehren. Auf der anderen Seite hat keiner der Mitschüler sie besucht, weil sie nicht wissen, wie sie sich ihr gegenüber verhalten sollen.

Nach einem Gespräch mit dem Lehrer ist dieser bereit, auf einem Elternabend und in der Klasse die schwierige Situation des Mädchens und das Problem des Umgangs mit Behinderten anzusprechen.

Es melden sich daraufhin einige Mitschüler, die bereit sind, mit dem Mädchen Kontakt aufzunehmen. Die Besuche einiger Klassenkameraden sind für das Mädchen ein erster Schritt, ihre Behinderung zu akzeptieren.

9 Sich die Arbeit leichter machen

Beispiele für systemisches Denken und Handeln im Klassenzimmer
(von Ernst Ergenzinger)

Mit systemisch orientierter Unterrichtsarbeit habe ich sehr gute Erfahrungen gemacht. Seitdem ich damit experimentiere, ist die Arbeit in der Schule für mich leichter geworden. Das möchte ich anhand einiger Beispiele zeigen. Ich will damit Kollegen ermutigen, ihren Handlungsspielraum phantasievoll zu erweitern und so ihre Möglichkeiten besser zu nutzen. Also keine Sorge: Es wird hier keine „therapeutische" Unterrichtskonzeption vorgestellt. Ich denke nicht, daß eine neue Theorie das ist, was Kollegen in einem Beruf brauchen, der sie oft bis an die Grenzen ihrer Kräfte fordert. Heute, nachdem ich eine familientherapeutische Ausbildung genossen habe, sehe ich, wie ich mir die Arbeit oft unnötig schwergemacht habe (und oft genug noch mache), weil ich nicht auf Kommunikationsabläufe geachtet habe, Botschaften überhört, Signale übersehen, in Eskalationen hineingerutscht bin oder Rituale nicht durchschaut habe. Das kommt, meine ich, daher, daß wir Lehrer und unsere Schüler so starre und komplizierte Bilder voneinander im Kopf haben, daß wir den einfachen Sinn menschlichen Verhaltens oft nicht mehr erfassen.

Mit einem ersten Beispiel, das sozusagen mein „systemisches" Schlüsselerlebnis schildert, möchte ich dazu anregen, solche Bilder zu verabschieden.

Der rasende Roland

Schuljahresbeginn. Erste Stunde in einer neuen Klasse mit neuer Zusammensetzung. 10. Schuljahr. Religion.

Wie immer zu Beginn einer neuen Lernrunde, fühle ich mich angespannt und unsicher. Die Schüler wirbeln im Raum herum und nehmen wenig Notiz von meiner Anwesenheit. Eine Gruppe spielt Skat und läßt sich dabei nicht stören. Ich warte ab und denke: Sollen sie doch zu Ende spielen. Da sehe ich, daß für ein neues Spiel ausgegeben wird. Ich trete zu der Gruppe und sage ruhig: „Ich möchte gerne mit dem Unterricht beginnen, und deshalb will ich nicht, daß ihr mit einem neuen Spiel anfangt." Darauf springt einer der Spieler auf und schreit mich in unflätiger Weise an. Üble Schimpfworte fallen dabei. Ich spüre, wie die Wut in mir hochsteigt, gleichzeitig wächst die Angst in mir: Das kann ja heiter werden, wenn das schon so anfängt ... Ich bin mir klar darüber, daß ich soeben getestet werde und der Verlauf des Schuljahres in hohem Maße davon abhängen wird, wie ich jetzt reagiere. Ich bin aber ratlos. Also reagiere ich zunächst „gar nicht", sondern schaue zum Fenster hinaus und versuche nachzudenken.

Der Schüler hat mich provoziert. Er will einen Machtkampf. Wenn ich mich jetzt nicht durchsetze, hauen die mich das ganze Schuljahr über in die Pfanne. Warum oder, besser: wozu macht er das eigentlich? Er will offenbar angeben vor seinen Klassenkameraden, denn er ist neu und muß sich sein Image erst noch aufbauen. Er braucht also Aufmerksamkeit und Anerkennung. Wenn er die Anerkennung auf meine Kosten von den anderen bekommt, werde ich es künftig schwer haben. Also muß er sie von mir bekommen. So behalte ich die Fäden in der Hand und kann meine Überlegenheit beweisen, ohne ihn zu bedrohen oder zu demütigen. So braucht er nicht zu eskalieren. Ich werde gewinnen, ohne daß er verliert. Das ist die Lösung.

Also wende ich mich dem Schüler zu und sage ihm in die erwartungsvolle Stille hinein, die inzwischen entstanden ist, etwa folgendes: „Du imponierst mir. Dazu gehört wirklich Mut, einen Lehrer so unverschämt anzuschreien, vor allem, wenn man überhaupt keinen Anlaß dazu hat. Weißt du, ich hab gerade darüber nachgedacht, was du mir eigentlich zeigen wolltest, und da ist mir eingefallen, daß ich früher auch einmal einen Lehrer angeschrien habe. Ich hab' das damals einfach für meine Selbstachtung gebraucht, die in der Schule oft gelitten hat. Also denke ich, daß du mir von vornherein zeigen wolltest, daß du respektiert zu werden wünschst. Das kann ich gut verstehen, weil es mir genauso geht. Deshalb habe ich es nicht gern, wenn ich angeschrien werde. Ich glaube, daß wir gute Freunde werden können, wenn wir das beide beachten."

Inzwischen sind wir wirklich gute Freunde geworden. Roland spricht mit mir in der Pause über persönliche Angelegenheiten, sorgt im Unterricht gelegentlich für Ruhe, bringt Anregungen ein und berät mich, wenn ich nicht weiterweiß. Dabei ist er wirklich kein Musterknabe und nimmt sich immer noch gewisse Freiheiten heraus, um seine Selbständigkeit zu demonstrieren.

Zu schön, um wahr zu sein? Ein Kollege, dem ich diese Geschichte erzählt habe, fand diese Konfliktlösung zwar einleuchtend, meinte aber, daß ihm eine solche Reaktion niemals eingefallen wäre. So geistesgegenwärtig zu sein erschien ihm sehr schwierig. Aber sind etwa unsere eingefahrenen Reaktionsweisen wirklich einfacher, naheliegender, natürlicher? Wie kompliziert ist beispielsweise allein schon eine „einfache Strafmaßnahme": Die Strafe soll erzieherischen Sinn haben. Ich muß die Angemessenheit im Auge haben. Ich darf keinen Präzedenzfall schaffen. Ich soll den Strafeffekt nicht abnützen. Ich muß in manchen Fällen mildernde Umstände walten lassen. Ich soll aber gerecht strafen (und zwar nach einem fiktiven Katalog). Ich muß mich vergewissern, daß ich mich nicht bloß rächen will usw. usw.

Um ehrlich zu sein: Mir sind bisher noch nicht viele Strafen eingefallen, denen ich einen erzieherischen Sinn abgewinnen konnte. Meist waren es ohnmächtige Notwehraktionen, deren ich mich später irgendwie geschämt habe.

Nach der geschilderten Situation aber fühlte ich mich ausgesprochen entspannt, und Roland fühlte sich tatsächlich respektiert, wie er mir später bestätigt hat. Die Unterrichtsdisziplin war hergestellt, das unangemessene Verhalten wirksam zurückgewiesen. Ich brauchte nicht nachzugeben, keinen Ärger wegzustecken und mich nicht zu einem Verhalten zu zwingen, das meinem Gefühl zuwiderläuft. Keine Rede davon, daß seitdem der Tatbestand der Straffreiheit ausgenützt wird, jede Stunde mit Skat torpediert wird und überhaupt die Schulmoral zusammenbräche. Keine der in solchen Situationen üblichen Präzedenzfallängste hat sich bewahrheitet. Natürlich sind die Schüler auch nicht besonders brav geworden. Ich denke auch nicht, daß jetzt etwa mehr gelernt wird. Aber ich denke, daß besser gelernt wird: entspannter und mit mehr Bereitschaft, zu verstehen (worauf es mir in meinem Fach Religion besonders ankommt). Ich bin überzeugt, daß ich mir mit dieser Konfliktlösung gleich zu Beginn des Schuljahres eine Menge Ärger, Kränkung und Arbeit erspart habe.

Mit dieser Geschichte will ich keineswegs eine „vorbildliche Lösung, für den Fall, daß ..." vorstellen. Ich kann niemandem empfehlen, in einem ähnlich gelagerten Konflikt nach meinem „Rezept" zu verfahren. Wenn beispielsweise eine ausgesprochen kultivierte und zurückhaltende Kollegin behaupten würde, sie hätte in ihrer Schulzeit auch Lehrer angebrüllt, dürfte sie im günstigsten Falle Heiterkeit ernten, eher aber Mißtrauen, weil dies als Anbiederung empfunden würde, letztlich also als Mißachtung. Jeder Kollege wird mit Konfliktsituationen anders umgehen. Ich könnte mir gut vorstellen, daß noch lauter zurückzubrüllen, einfach zu verstummen, betroffen über die eigene Kränkung zu sprechen, sogar in Tränen auszubrechen oder die Szene in einen clownesk-ironischen Auftritt aufzulösen auch „richtige" Reaktionen hätten sein können. Da sind der Spontaneität und Phantasie viel weniger Grenzen gesetzt, als wir denken. Wir Lehrer sind durch institutionelle Bedingungen genug eingeschränkt. Es ist nicht sinnvoll, daß wir uns auch noch selbst beschneiden.

Worauf es mir in diesem Fallbeispiel ankommt, ist zu zeigen, daß viele Konflikte durch ein einfaches, selbstverständliches und aufrichtiges Verhalten bewältigt werden können.

Wie kommt es aber, daß diese einfache Lösung auf die Schüler verblüffend gewirkt, daß der erwähnte Kollege sie als Beispiel besonderer, normalerweise nicht verfügbarer Schlagfertigkeit gewertet hat? Daß sie im Rahmen üblicher schulischer Umgangsformen geradezu paradox anmuten muß? Nämlich: Ein Schüler wird für seine offenkundige Unverschämtheit auch noch gelobt!

Nun, wenn eine einfache Konfliktlösung, die meine und des Schülers Würde wahrt, meinem Gefühl entspricht, die Schulordnung nicht verletzt, die Unterrichtsdisziplin herstellt und das Lernklima verbessert, paradox erscheint, dann muß an dem schulischen Bezugsrahmen etwas schief sein. Und zwar etwas Grundsätzliches. Tatsächlich denke ich, daß unser Straf- und Disziplinierungsapparat paradox ist, so daß ich gezwungen bin, mich immer wieder innerhalb dieses Rahmens scheinbar paradox zu verhalten, wenn ich mich als Lehrer einigermaßen vernünftig und natürlich benehmen will. Ich will das nur mit einem Beispiel andeuten: Wie oft betonen wir unseren Schülern gegenüber, daß sie letztlich doch für sich selbst lernen? Wenn sie „den Unterricht stören", schaden sie also sich selbst oder gegenseitig, aber nicht mir. Warum sollte ich sie also bestrafen? Sollten sich die Mitschüler gestört fühlen, werden sie sich schon zur Wehr setzen, es sei denn, daß ihnen der Lehrer unsinnigerweise zuvorkommt. Sollten wir nicht wenigstens warten, bis wir aufgefordert werden, eine unterrichtsfähige Situation herzustellen? Oder sind die Schüler wirklich so unmündig, daß sie ihre eigenen Interessen nicht vertreten können? Dann sollten wir erst recht nur im Notfall eingreifen. Wann und wo sollten sie sonst Mündigkeit lernen, wenn nicht in der Schule? Wenn ich also eine Unterrichtsstörung bestrafe, verhalte ich mich widersinnig, nämlich so, als ob ich behindert oder geschädigt worden wäre. Lernen die Schüler etwa mir zuliebe? Wenn ich diesen Eindruck erwecke, entsteht die Gefahr, eines Double-bind: Du lernst zwar für *dich,* aber du beleidigst *mich,* wenn du nicht lernst. Unnötig zu erklären, daß dieses Double-bind in den meisten Fällen vom Elternhaus sowieso schon hergestellt worden ist. Wir wissen aber aus der Kommunikationsforschung, daß solche Double-bind-Situationen den Betroffenen oft nur noch die Flucht in verrücktes Verhalten übriglassen.

Daß verrücktes Verhalten in der Schule so häufig ist, daß es schon fast als „normal" angesehen werden muß, ist ein Indiz für strukturelle Absurditäten der Schule, die natürlich Folge gesamtgesellschaftlicher Widersprüche sind. Sie sind also gewiß notwendig und unvermeidlich. Darauf werde ich mich als Lehrer einstellen müssen, ganz gleichgültig, welchen Stellenwert ich meiner Arbeit als Beitrag zur Überwindung solcher gesellschaftlicher Grundwidersprüche einräume. Daß ich mich auf die Widersprüche des gesellschaftlichen Subsystems „Schule" einlasse und mich an den Rahmen seiner institutionellen Bedingungen halte, bedeutet aber noch lange nicht, daß ich auch die impliziten Interpretationsmuster in mein Selbstverständnis als Lehrer aufnehme. Mit anderen Worten: Ich lasse mich doch nicht verrückt machen, nur weil ich Lehrer bin.

Ich brauche mir nicht vorschreiben zu lassen, wie ich das Verhalten eines Schülers zu verstehen habe. Es ist meine persönliche Entscheidung, ob ich eine sogenannte „Unverschämtheit“ als Angriff auf meine Selbstachtung ansehe oder als Ausdruck des Bedürfnisses nach Achtung. So erspare ich mir jedenfalls eine Kränkung. Warum sollte ein Schüler auch das Bedürfnis haben, mich zu kränken? Gewiß habe ich mich an die Schulordnung zu halten, aber in meiner Interpretation des Schülerverhaltens bin ich frei, einen Bezugsrahmen zu wählen, in dem ich nicht abgewertet werde und nicht gezwungen bin, mein Gegenüber abzuwerten. So fühle ich mich wohler, und meine Arbeit fällt mir leichter.

Die Situation im Klassenzimmer erfordert in der Regel vom Lehrer ein schnelles Handeln. Ich habe aber an mir selbst beobachtet, daß ich oft *zu* schnell reagiere. Warum sollte man nicht, wie in dem geschilderten Fall, ab und zu eine Denkpause einlegen? Aber auch dann bleibt nicht viel Zeit, eine Situation zu analysieren und eine Handlungsstrategie zu entwickeln, zumal ich als Betroffener selbst „im System bin“, emotional viel zu sehr überflutet, um vernünftig handeln zu können. Was ich jetzt brauche, sind ein paar handfeste Regeln, die mir abrufbar zur Verfügung stehen.

Ich möchte nun versuchen, aus dem geschilderten Fall und anhand anderer Beispiele ein paar solcher Regeln zu formulieren, wobei ich gleich zweierlei einschränkend vorausschicken muß: Ich bin noch viel zu sehr im Experimentierstadium, um allgemeingültige Regeln formulieren zu können. Ich *will* aber auch gar keine allgemeingültigen Regeln formulieren, weil ich davon überzeugt bin, daß jeder sein eigenes Muster entwickelt.

Im „Fall Roland“ war der erste richtige Schritt zur Lösung des Konflikts die Entscheidung, (scheinbar) nichts zu tun. Da ein Lehrer genausowenig nicht *nicht* kommunizieren kann wie jeder andere Mensch in Gegenwart eines zweiten, bedeutet nichts zu tun eine Botschaft besonderer Art zu übermitteln. Natürlich ist sie sehr vieldeutig: Ich bin wütend, ratlos, gekränkt, jetzt lasse ich mir etwas besonders Gemeines einfallen, macht doch euern Mist alleine usw.

Jedenfalls kann ich mir in diesem Augenblick der besonderen Aufmerksamkeit der Klasse ziemlich sicher sein. Deshalb kommt es jetzt auch besonders auf meine nonverbalen Botschaften an. Körperhaltung, Blickrichtung, Gestik usw. Was ich aber auf jeden Fall mit meinem Schweigen „sage“: Ich möchte nicht, daß irgendein Disziplinierungsautomatismus abfährt. Es kommt jetzt etwas, das ihr nicht erwartet.

Die Denkpause gibt zugleich dem „Störer“ die Möglichkeit, sein Verhalten zu erklären, zu verändern, sich vielleicht sogar zu entschuldigen oder die Situation durch einen Scherz neu zu definieren. Vielleicht nimmt er mir ja die Arbeit der Konfliktbewältigung ab. Mein Nichtreagieren enthält also eine Aufforderung an die Klasse, die Situation selbst zu bewältigen. (Natürlich kann mein Schweigen auch als Schwäche oder sogar als Aufmunterung zur Fortsetzung des unerwünschten Verhaltens verstanden werden. Dann wird mir nichts anderes übrigbleiben, als wirksam zu intervenieren.)

Meine erste Regel heißt also:

Nichts zu tun ist oft das Beste, was ich im Augenblick tun kann.

Die Zeit des Sammelns habe ich dann dazu benutzt, ein „Reframing" des störenden Verhaltens vorzunehmen: Ich habe nach einem neuen Bezugsrahmen gesucht, in dem die „offenkundige Unverschämtheit" einen positiven Sinn abgegeben hat. Dabei leiteten mich zwei Grundsätze:

Es gibt kein Verhalten ohne positiven Sinn.

Was mir störend erscheint, sinnlos oder destruktiv, ist es nur in meinem Bezugsrahmen (Unterricht), nicht aber in dem meines Gegenübers (Wahrung der Selbstachtung). Solange ich ein Verhalten nicht verstehe oder nur negativ bewerten kann, habe ich den Rahmen meines Gegenübers noch nicht herausgefunden. Aus meiner Erfahrung im Umgang mit den Schülern und mit mir selbst bilde ich eine „Hypothese" (das ist ein Neuer, der muß sich noch sein Image in der Klasse aufbauen) und probiere dann aus, ob sie Sinn gibt. Wenn ich offenkundig danebengegriffen habe, hat der Schüler immerhin gespürt, daß ich bemüht bin, ihn zu verstehen. In diesem Fall werde ich direkt fragen: „Was willst du uns/mir mit deinem Verhalten eigentlich sagen?" Damit unterstelle ich ihm, daß er mit mir in eine positive Verbindung eintreten wollte, entsprechend dem zweiten Grundsatz:

Jedes Verhalten enthält zugleich eine persönliche Botschaft an mich.

(Bei Watzlawick: Jede Kommunikation hat einen Inhalts- und einen Beziehungsaspekt.)

Die meisten Schüler werden über diese Frage verblüfft sein, weil ihnen meist nicht bewußt ist, daß ihre Aktionen Appelle auf der Beziehungsebene enthalten. Es macht nichts, wenn ich auf meine Frage keine Antwort erhalte. Wichtig ist nur, daß der Schüler versteht, daß ich ihm auf einer anderen Ebene begegnen möchte. Vielleicht gelingt es ihm, mit mir zusammen, für einige Augenblicke das System „Schule" zu verlassen, wo er als

„Störer“ und ich als „„Pauker“ fungiere. Das genügt fürs erste, um die Situation zu entspannen und eine automatische Eskalation zu verhindern.

An dieser Stelle muß ich zugeben, daß mir der Anspruch, die Schüler in jeder Situation verstehen zu können, anfangs angst und schwere Bedenken gemacht hat. Bedeutete dies nicht meine totale Überforderung? Würde mich das nicht „schwach“ machen den Schülern gegenüber? Würde man mein Verständnis nicht ausnützen usw.?

Diese Befürchtungen haben sich inzwischen eher umgekehrt. Mir ist es oft fast unheimlich, wieviel leichter und wirksamer ich mich durchsetzen kann, wenn ich verstehe, was gerade abläuft. Mit Verstehen meine ich dabei freilich nicht den vollen menschlichen Sinn oder gar den analytisch-psychologischen Begriff – dieser Anspruch wäre in der Tat vermessen –, sondern eine situationsbezogene Einsicht. Meine leitende Frage ist dabei:

Will ich einen Schüler verstehen, frage ich nicht warum, sondern wozu verhält er sich jetzt so.

Daß ich jemanden verstehe, also den augenblicklichen Sinn seines Verhaltens innerhalb seines Bezugsrahmens erfasse, bedeutet jedoch keineswegs, daß ich mit seinem Verhalten einverstanden bin, also meinen eigenen Bezugsrahmen aufgebe. Hingegen gibt mir ein situatives Verstehen die Möglichkeit, die Handlungsinitiative zu behalten, statt nur noch im Rahmen des Systems automatisch zu reagieren. Für mich ist das eigentliche Problem des pädagogischen Verstehens weniger, daß es mich schwach macht, sondern eher, daß es mir Macht über die Situation gibt. Denn selbstverständlich lassen sich mit systemischen Methoden Schüler auch manipulieren. Ich gebe aber in diesem Zusammenhang zu bedenken, daß Watzlawicks Axiom Nr. 1, „Man kann nicht nichtkommunizieren“, auf das Klassenzimmer übertragen bedeutet: „Ein Lehrer kann seine Schüler nicht *nicht* erziehen, beeinflussen oder manipulieren.“ Jene Kollegen, die in guter Absicht von sich behaupten, einen sachlich-objektiven Unterricht im Sinne reiner Wissensvermittlung zu geben, unterschlagen den Beziehungsaspekt des Unterrichtsgeschehens und laufen somit Gefahr, Agenten einer Ideologie der Objektivität und des Sachzwangs zu werden und so die Schüler erst recht in einer Richtung zu manipulieren, die sie bestimmt nicht wollen. Ich meine dazu, daß jemand, der die Verantwortung, andere Menschen zu beeinflussen, nicht übernehmen kann, nicht Lehrer werden soll.

Die Machtposition, die ich als Lehrer bewußt oder unbewußt innehabe (selbst wenn ich mich darin ohnmächtig erlebe), kann ich nur durch unbedingten Respekt vor der Persönlichkeit meiner Schüler rechtfertigen und so vor Mißbrauch durch mich selbst schützen. Daraus folgt für mich die Regel:

Ich darf einen Schüler unter keinen Umständen abwerten.

Jeder Kollege wird diese Regel grundsätzlich anerkennen und sich um ihre Einhaltung bemühen. Dennoch wird unablässig gegen sie verstoßen. Weniger weil sich überforderte Lehrer einfach manchmal nicht unter Kontrolle haben (woraus ihnen niemand und am wenigsten die Schüler selbst einen Vorwurf machen), sondern durch „selbstverständliche" schulische Regeln und Kontrollformen. Zum Beispiel:

Darf ich aufs Klo?

Die Tatsache, daß in vielen Schulen immer noch darauf bestanden wird, daß Schüler um Erlaubnis fragen müssen, wenn sie die Toilette aufsuchen wollen, stellt schlicht und einfach eine elementare Verletzung der Menschenwürde dar – übrigens auch der des Lehrers. Ganz abgesehen davon: Eine Regel, die ich nicht überprüfen kann, ist zumindest töricht. Wie soll ich denn beurteilen, ob jemand „muß"? Genügt es nicht, wenn ein Schüler höflich mitteilt, warum er den Raum verläßt? Natürlich kann ich ihm zu bedenken geben, daß er momentan einen wichtigen Teil des Unterrichts versäumt, aber mehr doch auf keinen Fall! Aber warum soll das denn so wichtig sein, ob der Schüler „mitteilt" oder ob er „fragt", es wird ihm ja doch „erlaubt".

Der Unterschied ist in der Tat wichtig, nämlich auf der Beziehungsebene. Wer mitteilt, was er zu tun gedenke, hat selbst entschieden. Wer um Erlaubnis fragt, nimmt die Position dessen ein, über den entschieden wird. Die Botschaft auf der Beziehungsebene lautet: „Du bist so unmündig, daß du nicht einmal selbst bestimmen kannst, wann du eine Blase entleeren mußt. Außerdem lügst du bestimmt. Hier bestimme ich." Auch Erlauben ist ja eine Form von Machtgebrauch, und gerade eine mit Sicherheit zu erwartende Erlaubnis stellt ein reines Machtritual dar. Dies ist ein typisches Beispiel dafür, wie Schule und Lehrer sich die Arbeit unnötig schwermachen. Denn jeder Mensch, der noch einen Funken Selbstachtung besitzt, muß sich gegen diesen Angriff auf seine Menschenwürde zur Wehr setzen. Und wenn er es nicht offen tut – ich möchte einmal gerne erleben, daß ein Schüler, dem verboten wurde, die Toilette aufzusuchen, in die Hose macht –, dann wird er dem Lehrer hintenrum ein Schnippchen schlagen und sich einen bescheidenen Freiraum erschleichen. Auf diese Weise lügt sich die Verdächtigung des Lehrers tatsächlich wahr. Er hat sich eine neue Quelle des Ärgers erschlossen, muß sich neue Kontrollmöglichkeiten ausdenken und neue Strafen ersinnen. Ob er da noch zum Unterrichten kommt?

Man verzeihe mir, wenn ich noch ein wenig bei diesem anrüchigen Beispiel bleibe:

Ich habe nämlich mit dieser Situation experimentiert, indem ich die Frage eines Schülers mit einem barschen „Nein“ beschieden habe. Der Schüler war darauf verblüfft und sagte nach einer Weile kleinlaut: „Aber wenn ich doch muß!“ Darauf ich: „Was fragst du, ob du darfst, wenn du mußt?“ Nach einer weiteren Denkpause erhob er sich und sagte: „Also, ich geh jetzt aufs Klo!“, und schritt aufrechten Ganges hinaus.

Ich denke, daß er damit ein Stück seiner Würde zurückgewonnen hat und daß die Mitschüler die Symbolik des Vorgangs durchaus durchschaut haben. Zwei, drei Wiederholungen dieser Szene genügten, damit keiner mehr fragte und mich weiter zum Blasenkontrolleur degradierte. Ich habe nicht beobachtet, daß das Toilettenprivileg seitdem exzessiv genützt würde. Wieso auch? Der Reiz, den Lehrer auszutricksen, ist nicht mehr vorhanden.

Solche symbolischen Ereignisse, und seien sie noch so „belanglos“, sind es, die das Beziehungsverhältnis und das Klassenklima viel nachhaltiger prägen als manche gutgemeinte pädagogische Anstrengung.

Ich möchte jetzt nicht die Fülle institutioneller Arrangements aufzählen, in denen Schüler systematisch abgewertet werden. Das kann jeder Kollege und jeder Schüler als Experte selber tun. Noch weniger liegt mir daran, hier zu diskutieren, wieweit solche institutionellen Kränkungen unvermeidlich sind und welche gesellschaftliche Funktion sie etwa bei der Herstellung von Untertanen haben. Hier wird jeder die gesellschaftspolitischen Implikationen seines Berufes selber verantworten müssen. Mir geht es lediglich darum, darauf hinzuweisen, daß schulische Selbstverständlichkeiten auch einen Beziehungsaspekt haben, den wir oft nicht bemerken und der häufig zu unserer persönlichen Intention im Widerspruch steht. Deswegen rufe ich mir im Zweifelsfall folgende Regel ins Bewußtsein:

Auch institutionelle Strukturen definieren Beziehungen.

„Das auch noch!“ höre ich meine gutwilligen Kollegen förmlich seufzen. „Jetzt soll ich auch noch den Beziehungsaspekt schulischer Rituale reflektieren!“

Da ich aber weiß, wie viele Kollegen schulische Situationen „rein gefühlsmäßig“ genauso handhaben, wie es therapeutischen Gesichtspunkten entspricht, möchte ich hier noch einmal ausdrücklich betonen, daß keine systemtheoretischen Kenntnisse und keine therapeutischen Handlungsstrategien erforderlich sind, um einen guten, menschenfreundlichen Unterricht zu geben. Ich denke aber, daß es unerläßlich ist, auf die eigenen Gefühle zu achten, weil sie uns zum Beziehungsaspekt einer Situation hinführen. Das Unbehagen, das wir bei manchen pädagogischen Maßnahmen empfinden, ist meist ein zuverlässiges Indiz dafür, daß wir im Begriff sind, uns selbst oder den Schülern Gewalt anzutun. Ich befürchte, daß viele Kollegen sich aus sogenannten pädagogischen Gründen zu einem Verhalten zwingen, das ihrem Gefühl widerspricht, und glaube, daß es wichtiger ist, gerne Lehrer zu sein, als „pädagogisch richtig" zu handeln.

Den Beziehungsaspekt einer Situation kann ich am besten übers Gefühl entdecken.

Natürlich nicht nur, indem ich meine eigenen Gefühle wahrnehme, sondern auch die meiner Schüler. Das ist am ehesten möglich, wenn ich auf ihre Körpersprache achte, denn der direkte Ausdruck von Gefühlen ist im rauhen Klima des Klassenzimmers schwierig: Negative Gefühle (Aggressionen) sind nicht zugelassen, positive Gefühle sind im allgemeinen verpönt (Gefühlsduselei). Körperhaltung, Gesichtsausdruck, motorisches Verhalten geben mir aber eine Fülle von Signalen. „Störendes Verhalten" ist fast immer ein Versuch, Aufmerksamkeit zu erregen, Zuwendung zu bekommen. Dieser Versuch ist auch in der Regel erfolgreich: Man braucht nur die Störung bis über die üblichen Toleranzgrenzen hinaus zu steigern. Es kürzt Konfliktabläufe bedeutend ab, wenn ich eine Störung als Appell an meine positive Zuwendung verstehe (auch wenn der Schüler selbst „stören" wollte). Jemanden zu disziplinieren verbraucht meist mehr Zeit, als wenn ich beispielsweise zu ihm sage: „Ich sehe, daß du unruhig bist und denke mir, daß du dich nicht wohl fühlst. Kann ich, können wir etwas für dich tun?" Auch wenn sich der Verblüffungseffekt einer positiven Aufnahme von Störungen irgendwann einmal abnützen sollte, fühlt sich ein so angesprochener Schüler doch eher ernst genommen und braucht schon deswegen keine weitere Zuwendung mehr, also auch nicht mehr zu stören. Der Stimmungsablauf der Unterrichtsstunde verändert sich. Natürlich werde ich auch gelegentlich eine Testantwort erhalten, wie z.B.: „Ja, Sie können mich nach Hause gehen lassen." Worauf die Antwort „Natürlich, wenn es dir schlechtgeht" lauten könnte. Tatsächlich hat mich ein Schüler einmal um ein Eis gebeten, damit es ihm bessergehe, und es auch bekommen – eine Mitschülerin besorgte es in meinem Auftrag. Warum auch nicht: Diese Ausgabe hat sich für mich bestimmt bezahlt gemacht. Und ein Testfall wird sowieso nicht zur Regel.

Eine Störung ist ein Appell an meine Zuwendung.

Natürlich haben auch wir Lehrer selbst Schwierigkeiten, unsere Gefühle im Klassenzimmer auszudrücken. Ich fürchte sogar, daß dies eine Hauptquelle unserer selbstgemachten Schwierigkeiten ist. Ich möchte hier wiederum nur ein Beispiel anführen, indem ich auf eine weitverbreitete sprachliche Absonderlichkeit hinweise, die aber sehr symptomatisch ist.

Oft fällt im Klassenzimmer (und anderswo) die Formulierung: „Ich habe das Gefühl, daß du/ihr ...", und dann folgt eine Beurteilung, Bewertung, Beschimpfung – alles, bloß keine Gefühlsaussage.

So etwas schafft notwendig Ärger. Denn erstens kann ich nur mein eigenes Gefühl fühlen, und somit ist die Formulierung „Ich habe das Gefühl, daß du ..." gänzlich absurd. Zweitens entziehe ich meine Beurteilung der Nachprüfung und erspare mir eine Begründung, wenn ich mit Gefühlen begründe, über die sich bekanntlich nicht streiten läßt. Drittens leite ich damit (oft mit der ganzen Wucht meines Ärgers) eine negative Zuschreibung von Eigenschaften ein (Abwertung!), wodurch ich mein Gegenüber in die Verteidigung dränge, so daß es gar nicht mehr die Möglichkeit hat, sich um meine verletzten Gefühle zu kümmern, mich zu verstehen, mir entgegenzukommen, sogar zu helfen. Ich habe Verwirrung gestiftet, Gegenaggressionen erzeugt, und mein Gefühlsappell ist ins Leere gelaufen. Da wäre es wirklich vernünftiger gewesen, laut loszubrüllen. Das ist wenigstens ein klarer Ausdruck negativer Gefühle.

Wenn ich also Gefühle verbal ankündige, muß ich auch darauf achten, daß ich wirklich von meinen Gefühlen spreche und nicht meine Urteile daruntermische. Zu diesem Thema möchte ich mich aber nicht weiter äußern, weil Thomas Gordon in seinem Buch „Lehrer-Schüler-Konferenz" einige ausgezeichnete Ausführungen über Ich-Botschaten und Du-Botschaften und ihre Funktion im Unterricht gemacht hat. Von ihm übernehme ich die Regel:

Über meine Gefühle sollte ich nur in Form von Ich-Botschaften sprechen.

Für mich ist es immer wieder erstaunlich und rührend zu erleben, wie bereitwillig und freundlich selbst „verstockte" Schüler auf Gefühle wie Traurigkeit, Enttäuschung usw. eingehen, wenn ich sie nicht in Form negativer Zuschreibungen anklagend, sondern klagend vorbringe. Auf der institutionellen Ebene sind Schüler und Lehrer aufgrund ihrer Rollenzuschreibungen zwar notwendig Gegner (wenn auch nicht Feinde); auf der Ebene verletzter oder fröhlicher Gefühle können wir aber durchaus auf derselben

Seite stehen. Darin liegt die Chance eines beziehungsorientierten Unterrichts.

Wenn ich nun noch einen Abschnitt über die Interventionsform der „paradoxen Verschreibung“ anfüge, tue ich dies mit einigem Zögern. Ich stelle damit nämlich eine Möglichkeit des *therapeutischen* Umgangs mit Schülern vor, die gewisse Risiken birgt und unter keinen Umständen im Sinne eines Rezepts angewandt werden darf. Es handelt sich hier um eine regelrechte Methode, die nicht spontan-gefühlsmäßig produziert werden kann. Denn sie entspricht nicht meinem „gesunden Menschenverstand“, sondern ist das Produkt systemischer Denkarbeit.

Im übrigen ist diese Interventionsform leicht zu erklären. Sie besteht nämlich schlicht und einfach darin, das unerwünschte Verhalten zu befehlen.

Wenn ich diese therapeutische Umgangsform nun doch vorstelle, dann deshalb, weil ich mit ihr in einigen Fällen recht gute Erfahrungen gemacht habe. Außerdem habe ich zu meiner Verwunderung entdeckt, daß sie sogar von der Schulordnung in einem gravierenden Fall vorgesehen ist: Schüler, die exzessiv „schwänzen“, sollen mit zeitweiligem Schulausschluß „bestraft“ werden. Die meisten Schüler genießen nun dieses zwangsweise verordnete Schwänzen keineswegs, sondern fühlen sich zu hart bestraft. Leute, die bisher auf große Teile des Unterrichts freiwillig verzichtet haben, betonen plötzlich ihr Recht auf Unterricht. Was ist geschehen? Unterstellen wir einmal, das Schwänzen sei Produkt einer sogenannten „oppositionellen Grundeinstellung zur Schule“, dann gerät der Betroffene jetzt in Widerspruch zu sich selbst, weil er, um gegen die von der Schulleitung getroffene Maßnahme opponieren zu können, den positiven Sinn des Schulbesuchs betonen muß. Ja, warum hat er dann überhaupt so oft geschwänzt? Darauf beruht der Effekt dieser Methode: jemanden in Widerspruch zu sich selbst zu bringen. Hier wird ein Double-bind, das normalerweise Verwirrung stiftet, vorsätzlich hergestellt, um Verwirrung zu lösen. Tatsächlich kann das ein Anstoß sein, der Veränderung einleitet. Da aber auch die Möglichkeit besteht, daß die Verwirrung nur noch vertieft wird und wir unsere Schüler nicht intensiv genug therapeutisch begleiten können, habe ich diese Methode eigentlich nur in harmloseren, dafür aber lästigen Situationen angewandt. Zum Beispiel:

Sprich dich ruhig aus!

„Schwätzer“ sind für jeden Lehrer eine Schwierigkeit. Tadeln, Mahnen, Drohen führt meist zu wortreichen Rechtfertigungen seitens der Schüler, die das Geschwätz vermehren. In meiner Gereiztheit tue ich irgendwann wirklich jemand unrecht, dann ist die pharisäische

Entrüstung groß, und der Lärmpegel steigt erst recht, bis die Klingel die mißliche Situation beendet.

Wenn ich dagegen zwei, die ich sprechen sehe, höflich frage, wie lange sie für ihr Gespräch wohl noch brauchen, damit ich den Unterricht so lange unterbrechen kann, weil wir uns sonst gegenseitig stören, bekomme ich in der Regel zur Antwort: „Ach, wir sind schon fertig“ oder „Es ist nicht so wichtig“. Wenn sie aber kurz darauf wieder zu sprechen beginnen, entschuldige ich mich für die vorherige Unterbrechung und fordere die Schüler nachdrücklich auf, sich für ihr anscheinend doch wichtiges Gespräch die nötige Zeit zu nehmen. Und dann schweige ich einige Minuten lang.

Das kann für die Betreffenden schon recht peinlich sein, daß ihre „Schwätzerei“ als ernsthaftes Gespräch respektiert wird. Als erwachsene Menschen ernst genommen, müssen sie sich nun auch als Erwachsene verhalten, entweder indem sie sich für die Störung entschuldigen oder aber ihrem Gespräch tatsächlich Wichtigkeit verleihen, indem sie es für den Unterricht oder die Klassengemeinschaft fruchtbar machen. Wichtig ist, daß nicht ich, sondern die Schüler selbst ihr Gespräch als „Geschwätz“ oder „wichtig“ beurteilt haben, ich aber doch mein Interesse an einem ungestörten Unterricht geltend gemacht habe. Natürlich muß ich auch ab und zu in Kauf nehmen, daß Schüler tatsächlich Zeit für ein Gespräch verlangen oder für ein paar Minuten das Klassenzimmer verlassen. Sonst würde sich mein Vorgehen als pädadgogischer Trick entlarven, was die Schüler, leidgeprüft, zunächst auch annehmen. Hier möchte ich ausdrücklich betonen, daß die scheinbar paradoxe Anweisung „Sprich dich ruhig aus“ nur dann keine ironische „Verarschung“ darstellt, wenn ich ganz aufrichtig davon ausgehe, daß manches Schülergespräch im Augenblick tatsächlich wichtiger ist als mein Unterricht und daß „Schwätzen“ auf der Beziehungsebene eine wichtige Form von Zuwendung darstellen kann. Wer nicht dieser Auffassung sein kann, sollte nicht mit paradoxen Anweisungen herumtricksen. Schüler sind gegenüber Unaufrichtigkeit sehr sensibel, wogegen sie eine milde, augenzwinkernde Ironie ganz gut verkraften.

Ich füge hier noch ein Beispiel einer paradoxen Verschreibung an, das ich selbst – obwohl das Experiment erfolgreich verlaufen ist – im nachhinein doch eher etwas fragwürdig finde:

Wirf noch einmal!

In einer 8. Klasse (überwiegend Jungen), aus der ich nur sehr wenige kenne, muß ich in Musik Vertretungsunterricht übernehmen. Ich versuche vergeblich, mit ihnen zur Gitarre zu singen. Lärm, Geschrei und Handgreiflichkeiten breiten sich aus. Noch bevor ich einschreiten kann, wirft ein Schüler einen Stuhl ziemlich heftig an die Wand. Ich nutze die kurze Stille, trete zu ihm und sage ruhig: „Du muß ja unter einem schrecklichen Druck stehen. Das macht mir richtig Sorgen. Wie lange mußt du das denn heute noch aushalten?“ „Was, noch drei Stunden lang! Das kann ja nicht gutgehen! Ich denke, du mußt unbedingt etwas tun, um deine Spannungen loszuwerden. Weißt du was, wirf den Stuhl noch einmal an die Wand, aber diesmal richtig!“

Allgemeine Verblüffung, Unsicherheit, lange Pause. „Nun laß uns doch nicht so lange warten!“ Spannung bei den übrigen. „Ach ja, richtig: Wenn der Stuhl kaputtgeht, dann regle ich das mit dem Hausmeister. Also, jetzt wirf!“ Tatsächlich wirft der Junge den Stuhl recht heftig an die Wand. Lautes, befreites Gelächter bei der Klasse. Ich frage den Schüler: „Na, fühlst du dich jetzt besser?“ Er grinst: „Oh ja.“ „Dann können wir jetzt wohl singen.“ Tatsächlich haben einige mitgebrummelt, und die Stunde kam in einigermaßen entspannter Atmosphäre über die Runden.

Dennoch möchte ich niemandem empfehlen, so etwas auszuprobieren. Es hätte ziemlich schiefgehen können, weil ich einige wichtige Bedingungen außer acht gelassen habe. Die Klasse und ich kannten uns viel zuwenig, als daß sie meine Anweisungen hätten richtig einordnen und ich ihre Reaktion einigermaßen zutreffend vorhersehen können. Ich denke, daß ich diesmal von einem Überraschungs- und Unsicherheitseffekt profitiert habe, vor allem, weil eine begrenzte Verletzung der Schulordnung „befohlen“ worden war. Genausogut hätte mir die Stunde auch vollends aus dem Ruder laufen können, indem alle einen Stuhlwurf für sich verlangt hätten oder dergleichen. (Übrigens wäre mir die Stunde mit Disziplinierungsmaßnahmen üblicher Art mit Sicherheit aus dem Ruder gelaufen.) Ein gutes gegenseitiges Verhältnis mit einem hohen Maß von Toleranz ist die Voraussetzung für so drastische paradoxe Verschreibungen. Die folgende Regel möchte ich also mit einiger Vorsicht aufstellen:

> *Manchmal hilft es, wenn ich das unerwünschte Verhalten befehle und ihm so einen neuen Sinn gebe.*

Dieses Umdefinieren der Situation ist überhaupt das Wichtigste an einem systemisch orientierten Unterricht. Falls jemand durch diesen Bericht ein wenig Lust zum eigenen Experimentieren bekommen haben sollte, möchte ich deshalb zum Abschluß ein kleines Spiel vorschlagen: Sie schreiben zehn alltägliche Schulprobleme auf ein Blatt Papier, links die übliche Interpretation unerwünschten Verhaltens, rechts Ihr Reframing, das so ziemlich das Gegenteil aussagt. Also beispielsweise so:

	Zu spät kommen
Ausdruck von Desinteresse	Zeichen für besonderes Interesse, weil sonst die Stunde vollends geschwänzt worden wäre
	Freche Bemerkungen
Angriff auf die Selbstachtung des Lehrers	Ungeschickte Bitte um Zuwendung
	Abschreiben
Betrugsversuch	Ausdruck von Angst, Bitte um Ermutigung
	Prügelei
Aggression	Mißglückte Form von Körperkontakt, Suche nach Zärtlichkeit
	usw.

Diesen Zettel legen Sie im Unterricht vor sich hin und probieren ab und zu eine Anwendung aus. Falls Sie damit nicht gleich Erfolg haben sollten, werden Sie doch bestimmt interessante Anregungen bekommen und vielleicht sogar etwas mehr Spaß am Unterrichten.

10 Indikation und Grenzen des Einbezugs der gesamten Familie beim Auftreten von Schulproblemen

Wie wir im Teil I des Buches dargelegt haben, sehen wir immer dann, wenn Schulprobleme Ausdruck von Familienproblemen sind, den Einbezug der Gesamtfamilie in den Therapieprozeß als sinnvoll an. Die Kriterien dafür haben wir ebenfalls dort aufgeführt (Problementstehung auf der interpersonalen oder Gesamtsystemebene der Familie und nicht auf der individuellen Ebene des Schülers).

Da wir jahrelang sowohl im Sinne des klassischen schulpsychologischen Vorgehens (also Einzelgespräche mit dem Problemschüler bzw. seiner Mutter, Tests und Unterrichtsbeobachtungen) als auch seit nunmehr vier Jahren systemisch arbeiten, können wir folgende Vorteile des systemischen Ansatzes, verglichen mit einem auf den Problemschüler beschränkten, anführen:

1. Das Symptomverhalten eines Problemschülers, das uns früher oft als „unerklärlich“ oder „zufällig“ erschienen ist, erhält durch den Einbezug der Familie einen Sinn und eine ganz klare Funktion im Sinne der entsprechenden Systemlogik.
2. Wir sind heute oft bereits nach einer einstündigen Sitzung mit der Gesamtfamilie diagnostisch so weit wie früher nach zwei bis vier Stunden Testdiagnostik und Einzelgesprächen.
   Zudem wird der gesamte emotionale sowie Beziehungsbereich des Schülers wesentlich klarer erhellt, als wir dies je mit Persönlichkeitsverfahren erfassen konnten.
3. Durch den Einbezug der gesamten Familie erhalten die einzelnen Familienmitglieder bereits in der diagnostischen Phase Aufschluß über ihre Anteile an der Symptomatik des Indexpatienten (Stichwort: „Problemerweiterung“), die drohende Stigmatisierung und Isolierung des Indexpatienten wird dadurch verringert.
4. Die übrigen Familienmitglieder des Problemschülers werden in ihrer Rolle als Helfer bei der Beseitigung der Problematik angesprochen und stellen somit ein wichtiges Unterstützungssystem für den Symptomträger und den Therapeuten/Berater dar. Eine Arbeit gegen den

Widerstand dieses Systems würde alle Bemühungen zunichte machen. Wer kennt nicht als Schulpsychologe das Gefühl, Stunden um Stunden vergeblich therapeutisch zu arbeiten und immer auf der Stelle zu treten?

5. Positive Verhaltensänderungen des Symptomträgers werden durch den Einbezug der Familienmitglieder stabilisiert und langfristig abgesichert. Wenn sich Änderungen im Gesamtsystem der Familie ergeben, ist die Gefahr des Rückfalles für den Symptomträger minimalisiert. Ohne solche Änderungen im Gesamtsystem (wenn z.B. die Eltern ihren verdeckten Ehekonflikt nicht mehr als Umleitung über das Kind, sondern direkt austragen) werden die in einer Einzeltherapie mit dem Symptomträger aufgebauten Verhaltensänderungen von der Familie wieder zunichte gemacht, oder es bleibt nur noch der Ausweg, daß der „Störenfried" aus der Familie ausgeschlossen wird, indem er in die Obhut eines Internats oder eines Jugendamts übergeben wird.
6. Nach einer Systemänderung im positiven Sinne ist die Gefahr stark verringert, daß ein anderes Familienmitglied die Rolle des Indexpatienten einnehmen muß.
7. Nach einer Systemänderung wird die Familie in Zukunft eher in die Lage versetzt, auftretende innere und äußere Probleme ohne fremde Hilfe zu lösen (präventiver Aspekt).
8. Indem die Systemveränderungskräfte der Systeme Familie und Schule miteinander koordiniert und harmonisiert werden, kann eher eine Zementierung des Status quo vermieden werden.

Im folgenden möchten wir die wichtigsten Fälle aufzählen, die die Grenzen des Einbezugs der Familie des Schülers kennzeichnen, sei es, daß die Mitarbeit der Familie nicht notwendig oder nicht durchführbar erscheint:

1. *Schulische Überforderung*

Wenn ein Schüler vom Anforderungsniveau der von ihm besuchten Schulart her intellektuell überfordert ist, wird er mit großer Wahrscheinlichkeit irgendwann damit anfangen, Überforderungssymptome zu zeigen. Solche Symptome können sein: Klassenarbeitsängste, allgemeine Schulangst bis hin zur Schulverweigerung, psychosomatische Beschwerden wie Kopfweh („Er zerbricht sich den Kopf"), Bauchweh („Es liegt ihm schwer im Magen") und Übelkeit („Es kotzt ihn an"), diverse Unsicherheiten infolge eines angeschlagenen Selbstwertgefühls, natürlich auch schlechte Noten trotz großer Bemühungen zu Hause und in der Schule u.v.m.

Diese Folgesymptome einer schulischen Überforderung verschwinden jedoch in der Regel nach dem Wechsel des Schülers in eine seiner Begabungshöhe und -struktur angemessenen Schulart.

Wie wir an Familie E. („Hypothek der unerfüllbaren Erwartungen") oben gesehen haben, kann die hohe Erwartungshaltung der Eltern des überforderten Schülers einen derart ausgeprägten Widerstand gegen einen Schulartwechsel darstellen, daß selbst in diesem Fall zumindest *ein* Familiengespräch als notwendig erscheint. Andernfalls drohen das Schulversagen und der damit verbundene Schulwechsel für das Kind eine permanente Hypothek zu werden, wenn ihm beispielsweise von Elternseite immer wieder die Botschaft (verbal und nonverbal) vermittelt wird: „Du bist nicht so, wie wir dich haben wollen – wir sind enttäuscht." Diese Nichterfüllung einer „Delegation" (Stierlin, 1981) wirkt sich in der Regel äußerst negativ auf die Entwicklung eines stabilen Selbstwertgefühls des betroffenen Kindes aus. Indem es als Versager abgestempelt wird, gerät es erst richtig in die Rolle eines in sehr vielen Bereichen Versagenden hinein („Selffulfilling prophecy").

Eine schwierige Position, was die Indikationsstellung „Einbeziehung der Familie oder nicht" anbelangt, nimmt die Gruppe der sogenannten Legastheniker oder lese-rechtschreib-schwachen Kinder ein. Unserer Beobachtung nach gibt es zwar eine Gruppe von Legasthenikern, die diese Symptomatik aufgrund von Defiziten bzw. einer Entwicklungsverzögerung im neurophysiologischen Bereich zeigt. Für diese Gruppe tritt sicher eine Behandlungsweise am Symptom auf der individuellen Ebene, in Form eines didaktisch gut aufgebauten Legasthenietrainings, als Methode der Wahl in den Vordergrund. Allerdings mindestens ebensohäufig erleben wir, daß lese-rechtschreib-schwache Kinder aus Familien mit starken symbiotischen Bindungen kommen bzw. aus Familien, in denen die vom legasthenischen Kind gezeigten Lese-Rechtschreib-Schwierigkeiten nur eine von mehreren Kommunikationsstörungen innerhalb des Familiengefüges sind. Für die beiden letztgenannten Gruppen von Legasthenikern wäre es sicherlich ideal, zweigleisig zu fahren: Parallel zur Legastheniebehandlung des Kindes wird mit der Gesamtfamilie gearbeitet, um nicht nur die Rechtschreibsymptome, sondern auch gleichzeitig den familiendynamischen Hintergrund positiv zu beeinflussen.

In unserer langjährigen Erfahrung hat sich jedoch leider gezeigt, daß in der Regel für die Familie die Einzelbehandlung des legasthenischen Symptomträgers so eine Entlastung darstellt, daß sie nicht bereit ist, gleichzeitig in Familientherapie zu kommen.

2. *Pädagogisches Ungeschick des Lehrers*

Falls pädagogisches Ungeschick des Lehrers zum auffälligen Verhalten bzw. einem Leistungsabfall des Schülers in Beziehung steht, muß ich einsichtigerweise einen wesentlich intensiveren Kontakt zu ersterem aufnehmen, als es bei einem durch familiären Streß hervorgerufenen Symptom der Fall wäre.

Jeder, der als Kollege (z.B. Beratungslehrer, Schulpsychologe) in der betreffenden Schule oder als außenstehender Berater mit Lehrern aus diesem Anlaß Kontakt aufnehmen muß, weiß, wie heikel und delikat sich dieser gestaltet. Er erweist sich nicht nur deshalb so schwierig, weil pädagogisches Ungeschick und ein geringes Selbstwertgefühl des betreffenden Lehrers häufig in wechselseitiger Beziehung stehen. Extrem autoritäres und starres auf der einen bzw. augeprägt labiles und inkonsequentes Verhalten im Unterricht auf der anderen Seite sind oft lediglich zwei Seiten derselben Medaille, nämlich einer ausgeprägten Ich-Schwäche einer „nicht in sich ruhenden Lehrerpersönlichkeit".

An dieser Stelle sollten wir uns jedoch davor hüten, in eine linear-kausale Betrachtungsweise zu verfallen, indem wir den Lehrer auf der individuellen Ebene etikettieren, d.h. ihm bestimmte Persönlichkeitseigenschaften unabänderlich zuschreiben. Es erleichtert uns den Umgang mit ihm, wenn wir ihn ebenfalls unter einem systemischen Blickwinkel sehen: Sei es, daß er der „Symptomträger" seiner Schule ist (analog zum Problemschüler als Symptomträger seiner Familie), bestimmten beruflichen oder privaten Belastungen ausgesetzt ist (Hausbau, Verschuldung, Scheidung usw.), von seiner Herkunftsfamilie bestimmte Übertragungen zu verarbeiten hat oder durch seine bisherige berufliche Sozialisation „zu dem geworden ist, was er heute ist" (besser: „zeigt"!).

Von daher wird auch nachvollziehbar, weshalb sich solche Kollegen gegenüber Einblicken von außen dicht abschirmen (keine Unterrichtshospitation von Kollegen, Probleme mit Schülern werden verleugnet u.ä.) und sehr empfindlich auf Kritik reagieren. Erfahrungsgemäß und verständlicherweise zeigen gerade sie, die Fortbildung (besonders im Sinne von Selbsterfahrung und Persönlichkeitsbildung) am dringendsten benötigen, die größten Widerstände gegen alle Maßnahmen zur Fort- und Weiterbildung.

Wie ich als systemimmanenter oder externer Berater mit solchen Kollegen interagiere, ohne sie zu kränken oder abzuwerten, ist im Kapitel 8 beschrieben.

Der oberste Grundsatz in diesem Zusammenhang lautet jedenfalls: „Alles tun, um den Selbstwert zu erhöhen, und alles vermeiden, was ihn mindern könnte."

So kann ich, anstatt dem Kollegen zu sagen: „Sie vernachlässigen den Schüler XY, Sie müssen ihn mehr loben und ihm mehr Aufmerksamkeit schenken usw.", folgendes mitteilen: „Ich bin davon beeindruckt, welchen großen Einfluß Sie auf den Schüler XY ausüben und wieviel Wert er auf eine gute Beziehung zu Ihnen legt. Sie können als Ko-Therapeut ganz entscheidend dazu beitragen, seine Mitarbeit zu erhöhen, indem Sie ihm jedesmal eine direkte Rückmeldung über den geringsten Lernfortschritt geben usw."

Es geht in beiden Aussagen um denselben Sachverhalt: In der ersten habe ich jedoch als Besserwisser den Kollegen kritisiert, was bei ihm in der Regel zu Ärger und Widerstand führen dürfte.

In der zweiten habe ich ihn aufgewertet, indem ich seinen enormen pädagogischen Einfluß auf den Problemschüler angesprochen und ihn als Mithelfer einbezogen habe.

3. *Defizite im Lern- und Arbeitsverhalten des Schülers*

Wie wir bereits mehrfach erwähnt haben, lassen sich Störungen im Lern- und Arbeitsverhalten, die eine Reaktion auf familiären emotionalen Streß darstellen, von Defiziten im Lern- und Arbeitsverhalten unterscheiden, die Ausdruck mangelnder Lernerfahrungen im Umgang mit Arbeitstechniken, einer mangelnden Möglichkeit, das Lernen zu lernen, sind.

Im ersten Fall ist der Schüler von seinen Lern- und Arbeitstechniken her durchaus in der Lage, befriedigende Schulleistungen zu erbringen. Durch Motivations- und sogenannte Konzentrationsstörungen, Trödeln bei den Hausaufgaben usw. drückt sich jedoch bei ihm eine familiäre Belastung aus, die zu einem massiven Leistungsabfall in der Schule führt. (Wir sagen von solchen Schülern, „sie treten auf die Bremse".)

Im zweiten Fall legt der Schüler ein deutliches Bemühen an den Tag, frei von emotionalen Belastungen in seiner Familie, seine Hausaufgaben und Vorbereitung für Klassenarbeiten erfolgreich zu erledigen. Seine Lern- und Arbeitstechniken sind jedoch so uneffektiv, daß Resultat und Aufwand in keinem vernünftigen Verhältnis zueinander stehen.

Hier können je nach Alter des Schülers Familienmitglieder eventuell zur Unterstützung und Kontrolle bei der Durchführung eines Lern- und Arbeitsprogramms (z.B. von G. Keller, 1984) mit einbezogen werden, jedoch nicht im Sinne einer Familientherapie.

4. *Eltern nehmen ihre Elternrolle nicht wahr*

In einem solchen Fall wäre zwar, im Gegensatz zu den vorigen, eine Familientherapie durchaus wünschenswert, nur scheitert sie an der Tatsache, daß keiner der beiden Elternteile mehr in der Lage ist, ein gewisses Maß an elterlicher Verantwortung für die Kinder zu übernehmen.

Die Gründe dafür können vielfältig sein: Alkoholismus eines oder beider Elternteile, dauernde Abwesenheit von der Familie, ausgeprägte Ablehnung der Kinder usw.

Diese Familien entsprechen ungefähr den in Abschnitt 2.2.2 geschilderten losgelösten Familien mit diffusen Außen- und starren Innengrenzen.

Durch den Mangel an elterlicher Erziehungsverantwortung sind die Kinder viel sich selbst überlassen. Niemand in der Familie fühlt sich für sie zuständig. Das hinwiederum kann u.a. zu Verwahrlosungserscheinungen und kriminellen Entwicklungen führen. Schulprobleme sind dabei meist nur die Vorboten bzw. Begleiterscheinungen dieser Prozesse.

Familientherapie scheitert hier oft schon daran, daß die Eltern erst gar nicht in der Beratungsinstitution erscheinen. In diesem Falle kann eine Familientherapie nur in der engen Zusammenarbeit mit anderen sozialen Institutionen wie z.B. Jugendamt, Suchtberatung, Sozialamt usw. stattfinden, damit überhaupt erst die materiellen und gesundheitlichen Voraussetzungen geschaffen werden können, die eine erfolgreiche familientherapeutische Behandlung ermöglichen.

11 Erste Veränderungen

a) 5. Gespräch mit Familie T.

Herr und Frau T. erscheinen gegenüber den vorangegangenen Sitzungen in fast festlicher Kleidung. Frau T. macht einen weniger strengen Eindruck, sie wirkt aufgelockerter und fröhlicher.

Der Therapeut fragt, was sie diesmal mitbringen, nachdem sich das Ehepaar das letzte Mal so deutlich ausgedrückt habe. Darauf angesprochen, erwidert Herr T., es sei verstanden worden. Er sieht Fortschritte in ihrer Beziehung, z.B. freut er sich darüber, daß seine Frau in letzter Zeit wieder abends mit ihm ausgegangen ist. Frau T. selbst ist darüber auch froh. Sie hat auch gemerkt, daß sie von ihrem Mann mehr Anerkennung bekommt für ihre Arbeit im Haushalt und Büro. Wenn sie mit den Schreibarbeiten Schwierigkeiten hat, nimmt er sich jetzt mehr Zeit und geht auf ihre Fragen ein, so daß ihr die Arbeit auch mehr Spaß macht.

Nachdem festgestellt werden konnte, daß erste Verbesserungen in der Paarbeziehung erreicht wurden, fragt der Therapeut zunächst Frau T., was sie unternehmen werde, um wieder rasch in den alten Zustand *vor* der Veränderung zurückzukehren.

(Der Therapeut will damit deutlich und bewußt machen, welche Verhaltensweisen zu einem Rückfall führen. Es ist oft nützlich, sich zu überlegen, was man vermeiden sollte, wenn man nicht in den alten Zustand zurückfallen will.)

Frau T. vergewissert sich, daß sie die Frage richtig verstanden hat, sagt dann aber klar, daß sie nicht mehr in den alten „Trott" zurückfallen will und auch schon Pläne hat, wie sie dies vermeiden kann. Sie hat sich mit ihrem Mann abgesprochen, die Freizeit wieder mehr zu nutzen und sich nicht von der Arbeit überwältigen zu lassen. So will sie diesen Sommer an den Wochenenden mit dem Wohnwagen an den Bodensee. Sie fährt mit den Kindern allein, wenn ihr Mann samstags noch arbeiten muß, und der bemüht sich, so schnell wie möglich nachzukommen.

Herr T. hat sich besonnen, weniger zu arbeiten und keine Aufträge mit großem Risiko mehr anzunehmen, auch wenn er dann insgesamt weniger verdient. Denn das hat ihn in den letzten Jahren immer sehr belastet und auch die Familie in Mitleidenschaft gezogen.

Der Therapeut betont, daß beide Eltern gelernt haben, für sich besser zu sorgen und Wege gefunden haben, ihre Nerven zu schonen, und dies komme auch dem A. zugute.

Frau T. sagt von sich, daß sie durch diese Sitzungen zu einem Nachdenkprozeß gekommen ist, wo sie jetzt stehe und wohin sie wolle. Dadurch kann sie jetzt wieder besser für sich sorgen und fühlt sich wohler. Sie habe allerdings noch die Befürchtung, daß ihre Schwiegermutter nicht verstehen könne, wenn sie am Wochenende auch ohne ihren Mann wegfahre und ihm womöglich das Essen bringe. Der Therapeut kann diese Befürchtung zerstreuen, indem er darauf hinweist, daß die Großmutter ja vor allem daran interessiert sei, daß sie sich als Paar besser verstehen, und insofern wäre sicher auch für sie das Essen nur zweitrangig. Im übrigen könne sie das ja mit ihrem Mann besprechen, inwieweit er damit zurechtkommt und dies dann auch nach außen vertreten kann.

Der Therapeut fragt dann noch den Ehemann, was passieren müßte, um wieder in den alten Zustand zu geraten.

Th.: „Was müßten Sie beide unternehmen und sich anstrengen, bis Sie wieder in den ganz schlimmen Zustand wie vor einigen Wochen hinkommen?"

Frau T.: „Das geht gar nicht."

Th.: „Geht das nicht?" (Zum Ehemann): „Was denken Sie? Es wär' anstrengend?"

Herr T.: „Ja, es wäre anstrengender, es kostet Nerven."

Th.: „Das ist gut. Ich frag' das ja umgekehrt, daß sie Sicherheiten entwickeln, wie kommen wir *nicht* wieder dahin."

Frau T.: „Wenn man sich das genau überlegt, müßte man sich ganz boshaft was einfallen lassen. Das geht gar nicht mehr."

Th.: „Sie können es also nicht mehr naiv mit vollem Herzen machen. Sie müssen sich also extra etwas einfallen lassen. Aha, und das kostet Nerven und Energie."

Frau T.: „Ja. Also in dem Moment, wo man die Einsicht hat, daß man einen Weg gefunden hat, gell, auf dem es jetzt wieder aufwärtsgeht, gell, da kann man das gar nicht mehr."

Th.: „Ich denk' das auch, denn sie werden ja dadurch belohnt, in dem Sinne, daß sie positive Erfahrungen machen bei diesem Aufwärtsweg, und da muß man schon sehr selbstzerstörerisch sein, um zu sagen, ja, da geh' ich wieder abwärts, freiwillig.

Ich denk', daß es auch wichtig wär', daß mal der A. und die T., daß also die Ursprungsfamilie T., daß sie also zu viert zu einer vorläufigen Abschlußrunde in ca. 3 Wochen kommen. Denn ich denke, es ist auch wichtig, daß die Kinder diesen Prozeß mitkriegen, und dann sind sie wiederum beruhigter und können sagen: Gut, ab jetzt können das die Eltern klären, allein, ohne daß wir irgendwelche Rollen übernehmen müssen i.S. von Sorgen und sonst was machen.

Das ist eine ungeheure Beruhigung für die Kinder, wenn ihnen dann hier gesagt werden kann: ‚Wir haben weniger Streit miteinander und mehr freundliche Seiten miteinander.' Und das hilft ihnen dann wiederum, sich besser zu konzentrieren, also bei sich zu sein und weniger in Gedanken sich um das zu kümmern, was zwischen den Eltern abläuft. Können Sie sich vorstellen, daß das sinnvoll wäre?"

(Die Eltern stimmen nickend zu.)

Frau T.: „Ja."

Herr T.: „Hm."

Th.: „So eine Art Abschlußrunde machen, weil ich davon ausgeh', daß Sie als Familie mit eigenen Kräften weiterkommen. Nur, wenn Sie dann irgendwann eine große Krise haben sollten, können Sie dann hier wieder anrufen. Was denken Sie, Frau T.?"

Frau T.: „Ja."

Th.: „Wenn es dann je nicht ging, können wir dann immer noch ..."

Herr T.: „Ja, meinen Sie, daß der A. dann besser lernt ...?"

Th.: „Ja, das denk' ich, daß er sich besser konzentriert, denn er ist so gut begabt, daß er so viel im Kopf an Reserven hat, daß, wenn er sich halbwegs konzentriert, daß schon das allein einen Erfolg gibt."

Die Mutter berichtet, daß A. sich schon sehr viel mehr Gedanken macht über seine Schulleistungen und einen Ehrgeiz entwickelt, jetzt gute Noten zu schreiben. Es wird darüber gesprochen, daß es sinnvoll wäre, seine mangelhaften Englischgrundkenntnisse durch Nachhilfe gezielt zu verbessern.

Ein Anruf bei Alexanders Klassenlehrerin brachte zum Vorschein, daß in einen Schulnoten eine deutliche Aufwärtsentwicklung zu beobachten war.

b) Auszugsweises Transkript aus der dritten Sitzung mit Familie W.

Anwesend: Frau W. (M. für Mutter), Herr W. (V. für Vater), die Großmutter (GM.) sowie der IP Michel.

Therapeut: „Ja (blickt im Kreis herum), wir haben uns jetzt schon einige Wochen nicht mehr getroffen, Sie sind als Familie ein ganzes Stück des Weges allein gegangen, wie ging es Ihnen, wer mag anfangen?"

M.: „Ja, ich finde, es ist besser geworden."

Th.: „Ja? Jetzt schon, nach diesen nur zwei Sitzungen?"

M.: „Der zieht sich allein an (zeigt dabei auf Michel), der putzt sich allein den Hintern (lächelt stolz), der geht allein ins Bett (GM. lächelt ebenfalls)."

Th. (zu Michel gewandt): „Was?? (Läßt Michel vom Stuhl aufstehen, so daß er vor ihm steht und streckt ihm gratulierend die Hand entgegen.) Ja, jetzt bin ich völlig baff, also soviel Sachen haben sich bereits geändert?"

M., V.: „Ja" (GM. nickt beistimmend.)

Th.: „Also alleine anziehen, alleine ins Bett gehen, ohne Licht?" (GM.: „Ja, ja.")

V. unterbricht: „Ja, selbständig ist er geworden, aber ein Tyrann ist er immer noch" (lacht dabei).

Th.: „Ah, ja, ja, ja (zu Michel gewandt), ist es das, was dein Vater zahlen muß? Wenn ich selbständiger geworden bin, bin ich ein Tyrann? Aber darauf werden wir nachher zu sprechen kommen. Jetzt möchte ich erst einmal bei den Erfolgen …"

M. unterbricht: „Man muß jetzt nicht mehr Druck dahintermachen, daß er ins Bett geht, wenn es Zeit ist, geht er von ganz allein."

V. unterbricht: „Ja, nicht ganz genau, ein bißchen muß man noch …"

Michel (zur Mutter): „Aber zudecken tuste mich auch noch."

M.: „Ja."

Th. zum V.: „Ja gut, Ihre Frau sieht es positiver, aber sehen Sie auch eine leichte positive Entwicklung?"

V.: „In der Selbständigkeit auf jeden Fall, da sehe ich eine Entwicklung, es ist zwar noch einiges zu machen."

Th. zum V.: „Also man könnte sagen, daß er auf dem Weg ist, zwar noch nicht am Ziel, aber auf dem Weg zum Ziel?"

V.: „Ja, ja."

Einige Sequenzen später:

Th.: „Gut, dann kommen wir gleich auf das Thema zu sprechen, wer das Sagen hat in der Familie, aber sehen Sie es auch so wie Ihre Tochter und Ihr (zur GM.) Schwiegersohn, daß der Michel Fortschritte auf dem Weg in Richtung Selbständigkeit macht?"

GM. nickt heftig: „Ja, also ick freu' mir selber, bestimmt."

Th.: „Ich hab' auch mit der Frau D. (Michels Lehrerin) gesprochen, ich habe mit ihr telefoniert."

M. unterbricht: „Ja, haben Sie mit ihr telefoniert?"

Th.: „Ja, es war jetzt allerdings schon zwei Wochen zurück, da hat sie aber schon damals gesagt, daß man schon minimale Veränderungen in der Schule beobachten kann, ja, das war allerdings jetzt schon zwei Wochen zuvor, wie es jetzt ist, weiß ich gar nicht ..."

GM.: „Ja, er ist jetzt schon zweimal von ihr gelobt worden."

M.: „Ja, sie lobt ihn jetzt viel häufiger, weil, er macht jetzt viel gut in der Schule" (Therapeut: „Aha").

Eine drohende Sonderschulüberweisung Michels konnte abgewendet werden.

12 Ausblick: Systemisch-lösungsorientierte und strukturelle Familientherapie – ein ökologischer Therapieansatz

Ohne allzu vereinfachende Parallelen ziehen zu wollen, drängen sich erstaunliche Ähnlichkeiten in den Aktions- und Reaktionsweisen der Mitglieder eines Mikrosystems „Familie“ und bestimmten Strömungen und Entwicklungen eines Makrosystems „Gesellschaft“ auf:

Wenn ein Familiensystem bedroht wird, sei es durch zu rasch fortschreitende Veränderung (Zerfall) oder einen lang andauernden Entwicklungsstillstand (Starrheit), gerät in der Regel dasjenige Familienmitglied in die Rolle des Symptomträgers, das am sensibelsten diese Bedrohung wahrnehmen kann, oder das am meisten Nachteile für sich durch die vorausempfundene drohende Zerstörung des Systems sieht (z.B. Verlust von Vater oder Mutter). In den meisten Familien gerät ein Kind in die Rolle des Symptomträgers, weil es am ehesten beides benötigt: In einem starren System genügend Autonomie zur individuellen Entwicklung und Entfaltung, in einem zerfallenden System genügend emotionalen Halt und Sicherheit durch die beiden wichtigsten Bezugspersonen, in der Regel die Eltern.

Durch die Entwicklung von Symptomen (oder „Störungen“) kommt das Kind in eine auf den ersten Blick paradox erscheinende Doppelrolle: Es ist „Opfer“, weil es Schritte unternehmen muß, die sich für seine individuelle Entwicklung sehr negativ auswirken können: zum Beispiel drohender Schulabbruch, Einweisung in die Psychiatrie, psychosomatische Krankheiten usw. Es ist aber auch gleichzeitig „Täter“, weil es das System zu Reaktionen herausfordert. Es gerät dadurch in den Mittelpunkt des Systems und erhält eine gewisse Macht. Man denke hier nur an die machtvolle Position, die ein anorektisches (magersüchtiges) Kind in seiner Familie einzunehmen pflegt. Alles dreht sich nur noch um die Nahrungsaufnahme des vom Tode bedrohten Kindes.

Wird das Mikrosystem durch die Entwicklung eines Symptoms bei einem ihrer Familienmitglieder in Frage gestellt, entwickelt es erfahrungsgemäß zunächst zwei Abwehrstrategien:

a) Die Verursachung der Symptomatik wird einem Außenfeind (z.B. einem „bösen“ Lehrer) zugeschrieben, die Symptomentstehung wird außerhalb der Familie angesiedelt; oder
b) die Symptomentstehung wird als in der Person des Kindes begründet gesehen, gleichsam als eine dem Kind angeborene Eigenschaft (oder als Defekt) wie die Haar- oder Augenfarbe.

Im letzteren Fall wird die Familie versuchen, entweder das Kind für seine Symptome zu bestrafen, oder wird an eine von außen herangeholte Hilfe (Berater, Therapeut, Psychiater usw.) die Erwartung stellen, daß diese isoliert „etwas mit dem Kind macht“, d.h. das Symptom zum Verschwinden bringt und die Familie insgesamt aus dem Spiel läßt. Die wahren Zusammenhänge für die Symptomentstehung können nicht gesehen werden (z.B. eine Beziehungsstörung auf der Paarebene zwischen den Eltern), oder sie werden verdrängt und abgespalten („Das hat doch nichts miteinander zu tun“).

Von den Reaktionsweisen des Systems her gesehen, passiert etwas Ähnliches in unserem Makrosystem „Gesellschaft“: Die Entstehung neuer Bewegungen, wie z.B. der Friedensbewegung, Ökologie- und Frauenbewegung, entwickelt sich nicht rein zufällig, sondern stellt eine Reaktion auf einen rasch fortschreitenden Zerfall (z.B. immer stärkere Bedrohung unserer natürlichen Lebensgrundlagen oder eine immer stärkere Anhäufung von Massenvernichtungswaffen) bzw. auf einen Entwicklungsstillstand (z.B., wenn Frauen in beruflicher oder gesellschaftlicher Stellung gegenüber Männern nach wie vor benachteiligt sind) dar.

Die Reaktionsweisen derjenigen in unserer Gesellschaft, die analog zur Familie die Elternfunktion wahrnehmen, also der Machtelite, auf diese neuen Bewegungen und Strömungen entsprechen funktional den Elternreaktionen im Familiensystem: Die Symptomatik wird als verwerflich angesehen und bekämpft, Faktoren und Zusammenhänge, die das Weiterbestehen dieser Gesellschaft in Frage stellen bzw. einen Entwicklungsstillstand beseitigen wollen, werden ignoriert, verdrängt oder verleugnet. Dementsprechend werden die „Symptome“, also z.B. Demonstrationen gegen atomare Aufrüstung und die Zerstörung unserer Umwelt, bekämpft (die „Symptomträger“ werden kriminalisiert), zumindest jedoch lächerlich gemacht („Die grünen Spinner“, „Friedensutopisten“).

Sowohl im Mikrosystem Familie als auch im Makrosystem Gesellschaft werden nie diejenigen, die „die Macht haben“, zu Symptomträgern, sondern die „Unterprivilegierten“ bzw. die sensibelsten Mitglieder des jeweiligen Systems. In einer Familie ist dies in der Regel ein Kind. In unserer

Gesellschaft sind es junge Erwachsene, die von ihrem Bildungsstand über genügend Information verfügen, um diejenigen Zusammenhänge zu erkennen, die unsere Gesellschaft, unsere ganze Welt massiv gefährden. Die Machtelite in unserer Gesellschaft findet dank ihrer Privilegien eine Umwelt- und Friedensbedrohung als weniger gravierend und greift eher auf kurzfristige bzw. kurzatmige Lösungsstrategien zurück, die die Gesamtproblematik längerfristig eher noch verschlimmern. Eine andere Extremgruppe unserer Gesellschaft, nämlich die bildungsmäßig Unterprivilegierten, haben nicht die Chance bekommen, eine genügende Sensibilität gegenüber bedrohlichen Entwicklungstendenzen zu entwickeln.

Ko-Evolution: Familientherapie/Systemdenken/Ökologie/Politik

Was haben denn diese Bereiche miteinander zu tun?, werden sich manche Leser fragen. Wenn wir systemisch denken, haben sie sehr viel miteinander gemeinsam, sie sind untrennbar miteinander vernetzt.

Bateson spricht von der „Ökologie des Geistes" (1981) und meint damit, daß unser Denken nicht als unabhängig von der uns umgebenden natürlichen bzw. künstlich geschaffenen Umwelt gesehen werden kann.

So ist es sicher kein Zufall, daß Systemdenken, ökologisches Bewußtsein, ganzheitliche Medizin, humanistische Psychologie, Familientherapie, Frauen-, Friedens- und Ökologiebewegung mehr oder weniger zur selben Zeit entstanden sind, und zwar zu einem Zeitpunkt, da die Bedrohung unserer natürlichen Umwelt und damit auch der gesamten Menschheit immer stärker ins Bewußtsein gerückt ist.

Wir stellen deshalb die These auf: Unsere natürliche Umwelt bzw. die Rück- und Auswirkungen ihrer fortlaufenden Zerstörung haben uns den ökologischen, d.h. systemischen Denkansatz „aufgezwungen“. Unser „Geist“, unser Denken ist verbunden mit der „Intelligenz“ (Bateson) des Systems der uns umgebenden natürlichen Umwelt. Ihre Entwicklung und die Entwicklung des menschlichen Denkens sind miteinander verknüpft, beide beeinflussen sich wechselseitig und entwickeln sich parallel, weshalb wir auf diesen Sachverhalt den Begriff „Ko-Evolution“ anwenden wollen.

Solange wir straflos nach der Devise „nach uns die Sintflut“ handeln, d.h. in aggressiver Weise Rohstoffe plündern, Luft verschmutzen, Wasser vergiften, Böden überdüngen usw. konnten, existierte neben dem linear-kausalen, mechanistischen Denken in unserer westlichen Hemisphäre keine andere Sichtweise von Mensch und Natur. Erst als die Rückwirkungen dieser beschränkten (im Sinne von unintelligent, weil die Lebensgrundlagen zerstörenden) Denkweise in Form von Waldsterben, atomarer Bedrohung, Trinkwasserknappheit, Atemwegserkrankungen von Säuglingen und älteren Menschen u.v.m. den Menschen als Verursacher (Täter und Opfer in einem) trafen, konnte ein anderes Paradigma, eine neue, systemorientierte Sichtweise der Welt entstehen.

In den vergangenen hundert Jahren entstand ein (immer rascher wachsender) Gegensatz künstlicher, von Menschen geschaffener und natürlicher Umwelt. Je weiter sich die Gesetzmäßigkeiten der künstlichen Umwelt von denjenigen der natürlichen entfernten, desto stärker zeigten sich die destruktiven Rückwirkungen auf die Menschheit. Jeder Verstoß gegen die Intelligenz des Systems der natürlichen Umwelt wird unerbittlich geahndet, in letzter Konsequenz mit der drohenden Vernichtung der Menschheit.

Insofern können wir zuversichtlich und pessimistisch zugleich in die Zukunft blicken: zuversichtlich deshalb, weil die fortschreitende Zerstörung unserer natürlichen Lebensgrundlagen der Menschheit ein ökologisches, systemisches Denken aufzwingt, wobei es beruhigend ist, zu wissen, daß sich diesem Zwang keine Machtelite widersetzen kann, es sei denn um den Preis der Vernichtung der Menschheit. Gleichzeitig ist Pessimismus deshalb angebracht, weil wir nicht wissen, welche destruktiven, unsere Lebensgrundlagen zerstörenden Entwicklungen überhaupt noch reversibel sind.

Systemisches Denken (und Handeln) ist universal anwendbar. Seine Übertragung auf den schulischen und familiären Kontext stellt nur einen winzigen Ausschnitt seiner Anwendungsmöglichkeiten dar, weitere Bereiche folgen.

13 Anhang

Auswertungsbogen zum Familienerstgespräch

Datum: ____________________

mit Familie: ____________________

Therapeut(en): ____________________

video – audio

Anmeldedaten:

Problemschüler: (Klasse, Lehrer, Schule, Name, Alter)

____

____

Tätigkeit und Alter des Vaters: ____________________

Tätigkeit und Alter der Mutter: ____________________

Geschwister (Alter): ____________________

____

Anmeldegrund: ____________________

____

____

Anwesend: ____________________

Abwesend: ____________________

Begründung: ____________________

0. Vorhypothesen:

1. Weitere Daten zur Familie und zur Familiengeschichte (äußerer Eindruck, sozioökonomische Bedingungen, Großeltern..)

2. Ausgangssituation
   2.1 Auf wessen Initiative kommt die Familie?

   2.2 Problemdefinition durch die einzelnen Familienmitglieder:

   2.3 Reaktionsweisen der Familienmitglieder auf das Symptom:

   2.4 Zeitpunkt der Symptomentstehung:

   2.5 Symptomerklärungen der einzelnen Familienmitglieder:

   2.6 Bisherige Lösungsversuche der Familie:

3. Beobachtungen zum therapeutischen System (Therapeut/Familie)
   3.1 Anschluß (joining) des Therapeuten an die Familie (in-Position):

   ____

   ____

   3.2 Führungsposition (up-Position) des Therapeuten:

   Neutralität ja/nein

   - Koalition mit ________________________
   - Aversion gegen ________________________
   - Im System gefangen durch ____________________

   3.3 Reaktionen der Familie auf den Therapeuten:

   - Widerstände ________________________
   - Offenheit/Vertrauen ______________________

4. Beobachtungen zum Familiensystem
   4.1 Sitzordnung (Skizze):

   4.2 Kommunikationsformen nach Satir:

   ____

   ____

   4.3 Interaktionsmuster (immer wiederkehrende Sequenzen):

   ____

   ____

   4.4 Innengrenzen der Familie (Subsysteme, Koalitionen, Triangulationen):

   ____

   ____

   4.5 Außengrenzen der Familie:

   angemessen __________________________

   starr _____________________________

   diffus ____________________________

4.6 Dimensionen des Familienprozesses:

Zieldimensionen: power, meaning, affect

Zugangsdimensionen: Raum, Zeit, Energie

4.7 Familienregeln:

offene:

verdeckte:

4.8 Stärken des Familiensystems:

4.9 Beteiligung von Außensystemen an der Symptombildung (Schule, Arbeitsstelle, Großeltern ...)

4.10 Familienstrukturskizze (nach Minuchin, 1977, S. 73):

- - - - -	klare Grenze
....	diffuse Grenze
━━━━	starre Grenze
────	Annäherung
≣≣≣≣	übermäßiges Engagement
—┤├—	offener Konflikt
—(┤├)—	verdeckter Konflikt
{	Koalition
⇓	Umleitung

5. Therapeutenmerkmale

5.1 Echtheit und Kongruenz ______________________________

5.2 Wertschätzung und Akzeptierung der Familie ______________________________

5.3 Kreativität und Flexibilität ______________________________

5.4 Wärme ______________________________

5.5 Humor ______________________________

6. Hypothesenbildung

6.1 Systemische Hypothese: Funktion des Symptoms für das Familiengesamtsystem:

____

____

6.2 Interpersonale Hypothese: Funktion des Symptoms für Subsysteme:

____

____

6.3 Personale Hypothese: Funktion des Symptoms für einzelne Familienmitglieder:

____

____

7. Diagnostische und therapeutische Interventionen

7.1 zirkuläres Befragen ______________________________

7.2 (positives) Umformulieren ______________________________

7.3 Familienskulptur (Skizze) ______________________________

7.4 Arbeit an den Grenzen ______________________________

7.5 Arbeit mit Subsystemen ______________________________

7.6 Arbeit auf der metaphorischen Ebene ______________________________

7.7 Arbeit an der Familiengeschichte ______________________________

7.8 Aufgaben und Verschreibungen (direkte/paradoxe) ______________________________

8. Therapeutischer Vertrag (Kontrakt)

8.1 Inhalte, Therapieziele:

____

____

8.2 Formale Vereinbarungen:

____

____

8.3 Therapeutische Hausaufgaben bis zur nächsten Sitzung:

____

____

8.4 Vereinbarungen über weitere Maßnahmen (Test) und Kontakte (Lehrer, Schule, Jugendamt ...)

____

____

9. Planung der nächsten Sitzung (Struktur, Ziele, diagnostische Ergänzungen usw.)

____

____

Musterbogen zur Testdiagnostik

Datum: ________________

Testpsychologische Untersuchung mit ______________________________

nach dem ______. Familiengespräch (von ______ bis ______ Uhr).

Untersucher:

Ziele der Untersuchung:

Verwendetes Verfahren:

Beobachtungen zur Testsituation:

Ergebnisse und Schlußfolgerungen:

Bedeutung des Testergebnisses für die Therapieplanung:

Musterbogen zur Unterrichtsbeobachtung

Datum: ____________________

Unterrichtsbeobachtung bezüglich ____

in der ______. Klasse der ________________-Schule von _______ bis _______

Lehrer(in)/Fach ____

- -

Ziel der Unterrichtsbeobachtung:

Art der Unterrichtsbeobachtung: systematische, freie Verhaltensbeobachtung:

Ergebnisse der Unterrichtsbeobachtung:

Besprechung mit Lehrer(in):

Bedeutung der Ergebnisse für die Therapieplanung:

Musterbogen für Kontakte mit Außensystemen (Schule, Jugendamt, u. ä.)

Datum: ____________________

Gespräch mit _________________________ zu Familie __________________________

nach dem ______. Familiengespräch

- -

Anlaß des Gesprächs:

Ziele des Gesprächs:

Wichtige Gesprächsthemen:

Ergebnisse, Abmachungen:

Bedeutung für die Therapieplanung:

14 Literatur

Andolfi, M.: Familientherapie. Lambertus, Freiburg i. Br., 1982

Bachmair, S./Faber, J./Hennig, C./Kolb, R.JWillig, W.: Beraten will gelernt sein. Psychologie Verlags Union, München und Weinheim, 1987

Bandler, R./Grinder, J.: Metasprache und Psychotherapie. Junfermann, Paderborn, 1980

Bandler, R./Grinder, J.: Neue Wege der Kurzzeittherapie. Junfermann, Paderborn, 1981

Bateson, G.: Ökologie des Geistes. Suhrkamp, Frankfurt, 1981

Berg, I.K.: Familien Zusammenhalt(en). VML, Dortmund, 1992

Biermann, G.: Scheidungskinder. In: Praxis der Kinderpsychologie und Kinderpsychiatrie, 27, 1978, S. 221-234

Bosch, M.: Strukturell- und entwicklungsorientierte Familientherapie innerhalb der humanistischen Psychotherapie. In: Schneider, K. (Hrsg.), 1983a

Bosch, M.: Diagnose-Grundlagen in der strukturell- und entwicklungsorientierten Familientherapie. In: Brunner, J. (Hrsg.), 1983b

Bosch, M.: Kriterien zur Wahl der Interviewtechnik in der Familientherapie. In: Brunner, J. (Hrsg.), 1983c

Bögner-Kaufmann, M.: Betr. Familienprozeß und Dimensionen. Unveröffentlichtes Manuskript, 1980

Brunner, E. J. (Hrsg.): Eine ganz alltägliche Familie. Kösel, München, 1983b

Brunner, E. J. (Hrsg.): Interaktion in der Familie. Springer, Heidelberg, 1983c

Capra, F.: Der kosmische Reigen. Scherz, München, 1977

Capra, F.: Wendezeit. Scherz, München, 1983

Capra, F./Dürr, H. P.: Die Wende wird kommen - wird die Zeit reichen? Gespräch in: Psychologie heute, 7, 1983

DGVT-Mitteilungen: Die Technik des Genogramms, 13. Jahrgang, 2, 1981

Deissler, K. G.: Rekursive Konextualisierung natürlicher Prozesse. Famililendynamik, 1983, 2, S. 139

Ehinger, W./Hennig, C.: Praxis der Lehrersupervision. Beltz, Weinheim, [2]1997

Ehinger, W./Hennig, C.: Das Einmaleins des Lebens. Lipura, Rangendingen, 1998

Gordon, T.: Lehrer-Schüler-Konferenz. Hoffmann & Campe, Hamburg, 1977

Grell, J.: Techniken des Lehrerverhaltens. Beltz, Weinheim, 1975

Guntern, G.: Systemtherapie. In: Schneider, K. (Hrsg.): Familientherapie. Junfermann, Paderborn, 1983

Gurman, A./Kniskern, D. (Hrsg.): Handbook of Family Therapy. Brunner & Mazel, New York, 1981

Haley, J.: Direktive Familientherapie. Pfeiffer, München, 1977

Haley, J.: Ansätze zu einer Theorie pathologischer Systeme. In: Watzlawick, P.l Weakland, J. (Hrsg.): Interaktion. Huber, Stuttgart, 1980

Haley, J.: Ablösungsprobleme Jugendlicher. Pfeiffer, München, 1981

Hennig, C.: Die Erweiterung des Satir'schen Rollenhutmodells zu einem Instrument der

systemischen Diagnostik. In Brunner, E.J./Greitemeyer, D. (Hrsg.): Die Therapeutenpersönlichkeit. Verlag Bögner-Kaufmann, Wildberg, 1990
Hennig, C./Keller, G.: Lehrer lösen Schulprobleme. Auer, Donauwörth, ²1994
Hess, T./Mueller, A.: Möglichkeiten und Grenzen systemorientierter Arbeit in der Schulpsychologie. Zeitschrift für systemische Therapie, 1985, 4, S. 230
Hoffman, L.: Grundlagen der Familientherapie. ISKO, Hamburg, 1982
Kantor, D./Lehr, W.: Inside the Family. Jossey Bass, San Francisco, 1977
Keller, G.: Lernen will gelernt sein. Quelle & Meyer, Heidelberg, 1984
Kempler, W.: Gestaltfamilientherapie. Klett, Stuttgart, 1975
Lempp, R.: Eine Pathologie der psychischen Entwicklung. Huber, Bern, 1975
Luthman, S./Kirschenbaum, M.: Familiensysteme. Pfeiffer, München, 1976
Meiss, O./Prior, M.: Therapeutische Fragen. Unveröffentl. Manuskript, Hamburg
Minuchin, S.: Familie und Familientherapie. Lambertus, Freiburg, 1977
Minuchin, S./Fishman, H.: Praxis der strukturellen Familientherapie. Lambertus, Freiburg, 1983
Molnar, A./Lindquist, B.: Verhaltensprobleme in der Schule. Borgmann, Dortmund, 1995⁴
Napier, A./Whitacker, C. A.: Tatort Familie. Diedrichs, Köln, 1979
Nitz, H.: Neue Wege einer verhaltensorientierten Familientherapie. In: Schneider, K. (Hrsg.): Familientherapie in der Sicht therapeutischer Schulen. Junfermann, Paderborn, 1983
Osterhold, G./Eckhardt, W.: Schulschwierigkeiten - Auffällige Kinder und Jugendliche zwischen Elternhaus und Schule. Zeitschrift für systemische Therapie, 1985, 4.
Papp, P.: Paradoxes. In: Minuchin, S./Fishman, H., 41982, deutsch 1983
Papp, P.: Paradoxe Interventionen in der Familientherapie und die Einbeziehung einer Beratungsgruppe. In: Schneider, K. (Hrsg.), 1983
Penn, P.: Circular Questioning. Family process, 1982, vol. 21, Nr. 3
Peseschkian, N.: Der Kaufmann und der Papagei. Fischer, Frankfurt, 1979
Pieper, A.: Verbesserung der Zusammenarbeit im Lehrerkollegium als Aufgabe einer systembezogenen schulpsychologischen Beratung. Peter Lang, Frankfurt am Main, 1986
Satir, V.: Selbstwert und Kommunikation. Pfeiffer, München 1975
Satir, V.: Familienbehandlung. Lambertus, Freiburg ~1979
Satir, V./Schneider, K.: Die Grenze der Gegenwärtigkeit, ein Gespräch zwischen V. Satir und K. Schneider, in: Schneider, K. (Hrsg.), 1983
Schaub, H. A./Schaub-Harmsen, F.: Einelternfamilien. In: Familiendynamik, Heft 1, S. 19f., 1984
Schlippe, A. v.: Familientherapie im Überblick. Junfermann, Paderborn, 1984
Schneewind, K.: Eltern und Kinder. Kohlhammer, Stuttgart, 1983
Schneider, K. (Hrsg.): Familientherapie in der Sicht therapeutischer Schulen. Junfermann, Paderborn, 1983
Schweitzer, J./Weber, G.: Beziehung als Metapher: Die Familienskulptur als diagnostische, therapeutische und Ausbildungstechnik. In: Familiendynamik, 7,1982
Selvini-Palazzoli, M., et al.: Paradoxon und Gegenparadoxon. Klett, Stuttgart, 1977
Selvini-Palazzoli, M., et al.: Hypothetisieren, Zirkularität, Neutralität. In: Familiendynamik, 6, 1981
Selvini-Palazzoli, M., et al.: Der entzauberte Magier. Klett-Cotta, Stuttgart, 1978
Shazer, S. d.: Der Dreh. C. Auer, Heidelberg, 1989
Stierlin, H., et al.: Das erste Familiengespräch. Klett, Stuttgart, 21980
Walter, J.L./Peller, J.E.: Lösungsorientierte Kurztherapie. VML, Dortmund, 1994
Watzlawick, P., et al.: Menschliche Kommunikation. Huber, Stuttgart, 1967
Watzlawick, P., et al.: Lösungen. Huberg, Stuttgart, 1974
Watzlawick, P.: Die Möglichkeit des Andersseins. Huber, Stuttgart, 1977

Weinert, A. B.: Lehrbuch der Organisationspsychologie. Urban & Schwarzenberg, München, 1981
Wiest, U.: Schulpsychologie. Kohlhammer, Stuttgart, 1978
Willi, J.: Die Zweierbeziehung. Rowohlt, Reinbek, 1976
Wirsching, M./Stierlin, H.: Psychosomatische Familien-Dynamik und Therapie. In: Brunner, E. J. (Hrsg.): Eine ganz alltägliche Familie. Kösel, München, 1983b

15 Stichwortverzeichnis